HENRI LOEVENBRUCK

Das Geheimnis der weißen Wölfin 3

Buch

Alea ist das letzte Kind des Saiman – und damit diejenige, die Gaelia in ein neues Zeitalter führen soll. Denn Gaelia liegt im Sterben: Ein verheerender Krieg aus Hass und religiösem Fanatismus hat die gesamte Insel erfasst. Sogar die Wölfe werden gejagt! Alea sucht verzweifelt nach der weißen Wölfin Imala, denn nur mit deren Hilfe kann sie die Bedeutung der drei Prophezeiungen entschlüsseln, das Volk der Sylphen retten und ihre Insel vor dem Schlimmsten bewahren. Ohne die geheimnisvolle Begleiterin stünde das Mädchen mit den magischen Kräften allein da gegen ihren größten Feind, Maolmòrdha, den Träger der Flamme der Finsternis. Alea weiß, dass Maolmòrdha auf sie wartet. Und diesmal wird sie mit ihm kämpfen müssen …

Autor

Henri Loevenbruck wurde 1972 in Paris geboren. Er studierte an der Sorbonne englische und amerikanische Literatur und lebte danach einige Zeit im englischen Canterbury, bevor er nach Paris zurückkehrte. Er arbeitete einige Jahre als Journalist, gründete das *Science Fiction Magazine* und begann, selbst Romane zu schreiben. Schnell avancierte er mit seinen bisherigen zwei Fantasy-Serien zu einem der erfolgreichsten Autoren Frankreichs. Er lebt mit seiner Frau und seinen beiden Kindern in einem Vorort von Paris.

Das Geheimnis der weißen Wölfin bei Blanvalet:

Band 1: Der Ring (24383)
Band 2: Die Schrift (24390)
Band 3: Die Prophezeiung (24393)

Henri Loevenbruck

Die Prophezeiung

Das Geheimnis der weißen Wölfin 3

Roman

Ins Deutsche übertragen
von Michael von Killisch-Horn

blanvalet

Die Originalausgabe erschien unter dem Titel
»La Moïra 3: La Nuit de la Louve«
bei Bragelonne, Montreuil sous Bois.

Umwelthinweis:
Alle bedruckten Materialien dieses Taschenbuches
sind chlorfrei und umweltschonend.

1. Auflage
Deutsche Erstveröffentlichung April 2007
bei Blanvalet, einem Unternehmen der Verlagsgruppe
Random House GmbH, München

Umschlaggestaltung: Design Team München
Umschlagillustration: Tertia Ebert
Redaktion: Gerhard Seidl/text in form
UH · Herstellung: Heidrun Nawrot
Satz: Uhl + Massopust, Aalen
Druck und Einband: GGP Media GmbH, Pößneck
Printed in Germany
ISBN: 978-3-442-24393-8

www.blanvalet-verlag.de

Den Lesern, meinen treuen Gefährten.
Nicht der Zufall oder die
Götter machen die Geschichte.
Sondern wir.

Prolog

Der letzte Tropfen Lebenssaft

Das Gedächtnis der Erde ist ein anderes als das der Menschen. Man glaubt, alles über die Geschichte und die Welt zu wissen, aber es gibt ferne Zeitalter, in denen noch tausend Wunder lebten, die heute verschwunden sind. Nur die Bäume erinnern sich, und der Himmel und der Wind … So kennt der Stein vermutlich das Ende aller Zeitalter. Denn alle Zeitalter haben ein Ende. Aber die Menschen vergessen das gern.

Ernan, der Erzdruide, wurde durch dumpfe Schläge gegen das Holz seiner Tür unsanft geweckt.

Normalerweise hätte kein Diener von Sai-Mina gewagt, das höchste Mitglied des Rats auf solche Weise aus dem Schlaf zu reißen. Die Sonne war gerade erst aufgegangen. Der Abend zuvor war lang und schwierig gewesen. Die Diskussionen hatten bis spät in die Nacht gedauert. Die Spannungen innerhalb des Rats wurden immer größer. Jeder suchte die Schuld bei den anderen. Niemand wusste, wie er reagieren sollte. Wie er mit der Krise umgehen sollte. Wieder Oberwasser bekommen sollte. Niemals hatte der Rat in der Vergangenheit eine solche Niederlage erlebt. Selbst als die beiden Abtrünnigen vor Jahren den Rat verlassen hatten, hatte das keine so verheerende Wirkung gehabt wie der Krieg, der jetzt ganz Gaelia spaltete.

Die Zeiten waren gewiss unruhig und wirr. Aber man weckte den Erzdruiden nicht, wenn man nicht einen noch gewichtigeren Grund hatte. Und doch hörte Ernan die Stimme eines Dieners hinter der Tür zu seinen Gemächern. Eine nachdrückliche, verängstigte Stimme. Es war zweifellos etwas Schreckliches geschehen.

Der alte Mann stand mühsam auf und schlüpfte in die langen Ärmel seines weißen Mantels. Der Diener schlug noch immer gegen die Tür. Ernan betrachtete sich einen Augenblick in dem geneigten Spiegel vor ihm. Er sah das Bild eines abgekämpften Mannes. Er sah, wie sehr die Traurigkeit die Hoffnung aus seinen Augen vertrieben hatte. Warum hatte die Moira ausgerechnet ihn auserwählt, um die schlimmste Krise in der Geschichte von Sai-Mina zu meistern? Würde er dazu in der Lage sein?

Er seufzte tief. Er musste auf alles gefasst sein. Auf jede Nachricht. Die schlimmste. Nichts würde ihm erspart bleiben. Denn die Moira hatte eine beispiellose Umwälzung in Gang gesetzt. Die Welt würde sich verändern. Die Welt war bereits im Begriff, sich zu verändern.

Als er die Tür zu seinen Gemächern öffnete, bemerkte der Erzdruide die Angst in den Augen des Dieners. Eine tief sitzende Angst, die ihm die Sprache verschlagen zu haben schien.

Alles, was der arme Junge herausbrachte, als der Druide ihn fragte, was los sei, war: »Es ist unten.«

Ernan seufzte vor Verzweiflung, schob den Diener beiseite und ging zu der Treppe, die in den Hof führte. Sein Rang verbot ihm zu laufen, er musste in jeder Situation die Würde bewahren, aber er ging so schnell er konnte, wobei er sich auf seinen langen, weißen Eichenstock stützte.

Als er unten angekommen war, entdeckte er die stumme Menschenansammlung draußen. Druiden, Magistel und Diener standen eng zusammengedrängt reglos in einem Kreis in der Mitte des Hofs und blickten alle in die gleiche Richtung.

Ernan wischte sich die Stirn ab. Es konnte nur eine Erklärung geben. Aber er weigerte sich, sie zu akzeptieren. Er ballte die Hand über der Spitze seines Stocks zur Faust und drängelte sich schließlich durch die Menge.

»Macht Platz da!«

Die Leute traten zur Seite. Als er endlich in der Mitte des Hofs war, war er sprachlos angesichts des Anblicks, der sich ihm bot. Er hatte mit dem Schlimmsten gerechnet, aber was er sah, erschütterte ihn weitaus stärker, als er befürchtet hatte.

Die Eiche war herausgerissen worden.

Die hundertjährige Eiche des großen Hofs war nicht mehr da. Das heilige Symbol von Sai-Mina war geraubt worden. In der Mitte der dreizehn steinernen Throne klaffte nur noch eine beklemmende Leere. Ein großes Loch in der Erde. Eine Drohung. Ein Affront. Ein Verrat.

Alle Blicke richteten sich auf den Erzdruiden. Und in allen Gesichtern las Ernan die gleiche Sorge. In allen Augen die gleiche Erwartung, die gleiche Bestürzung. Sai-Mina hatte seine Seele verloren.

Der alte Mann hörte sein Herz schlagen. Ihm war, als spiegelten alle Gesichter um ihn herum sein eigenes. Ein anklagender Blick.

»Der Rat tritt unverzüglich zusammen«, sagte er mit ernster und tiefer Stimme. »Alle Großdruiden folgen mir in die Hohe Kammer.«

»Diejenigen, die noch da sind«, erwiderte Shenan, der Archivar.

Ernan ließ seinen Blick über die Männer und Frauen wandern, die ihn umringten. Natürlich. Mehrere Großdruiden und zahlreiche Druiden fehlten. Es waren gewiss viele nötig gewesen, um einen solchen Verrat erfolgreich begehen zu können. Er ließ den Saiman durch die Versammlung strömen und wusste sofort, welche der Brüder, die ihm am nächsten standen, nicht mehr da waren. Henon, Kalan, Otelian und Tiernan. Vier neue Verräter. Und mit ihnen zweifellos mehrere Druiden und Magistel.

»Ja«, bestätigte Ernan, »diejenigen, die noch da sind. Und der Verwalter soll ermitteln, welche Druiden und Magistel fehlen. Ich will alle Namen. Alle ohne Ausnahme.«

Er drehte sich um und ging wütend zum Turm, um in die Ratskammer hinaufzusteigen. Aber bevor er durch die große Tür ging, drehte er sich um, warf einen Blick auf die verzweifelte Menge und fügte hinzu: »Nichts von all dem darf ohne meine Erlaubnis aus Sai-Mina hinausdringen. Kehrt alle zu eurer Arbeit zurück!«

Aber Ernan war klar, dass die Welt sehr schnell Bescheid wissen würde. Die Nachricht würde sich wie ein Lauffeuer über die ganze Insel verbreiten.

Schon bald würde Gaelia wissen, dass der Rat gespalten war. Dass Sai-Mina gefallen war.

1

Prophezeiung

Aleas und Erwans Genesung dauerte noch einige Tage, bis zum Herbstanfang, und ihre Trauer noch sehr viel länger. Finghin kam jeden Morgen, um Aleas Schulter zu behandeln, wobei er den Saiman benutzte, um den Bruch heilen zu lassen.

Die letzten Soldaten der Armee des Samildanach – wie sie sich selbst nannten – hatten sich nach und nach um Alea und ihre Gefährten gesammelt und in diesem abgelegenen Winkel des Waldes ein Lager errichtet, das all den Komfort aufwies, den die Umgebung zuließ. Zelte, kleine Holzhütten, bescheidene Lagerstätten, Tische, Abstellmöglichkeiten und in der Mitte der Lichtung ein großes Feuer, das niemals ausging.

Es wurde nicht viel gesprochen, man behandelte die zahlreichen Verwundeten, und an manchen Abenden wurde die Stille nur von den traurigen Weisen des Dudelsacks durchbrochen. Während er zum Sternenzelt hinaufblickte, spielte Mjolln am Feuer die Melodien, die Faith ihm beigebracht hatte; jeder Ton war eine im Gedenken an die Bardin vergossene Träne. In allen Herzen war die Erinnerung an die Harfenistin und den Magistel lebendig. In allen Herzen der Schmerz.

Kaitlin versuchte, ihre Gefährten mit ihren sanften

Worten zu beruhigen. Die Wanderschauspielerin war mit Sicherheit eine ebenso begabte Erzählerin wie die Bardin. Über ihren Geschichten und kleinen Stücken vergaßen sie fast alles und genossen ein paar Augenblicke wohlverdienter Ruhe. Finghin saß lächelnd neben ihr, und manchmal fanden sich ihre Hände.

Aber der junge Druide versuchte vor allem zu verbergen, wie sehr er darauf brannte, von hier wegzukommen. Er wollte Alea und Erwan nicht drängen, weil er wusste, dass nicht nur ihr Körper sich erholen musste. Und doch rief die Welt nach ihnen. Die Geschichte stand nicht still. So hart der Verlust dieser beiden so geliebten Wesen auch war, das Leben Gaelias ging in der Ferne weiter, und eines Tages mussten sie sich wieder auf den Weg machen. Der Geschichte entgegeneilen. Die Soldaten ringsum waren der Beweis. Gaelia war bereit, sich in Bewegung zu setzen.

Erwan erhob sich zuerst von seinem Lager. Nach ein paar Tagen konnte er endlich wieder normal laufen, und schon bald ging er sogar auf die Jagd, um zum Wohl der Gemeinschaft beizutragen. Man sah ihn für ein paar Stunden allein im Wald verschwinden und abends zurückkommen, in den Ockerfarben des Herbstes, sein langes, blondes Haar zerzaust und Wild über der Schulter. Mehrere Soldaten, die ihn mittlerweile General nannten, bestanden darauf, ihn zu begleiten. Aber der junge Magistel wollte allein sein. Es war, als würde er nicht so sehr Wild jagen als den Schmerz seiner Trauer. Die Erinnerung an seinen Vater. Denn Galiad Al'Daman war seine ganze Familie. Und das Mädchen, das er liebte, konnte ihm im Augenblick kein Trost sein.

Denn Alea blieb stumm. Wenn sie nicht schlief, war sie in den schweren Band der Enzyklopädie von Anali vertieft, den sie stets bei sich hatte. Das Buch auf ihren Knien, blätterte sie die Seiten langsam um und lernte nach und nach lesen, während sie lange die Bedeutung der Wörter suchte und über die Buchstaben stolperte, die sie noch nicht kannte. Und dann, nach ein paar Tagen, war es, als hätte sie schon immer lesen können. Die Seiten wurden immer schneller umgeblättert, und der Blick des jungen Mädchens wurde immer eindringlicher. Immer glänzender.

Aber sie sprach noch immer nicht. Nicht einmal mit Mjolln, ihrem treuesten Gefährten, nicht einmal mit Erwan Al'Daman, dem Jungen, den sie liebte, nicht einmal mit Finghin, dem jungen Druiden, den sie zu sich gerufen hatte, und auch nicht mit Kaitlin, die sie gleichwohl wie eine Schwester liebte. Und abgesehen von Mjolln schien sich für den Augenblick jeder mit ihrem Schweigen abzufinden. Nur der Zwerg wurde mit jedem Tag ungeduldiger. Er setzte sich ihr gegenüber, sah ihr stundenlang beim Lesen zu und verließ dann, da sie noch immer nicht sprach, geräuschvoll mit tiefen Seufzern der Verzweiflung die kleine Hütte.

Die hunderte von Soldaten, die ringsum lagerten, trugen ihr Wappen, hatten aber noch nie ihre Stimme gehört. Sie hatten sich für sie engagiert, hatten für sie gekämpft, hatten ihre Brüder neben sich für sie sterben sehen, aber für den Augenblick war sie nur ein ferner Schatten in einer unzugänglichen Holzhütte. Und das trug gewiss zur Legendenbildung bei. Alea war noch nicht herausgekommen, und die meisten Soldaten hatten noch nie auch nur ihr Gesicht gesehen. Und doch sprach man nur von ihr. Sie war schön, sie war groß, sie war stark und verkörperte alle Hoffnungen einer Armee, die ihr verpflichtet war.

Aber hinter dem roten Schleier, der die Hütte verschloss, in der Alea sich erholte, lauschten ihre Gefährten nur ihrem Schweigen.

Eines Abends jedoch, als alle an dem kleinen Tisch aßen, den der Zwerg gleich zu Beginn ihres Aufenthalts gebastelt hatte, ergriff Alea, die immer noch abseits auf ihrem Bett lag, endlich das Wort.

»Finghin, wir müssen miteinander sprechen, du und ich«, sagte sie, ohne ihre Gefährten anzusehen, als habe keinerlei Schweigen sie seit allzu langen Tagen getrennt.

Alle sahen sich verblüfft an und richteten ihren Blick dann langsam auf Alea.

»Ich höre«, erwiderte der junge Druide und legte seinen Holzlöffel auf den Tisch.

»Nein, nicht hier«, sagte Alea und erhob sich abrupt. »Gehen wir ein paar Schritte im Wald.«

»Hast du Angst, dass man euch zuhört?«, rief Mjolln wütend. »Also wirklich! Hast du etwa Heimlichkeiten vor uns?«

Kaitlin runzelte die Stirn, um dem Zwerg zu bedeuten, er solle sich beruhigen. Aber Alea lächelte. Fast hatte sie ihn vergessen, den Charakter von Herrn Abbac.

»Nein, Mjolln. Ich habe einfach das Bedürfnis, zu laufen und nachzudenken. Finghin kann mir dabei helfen. Aber wenn du mitkommen willst, bist du willkommen. Ich habe nichts zu verbergen. Vor allem nicht vor meinem ältesten Freund.«

»Umso besser«, erwiderte der Zwerg und verzog das Gesicht. »Und ja, ich will mitkommen. Ähm. Auch ich habe das Bedürfnis, zu laufen und nachzudenken. Bei der Moira! O ja, ich bin dein ältester Freund!«

»Dann gehen wir«, lud Alea ihn ein und ging mit sicherem, fast theatralischem Schritt zur Tür der Hütte.

Auf dem Weg dorthin griff sie nach Phelims Stock und ihrem großen, weißen Umhang, den sie sich über die Schultern warf. Ihre Gefährten sahen ihr verblüfft zu. Sie schien vollkommen geheilt zu sein. Aber auch immer unberechenbarer zu werden. Und man hätte meinen können, sie wäre gewachsen. Wäre während ihrer Genesung ein paar Jahre gealtert. Groß, gerade, selbstsicher und schön, war sie kein Kind mehr, sondern ein entschlossenes junges Mädchen.

Mjolln sprang von der Bank und stürzte hinter ihr her. Finghin folgte ihnen bald und warf Kaitlin und Erwan einen entschuldigenden Blick zu. Aber die beiden waren überglücklich, dass Alea wieder zu sprechen begonnen hatte. Und das genügte erst einmal, um sie zu beruhigen.

Imala war stundenlang auf der Flucht gewesen. Vor dem Anblick und dem Geruch der Kadaver. Mit ihren Artgenossen hatte sie die Kreaturen besiegt und die Vertikale beschützt. Aber jetzt wollte sie weit weg sein. Die anderen Wölfe hatten sich ebenfalls aus dem Staub gemacht. Als sei die Kraft, die sie vereint hatte, plötzlich verschwunden und die Natur habe ihre Rechte zurückgefordert. Die Rudel hatten sich wieder zusammengefunden, hatten die anderen verlassen und waren in ihre Reviere zurückgekehrt.

Und Imala lief wie früher allein über die Erde der Insel. Das Bild der Vertikalen war bereits verblasst. Es blieben nur noch der Schmerz in ihrer verletzten Pfote und der Wind, der ihr Fell zerzauste. Auf ihrem Weg nach Süden durchquerte sie die Heide und die Wälder, machte einen Bogen um die Dörfer und jagte als einsame Wölfin.

An diesem Tag kam sie am späten Nachmittag, zu der Stunde, da der scheidende Tag einen leichten, blauen Schleier im schwächer werdenden Licht zurücklässt, an den Rand eines Weihers. Langsam drang die Wölfin in das hohe, gelbe Gras ein. Der Wald begann bereits seine lange Verwandlung. Das Laub und das Gras färbten sich kupfern und rostrot. Mit aufgestellten Ohren, die Schnauze am Boden, bewegte sie sich mit flinker Behutsamkeit auf das Wasser zu. Ihre breiten Pfoten sanken in die feuchte, kühle Erde ein. Bald erschien ihr weiß-graues Spiegelbild auf der Oberfläche des Weihers, eine perfekte Kopie ihres Körpers, den der Spätsommer schlanker gemacht hatte. Sie blieb einen Augenblick stehen, lauschte dem leisen Plätschern des Wassers, schüttelte den Kopf, um ein paar Insekten zu vertreiben, und beugte sich endlich über den Weiher, um ihre Schnauze hineinzutauchen und ausgiebig zu trinken.

Das Wasser war süß und kühl und stillte ihren Durst; andererseits meldete sich jetzt aber auch der Hunger. Plötzlich hörte sie zu trinken auf und hob die Schnauze. Sie hatte eine Bewegung im Wasser gesehen. Eine kleine, ovale Gestalt, die in der Tiefe des Weihers zitternd vorbeigeschwommen war. Ein Fisch. Reglos starrte sie ins Wasser. Wieder sah sie den Fisch. Dann einen zweiten. Ein Zucken. Sie schreckte zurück und tauchte dann plötzlich den Kopf ins Wasser. In ihrer triefenden Schnauze zog sie einen dicken, schuppigen Karpfen heraus. Keine sehr üppige Mahlzeit, aber ausreichend für den Augenblick. Imala begann, am Weiher entlangzutraben, und legte sich neben eine große Erle, die sich dem Ort gut angepasst hatte, indem sie sich auf ihren Luftwurzeln über das Wasser erhob. Die Wölfin verschlang den Fisch mit wenigen Bissen und ging dann zum Weiher zurück, um noch ein wenig zu trinken und sich die Schnauze zu waschen.

Das Blut war fast vollständig verschwunden auf dem weißen Fell ihrer verletzten Pfote, aber sie hinkte noch. Sie legte sich auf einen schwärzlichen Humus aus welken Blättern, Kies und dünnen Erlenzweigen. Während es langsam Abend wurde, schlief sie schließlich ein, gewiegt vom beruhigenden Gesang eines lichten Waldes.

Aber kaum war sie eingeschlafen, wurde sie auch schon wieder aufgeschreckt durch das Knacken eines Zweigs. Imala sprang auf und drehte sich um.

Mit aufgestellten Ohren, den Schwanz waagerecht, suchte sie die Umgebung ab. Bald sah sie, was sie geweckt hatte. Nur ein paar Schritte entfernt beobachtete sie im Schatten einer alten Erle, hoch aufgerichtet auf seinen Vorderbeinen, reglos der graue Wolf.

Er war ein großer Wolf mit breitem Kopf, langen Beinen und einem kräftigen Körper. Seine langen, schmalen Augen waren von einem dicken, schwarzen Strich umgeben, der einen starken Kontrast zu seinem hellgrauen Fell bildete und ihm einen durchdringenden Blick verlieh. Mit hängender Zunge, die Ohren aufgestellt, wedelte er mit dem nach oben gebogenen Schwanz, schien aber darauf zu warten, dass Imala den ersten Schritt machte.

Die Wölfin rührte sich nicht. Sie kannte die Gestalt des Wolfs, aber es war Zeit vergangen. Das Band, das sie verbunden hatte, war zerrissen.

Plötzlich fing der Rüde zu bellen an, und dann verwandelte sein Bellen sich in ein hohes Heulen. Als der letzte Ton verklang, stellte der Wolf die Ohren auf, als suche er ein Echo, eine Antwort, das Heulen eines anderen Rüden. Aber er sah, dass Imala allein war. Kein anderer Wolf war bei ihr. Der Weg war frei.

Imala nahm den vertrauten Geruch des großen, grauen Wolfs wahr. Sie zögerte einen Augenblick, dann ging sie langsam auf den Neuankömmling zu. Misstrauisch ließ sie ihn nicht aus den Augen, stets bereit, sich auf ihn zu stürzen. Als sie nur noch ein paar Schritte von ihm entfernt war, begann sie zu jaulen und machte ein paar kleine Sprünge rückwärts, als wollte sie den Wolf einladen, zu ihr zu kommen. Aber er wartete, stolz und aufrecht auf seinen langen, grauen Beinen.

Imala drehte sich um sich selbst und ging dann erneut vorwärts. Sie machte einen leichten Bogen nach links, um um den Rüden herumzugehen, aber dieser machte eine jähe Bewegung und änderte die Position seines Körpers, als wollte er Imala daran hindern, sich ihm von der Flanke her zu nähern. Die weiße Wölfin jaulte erneut, kläffte ein paarmal neugierig, ging aber weiter.

Endlich war sie schüchtern an den Wolf herangekommen. Langsam stellte sie sich mit erhobenem Schwanz parallel zu ihm. Sie standen Kopf an Schwanz nebeneinander, sahen sich nicht an, aber jeder von ihnen machte kleine, lebhafte Hüpfer. Sie berührten sich noch nicht, aber sie gewöhnten sich aneinander, testeten sich. Nach und nach fingen ihre Schwänze an, sich stärker hin und her zu bewegen, und plötzlich legte der Wolf eine Pfote auf Imalas Schulter. Sie erstarrte, krümmte aber nicht den Rücken und zeigte nicht das geringste Zeichen von Unterwerfung. Ein paar Augenblicke blieben sie so, mischten ihre Gerüche und begannen dann endlich zu spielen.

Sie jagten einander zwischen den Bäumen, bissen sich spielerisch, jaulten und fanden sehr rasch zu ihrer früheren Vertrautheit zurück, bevor beide sich ein paar Schritte vom Weiher entfernt erschöpft, aber beruhigt hinlegten. Erneut vereint.

So erzählt die Legende, wie Imala zu Beginn des Herbstes den großen, grauen Wolf wiedertraf, den die Erzähler Taibron nannten, was in der Sprache der Sylphen »Gefährte« bedeutet.

»Die beiden Abtrünnigen, Finghin bei dem Mädchen und vier neue Verräter, die verschwunden sind, nie ist der Rat gespaltener gewesen, Ernan.«

Aengus' Stimme klang besorgt. Die anderen Großdruiden nickten, mit Ausnahme von Shenan, der sich damit begnügte, Notizen im Heft des Archivs zu machen. Der Archivar war der einzige Druide, dem das Schreiben erlaubt war.

Ernan hörte seinen Brüdern mit ernster Miene zu, ohne sie wirklich zu hören. Der alte Mann war mit seinen Gedanken woanders. Seine Brüder konnten ihm in einer so ernsten Stunde nicht helfen. Er musste die Antwort in sich selbst finden.

Phelim, Ailin, ihr habt mich im Stich gelassen. Ihr seid gegangen, noch bevor das Schicksal der Insel sich entschieden hat. Ich habe niemals eure Klarsicht gehabt. Ich werde niemals euren Mut, eure Kühnheit haben. Ich werde niemals die Ordnung im Rat wiederherstellen, niemals unserer Insel den Frieden zurückbringen können. Wir sind zu weit gegangen. Über all den Berechnungen, den Manipulationen, dem Taktieren haben wir den so einfachen Sinn für die Realitäten verloren.

»Wir sind nur noch sechs«, sagte ein anderer Großdruide. »Nicht einmal halb so viel, wie wir sein müssten.«

Sie haben die Eiche herausgerissen. Sie sind heute Nacht eingedrungen und haben die Eiche herausgerissen. Ich weiß nicht einmal, was ich hier überhaupt zu suchen habe. Mit welchem Recht führe ich noch den Vorsitz über diese Versammlung, während um mich herum alles zusammenbricht, ohne dass ich irgendetwas kommen sehe?

»Es wird erzählt, dass Samael tot ist«, warf Shehan ein und hob den Kopf. »Dass er sich hinter der Person von Bischof Natalis verbarg. Wenn er wirklich tot ist, könnten wir zumindest einen Großdruiden wählen, der an seine Stelle tritt, und wären dann sieben. Und außerdem dürfen wir nicht vergessen, dass Finghin, auch wenn er nicht hier bei uns ist, nicht unser Feind ist. Ich habe absolutes Vertrauen in unseren jüngsten Bruder.«

»Wir können niemandem mehr vertrauen«, erwiderte Aengus. »Er ist so jung, die Verräter hätten keinerlei Mühe, ihn zu manipulieren. Übrigens hätten wir einen so jungen Bruder niemals zum Großdruiden ernennen dürfen. Noch vor ein paar Monaten war er ein Lehrling.«

»Finghin ist klüger als die meisten von uns«, widersprach Kiaran, so geheimnisvoll wie immer. »Und er wird uns niemals verraten.«

»Dann wären wir also acht«, schloss Shehan.

Aengus seufzte.

»Was ändert das! Acht statt dreizehn! Wir haben keine Chance mehr, noch ernst genommen zu werden.«

»Ernst genommen von wem?«, warf Kiaran ironisch ein. »Wir haben doch sowieso keinen politischen Verbündeten mehr. Seit dem Tod des Königs steht Galatia nicht mehr auf unserer Seite, und ich möchte wetten, dass die vier Verräter sich der Königin angeschlossen haben.«

Wenn wir dem König mehr vertraut hätten, wenn wir ihm mehr Macht gegeben hätten, hätte dieses durchtriebene Luder ihn mit Sicherheit nicht so hintergehen können. Die Überlegungen unserer älteren Brüder waren also falsch. Wir hätten Eoghan mehr Macht zugestehen sollen. Zumindest nach außen hin.

»Man hört in der Tat, dass sie bereits bei der Königin sein sollen«, bestätigte Shenan.

»Dann könnten wir sie doch ganz einfach verbannen und an ihrer Stelle vier neue Druiden ernennen«, schlug Aengus vor. »So würde nur Maolmòrdhas Thron leer bleiben. Wir wären zwölf und erneut vereint.«

Alle Gesichter wandten sich Ernan zu. Der Erzdruide schwieg nach wie vor. Ehrlich gesagt machte ihm im Augenblick nicht die Anzahl der Großdruiden Sorge, sondern das, was der Rat unternehmen sollte, ganz gleich, ob sie nun sechs, acht oder zwölf waren.

Die Druiden hatten, wie Kiaran treffend bemerkt hatte, keinen wirklichen Verbündeten. Diejenigen, die einst die größte politische Kraft der Insel gewesen waren, diejenigen, die hinter dem Erhabenen König im Verborgenen die Fäden einer zwar gefährdeten, aber immer noch stabilen Macht gezogen hatten, waren heute allein und entzweit innerhalb einer zersplitterten politischen Landschaft. Und niemand hatte das vorhersehen können.

Ernan fühlte sich allein. Selbst hier, auf dem seinem Rang vorbehaltenen geschnitzten Thron unter dem anheimelnden Gewölbe der Ratskammer, hatte der Erzdruide das Gefühl, dass sein Orden schon nicht mehr existierte. Zu viele Brüder fehlten, und der Verrat weckte zu viele Zweifel. Auf wen konnte er sich jetzt noch verlassen?

Und dann die Sache mit der Eiche. Wie hatten die Verräter es nur geschafft, den hundertjährigen Baum herauszureißen? Konnte man sich einen brutaleren und demütigenderen Affront gegen das große Sai-Mina vorstellen? Wie hatte die Moira das zulassen können?

»Meine Brüder, ohne den hundertjährigen Baum werden wir den Rat nicht erneuern, werden wir Sai-Mina nicht erneuern können. Er war das Symbol unserer Einigkeit. Wenn wir die Verräter, die die Seele unseres Ordens geraubt haben, ersetzten, würden wir nur uns selbst belügen.«

»Was wollt Ihr damit sagen?«, fragte Aengus überrascht.

»Sai-Mina wird wiedervereint werden, oder es wird nicht mehr sein. Es geht nicht darum, unsere Brüder zu ersetzen, es geht darum, sie zurückzuholen oder unterzugehen.«

Ein langes Schweigen legte sich schwer auf die kleine Versammlung. Die fünf Großdruiden, die Ernan umgaben, starrten ihn an; vermutlich warteten sie auf eine Erklärung. Aber Ernan war mit seinen Gedanken bereits woanders.

Schließlich brach Kiaran das Schweigen.

»Was Ernan sagt, scheint mir zutreffend. Der Rat hat seine Existenzberechtigung verloren, wenn so viele seiner Mitglieder beschlossen haben, ihn zu verlassen. Nicht unser Überleben steht auf dem Spiel, sondern unser innerstes Wesen.«

Kiaran denkt wie ich. Er weiß, dass diese Krise weit über unseren Orden hinausgeht. Dass diese Krise vor allem unsere Existenzberechtigung in Frage stellt. Und solange sie nicht gelöst ist, wird unsere Reorganisation sinnlos sein.

»Aber die Insel braucht den Rat! Man kann unseren

Orden nicht einfach so zerstören, nur weil vier unserer Brüder uns verraten haben.«

»Man kann ihn in der Tat nicht zerstören«, erwiderte Kiaran, »aber man kann ihn auch nicht reparieren. Es hat keinen Sinn, überstürzt die Ziegel zu ersetzen, die aus der Mauer gefallen sind. Wenn diese Mauer zerbröckelt, dann müssen wir uns mit den Gründen für ihren Einsturz beschäftigen. Seit langem schon geht der Rat einen falschen Weg. Phelim hatte recht. Dadurch, dass wir uns weigerten, unsere Rolle zu übernehmen, gingen wir unserem Untergang entgegen.«

Noch nie sind mir Kiarans Worte vernünftiger vorgekommen. Vermutlich war ich unfähig, ihn zu verstehen. Was er früher sagte und was ich für unzusammenhängende Erleuchtungen hielt, war möglicherweise reine Vernunft, zu rein sogar, um es mit unserer durch zu viele Jahre der Macht pervertierten Logik verstehen zu können.

»Hätten wir diese kleine Hexe etwa unterstützen sollen?«, rief Aengus empört und erhob sich.

»Wir hätten den Samildanach unterstützen sollen«, korrigierte Kiaran.

»Es ist noch nicht zu spät«, wagte Ernan sich vor, ohne aufzublicken.

Erneut wurde es still. Aengus, der noch immer dastand, warf denjenigen seiner Brüder, die stumm geblieben waren, Lorcan und Odhran, wütende Blicke zu. In ihren Augen las er, dass sie resigniert hatten oder einfach nur überfordert waren.

»Wollt Ihr damit sagen, dass wir uns Alea anschließen sollten?«, fragte Aengus, dessen Augen jetzt vor Wut funkelten.

Aber niemand antwortete. Aengus ließ sich kopfschüttelnd wieder auf seinen hohen Sessel fallen. Und jetzt entschied auch er sich für das Schweigen.

»Meine Brüder«, sagte Ernan und legte seinen Eichenstock über seine Knie, »ich habe Euch noch nicht alles gesagt. Die vier Verräter haben sich nicht mit unserem hundertjährigen Baum zufriedengegeben, sie haben auch die vier Man'ith der Tuathann und den Man'ith von Djar mitgenommen. Allein werden wir ihnen nicht standhalten. Wir sind nicht mehr viele, und sie verfügen über die Macht dieser heiligen Gegenstände; außerdem steht die Armee der Königin vermutlich bereits auf ihrer Seite. Wir haben keine andere Wahl, als uns einen neuen Verbündeten zu suchen. Die Königin wollte unseren Untergang, und sie hat es bereits erreicht. Harcort? Sie sind unsere schlimmsten Feinde. Bisania? Sie werden sich weigern, sich für ein Lager zu entscheiden. Die Tuathann? Sie sind jetzt praktisch alle tot. Unsere einzige mögliche Verbündete ist Alea. Finghin ist bei ihr, und vorher hatte Phelim diesem jungen Mädchen vertraut. Ich sehe keine andere Möglichkeit.«

Und Ailin hätte, das weiß ich, die gleiche Entscheidung getroffen. Übrigens gingen all seine Entscheidungen in diese Richtung, wir haben es damals nur nicht begriffen. Er wollte Alea beschützen, ihr helfen, ihr Schicksal zu erfüllen.

»Wir wissen nicht, wo sie ist«, gab Shehan zu bedenken. »Wir wissen nicht einmal, ob sie überlebt hat. Man erzählt, dass Maolmòrdha eine Kreatur auf sie angesetzt habe, die aus dem Land der Toten zurückgekommen sei...«

»Sie lebt«, warf Kiaran ein.

Die Gewissheit in seiner Stimme deutete darauf hin, dass er sie vermutlich in der Welt von Djar gesehen hatte. Jeder hier wusste, dass Kiaran, der merkwürdigste unter den Mitgliedern des Rats, jede Nacht in diese eigenartige Welt reiste, in der die Seelen der Lebenden schwebten.

Ernan nickte.

»Wenn sie am Leben ist«, erwiderte der Erzdruide und erhob sich, »dann werden wir sie auch finden. Bald.«

»Finghin, als ich neulich aufwachte und dich fragte, ob es in der Enzyklopädie Antworten gäbe, hast du mir mit Ja geantwortet.«

Alea ging neben dem jungen Druiden durch den Wald, dicht gefolgt von Mjolln, der auch nicht eine Silbe der Unterhaltung verpassen wollte. Seine geringe Größe zwang ihn, schnellere Schritte als seine beiden Gefährten zu machen, und er seufzte vor Verzweiflung, während er über große, abgestorbene Äste stieg, die überall herumlagen, und über Pfützen sprang.

»Bedeutet das«, fuhr Alea fort, »dass du die Enzyklopädie gelesen hast?«

Finghin blickte starr vor sich hin. Er wusste inzwischen, wie sehr für Alea jedes Wort zählte. Wie bedeutungsschwer ihre Fragen waren. Sie hatte nie wirklich in Sai-Mina studiert, aber sie war ebenso scharfsinnig wie ein Druide. Vermutlich noch scharfsinniger.

»Ich habe die ersten Kapitel gelesen.«

Alea lächelte. Die Vorsicht des Druiden amüsierte sie.

»Dann weißt du also, wie die erste Prophezeiung lautet?«

»Ja«, gestand Finghin und fuhr sich mit einer Hand über seinen kahlen Schädel.

Finghin blieb stehen. Er sah das junge Mädchen an. Sie war wirklich schön. Wie sie da jetzt so vor ihm stand, hatte die Liebe, die Erwan, sein eigener Magistel, für dieses Mädchen empfand, nichts Überraschendes mehr, und auch nicht ihre Stärke. Man musste sich einfach in sie verlieben. Jedenfalls all jene, die ihr begegneten. Selbst der junge Druide war, obwohl sein Herz für Kaitlin schlug, nicht ganz unempfänglich für Aleas starkes Charisma. Ihre blauen Augen. Ihr dunkles Haar. Die vornehme blau-goldene Kleidung, die die Sylphen für sie gemacht hatten. Der weite, weiße Umhang über ihren Schultern erinnerte an das Gewand seiner eigenen Kaste. Und Phelims Stock, der sie größer wirken ließ und ihr einen sicheren Schritt verlieh.

Alea blieb ebenfalls stehen. Lächelnd. Sie wartete.

»Ja. Ich denke, sie betrifft dich«, antwortete der junge Druide endlich.

»Ähm! Bei der Moira! Wollt ihr mir endlich sagen, worum es eigentlich geht, ja? Das ist grausam, o ja! Ich habe euer Buch nämlich nicht gelesen!«

Mjolln, der sie eingeholt hatte, war außer Atem. Die Hände in die Hüften gestemmt, die Stirn gerunzelt, stand er wütend da. Alea nahm seine Hand und setzte sich neben ihn auf einen abgestorbenen Stamm.

»Die erste Prophezeiung bezieht sich auf meine Geburt, Mjolln.«

»Auf deine Geburt? Du hast uns neulich erzählt, deine Mutter sei eine Dame aus dem Sid, ja! Und du hättest einen Bruder. Einen Tuathann. Ähm.«

»Das ist richtig«, bestätigte Alea. »Und die Enzyklopädie von Anali, die lange vor meiner Geburt geschrieben wurde, erzählt, wie das Zeitalter des Samildanach zu Ende geht.«

»Das Zeitalter des Samildanach? Was ist das denn?«, fragte der Zwerg erstaunt.

»Das Zeitalter, in dem wir gerade leben, das, in dem unsere Eltern gelebt haben... Das, in dem du gelebt hast.«

»Und?«, bohrte Mjolln nach.

»Die Enzyklopädie von Anali erzählt, dass der letzte Samildanach eine Frau sein wird. Dass sie die Tochter der Erde sein wird, geboren von einer Frau aus der unterirdischen Welt und einem Mann aus der oberen Welt.«

»Ein Mensch und eine Tuathann?«

»Genau. Die Prophezeiung sagt, dass sich eines Abends das Tor des Sid öffnen wird, dass eine Tuathann-Frau herauskommen wird und dass ihr Körper sich mit dem eines reinen Mannes vereinen wird, der aus Gaelia stammt. Aus dieser Vereinigung wird ein Mädchen geboren werden. Der letzte Samildanach. Mein Bruder Tagor hat mir erzählt, dass meine Mutter mich auf diese Weise empfangen habe. Und dass sie aufgrund ihres Verrats den Sid habe verlassen müssen.«

»Und du, meine kleine Steinewerferin, denkst, dass du der letzte Samildanach bist?«

Alea antwortete nicht. Sie begnügte sich mit einem Lächeln und wandte sich erneut an Finghin.

»Wurde darüber im Rat gesprochen?«, fragte sie, während sie aufstand und zu dem Druiden ging.

»Nein. Der Name der Enzyklopädie wurde ein- oder zweimal erwähnt, aber dieses Buch scheint bei meinen Brüdern verpönt zu sein. Wie übrigens alle Bücher.«

»Aber wurde über meine Geburt gesprochen?«

»Nein.«

»Dann weißt du also nicht, wer mein Vater ist?«

Der Druide lächelte ebenfalls. Er fragte sich, ob Alea sich über ihn lustig machte oder ob es eine List war.

»Haben nicht alle es schon längst erraten?«, fragte er ironisch.

»Ähm, nein, ich nicht!«, rief Mjolln.

Aber Alea tat, als habe sie ihn nicht gehört.

»Glaubst du, er selbst hat gewusst, dass er mein Vater war?«, fragte sie den Druiden.

Finghin zuckte die Achseln.

»Von wem sprecht ihr eigentlich, verdammt?«

Alea sah Finghin noch einen Augenblick an. Dann drehte sie sich erneut zu dem Dudelsackpfeifer um.

»Wir sprechen von Caron Cathfad, Sohn von Katubatuos, dem die Druiden den Namen Phelim gaben, als er in Sai-Mina initiiert wurde. Phelim war mein Vater.«

Der Zwerg riss die Augen auf.

»Hm? Aber das ist unmöglich! Ähm, das nicht!«

Alea ging jetzt weiter, begleitet von Finghin. Der Zwerg stand noch eine Weile sprachlos da, dann lief er los, um sie einzuholen.

»Die erste Prophezeiung hat sich also bereits erfüllt«, sagte Alea. »Ich bin die Tochter eines menschlichen Vaters und einer Tuathann-Mutter, und ich scheine das zu sein, was ihr den Samildanach nennt. Hast du noch weiter gelesen?«

»Nein«, erwiderte der junge Druide, und Alea wusste, dass er die Wahrheit sagte.

»Es bleiben noch zwei Prophezeiungen.«

»Hast du sie gelesen?«, fragte Finghin neugierig.

»Ja. Aber nicht ihr Inhalt interessiert mich. Was mich interessiert, ist das Warum dieser Prophezeiungen. Wozu sie dienen, wie sie geschrieben werden konnten. Und vor allem, was ich damit machen soll.«

»Haben sie sich erfüllt?«, fragte der Druide.

»Eigentlich nicht. Noch nicht. Aber sollte ich so tun, als hätten sie sich erfüllt? Oder soll ich meinem Instinkt folgen?«

»Vielleicht schließt das eine das andere ja nicht aus. Vielleicht werden sie sich erfüllen, wenn du den Weg weitergehst, den du gewählt hast«, meinte Finghin.

Alea nickte. Genau das dachte sie auch. Aber die Vorstellung, die Schachfigur einer Prophezeiung zu sein, die vor so langer Zeit geschrieben worden war, hatte etwas Erschreckendes. Hatte sie also keine andere Wahl? War das die Moira? Ein vorgezeichnetes Schicksal, dem man nicht entkommen konnte?

Sie sah Finghin an. Er hatte sie nicht gefragt, was die beiden letzten Prophezeiungen enthielten. Dabei starb er vor Neugier. Aber er respektierte ihr Schweigen. Und er würde warten.

»Wo ist meine Freiheit in dem Leben, das ich führe?«, fragte sie und blickte dem Druiden tief in die Augen.

»Frei sein bedeutet manchmal zu akzeptieren, dass man sich seiner Pflichten nicht entziehen kann.«

»Was redest du da?«, rief Mjolln, der ihrem Gespräch absolut nicht mehr folgen konnte. »Ihr redet wie Studenten von Mons-Tumba!«

»Was würde passieren, wenn du zu atmen aufhörtest?«, fragte Finghin Mjolln.

Der Zwerg runzelte die Stirn. »Ich würde ersticken und sterben.«

»Genau. Atmen ist also ein Zwang für jeden, der leben will, nicht wahr?«

»Natürlich«, erwiderte Mjolln.

»Leben bedeutet also, dass man bestimmte Zwänge akzeptiert. Das Gleiche gilt für die Freiheit.«

»Ah«, murmelte der Zwerg und verzog das Gesicht.

»In unserem Fall sind die Zwänge etwas komplizierter als die einfache Tatsache, dass man atmen muss. Wir können sie ablehnen, wir können sie aber auch akzeptieren. Und ich glaube, dass wir sie akzeptieren müssen, wenn wir uns befreien wollen. Dass wir die Tatsache akzeptieren müssen, dass sie nicht nur obligatorisch, sondern vor allem notwendig sind.«

Der Zwerg schüttelte den Kopf, immer noch genauso verwirrt. Alea näherte sich dem Druiden. »Und worin bestehen diese Zwänge deiner Meinung nach?«, fragte sie.

»Das hängt davon ab, was die Prophezeiungen sagen.«

»Brauchen wir sie, um zu wissen, was notwendig ist?«

Der Druide wusste nicht, was er antworten sollte. Alea lächelte.

»Ich glaube, dass eine der Prohpezeiungen«, sagte sie, »gerade darin besteht, auf diese Frage zu antworten.«

Der Zwerg hob als Zeichen totalen Unverständnisses die Arme zum Himmel, aber diesmal fand sich niemand bereit, ihm die nötigen Erklärungen zu geben. Finghin war selbst nicht sicher, ob er verstand.

Imala und Taibron waren noch einige Tage unterwegs, bevor sie im Tal von Loma ein angenehmes und wildreiches Heim fanden. Es war ein ruhiges Tal, fern der Dörfer und der Vertikalen, das im Süden zum Sinain hin abfiel und im Norden vom Wald von Borcelia geschützt wurde.

Bereits am ersten Tag gelang es ihnen, ein verirrtes Schaf auf den Hügeln von Loma zu reißen und sich ein paar Schritte vom Fluss entfernt an ihm gütlich zu tun.

Das Gras war in dieser fruchtbaren Gegend noch grün und bildete einen seidigen Teppich, auf dem sie friedlich einschliefen.

Nach einem langen Verdauungsschlaf in der Herbstsonne begannen sie, am frühen Nachmittag ihr neues Revier zu erkunden. Sie markierten die Grenzen ihres Geländes und rieben sich an den Zweigen oder am Boden, damit ihr Geruch daran haftete, als Warnung für die anderen Wölfe. Mehrere Stunden durchstreiften sie das Tal und entdeckten sein Wild, seine Wasserstellen, seine Hügel … Dann hörten sie plötzlich das Heulen eines anderen Wolfs.

Imala richtete sich auf ihren Vorderbeinen auf und versuchte herauszufinden, woher der Ruf kam. Sie nahm gerade Witterung auf, als sie sah, wie Taibron mit erhobenem Schwanz nach Norden lief. Sie folgte ihm, und bald kamen sie in Sichtweite des Eindringlings. Auf einem Felsen saß ein einzelner junger Rüde mit braunem, grau und schwarz gesprenkeltem Fell, dem ein Auge fehlte, was darauf hindeutete, dass er sein Rudel wohl nach heftigen Kämpfen hatte verlassen müssen.

Taibron zögerte keine Sekunde und galoppierte auf den jungen Wolf zu, um ihn zu vertreiben. Dieser wartete bis zum letzten Augenblick, bevor er floh. Er lief schnell und hängte den grauen Wolf mühelos ab. Taibron trabte zu Imala, die sich im Hintergrund gehalten hatte, zurück, aber als er sie erreicht hatte, sah er, dass der junge, braune Wolf erneut auf dem Felsen saß.

Diesmal ging Imala auf ihn los. Und wieder wartete der einäugige Wolf bis zum letzten Augenblick, bevor er weglief. Sobald Imala langsamer wurde, wurde auch er langsamer. Und wenn sie wieder schneller lief, legte auch er einen Zahn zu.

Nach einer langen Jagd den Talhang hinauf gab Imala auf und kehrte zu Taibron zurück. Der junge Wolf, ganz offensichtlich ein ziemlicher Dickkopf, kam ebenfalls zurück.

Dieses kleine Spiel dauerte eine geraume Weile, bis das Paar seine Aggressivität gegen den Neuankömmling aufgab. Er hatte seine Schnelligkeit unter Beweis gestellt und sich damit als ein würdiger Gefährte erwiesen. Nach und nach ließen sie ihn näher kommen.

Und der junge, braune Wolf gab einen Beweis seiner Unterwürfigkeit. Mit geschlossenem Maul und eingeklemmtem Schwanz, den Körper flach am Boden und die Beine leicht angewinkelt, kroch er zu ihnen und legte sich neben Taibron auf die Seite. Der große, graue Wolf zeigte ihm seinerseits seine Macht, indem er sich über ihn beugte und ihn zwei- oder dreimal leicht zwickte, ohne Bosheit, aber doch bestimmt. Der braune Wolf begann, ihn zu lecken, und ließ ein leises, freundschaftliches Jaulen hören. Als Taibron sich umdrehte, um, gefolgt von Imala, wieder hinab ins Tal zu laufen, rannte der junge Wolf hinter ihnen her.

Er war der erste Wolf, der in das Rudel aufgenommen wurde, und die Legende gab ihm den Namen Tamaran, der einäugige Wolf. Nach ihm schlossen sich noch vier weitere Wölfe Imalas Rudel an. Zwei Männchen und zwei Weibchen. Sehr schnell waren sie also sieben, und diese Zahl schien ihnen wohl ausreichend, denn von nun an durfte sich kein anderer Wolf mehr den Grenzen ihres Reviers im Tal von Loma nähern.

»Ich werde Euch nicht enttäuschen, Herr. Lasst mich nach ihr suchen, und ich werde Euch ihren Ring und ihren leblosen Körper bringen.«

»Nein. Diesmal wird sie zu uns kommen.«

Maolmòrdha stand auf den Zinnen des höchsten Turms des Palastes von Shankha. Er wandte Ultan, dem weißhaarigen Ritter, seinem treuesten Ratgeber, dem, der einmal sein Magistel gewesen war, den Rücken zu. Den Kopf zum dunklen Nachthimmel erhoben, schien er Witterung aufzunehmen, auf den Saiten des Windes die Spur seiner letzten Beute zu suchen. Sein schwarzer Umhang flatterte im Herbstwind und enthüllte jedes Mal, wenn er hochgewirbelt wurde, seine dunkle Rüstung und ab und zu sogar das rohe Fleisch seines monströsen Gesichts. Er rührte sich nicht, als würde er von tausend unsichtbaren Dämonen über der Leere gehalten, eine hoch aufgerichtete Gestalt, die die Tiefe der Dämmerung und der schlafenden Insel herausforderte.

»Ayn'Sulthor, Dermod Cahl... Und meine Gorgunen. Alle sind gescheitert. Keiner hat sie zu unterwerfen vermocht. Ich allein – das weiß ich jetzt – werde ihr trotzen können. Und sie wird zu mir kommen, denn sie hat keine andere Wahl. Nein, du wirst mir hier mehr nutzen, wenn sie kommen wird, als wenn du dich morgen an ihr brichst wie eine Welle an einem Felsen.«

Ultan nickte katzbuckelnd.

»Wie lange werden wir warten müssen? Wie viele Kräfte wird sie versammelt haben, Herr, wenn sie zu uns kommt?«

Derjenige, der Träger der Flamme der Finsternis genannt wurde, drehte sich abrupt um und ging auf Ultan zu. Der Krieger senkte den Blick vor dem imposanten Schatten seines Herrn.

Maolmòrdha legte eine Hand auf seinen Kopf, wie man es tut, um ein Kind zu beruhigen. Aber seine Bewegungen hatten nichts Beruhigendes. Stattdessen ging eine Welle von Hass von ihnen aus.

»Wir werden nicht zulassen, dass sie sich neu organisiert. Sie hat bereits viel verloren. Viele, die sie hätten unterstützen können, sind inzwischen ins Reich der Toten eingegangen, aus dem ich allein sie herausholen könnte. Aodh, getötet mit einem Pfeil von diesem Idioten Samael. Phelim, getötet von meinen Herilim. Sarkan, der Anführer der Klans. Galiad, Faith … Ich habe ihre Reihen bereits gelichtet. Und wir werden weitermachen, aber diesmal mit List. Und sie wird wie sie sterben. Am Ende werde ich Saiman und Ahriman in mir vereinen. Es ist alles nur eine Frage der Zeit.«

»Was kann ich tun, damit es uns gelingt?«, fragte Ultan, der nicht wagte, den Kopf zu heben.

Der Abtrünnige drehte sich langsam wieder zu den Zinnen um. Einen Augenblick stand er reglos da, während in der Ferne das Rauschen des Meeres seinem Schweigen antwortete. Der Palast von Shankha war jetzt fast leer. Die Gorgunen waren tot, und die Herilim waren schon lange vor ihnen gestorben. Es gab nur noch ein paar Sklaven, ein paar Wächter, keine Armee. Aber für Maolmòrdha war das jetzt nicht mehr wichtig. Er musste jetzt allein mit ihr sein. Eine andere Lösung gab es nicht.

Der Abtrünnige grunzte und sagte dann nur: »Es gibt in diesem Palast einen ehemaligen Wächter aus Sarrland mit Namen Almar Cahin. Hol ihn her.«

2

Die Soldaten der Erde

Als Erwan Al'Daman ankündigte, dass das Lager abgebrochen werde, wurde diese Nachricht von der ganzen Armee mit großer Begeisterung aufgenommen. Die Soldaten hatten den Samildanach am Abend zuvor mit Mjolln Abbac und dem Großdruiden gesehen, und alle hatten begriffen, dass die Dinge sich endlich ändern würden.

Eilig wurden Tische und Hütten abgebaut, Marschgepäck, Waffen und Lebensmittel zusammengepackt, und als endlich alles bereit war, mussten die Befehle abgewartet werden. Am frühen Nachmittag erschienen Alea und Erwan zu Pferd vor den Soldaten, die auf der Lichtung warteten. Sie waren kaum mehr als hundert, die meisten waren gestorben, manche waren während der allgemeinen Flucht verschwunden. Und andere hatten sich vermutlich abgesetzt. Aber im Blick der Soldaten, die noch da waren, lag ein Stolz, an den Alea sich erst gewöhnen musste.

Aufrecht auf ihrem Pferd sitzend, ergriff Alea das Wort, und sie sprach so laut sie konnte, aber mit einer Stimme, die, wie sie hoffte, sanft genug war.

»Ich möchte euch zunächst allen danken und euch um Verzeihung bitten. Jeder von uns hat einen lieben Menschen verloren, ihr, ich, meine Freunde… Das dürfen wir niemals vergessen. Wir dürfen nicht kämpfen, um zu sterben, sondern um zu leben. Ich weiß, dass ihr seit langem darauf wartet, dass wir uns wieder in Marsch setzen. Heute ist die Stunde gekommen. Zunächst werden wir zum Gor-Draka-Gebirge marschieren, wo weitere mutige Soldaten auf uns warten. Tuathann-Krieger.«

Betretenes Schweigen in der Menge. Noch schienen nicht alle bereit zu sein, sich mit den Tuathann, die sie noch immer für barbarische Ungeheuer hielten, zu vereinen.

»Tagor, mein Bruder, ist bei ihnen. Aber abgesehen von diesem Bruder sind alle Tuathann unsere Familie, unser Blut. Das Blut dieser Erde. Sie sind Gaelias Kinder, und wenn wir diese Insel lieben, dann werden wir sie zu unseren Brüdern machen. Anschließend werden wir nach Sarrland marschieren. Und unterwegs werden wir versuchen, weitere Soldaten zu gewinnen. In jedem Dorf müssen wir, wie Galiad es getan hat, die Männer überzeugen, uns zu folgen. Denn wir müssen unsere Armee verstärken. Eine Friedensarmee.«

Zustimmendes Gemurmel erhob sich aus den Reihen der Soldaten.

»Oh, ich will euch nicht belügen«, fuhr Alea fort. »Es wird mit Sicherheit weitere Tote geben. In unseren Reihen und in denen unserer Feinde. Aber ich gebe euch ein Versprechen. Ein einziges Versprechen. Ich werde nicht ruhen, bis auf der Insel wieder Friede herrscht.«

Diesmal jubelten die Soldaten Alea zu. Manche riefen ihren Namen, andere nannten sie Samildanach.

Alea hob die Hand. Sofort trat Schweigen ein.

»Ich will nicht mehr, dass ihr mich Samildanach nennt. Ihr seid nicht die Armee des Samlidanach. Ich bin Alea, Tochter von Phelim und der Erde, und diese Armee wird von nun an die Armee der Erde sein. Ihr seid die Soldaten der Erde!«

»Vorwärts, Marsch!«, befahl Erwan.

Und alle Krieger setzten sich in Bewegung, getragen von ein und demselben Gefühl, einer neuen Hoffnung. Aleas Banner erhob sich da und dort in den Reihen der Infanteristen. Ihr Symbol war darauf zu erkennen, zwei Hände, die eine Krone und ein Herz beschirmten, rot gestickt auf weißem Grund.

Bevor auch der junge Al'Daman sein Pferd in Bewegung setzte, warf er einen Blick auf die, die er liebte. Alea verstand es bereits, wie ein richtiger Feldherr zu den Truppen zu sprechen. Es erstaunte ihre Gefährten immer wieder, wie sie von Tag zu Tag reifer wurde. Und ihr Charisma wurde umso stärker, je mehr der Druck ihres Schicksals ihre Stirn verdüsterte. Sie war ernst und schön, und der junge Magistel hoffte, dass er ihr eines Tages seine Liebe unter anderen Umständen und mit anderen Perspektiven gestehen könnte, frei und ruhig.

Er ritt los und wurde bald von Kaitlin und Mjolln eingeholt. Ihre Pferde eröffneten vor den Soldaten den Marsch nach Osten. Alea und Finghin blieben zurück. Seit dem Vorabend hatten sie nicht aufgehört, miteinander zu reden, und der Inhalt ihrer Gespräche hatte schließlich sogar die immerhin beträchtliche Neugier des Zwergs erlahmen lassen, der glücklich war, sie nicht mehr hören zu müssen.

Aleas Pferd ging neben dem des Druiden. Einen Augenblick schwiegen sie, und als die Soldaten genügend Vorsprung gewonnen hatten, sodass sie sprechen konnten, ohne gehört zu werden, nahmen sie ihre Unterhaltung wieder auf.

»Glaubst du, Finghin, dass es richtig von mir ist, diese Männer so zu belügen?«

»Du hast sie nicht belogen«, sagte der Großdruide erstaunt.

Alea lachte nervös. »Ich rede von Frieden zu ihnen, und dabei erwartet uns ein langer Krieg. Wir haben nur Feinde auf dieser Insel, und ich weiß nicht, wie wir tausende von Toten vermeiden können. Ich bin zur Lügnerin unter Lügnern geworden.«

»Aber wir kämpfen schließlich für den Frieden«, erwiderte Finghin.

»Das sagen die Kriegführenden doch immer, oder nicht? Das muss immer als Entschuldigung herhalten. *Wenn wir den Frieden wollen, müssen wir erst einmal Krieg führen.*«

Der Druide seufzte. »Dass du trotzdem den Mut gehabt hast, ihnen zu sagen, dass es Tote geben werde, zeigt, dass du weißt, dass wir keine andere Wahl haben.«

»Wirklich nicht?«

»Wenn du nicht glaubst, dass der Krieg, so entsetzlich er auch ist, das einzige Mittel ist, dieser Insel wieder den Frieden zu bringen, warum hast du es ihnen dann gesagt, und vor allem, warum willst du die Reihen deiner Armee verstärken?«

Alea zuckte die Achseln.

»Um Zeit zu gewinnen vermutlich«, erklärte sie. »Ich behaupte ja gar nicht, dass ich eine Alternative kenne, ich sage nur, dass wir eine finden müssen.«

»Ein Armee aufzustellen, die mächtig genug ist, damit alle anderen sie fürchten und gar nicht erst wagen, diesen Krieg zu beginnen? Den Feind mit der Bedrohung bekämpfen?«

»Das würde nicht sehr lange funktionieren. Es würde

immer jemanden geben, der eines nahen Tages eine mächtigere Armee aufstellt.«

Finghin nickte. Beide schwiegen einen Augenblick, und nur das Geräusch der Hufe ihrer Pferde auf der Erde Galatias war zu vernehmen.

»Wissen wir denn wirklich, wer unsere Feinde sind?«, fragte der Druide schließlich. »Und welche Kämpfe uns bevorstehen?«

»Ich sehe zwei«, erwiderte Alea sofort, als hätte sie diese Frage erwartet. »Unser erster Kampf wird darin bestehen, dieser Insel wieder den Frieden zu bringen. Oder genauer, einen neuen Frieden zu bringen. Der Friede, der vorher herrschte, würde nicht mehr funktionieren können. Der Krieg, der Gaelia zerreißt, ist ein Glaubens- und Eroberungskrieg.«

»Das scheint mir auch so«, erwiderte Finghin. »Ein Glaubenskrieg gegen die Christen ...«

»Nein«, unterbrach Alea ihn. »Nicht *gegen* die Christen. *Zwischen* den Bischöfen und den Druiden. Sie haben das Volk in den Krieg geführt. Nicht umgekehrt.«

»Aber es gibt doch einen Krieg zwischen den Christen und denen, die an die Moira glauben«, entgegnete Finghin.

»Ich glaube weder an Gott noch an die Moira, Finghin, aber deswegen will ich doch nicht gegen die kämpfen, die an das eine oder das andere glauben; ich bin sicher, dass es Platz für beides gibt.«

»Du glaubst nicht an die Moira?«, rief Finghin.

Mit weit aufgerissenen Augen sah er Alea an. Aber sie wirkte aufrichtig und selbstsicher. Und da erinnerte er sich an das, was Kiaran ihm gesagt hatte, als er mit ihm und Aodh in diplomatischem Auftrag im Namen Sai-Minas nach Providenz gereist war. Die genauen Worte des Großdruiden waren gewesen: »*Nicht die Moira entscheidet, sondern die Menschen.*« Er erinnerte sich, wie sehr dieser Satz ihn damals schockiert, aber auch wie nachdenklich er ihn gemacht hatte…

»Soll ich dir die Bedeutung der zweiten Prophezeiung sagen?«, fragte Alea, anstatt auf die Frage ihres Freundes zu antworten.

»Gibt es da einen Zusammenhang?«

»Ja. Erinnerst du dich, dass die erste Prophezeiung sagt, dass, wenn ich der Samildanach bin, es nach mir keinen Samildanach mehr geben wird?«

»Ja. *Und diese Frau wird der letzte Samildanach sein*, irgendetwas in der Art…«

»Und die zweite Prophezeiung sagt, dass, wenn ich den Sinn der Moira begreife, es nach mir keine Moira mehr geben wird.«

Finghin schüttelte fassungslos den Kopf. »Ich bin nicht sicher, ob ich verstehe…«

Alea lächelte. »Ich auch nicht. Jedenfalls nicht ganz. Ich habe dir gesagt, dass eine der beiden letzten Prophezeiungen sich erfüllt hat, und das ist der Beweis, dass ich den Sinn der Moira nicht wirklich verstanden habe. Die dritte Prophezeiung sagt, dass, wenn ich den Sinn des Saiman verstehe, es den Saiman nach mir nicht mehr geben wird.«

Der Druide schwieg. Er fragte sich, ob er schockiert, erschrocken oder amüsiert sein sollte.

»Finghin«, fuhr Alea feierlich fort. »ich werde das Ende des Samildanach, das Ende der Moira und das Ende des Saiman sein.«

Der Druide seufzte tief.

»Falls diese Prophezeiungen richtig sind«, entgegnete er.

»Ich wünschte, sie wären es nicht. Aber die erste war unglaublich präzise, nicht wahr?«

Finghin konnte nur nicken. »Glaubst du, dass aus all dem irgendetwas Gutes entstehen kann?«, fragte er beunruhigt und versuchte, seine Stimme wieder normal klingen zu lassen.

Alea zuckte die Schultern. »Wir werden sehen. Als ich im Lebensbaum war, hat Oberon, der König der Sylphen, mir gesagt, dass, wenn es mir gelänge, die drei Prophezeiungen zu erfüllen, es die Sylphen nicht mehr geben würde. Ich denke, das liegt daran, dass sie ganz eng mit allem verbunden sind, mit dem Saiman, mit der Moira... Aber er hat mir auch gesagt, dass ich sie retten könnte. Das kam mir damals sehr merkwürdig vor, aber ich glaube, dass ich allmählich zu verstehen beginne.«

»Da hast du aber Glück!«

»Wie auch immer, um auf unseren Kampf zurückzukommen, es gibt durchaus einen Glaubenskrieg auf dieser Insel, aber das ist nicht alles. Er gibt auch einen Eroberungskrieg.«

»Die Tuathann wollen die Insel zurückerobern.«

»Die Tuathann sagen, dass sie ihnen gehört. Und sie hätten gewiss recht, wenn die Erde tatsächlich jemandem gehören könnte. Aber die Erde gehört niemandem. Die Menschen gehören im Gegenteil der Erde.«

Finghin prustete los. »Du hörst dich an wie einer meiner Brüder im Rat! Mit schönen Worten wie diesen wirst du die territorialen Konflikte nicht lösen können, Alea.«

»Du hast sicher recht, leider. Aber wir werden eine Möglichkeit finden müssen, diese blödsinnigen Besitzansprüche zu lösen. Gaelia darf niemandem gehören. Alle müssen dort leben können. Das ist doch eine Selbstverständlichkeit, oder?«

Der Druide nickte. »Du sagtest doch, dass wir zwei Kämpfe zu führen hätten«, sagte er. »Der erste bestünde also darin, der Insel einen neuen Frieden zu bringen. Eine Lösung für die Glaubens- und Eroberungskriege zu finden. Aber was ist unser zweiter Kampf?«

»Maolmòrdha.«

Finghin hatte diese Antwort erwartet. Aber es war ihm wichtig, sie zu hören. Vielleicht weil er nicht den Mut hatte, es selbst zu sagen.

»Und was sollen wir gegen ihn unternehmen?«, fragte er.

»Ihr nichts. Ich werde ihn vernichten müssen.«

»Diesmal suchst du also keine friedliche Lösung?«, fragte der Druide.

»Doch. Bis zu dem Tag, an dem ich ihm mein Messer an die Kehle setzen werde, werde ich eine friedliche Lösung suchen. Aber wenn ich bis zu dem Tag keine gefunden habe, dann werde ich ihm die Kehle durchschneiden, wie er die Kehle der Menschen durchgeschnitten hat, die mir nahestanden.«

Finghin erinnerte sich jetzt an seine langen Gespräche mit Mel, Kaitlins Bruder. Er erinnerte sich, wie der Wanderschauspieler ihn immer wieder gezwungen hatte, seine Gedanken konsequent zu Ende zu denken. Wie er ihm bewiesen hatte, wie viel Mut es erfordert, wirklich konsequent zu sein.

»Alea«, rang er sich schließlich verlegen durch, »warum wendest du deine Friedenslogik nicht auch auf diesen Feind an? Warum willst du diesen Konflikt lösen, indem du tötest, während du die anderen friedlich lösen willst?«

»An dem Tag, an dem ich vor ihm stehen werde, Finghin, werde ich nicht mehr der Samildanach sein, werde ich nicht mehr die Anführerin dieser Armee sein und auch nicht diejenige, die der Rat gesucht hat, diejenige, auf deren Kopf der König eine Prämie ausgesetzt hatte. Ich werde nur noch ein vierzehnjähriges Mädchen sein, dessen Vater man getötet hat.«

»Die meisten Männer ziehen in den Krieg, weil man ihren Vater getötet hat. Wenn du nicht in der Lage bist, die Anstrengung, die du von den anderen erwartest, auf dein eigenes Verlangen nach Rache anzuwenden, wenn du selbst nicht in der Lage bist, deinem schlimmsten Feind gegenüber keine andere Lösung als den Krieg zu finden, dann wird deine Friedensbotschaft nichts wert sein.«

»Du möchtest, dass ich dem Mann vergebe, der meine Adoptiveltern, meinen Vater und meine engsten Freunde getötet hat? Faith hatte geschworen, den Tod der beiden Wirtsleute zu rächen. Und jetzt ist sie durch die Hände desselben Henkers ums Leben gekommen. Und du möchtest, dass ich ihm vergebe?«

»Glaubst du, dass es den Tuathann leichterfallen wird, uns, den Gaelianern, zu verzeihen, dass wir sie einst von ihrem Land vertrieben haben, indem wir ihre Väter töteten?«

Zum ersten Mal wusste Alea nicht, was sie antworten sollte. Und Finghin sah, dass ihr eine Träne über die Wange lief.

»Tagor, wir kommen.«

Die Welt von Djar ist noch immer da. Immer anders. Ich weiß, dass mein Bruder mich erwartet. Er ist unter diesem Gipfel, im Gebirge, ein paar Schritte vom Tor der Welten entfernt. Dort, wo unsere Mutter Phelim getroffen hat. Dieses Tor vereint uns. Und dieses Tor werde ich schließen müssen.

»Tagor, ich glaube, ich verstehe, was unsere Mutter wollte. Ich weiß, dass du mich hörst. Ich weiß, dass du wie ich denkst. Dass du deinen Vater gebeten hast, die Kämpfe einzustellen. Unsere Mutter, nicht wahr, hat dir das mitgegeben. Diesen Wunsch, dass die Kriege aufhören. Ja, ich glaube, ich verstehe, was unsere Mutter wollte. Eine Brücke schaffen. Zwischen deinem Volk und meinem. Aber jetzt müssen wir uns entscheiden. Nach unten zurückkehren oder die obere Welt akzeptieren. Ich habe nicht das Recht zu resignieren. Ich habe nicht das Recht aufzugeben, verstehst du, Tagor? Zu viele aus meinem und deinem Volk sind gestorben, und deswegen müssen wir konsequent bis zum Ende gehen. Ich bin die Welt von morgen. Tochter aller Völker. Tochter der Erde, Tochter der Druiden, Tochter der Tuathann und Tochter der Menschen. Warte auf mich, Tagor. Gemeinsam werden wir die Brücke vollenden, die unsere Mutter begonnen hat.«

Ein Geräusch. Da ist jemand. Vielleicht Phelim. Nein. Ich glaube nicht, dass er zurückkommen kann. Und das ist auch besser so. Ich will ihn nicht mehr sehen. Die Erinnerung an ihn nicht mit der an Dermod Cahl verbinden. Phelim, bleib in meinem Herzen. – Aber wer dann?

Kiaran.

Ich erkenne diesen Schritt. Ich drehe mich um. Er ist da. Auch heute trägt er hier, wie gestern, wie morgen, die Kleider eines Wanderschauspielers. Und auf seinem Gesicht dieses so ganz andere Lächeln.

»Guten Tag, Kiaran.«

Er spioniert mir jetzt nicht mehr hinterher. Er macht absichtlich auf sich aufmerksam, wenn er kommt. Er kündigt sich an.

»Guten Tag, Alea.«

»Ich freue mich, Euch zu sehen, Druide.«

»Ich auch, obwohl mein Herz verletzt ist. Sai-Mina ist gefallen.«

Schon. So schnell hatte ich das nicht erwartet. Und dennoch. Es ist eigentlich ganz logisch. Zuerst Sai-Mina. Dann alles Übrige. Durch meine Schuld. Oder dank meiner. Ich werde dieses Tor wieder schließen.

»Henon und drei weitere unserer Brüder sind fortgegangen und haben zahlreiche junge Druiden mit sich genommen. Der Rat ist gespalten.«

»Was sagt Ernan?«

Der arme Ernan. Ich frage mich, ob die Schultern des Erzdruiden stark genug sein werden. Wie sehr muss er den Tod von Ailin und Phelim bedauern!

»Ich denke, er wird sich dir anschließen wollen, Alea. Die anderen werden überzeugt werden müssen, aber ich sehe keine andere Lösung. Was mich betrifft, so ist meine Entscheidung bereits gefallen. Unser Platz ist an deiner Seite. Wie Phelim gesagt hatte.«

»Aber Ihr wisst, Druide, dass es, wenn Ihr Euch mir anschließt, keine Umkehr mehr gibt.«

»Die gibt es auch nicht mehr, wenn wir uns dir nicht anschließen.«

»Das ist wahr.«

»Weißt du schon, Alea, was für ein Gaelia du uns schenken willst?«

Das ist genau die Frage. Er stellt die einzige Frage, die es verdient, gestellt zu werden. Er muss wissen, dass ich keine Antwort habe. Ich muss aufrichtig sein.

»Nein. Ich weiß es nicht. Aber weiß, dass es ein neues Gaelia sein wird.«

»Macht mich zu Eurem Erzdruiden, und ich werde diesen Rat zu dem mächtigsten machen, den Euer Orden jemals gehabt hat.«

Königin Amina von Galatia hatte Henon in dem großen, luxuriösen Arbeitszimmer des Palastes in Providenz empfangen. Der Großdruide hatte sich selbst zum provisorischen Führer dieses neuen Druidenordens erklärt. Er hatte den Weggang aus Sai-Mina organisiert – und den Raub der hundertjährigen Eiche, den Aminas Gärtner in diesem Augenblick an einem geheimen Ort in den Gärten des Palastes wieder einpflanzten.

Henon hatte diese Spaltung beschlossen. Und seine künftigen Verbündeten gewählt. Der Augenblick war also gekommen, mit der Königin zu verhandeln.

Die Hauptstadt war noch nie so aktiv gewesen wie seit Eoghans Tod. Amina schien machtbesessen, aber auch arbeitswütig, und all ihre Untertanen hatten sich ihrem Rhythmus zu unterwerfen. Sie brachte neue politische, wirtschaftliche, juristische und soziale Projekte auf den Weg, schickte mehr und mehr Sachverständige auf Mission, verstärkte die Reihen der Armee, erhöhte einige Steuern und schaffte andere ab, erließ neue Gesetze… All diese Entscheidungen, die früher von den Druiden getroffen und vom König mit legendärer Langsamkeit umgesetzt worden waren, hatte sie jetzt an sich gerissen, und sie hatte sich vorgenommen, dieses verschlafene Königreich unter ihre Kontrolle zu bringen. Manche Galatier begannen die Königin sogar zu schätzen. »*Wenigstens versucht sie, die Dinge voranzubringen*«, hieß es da und dort, und manchmal hatte man bereits vergessen, wie sie auf den Thron gekommen war. Denn für andere blieb sie eine verrückte Königsmörderin, eine skrupellose Mörderin, die nicht zum Wohl der Insel handelte, sondern einzig und allein aus Machtgier. Und diese Machtgier veranlasste sie gewiss auch, sich Hoffnungen auf den Titel des Erzdruiden zu machen.

»Das scheint mir absolut unmöglich, Majestät.«

»Und warum?«, empörte sich die Königin, die bereits nicht mehr gewohnt war, dass man ihr irgendetwas abschlug.

Henon wusste, dass dieses Gespräch das wichtigste von allen war. Heute würde sich alles entscheiden. Seine Stellung und die seiner Brüder, die Zukunft des Ordens und vielleicht sogar die Zukunft Gaelias. Aber er wusste auch, dass er in der Position des Schwächeren war. Die Audienz bei der Königin von Providenz war seine einzige Chance, seinen Aufstand zu einem guten Ende zu bringen, seine einzige Hoffnung, nach der Spaltung Sai-Mina die Stirn zu bieten. Dem, was davon noch übrig war, jedenfalls.

Sie weiß genau, warum ich mich nicht dazu durchringen kann, sie zur Erzdruidin zu ernennen. Zunächst einmal aus praktischen Gründen, aber auch, weil ich diese Stellung für mich reserviert habe. Wenn ich nachgebe, könnte ich den Rat nicht leiten, und wer weiß, wohin die Frau uns führen wird? Ich muss meine Position behalten. Ich muss der neue Erzdruide sein.

»Weil Ihr eine Frau seid, Majestät, und weil Ihr kein Druide seid«, lautete Henons Antwort. »Wenn wir den Rat auf glaubwürdige Weise wiederaufbauen wollen, müssen wir den Traditionen unseres Ordens treu bleiben. Dagegen hindert uns nichts daran, Euch einen Platz bei unseren Zuammenkünften zu geben und Euch als besonderen Gast zu empfangen.«

»Dummes Geschwätz!«, rief die Königin aufgebracht. »Das Verbot, Frauen zu initiieren, ist ein Trick der ersten Druiden, die dem Sinn der Moira vollkommen widerspricht.«

»Nein. Es gibt durchaus einen Grund dafür. Keine Frau ist in der Lage, den Saiman zu beherrschen.«

»Alea ist der Beweis für das Gegenteil!«, entgegnete Amina.

»Es gibt keinen Beweis, dass sie ihn tatsächlich beherrscht«, behauptete Henon kühn.

»Spart Euch diese Art von Lügen für die Dummköpfe auf. Und wenn Ihr mit mir sprecht, Druide, seid so höflich, nur Dinge zu sagen, an die Ihr selbst glaubt. Ihr wisst sehr gut, dass sie der Samildanach ist und dass sie den Saiman besser als Ihr beherrscht.«

Henon wusste nicht, was er antworten sollte. Die Aggressivität und die Verachtung dieser so jungen Frau machten ihn sprachlos.

»Ich habe die Unterweisung der Vates bekommen, und ich bin mit dem Orden vertraut, Henon. Sobald Ihr mich zur Erzdruidin ernannt habt, werdet Ihr genügend Zeit haben, mich zu lehren, den Saiman zu beherrschen.«

»Amina, ich weiß, dass ich Euch zu Dank verpflichtet bin, und wir werden eine Möglichkeit finden, uns mit Euch zu verbinden, die für Euch vorteilhaft ist. Aber es ist völlig ausgeschlossen, eine Person zum Erzdruiden zu ernennen, die unsere Macht nicht bereits beherrscht.«

Sie gewinnt an Boden. Indem ich mich auf den Saiman konzentriert habe, habe ich hinsichtlich des Verbots, eine Frau zu initiieren, bereits nachgegeben, ohne es zu wollen. Ich muss wieder die Oberhand gewinnen. Aber ich habe nicht den geringsten Trumpf in der Hand.

»Ich lasse Euch keine andere Wahl«, drohte Amina, als hätte sie die Gedanken des Druiden gehört.

»Es ist nur zu Eurem Wohl, dass ich mich widersetze«, erwiderte Henon. »Ihr könntet den Rat nicht leiten, ohne den Saiman zu beherrschen, und die Großdruiden würden sich weigern, einer Nichteingeweihten zu vertrauen.«

»Ich werde sie sehr schnell zur Vernunft zu bringen wissen.«

Dazu wäre sie in der Tat fähig.

»Das Volk selbst wäre schockiert über die Aufgabe unserer Werte und unserer Traditionen. Ihr könnt nicht gleichzeitig Königin und Druidin sein …«

»Im Gegenteil, das Volk erwartet eine Veränderung. Und ich bin am geeignetsten, diese Veränderung herbeizuführen. Viele Frauen werden begeistert sein, dass der Orden ihnen endlich seine Pforten öffnet. Es gibt viele Bardinnen, die ausgezeichnete Druidinnen sein würden.«

»Das würde das Gleichgewicht aus den Angeln heben …«

»Es hat niemals existiert, eben weil die Frauen aus Eurem Orden ausgeschlossen waren. Im Gegensatz zu dem, was Ihr behauptet, werden gerade die Frauen dem Rat das Gleichgewicht zurückgeben. Gerade der Eintritt der Frauen wird die Macht der Druiden stärken. Ihr müsst jetzt wachsen, und ohne die Frauen und vor allem ohne mich werdet Ihr es nicht können. Das Scheitern von Sai-Mina ist der ausdrückliche Beweis für die Ineffizienz Eurer Struktur.«

Ich muss ein unwiderlegbares Argument finden. Ich kann nicht zulassen, dass sie uns in ihrer Machtgier schluckt.

»Kein Druide wird bereit sein, Euch die Geheimnisse des Saiman preiszugeben.«

»Wenn die Druiden sich weigern, sich mit mir zu verbinden, dann werde ich mich den Christen zuwenden müssen.«

»Wir lehnen die Verbindung ja nicht ab! Unsere Anwesenheit hier ist der Beweis, dass wir uns Euch anschließen möchten. Aber das bedeutet nicht, dass wir die Gesetze des Ordens ändern. Sondern lediglich seinen Sitz.«

»Ihr werdet mich zum Erzdruiden ernennen, oder Ihr werdet aus meinem Land verjagt. Seid auf der Hut, Henon. Es wird auf Gaelia niemanden mehr geben, der Euch aufnehmen wird. Selbst nach Sai-Mina werdet Ihr nach Eurem Verrat nicht mehr zurückkehren können.«

Der Ton wurde schärfer. Die Repliken folgten immer schneller aufeinander. Keiner wollte an Boden verlieren. Aber die Königin war gewiss die Bessere in diesem kleinen Spiel. Das hatte sie in der Vergangenheit schon mehrfach bewiesen …

»Unterschätzt unsere Macht nicht«, sagte Henon wagemutig und versuchte, seine Stimme bedrohlich klingen zu lassen, »wir sind im Besitz der Man'ith.«

»Vergesst nicht die meine. Ich stehe an der Spitze der größten Armee des Landes …«

»Diejenigen von Harcort und von Braunland werden Euch vernichten …«

»Ich könnte mich mit ihnen gegen Euch verbünden. Gegen alle Druiden. Warum wehrt Ihr Euch so, Henon?«

»Weil ich an die Weisheit meines Ordens glaube, weil ich an das Gleichgewicht unserer Gesetze glaube, weil ich an den Saiman glaube und weil ich weiß, dass er Männersache ist. So hat die Moira es immer gewollt.«

»Und ich glaube, dass Ihr Euch wehrt, weil Ihr diese Stellung selbst anstrebt. Ihr möchtet Erzdruide werden, nicht wahr?«

Henon antwortete nicht.

»Aber heute habt Ihr nur eine Wahl: Entweder werdet Ihr tatsächlich Erzdruide, aber an der Spitze eines jämmerlichen Rats, der von allen im Stich gelassen wurde und den auch ich ablehnen werde, oder Ihr willigt ein, mein Berater zu sein und mich zum Erzdruiden zu ernennen, und gemeinsam werden wir diesen neuen Rat an die Spitze eines sehr viel stärkeren Gaelia führen.«

Der Großdruide seufzte tief. Die Königin hatte eine perfekte Falle gestellt, aus der es kein Entrinnen gab. Sie hatte die Druiden zu sich gelockt, und jetzt konnten sie nicht mehr zurück. Die politische Situation der Insel ließ ihnen keine andere Wahl, als auf ihre Forderungen einzugehen. Auf jede ihrer Forderungen. Aber er hätte gern die Möglichkeit gehabt, sich ein wenig zur Wehr zu setzen.

»Ich werde meine Brüder niemals dazu bringen können, dem zuzustimmen.«

Amina begriff sofort, dass sie gewonnen hatte.

»Wir brauchen ihre Zustimmung nicht. Sie werden sich uns anschließen, oder sie werden verjagt werden.«

»Das ist keine sehr feinfühlige Methode, auf diese Weise werdet Ihr Euch sicher nicht sehr viele Freunde machen.«

»Es ist meine Methode, Henon, von Anfang an, und

sie funktioniert. In der Politik halte ich nicht viel von Feinfühligkeit.«

Henon nickte. Das hatte die Königin in der Tat schon seit langem bewiesen.

Es gab keinen jungen Wolf in dem Rudel, und alle Mitglieder durchstreiften gemeinsam ihr Revier, mit nichts anderem beschäftigt, als es zu schützen und auf Nahrungssuche zu gehen. Das Rudel ging fast täglich auf die Jagd, wobei alle Wölfe sich hinter Taibron, dem dominanten Rüden, hielten, dessen Schwanz stolz erhoben war, als Zeichen für diejenigen, die ihm folgten.

Manchmal liefen sie stundenlang durch das Tal, bis sie auf eine der wenigen Elchherden stießen, die trotz der Gefahr geblieben waren. Wenn sie eine Gruppe von Tieren fanden, begannen die Wölfe, um sie herumzutraben und die Elche, die die Flucht ergriffen, zu verfolgen, ohne sie zu sehr bedrängen. Sie blieben zunächst auf Abstand und begnügten sich damit, in die gleiche Richtung wie ihre Beute zu laufen, ohne anzugreifen, um denjenigen in der Herde auszumachen, der am langsamsten lief oder sich als schwächer erwies.

Manchmal fanden die Wölfe nicht rechtzeitig das schwächste Beutetier, und die Herde floh, ohne dass das Rudel seinen Hunger stillen konnte. In Wirklichkeit waren die Jagden zu dieser Jahreszeit nur in ein oder zwei von sechs Fällen erfolgreich. Aber wenn sie einen Elch nach ihrem Geschmack fanden, langsamer oder schwächer als die anderen, fielen die Wölfe plötzlich in den Galopp, und die Hetzjagd begann. Es war eine Verfolgung, die das Opfer ermüden sollte; das Rudel konzentrierte sich auf dieses einzelne Tier, und sie wechselten sich ab, um niemals den Rhythmus zu verlieren und den Druck niemals zu verringern. Meist wurde der Elch schließlich müde und immer langsamer, und dann blieb einer der Wölfe – meist Tamaran, weil er der Schnellste war – seiner Beute dicht auf den Fersen und packte mit den Zähnen eines seiner Hinterbeine. Ein paar Schritte vermochte der Elch noch weiterzulaufen, während er vergeblich versuchte, sich von den in seinen Schenkel verbissenen Kiefern zu befreien, dann fiel er in einer Staubwolke schwer zu Boden. Die sechs anderen Wölfe stürzten sich sofort auf ihn und töteten das Tier mit ein paar Bissen.

Da es kein Junges zu ernähren hatte, fraß das Rudel seine Beute dort auf, wo es sie geschlagen hatte. Jedes erwachsene Tier konnte gewaltige Mengen während einer Mahlzeit verschlingen. Die Schnauze in den blutigen Körper des verendeten Tieres getaucht, rissen sie das Fleisch von den Knochen und knurrten nervös. Wenn alle Wölfe sich satt gegessen hatten, legten sie sich ein paar Schritte entfernt ins Gras, nah genug, um die Reste im Auge behalten zu können. Denn während der Schlafpausen beanspruchten andere Aasfresser, große, dunkle Vögel oder kleine, unerschrockene Kojoten, ihren Anteil an der Beute. Imala war stets am schnellsten, wenn es darum ging, die Fleischreste am Kadaver zu verteidigen. Oft genügte ein Knurren, um die Geier in die Flucht zu schlagen, und manchmal jagte sie einen Kojoten bis über die Grenzen des Reviers des Rudels, vermochte ihn aber nur selten einzuholen, denn mit vollem Magen war sie nicht so schnell und behende. Zuweilen verloren die Kojoten, die dumm genug waren zurückzukehren, ihr Leben unter den mörderischen Zähnen des Rudels.

Nach und nach gewannen die Wölfe ihre Gewohnheiten zurück, etablierten und festigten die Rangordnung im Rudel und fanden ihre Codes und Instinkte wieder. Das Rudel erwachte zum Leben, und Imala vergaß bereits ihr Leben als einzelgängerische Wölfin und die fernen Gestalten der Vertikalen.

Als der Tag sich neigte, erreichten Alea, ihre Gefährten und die Soldaten der Erde das Gor-Draka-Gebirge.

»Hier hat die Wölfin uns gefunden, meinen Vater und mich«, erklärte Erwan Alea und deutete auf die Hochebene etwas weiter oben, die er ohne Mühe wiedererkannte. »Auf einem dieser großen Felsen ist dein Symbol in den Stein gehauen.«

»Du wirst mir das alles nachher zeigen«, schlug das Mädchen vor. »Erst einmal werden wir hier ein Lager errichten und Kundschafter ins Gebirge schicken, die meinen Bruder suchen sollen.«

Der Magistel nickte und gab den Soldaten ein Zeichen, sich für die Nacht einzurichten.

Die Sonne war noch nicht ganz verschwunden, und ihre letzten Strahlen legten einen leichten rosa Schleier auf die Berggipfel und den Schnee.

Die Soldaten nutzten das schwache Licht und beeilten sich, das Lager aufzuschlagen. Es war eine Tätigkeit, die sie seit mehreren Abenden verrichteten und an die sie sich gewöhnt hatten. Erwan Al'Daman brauchte keine Befehle mehr zu geben, jeder wusste, was er zu tun hatte.

Als vier Kundschafter vor Alea erschienen, dankte sie ihnen und gab ihnen ihre Anweisungen.

»Ich will, dass ihr mein Banner tragt und auf diese Berge steigt. Hinauf zu diesem rabenschnabelförmigen Gipfel. Unterhalb davon warten Tuathann-Krieger. Ihr

Anführer heißt Tagor. Er ist mein Bruder. Sagt ihnen, dass Kailiana da ist, die Tochter der Erde, und dass wir sie erwarten. Vorsicht, es gibt bestimmte Gepflogenheiten, die ihr respektieren müsst, wenn ihr mit ihnen sprecht.«

Sie sah die vier Männer an. Sie hörten ihr aufmerksam zu.

»Wenn ihr Tagor seht, müsst ihr ihn mit genau diesen Worten ansprechen: ›Salve, Tagor, Sohn von Sarkan, die Erde möge dich sowie deinen Klan anerkennen.‹ Und anschließend müsst ihr euch ehrerbietig zeigen. Vergesst nicht, dass sie Männer von Ehre sind und die Erde über alles verehren.«

Die Kundschafter nickten.

»Jetzt geht. Schlaft bei ihnen und kommt morgen zurück. Dadurch, dass ihr eine Nacht mit ihnen verbringt, beweist ihr ihnen euer Vertrauen.«

Sie machten sich sofort auf den Weg, weil sie gewiss den Einbruch der Nacht fürchteten. Alea sah den vier Gestalten nach, wie sie hinter den hohen Felsen verschwanden, die über dem Lager emporragten. Dann wandte sie sich an Erwan.

»Hast du ihre Augen gesehen? Hast du ihren Blick gesehen? Man könnte meinen, sie trinken meine Worte. Ich könnte ihnen was auch immer befehlen, sie würden es tun ...«

»Du bist ihr Anführer, Alea, und sie haben schon lange keinen Anführer mehr gehabt, den sie so sehr bewundern können.«

»Das macht mir Angst.«

»Hör auf, dich zu beklagen, Alea, und lerne das Glück zu schätzen, wenn es dir lächelt. Viele Generäle würden von einer so treuen Armee träumen.«

»Ich träume nicht davon, General zu sein«, entgegnete Alea lächelnd.

»Du hast auf alles eine Antwort, nicht wahr?«

»Ich bin eben nicht auf den Kopf gefallen!«

Erwan musste unwillkürlich lächeln. Es war das erste Mal seit langem, dass Alea sich ein bisschen zu entspannen schien. Er nahm sie bei der Hand und zog sie zu der Hochebene, auf die er vorhin gedeutet hatte.

»Komm, ich werde dir diesen Felsen zeigen.«

Sie ließ ihn gewähren, und sie entfernten sich vom Lager, ohne ihren Gefährten Bescheid zu sagen. Sie wechselten kein Wort, während sie unterwegs waren, aber Erwan ließ ihre Hand nicht los und drückte sie fest in seiner. Beide konnten spüren, wie das Blut in ihren Adern schlug. Wie zwei Perkussionisten, die ein Echo ihrer gemeinsamen Sorgen und Hoffnungen trommelten.

Das Licht war fast verschwunden, als sie vor dem großen, schwarzen Felsen ankamen, den Erwan ihr gezeigt hatte. Sie näherten sich schweigend, fast feierlich, und dann entdeckte Alea das Symbol im Stein.

»Weißt du, was das bedeutet?«, fragte Erwan und trat hinter sie, um sie zu umschlingen.

»Das ist das Symbol auf meinem Ring. Es muss mehrere Bedeutungen haben. Zunächst einmal glaube ich, dass es bedeutet, dass wir hier am Tor der Welten sind. Hier stehen vermutlich alle Welten miteinander in Verbindung. Unsere Welt, die der Toten, die Welt von Djar und der Sid. Vielleicht auch noch andere Welten. Und es muss auch bedeuten, dass sich hier meine Eltern begegnet sind, dass sie sich hier vereint haben.«

Erwan küsste sie auf den Nacken.

»Und schließlich muss es, da es das gleiche Symbol

wie auf meinem Ring ist, bedeuten, dass es eine Verbindung zwischen all dem und dem Samildanach gibt.«

»Aber was genau bedeutet das Symbol auf deinem Ring?«

»Oh, da bin ich nicht sicher. Aber wenn man es mit dem vergleicht, was in der Enzyklopädie von Anali steht, sehe ich eine erste ziemlich eindeutige Interpretation.«

»Welche?«, drängte der junge Magistel sie.

»Dass die Rolle des Samildanach darin besteht, Liebe und Macht miteinander in Einklang zu bringen. Irgendetwas in der Art.«

»Liebe und Macht, hm?«

Alea lächelte. Sie befreite sich aus Erwans Armen und machte ein paar Schritte um den Felsen.

Er war nur noch ein hoher Schatten, *ein steinerner Riese*, dachte sie. Ein Schauer lief ihr den Rücken hinab. Sie stellte sich vor, wie Phelim hier einer Frau aus dem Sid begegnet war. Ihrer Mutter. Was für ein Gesicht hatte sie? Warum war sie aus der unteren Welt nach oben gekommen? Und was war aus ihr geworden, nachdem sie hatte fliehen müssen?

Alea zog es vor, sich nicht noch mehr Fragen zu stellen, und machte sich auf den Rückweg zum Lager.

»Komm«, sagte sie und streckte die Hand nach Erwan aus. »Gehen wir essen mit den anderen.«

Unten wurde das Lager von den hohen Flammen eines Feuers erhellt, das man entzündet hatte, um das Fleisch zu braten und sich zu wärmen. Die gelben Zungen tanzten in der dunklen Nacht, und der Wind ließ die Funken stieben. Der Klang eines Dudelsacks war bereits zu vernehmen.

Meriander Mor der Schöne, Graf von Braunland und Bruder des verstorbenen Königs von Galatia, stand neben Feren Al'Roeg, dem Grafen von Harcort.

Die Stimme von Bischof Aeditus hallte unter der Kuppel der Kathedrale von Ria, als er mit ernster und tiefer Stimme seine Predigt hielt. Das Gebäude war voll. Das Volk von Harcort, plötzlich getröstet durch den Sieg ihrer Grafschaft über die Tuathann und die Druiden, vereinte sich unter dem Kreuz Christi, erfüllt von neuer Hoffnung. Man erlebte glückliche Stunden in der christlichen Hauptstadt. Vergessen die Härte der Herrschaft Al'Roegs. Vergessen die Drohungen der Soldaten der Flamme, der ausgeübte Druck und die erzwungenen Übertritte. Der Stolz, einer so mächtigen Grafschaft anzugehören, siegte im Augenblick über alles andere. Die Moira war nur noch eine schlimme Erinnerung. Die Druiden zurückgelassene Gespenster. Al'Roeg war es endlich gelungen, die Einwohner der Grafschaft zu versammeln, und jeder hoffte, dass er sie zum Sieg führen werde. Harcort, einst vom Rest der Insel verhöhnt, würde morgen das Zentrum des Königreichs sein.

Das Herbstlicht schien durch die großen, farbigen Fenster der Kathedrale herein, und die Säulen aus grauem Stein hüllten sich in lebhafte blaue oder violette Reflexe. Die Sonnenstrahlen drangen durch das lange Kirchenschiff bis zum Altar, wo Aeditus unter den Blicken der Versammlung den Ruhm dieses Gottes pries, der ihnen den Sieg geschenkt hatte. Weihrauchgeruch schwebte in dem Mittelgang, und das Echo seiner Stimme erfüllte den Raum.

»Wir haben einen wichtigen Trumpf auszuspielen«, flüsterte Al'Roeg und beugte den Kopf zum Grafen von Braunland.

Dieser nickte.

»Die Spaltung des Rats der Druiden wird unsere einzige Chance sein, die Partie zu gewinnen. Aber zunächst müssen wir die Grafschaft Sarrland erobern. Graf Albath Ruad ist ein Schwächling, er wird vor dem Erstbesten kapitulieren. Deswegen müssen wir Sarrland so schnell wie möglich angreifen, noch vor Galatia.«

»Daran zweifle ich keine Sekunde«, beteuerte Meriander. »Aber danach? Glaubt Ihr, dass wir stark genug sein werden, um Galatia endgültig zu besiegen? Und wird Bisania sich nicht der Königin anschließen?«

»Bisania ist in der Tat die einzige Unbekannte. Es wäre idiotisch, es anzugreifen, denn es ist noch neutral. Aber Ihr habt recht, man müsste sich versichern können, dass der Baron sich nicht mit der Königin verbünden wird.«

»Bisania hat stets auf der Seite Galatias gestanden ...«

»Ja, aber die Königin hat nicht mehr die gleiche Legitimität. Sie könnte für den Mord an ihrem Gemahl verurteilt werden. Wir werden sie auf legale Weise stürzen können, indem wir verlangen, dass sie für den Mord an Eoghan verurteilt wird.«

»Und anschließend den Druck unserer drei Grafschaften benutzen, um Euch auf den Thron zu bringen?«

Feren Al'Roeg musste unwillkürlich lächeln. Der Gedanke, auf den Thron von Gaelia zu gelangen, ohne gegen Galatia kämpfen zu müssen, war in der Tat sehr verlockend. Aber er wusste, dass das nicht leicht sein würde.

»Wir werden sehen. Ihr wisst, Meriander, die größte Macht in meinem Königreich ist die Religion.«

»Wie das?«

»Seht sie Euch an. Jeder Einwohner von Harcort, der konvertiert ist, wird ein echter Soldat. Man sagt, der Glaube versetzte Berge.«

»Worauf wollt Ihr hinaus?«, fragte Meriander, während er unten die Gläubigen betrachtete, die Aeditus lauschten.

»Wir müssen den Prozess der Christianisierung Eurer Untertanen in Braunland beschleunigen.«

»Die Moira ist noch immer fest verankert im Glauben meines Volkes«, erwiderte Graf Mor.

»Deswegen müssen wir das offizielle Datum Eurer Konversion vorverlegen. Wenn Eure Untertanen der Zeremonie beigewohnt haben werden, werden sie Euch unverzüglich folgen. Ihr seid wieder ihr Held geworden, als Ihr die Tuathann aus Eurer Grafschaft verjagt habt.«

»Gewiss, aber man löscht nicht so leicht diese jahrelange Indoktrinierung durch die Druiden aus.«

»Richtig. Wir müssen den Sturz des Rats nützen, um die Druiden zu diskreditieren. Ihnen den Zugang zu unserem Territorium verbieten. Ihnen das Feiern ihrer Feste untersagen. Ihre Bräuche und Riten durch die christlichen Riten ersetzen.«

»Das lässt sich nicht in ein paar Tagen bewerkstelligen«, bremste ihn Meriander Mor.

»Es wird sehr viel schneller gehen, als Ihr Euch vorstellen könnt. Morgen werdet Ihr nach Braunland zurückkehren und Eure Konversion für nächste Woche ankündigen. Ich werde Aeditus bitten, sie bei Euch zu feiern und dann die große christliche Bewegung zu betreuen, die wir auf Eurem Hoheitsgebiet auslösen werden.«

Meriander der Schöne nickte. Er wusste, dass er keine

andere Wahl hatte. Er war jetzt nur noch ein Vasall Harcorts, aber das war immer noch besser, als von den Barbaren des Sid überfallen zu werden.

Es blieb ihm nur noch, die Braunländer zu überzeugen.

Als er den Thronsaal im Palast von Shankha betrat, musste Almar Cahin unwillkürlich an die Vergangenheit denken.

Die Jahre der Wachsamkeit in Saratea. Die Jahre des Schweigens, in denen er nur ein heimlicher Wächter für den Herrn war. Allein gegen alle in einem Dorf von Dummköpfen. Während er seine wahre Bestimmung verbarg und als Fassade nach außen den Beruf des Metzgers akzeptierte, weil er den Namen dessen, dem er wirklich diente, nicht hätte preisgeben können. Wie alle Wächter Sarrlands hatte Almar den anderen niemals gestanden, dass er Maolmòrdha treu ergeben war. Diesen Herrn verehrte man im Verborgenen.

Und dann war da dieses Mädchen gewesen. Alea. Geheimnisvoll. Und Phelim, der mehrmals gekommen war, um sie auszuspionieren. Davon hatten selbst die anderen Bewohner von Saratea keine Ahnung gehabt. Aber er wusste es. Er hatte Phelim gesehen, diese zahlreichen Nächte, in denen er gekommen war, um das Mädchen wiederzusehen, das ins Dorf gekommen war, ohne dass man wusste, woher es kam.

Almar hatte das alles entdeckt, und dadurch, dass er es dem Herrn enthüllt hatte, hatte er sich gewiss die Türen zu einer besseren Zukunft geöffnet. Seit Beginn des Unseann hatte der Metzger auf diesen Augenblick gewartet. Er hatte darauf gewartet, dass Maolmòrdha ihm endlich eine Chance geben würde, sich auszuzeichnen, eine Chance, in der Hierarchie seiner Diener aufzusteigen.

Denn Almar träumte von Rache. Rache an seinem Schicksal, Rache an seinem Dorf, Rache an dieser kleinen Hexe Alea.

Mit gesenktem Blick ging er langsam zum Thron. Sobald er die Tür passiert hatte, wurde er von dem eigenartigen Geruch überfallen, der hier herrschte. Ein animalischer, feuchter Geruch, der die feuchte Hitze der Atmosphäre begleitete. Und diese eigenartige Duftnote hatte etwas Erregendes. Wie eine tiefe, übernatürliche Macht, wie eine göttliche Präsenz.

»Es heißt, dass du diese kleine Schlampe kennst.«

Maolmòrdhas Stimme war noch eigenartiger als die Atmosphäre des Raums. Ihr Klang, ihr Hall hatten nichts Menschliches. Sie klang, als würden sich mehrere Stimmen in ihr mischen und sich im Echo seiner Kehle verzerren.

Almar berührte mit einem Knie den Boden. Er zitterte.

»Ja, Herr, ich habe mehrere Jahre in ihrem Dorf gelebt. Ich habe gesehen, wie sie größer wurde, und ich war da, als ihre Macht sich zum ersten Mal gezeigt hat.«

Hinter sich konnte Almar die Anwesenheit von Ultan spüren, der rechten Hand von Maolmòrdha, der zu ihm gekommen war, um ihm mitzuteilen, dass der Herr ihn zu sprechen wünschte. Er erriet seinen Blick, seinen Ernst. Er sah sogar den langen Schatten seines Körpers direkt neben sich auf der grauen Oberfläche der Steine.

»Dann wirst du uns nützlich sein können, Almar Cahin«, fuhr Maolmòrdha von seinem Thron aus Gebeinen herab fort.

Der Metzger nickte langsam. Die Stunde seiner Rache

war also gekommen. Er konnte es kaum glauben. Wie könnte er, ein so einfaches, so unbedeutendes Rädchen in der großen Organisation Maolmòrdhas, sich wirklich nützlich machen? Er hoffte nur, dass er ihn nicht enttäuschen würde.

»Es heißt, dass Amina, die Königin von Galatia, ebenfalls aus diesem Dorf stammt und dass die beiden Freundinnen waren …«

»Das ist richtig«, erwiderte der Metzger mit zitternder Stimme, »Amina Salia. Ich erinnere mich sehr gut an sie.«

»Ausgezeichnet. Ich habe einen Auftrag für dich, Almar Cahin.«

»Zu Euren Diensten, Herr.«

Almar drohte die Stimme zu versagen. Er hatte einen Kloß im Hals, seine Stimme zitterte, und sein Blick war unstet.

»Du wirst nach Providenz gehen. Und du wirst mit der Königin Kontakt aufnehmen.«

»Wie soll ich das anstellen?«, rief Almar ungläubig.

Er bedauerte seinen Ausruf sofort und hoffte, dass Maolmòrdha ihn nicht weiter beachten würde. Wie konnte er es wagen, an seinem Herrn zu zweifeln? Aber Maolmòrdha brach in Gelächter aus.

»Sei unbesorgt, Metzger, ich kann dir mehr Macht verleihen, als du dir erträumen kannst. Du wirst über den Ahriman verfügen. Und die Königin kennt dich bereits. Das müsste dir deine Aufgabe erleichtern.«

Almar versuchte, wieder normal zu atmen.

»Und was soll ich tun, wenn ich mit ihr Kontakt aufgenommen habe?«, stammelte er.

»Du wirst ihr sagen, dass Alea ihren Vater getötet hat.«

»Den Schmied?«

»Ja.«

»Alea hat ihn getötet?«

Maolmòrdha stieß einen schrillen Seufzer aus. »Darauf kommt es nicht an, Metzger, was zählt, ist, dass die Königin es glaubt.«

»Ich verstehe«, beeilte sich Almar zu antworten.

»Dann verstehst du also deinen Auftrag. Gut.«

Almar nickte wortlos. Er war verängstigt und glücklich zugleich. Seine Rache war in greifbare Nähe gerückt.

Als er sich anschickte zu gehen, spürte er plötzlich den Ahriman. Diese warme Kraft, die in seinen Adern hochstieg und sie so blähte, das sie beinahe platzten. Sein Gehirn wurde plötzlich gleichsam von tausend neuen Lichtern erhellt. Er nahm die Welt um sich herum deutlicher wahr. Jedes Geräusch, jeden Geruch, jede Farbe.

Lange kniete Almar reglos und ratlos da. Er vermochte diese neue Kraft in seinem Körper nicht zu zähmen. Dann stand er endlich auf. Er war nicht mehr ganz derselbe. Der Zweifel war von ihm abgefallen. Die Angst auch. Nur der Hass und die Rache waren noch da.

Er blickte zu seinem Herrn auf. Zum ersten Mal konnte er sein Gesicht sehen. Maolmòrdhas Gesicht. Ein schwarzer Helm verbarg die obere Hälfte seines Schädels, aber man konnte seine blutunterlaufenen Augen hinter den breiten Schlitzen erkennen, und da und dort war undeutlich rohes Fleisch zu erkennen.

Es waren weit mehr Tuathann bei Tagor geblieben, als Alea gehofft hatte. Ihr Einzug in das Lager der Soldaten der Flamme war wie eine bewegende Zeremonie, ein kostbarer Augenblick.

Alea und ihre Gefährten standen vor dem großen Zelt, das noch nicht abgebaut worden war. Die Soldaten waren plötzlich verstummt. Über das Lager verstreut, beendeten die einen ihre Mahlzeit, andere bereiteten bereits den Aufbruch vor, und alle unterbrachen ihre Tätigkeiten, als hinter den schwarzen Felsen die lange Kolonne der Tuathann auftauchte. Zahlreicher noch als die Soldaten der Erde, näherten sich an die dreihundert Männer und Frauen schweigend dem Lager, die den steinigen Boden mit ihren bloßen Füßen kaum berührten. Es war wie eine Reihe von Lanzen, die über den Berg glitt. Es fiel kein Wort. Auf beiden Seiten mischten sich Respekt und Misstrauen zu einem bedrückenden Schweigen. Eine deutlich spürbare Spannung lag in der Luft, und zugleich Erleichterung darüber, neue Verbündete zu finden.

An der Spitze des Zugs begleiteten die vier Kundschafter, die Alea losgeschickt hatte, den jungen Tuathann, dessen Ausstrahlung ganz erstaunlich war. Hervortretende Muskeln, der Oberkörper mit Kriegsfarben bemalt und auf dem Schädel ein langer Kamm blauer Haare, der im Nacken mit einem Gemisch aus Leder und Adlerfedern zusammengebunden war. Als er nah genug herangekommen war, wurden seine Augen erkennbar, das eine blau und das andere schwarz, und auf seinem Gesicht die Würde eines Klanchefs.

»Tagor. Mein Bruder«, flüsterte Alea, während sie den Zug betrachtete, der auf sie zukam.

Sie lächelte. Die Tuathann hielten ein paar Schritte vor ihr an. Eine Handbewegung Tagors hatte genügt, damit die lange Reihe sofort stehen blieb.

»Ich grüße dich, Tagor, mein Bruder, Sohn von Sarkan. Die Erde möge euch anerkennen, dich und alle Klans.«

Der junge Krieger ging zu ihr und nahm Aleas Hand in seine.

»Guten Tag, kleine Schwester«, sagte er nur.

Dann küsste er sie und drückte sie an sich. Alea spürte, wie ihr die Tränen in die Augen traten. Ein Bruder. Ein wirklicher Bruder. Sie konnte es spüren, in seiner Stimme, in seinen Gesten. Es war, als hätte sie ihn schon immer gekannt. Ihre einzige Familie.

»Sprechen die Deinen jetzt die Sprache von Gaelia?«, flüsterte Alea ihrem Bruder ins Ohr.

»Ja. Wir haben sie gelernt. So wie wir auch gelernt haben, die Zeit zu messen.«

Lange umarmten sie sich, als wollten sie die Jahre des Getrenntseins aufholen, dann löste Tagor sich von ihr, trat einen Schritt zurück und berührte den Boden mit einem Knie.

»Das ist alles, was von den Leuten des Sid noch übrig ist, Alea. Die Klans sind zerbrochen, die Anführer sind tot. Wir sind die letzten Tuathann. Diese Armee gehört dir.«

»Ich sehe Frauen und Kinder«, erwiderte Alea. »Das ist keine Armee, das ist ein Volk. Und diese Erde wird euch aufzunehmen wissen.«

»Sie gehört uns!«, rief einer der Tuathann-Krieger.

Tagor drehte sich um, um zu sehen, welcher seiner Brüder das gesagt hatte. Alea bemerkte die Wut in seinem Blick. Beruhigend legte sie eine Hand auf seine Schulter. Dann wandte sie sich an die Menge.

»Die Erde gehört niemandem, Tuathann! Weder euch noch euren Vorfahren, weder den Gaeliern noch deren Nachkommen. Weil eure Alten das Gegenteil glaubten, sind sie gestorben. Kriege brechen immer dann aus, wenn die Erde zum Eigentum wird. Habt ihr denn gar nichts gelernt? Seht nur, wie viele ihr heute noch seid. Und seht, wie viele wir sind. Wie viele sollen noch sterben, damit ihr endlich eure Lektion lernt? Die Erde gehört keinem Menschen, die Menschen gehören vielmehr ihr. Diejenigen, die noch immer denken, dass diese Erde ihnen gehört, sollen das Lager sofort verlassen, denn ich werde diesen Gedanken unter meinen Leuten nicht dulden. Die anderen seien willkommen bei den Soldaten der Erde.«

Alea ließ ihren Blick über die Armee der Tuathann wandern. Sie achtete auf jede noch so kleine Bewegung. Sie wusste, dass sich alles in diesem Augenblick entschied. Dass die Tuathann, wenn sie sich ihr anschließen sollten, dies in dem gleichen Geist wie die Ihren und für den gleichen Traum tun mussten.

»Kailiana hat gut gesprochen!«, rief schließlich ein Tuathann in der Menge.

Gemurmel erhob sich, und dann rief eine Frau: »So sei es!«

Tagor lächelte. Er sah Alea erneut an und nickte.

»Wir sind die Soldaten der Erde, Alea.«

Er ging zu ihr und küsste sie ein zweites Mal.

»Kleine Schwester, du bist noch besser als der beste Klanchef.«

Er sagte dies lachend. Er erinnerte sich an das Baby, das seine Mutter aus dem Sid mitgenommen hatte, und konnte nicht glauben, dass daraus ein so erstaunliches, starkes junges Mädchen geworden war.

»Tagor«, sagte Alea, »ich stelle dir Mjolln vor, meinen ältesten Freund, und das ist Finghin, der Druide, der uns begleitet.«

Tagor grüßte sie.

»Und das ist Kaitlin, eine Wanderschauspielerin«, fuhr Alea fort, »und dass sie bei uns ist, ist für uns oft eine große Hilfe. Und das schließlich ist Erwan Al'Daman, Finghins Magistel.«

Tagor spürte an Aleas Stimme, dass dieser einen ganz besonderen Platz im Herzen seiner Schwester einnahm. Er zwinkerte ihm zu und wandte sich dann an sein Volk.

»Mögen die Klans sich mischen!«, rief er, und sofort verteilten sich die Tuathann über das Lager und mischten sich unter Aleas Soldaten.

Die Schranken fielen sehr schnell, und obwohl die Tuathann Gaelisch noch nicht perfekt beherrschten, vermochten sie, sich mühelos verständlich zu machen. Diese beiden einst so weit voneinander entfernten Völker zerstreuten im Nu das letzte Misstrauen, denn eine gemeinsame Hoffnung vereinte sie. Eine Hoffnung, verkörpert von einem jungen Mädchen, das sie alle bereits bewunderten.

So wie Phelim sich mit Tagors Mutter vereint hatte, öffneten die Tuathann sich dem Volk von Gaelia.

Aleas Traum begann Wirklichkeit zu werden.

Das junge Mädchen beschloss, dass man einen Tag länger an diesem Ort bleiben sollte. Sie wollte den beiden Völkern genügend Zeit lassen, sich kennenzulernen, und vor allem wollte sie selbst ein bisschen Zeit mit ihrem Bruder verbringen, bevor sie ihre lange Suche fortsetzte.

Sie verbrachte den ganzen Tag mit Tagor und lernte ihn kennen, indem sie ihm tausend Fragen stellte; außerdem erzählte sie ihm ihre Geschichte, ihre Träume und ihre Hoffnungen.

Ultan verharrte einen Augenblick reglos und hielt sein Schwert fest, das er in die Kehle der sterbenden Kreatur gerammt hatte. Das schwarze Blut hörte auf, die silberne Klinge entlangzulaufen. Der große Krieger zog daraufhin seine Waffe mit einer weit ausholenden und geschmeidigen Bewegung heraus, und das Tier sackte schwer auf den Sandboden.

Die wenigen Zuschauer, die sich um die Arena des Palastes von Shankha versammelt hatten, applaudierten. Ihre Schreie hallten unter dem steinernen Gewölbe wider. Jenseits des tiefsten Kellers des Palastes lag die Arena in einer gefährlichen Dunkelheit, in der jede Ecke in Schatten getaucht war, und jeder Schatten verbarg eine Drohung. Die schwüle Feuchtigkeit der Luft ließ die Steine schwitzen und überflutete den Raum mit einem scharfen und verwirrenden Geruch.

Ultan drehte sich langsam um und ging zu seinem Herrn. Er war ein kräftiger Krieger mit breiten Schultern und dickem Nacken. Sein langes, glänzend weißes Haar fiel wie eine silberne Fontäne auf seine Schultern. Sein zum Boden gerichtetes Schwert schien nur die Verlängerung seines muskulösen Arms zu sein, und die Stachel seiner Rüstung wirkten wie herausstehende Knochen. Sein Körper schien mit dem dunklen Metall zu verschmelzen.

Hinter ihm ging ein letztes Zucken durch den Körper der Kreatur. Von allen Seiten durchbohrt, war sie nur noch ein Haufen Fleisch, aus dem vier spitze Hörner herausragten.

Ultan blieb vor den hohen Tribünen der Arena stehen und berührte den Boden mit einem Knie. Er blickte zu der kleinen Loge hinauf, die das Ganze überragte. In der Dunkelheit konnte er für einen Augenblick die Augen seines Herrn erkennen, flüchtige, scharlachrote Blitze, die sofort wieder verschwanden. Maolmòrdha hatte dem Kampf bis zum Schluss beigewohnt. Ultan genoss die Ehre, die man ihm erwies. Er grüßte und zog sich dann unter dem Jubel des Publikums in den Waschraum zurück.

Ein paar Augenblicke später sah Ultan, während er die Behandlung seiner Wunden beendete und das restliche Blut von seinem Körper wusch, die Gestalt Maolmòrdhas, die hereinkam.

Noch nie war der Meister hierhergekommen. Der Krieger verneigte sich und stand dann, auf den Knauf seines Schwertes gestützt, regungslos da und wartete auf die ersten Worte seines Herrn.

»Du kämpfst gut, Ultan.«

Die hohle Stimme Maolmòrdhas hallte durch den Raum und glitt wie ein Windhauch an den Wänden entlang.

»Danke, Herr.«

»Und ich weiß, dass du gern dem jungen Mädchen gegenübertreten würdest.«

»Zu Euren Diensten«, erwiderte Ultan nur.

»Aber wir haben das bereits erörtet. Du glaubst zu schaffen, was Sulthor nicht geschafft hat? Und du hoffst, dass du damit die Wertschätzung zurückgewinnst, die ich einst für dich empfunden habe, als ich Druide war und du mein Magistel warst, nicht wahr?«

»Habe ich Euch jemals enttäuscht?«

»Ultan, ich will, dass du an meiner Seite bist, wenn sie eines Tages hierherkommen wird. Denn sie wird kommen. Und bis dahin haben wir viel zu tun.«

Der Krieger hob den Kopf. Er hatte so lange gewartet. Nach Sulthor hatte Maolmòrdha Dermod Cahl gewählt.

Die ganze Zeit war Ultan im Schatten geblieben. Aber jetzt konnte er erneut glänzen.

»Ich möchte Alea schwächen, bevor sie hierherkommt. Ich hoffe bereits, dass es diesem Trottel von Metzger gelingen wird, die Königin gegen sie aufzubringen, und dass sie das verletzlicher machen wird. Aber das ist nicht alles. Wir haben einen neuen Feind, mit dem ich nicht gerechnet habe.«

»Ja, Herr?«

»Einen neuen Feind, den wir der kleinen Hexe zu verdanken haben.«

»Die Soldaten, die sie begleiten?«

»Nein. Die sind für niemanden eine Bedrohung.«

Maolmòrdha ging auf seinen ehemaligen Magistel zu. Niemals war sein Gesicht ihm so nah gewesen. Ein Gesicht, das kaum noch wiederzuerkennen war, seit er den Ahriman erhalten hatte.

»Die Wölfe«, murmelte Maolmòrdha. »Wir werden uns die Wölfe vom Hals zu schaffen haben.«

Die Nacht war schon seit langem hereingebrochen und hatte die Flanke des Bergs in fast völlige Dunkelheit getaucht. Alea saß allein auf einem erhöhten Felsen und lauschte mit geschlossenen Augen den leisen Geräuschen der nächtlichen Fauna und des Windes in den Bäumen. Hinter ihr versank das Feld in der Finsternis. Die Feuer gingen eins nach dem anderen aus, und die letzten Gestalten verschwanden in den Zelten und Holzhütten. Nur vereinzeltes Gemurmel, Schnarchen und das Knistern des Holzes unter den ersterbenden Flammen waren zu vernehmen.

Alea dachte an die Wölfin. Die weiße Wölfin. Wo mochte sie jetzt sein? Sie hätte sie suchen, sie in der

Welt von Djar treffen können, aber sie hatte das Gefühl, dass das nicht richtig gewesen wäre. Die Wölfin hatte im Augenblick gewiss die Einsamkeit nötig. Das Bedürfnis, sich ein wenig von der Welt der Vertikalen fernzuhalten. Alea spürte es. Dass die Wölfe sich auf diese Weise ihrer Suche angeschlossen hatten, dass sie sich gegen die Gorgunen erhoben hatten, war bereits unglaublich genug. Jetzt musste die Natur wieder ihre Rechte zurückfordern. Die Wölfe mussten zu ihren Gewohnheiten zurückfinden. Zu ihrem Leben. Alea schämte sich so sehr, dass sie sie in die Angelegenheiten der Menschen hineingezogen hatte. Und doch ... Waren ihre Schicksale nicht ganz eng miteinander verknüpft?

Sie seufzte. Aber in diesem Seufzer lag keinerlei Hoffnung. Kaum Bedauern. Eher eine merkwürdige Erleichterung. Eine Suche nach Ruhe, für die Dauer eines Augenblicks. Sie fühlte sich wohl allein, wie sie es früher so oft gewesen war. All diese Nächte in den Gassen von Saratea. Dieses einsame Laufen durch die Heide. Diese Abende, an denen sie sich versteckte, diese Tage, während derer sie auf der Flucht war. Und jetzt war alles so anders. So viele Leute hatten ihre Blicke auf sie gerichtet. So viele Freunde waren in ihr Leben getreten. Und dann dieser Bruder, den sie wiedergefunden hatte ... Im Grunde gelang es ihr nicht herauszufinden, ob ihr Leben heute besser war. Es war einfach anders.

Alea hörte ein Geräusch vor sich. Sie richtete sich auf. Vermutlich ein Marder oder irgendein Nager, der dort entlangschlich. Aus ihren Träumereien gerissen, erhob sie sich und kletterte vom Felsen. Sie warf einen letzten Blick auf das in den Fels gehauene Symbol, dann ging sie ins Lager zurück.

Als sie an dem erloschenen Feuer vorbeikam, in dem

da und dort noch Glut glimmte, grüßte sie zwei Männer, die sich leise unterhielten. Ein Tuathann und ein Galatier. Sie blickten zu ihr auf und grüßten sie respektvoll. Sie lächelte. Das war die Zukunft. Diese beiden Fremden, die bis spät in der Nacht miteinander sprachen. Diese beiden Völker, die sich endlich die Hand reichten.

Sie erreichte das große Zelt, das ihr und ihren Gefährten vorbehalten war. Geräuschlos ging sie hinein. Ihre Freunde schienen seit langem zu schlafen, jeder auf seinem Platz, in ihre dicken Decken gehüllt. Einen Augenblick blieb sie mitten im Zelt stehen. Dann ging sie hinter ein Tuch, das auf der rechten Seite hing.

Langsam sank sie auf die Knie und streckte sich neben Erwan aus. Sie rollte sich auf die Seite und kroch unter die Decke des Magistel. Es war angenehm warm, und sie wusste nicht, ob es der Saiman war oder ihr Herz, das so heftig in ihrer Brust schlug. Sie schloss die Augen. Und plötzlich fühlte sie Erwans flache Hand auf ihrer Schulter. Diesmal war sie sicher, dass es ihr Herzschlag war. Erwans Hand glitt langsam ihren Arm hinunter und dann über ihren Bauch. Seine Finger waren so heiß, dass sie vom Feuer des Saiman zu brennen schienen. Dann wurde das Gleiten zu einem Streicheln. Alea drehte sich vorsichtig zu dem jungen Mann und drückte sich an ihn. Sie legte ihre Hände auf seinen Rücken und erwiderte jede Liebkosung mit tausendfach gesteigerter Zärtlichkeit, indem sie ihre Hände in das lange, blonde Haar des Jungen tauchte. Dann liebten sie sich stumm und schenkten ihrer Leidenschaft die Würze des Wartens und die zurückhaltende Sanftheit des Entdeckens. Die Nacht begleitete ihre erste Umarmung mit absoluter Stille. Sie fanden beide einen unerwarteten Halt, die vergessene Sanftheit einer verlorenen Vertrautheit. Und sie verbrachten die ganze Nacht eng umschlungen, als wollten sie den Augenblick ihrer Trennung so lange wie möglich hinauszögern. Sie brauchten einander so sehr. Vielleicht ging sogar der Saiman zwischen ihren Körpern hin und her, das oder eine Leidenschaft, die so groß war, dass sie seine Stärke hatte.

3

Passagen

Die Jagd war niemals leicht im Loma-Tal, aber das Gebiet war groß genug, und das Rudel fand schließlich immer etwas zum Fressen. Zwei-, dreimal in der Woche teilten sich die Wölfe, nachdem sie im Morgengrauen oder in der Abenddämmerung gejagt hatten, eine große Beute, und manchmal gönnten sie sich zwischen diesen Mahlzeiten das eine oder andere kleinere Wild.

Seit mehreren Wochen lebten die Wölfe jetzt schon dort, schützten ihr Revier, indem sie es regelmäßig markierten, und teilten ihre Zeit zwischen Jagen, Ausruhen und Spielen. Nach und nach festigten sich die Beziehungen und sozialen Verhaltensweisen innerhalb des Rudels und wurden immer komplexer. Alle Mitglieder des Rudels rieben sich aneinander, um ihre Gerüche auszutauschen und dadurch den Zusammenhalt der Gruppe zu sichern.

Taibron und Imala, das dominante Pärchen, bekräftigten unaufhörlich ihre Autorität, indem sie die Zähne fletschten oder die Ohren aufrichteten oder einfach nur die Rangniedrigeren mit dem Blick fixierten. Manchmal waren ihre Warnungen auch noch aggressiver, was häufig verhinderte, dass es zu heftigen Kämpfen kam. Die anderen Wölfe unterwarfen sich dann, indem sie vor ihnen krochen, die Augen abwandten oder die Ohren anlegten.

Imala behandelte vor allem eine der Wölfinnen ganz besonders streng, sodass diese fast zum Sündenbock des Rudels wurde. Nicht dass sie die Schwächste gewesen wäre – im Gegenteil, sie war eine der Schnellsten und daher besonders gut bei der Jagd –, aber vielleicht lag es daran, dass Taibron mehrmals eine besondere Zuneigung zu ihr gezeigt hatte, indem er sie beschnuppert hatte und ihr den ganzen Tag gefolgt war. Imala empfand sie gewiss als eine besonders gefährliche Konkurrentin und konzentrierte daher ihre Aggressivität auf sie. Oft stürzte sie sich auf sie, biss ihr in die Schnauze und hielt sie für lange, demütigende Augenblicke fest. Die arme Wölfin tat ihr Bestes, um sich zu unterwerfen, aber das schien nicht das geringste Mitleid bei Imala hervorzurufen, die auch weiterhin voller Gehässigkeit ihre Autorität bekräftigte.

So also sah das Leben des Rudels aus, während es auf den Winter wartete, in dem das dominante Pärchen sich endlich würde fortpflanzen können.

Und dann musste das Rudel eines schönen Herbsttags seine erste wirkliche Bewährungsprobe bestehen. Die Sonne drang nur mühsam durch die Wolken und beschien nur ganz vereinzelt das hohe, gelbe Gras, das die Heide bedeckte. Wie so oft hatte sich das Rudel unweit des Flusses um einen Haufen knorriger Sträucher versammelt, deren ineinander verschlungene Zweige über den Boden zu kriechen schienen. Am Horizont zeichneten sich der Hügel und seine vereinzelten Kiefern ab. Ein paar Adler flogen über das Tal, so hoch am Himmel, dass die Tiere sie vermutlich gar nicht bemerkten. Und dann drang am späten Vormittag, als alle Wölfe in einer

Art Halbschlaf vor sich hin dösten, ein anderes Rudel in ihr Revier ein.

Imala entdeckte die Eindringlinge zuerst. Sie sprang plötzlich auf und begann zu heulen, womit sie die anderen Wölfe aus ihrer Apathie riss. Das Rudel des Loma-Tals setzte sich in Bewegung, als es in der Ferne die Eindringlinge entdeckte. Aber sehr schnell stellten sie fest, dass sie zahlreicher als sie waren. Ein Dutzend vermutlich.

Taibron begann zu knurren und lief mit erhobenem Schwanz auf das unerwünschte Rudel zu; die anderen folgten ihm kurz darauf, angeführt von Imala. Sie begannen zu rennen, um eindrucksvoller zu erscheinen, in der Hoffnung, die Wölfe zu erschrecken, die es gewagt hatten, in ihr Revier einzudringen, aber diese reagierten sofort, indem sie die Zähne fletschten und mit gesträubtem Fell einen Buckel machten.

Die Auseinandersetzung geschah aus der Entfernung. Es war ein Spiel der Einschüchterung, das das Loma-Rudel nicht gewinnen konnte, denn auch wenn sie sich auf ihrem eigenen Gebiet befanden, waren sie den Eindringlingen zahlenmäßig unterlegen. Aber diese blieben nicht, wo sie waren. Sie setzten sich wieder in Bewegung, und da sie sahen, dass es in der näheren Umgebung kein Wild gab, steuerten sie auf den gegenüberliegenden Hang zu. Als Taibron und die Seinen begriffen, dass die Bedrohung sich entfernte, beruhigten sie sich wieder und machten kehrt, wobei sie sich regelmäßig umwandten, um zu überprüfen, ob die anderen zurückkamen. Erneut versammelten sie sich in der Nähe des Flusses, blieben aber wachsam und beobachteten nervös das fremde Rudel, das sich noch immer am Rand ihres Reviers bewegte.

Ein paarmal noch überschritten die Eindringlinge unbeirrt die Grenze und zogen sich wieder zurück, vermutlich in der Absicht, sich ein neues Jagdrevier zu erobern, aber dann verschwanden sie endgültig. Aber Taibron machte sich wieder auf den Weg, die Ohren angelegt, dicht am Boden, wie bei der Jagd. Imala folgte ihm, und bald auch Tamaran, der einäugige Wolf.

Die drei näherten sich langsam der Grenze ihres Reviers, wo die indiskreten Wölfe sich eine Weile aufgehalten hatten. Sie verlangsamten ihren Schritt und schlichen durch das hohe Gras, bis sie endlich den Wolf entdeckten, der dageblieben war. Ein leichtsinniger junger Wolf, der noch in ihrem Revier bleiben zu wollen schien, während das übrige Rudel schon längst verschwunden war.

Kaitlin brachte ihr Pferd am Straßenrand zum Stehen, um die Soldaten der Erde und den Rest der Kolonne vorbeizulassen. Sie marschierten zügig, getragen von ihrem Glauben an Alea, und manche schenkten der Schauspielerin ein respektvolles Lächeln, vermutlich weil sie die Freundin des Samildanach war.

Am Morgen hatte Alea verkündet, dass sie jetzt nach Tarnea marschieren würden, der Hauptstadt der Grafschaft Sarrland. Dort hoffte sie, eine noch größere Armee aufstellen zu können und eine neue politische Legitimation zu finden, damit sie endlich versuchen konnte, die verschiedenen Konflikte der Insel zu lösen. Aber das würde nicht leicht sein.

Als die letzten Soldaten an ihr vorbeimarschiert waren, erblickte Kaitlin endlich Alea, die immer hinten blieb und es Erwan überließ, den Marsch zu eröffnen.

»Warum legst du solchen Wert darauf, hinter allen zu bleiben?«, fragte Kaitlin und führte ihr Pferd neben das ihrer Freundin.

»Ich weiß nicht. Vielleicht, weil mir das erlaubt, alle zu sehen, ohne mich ständig umdrehen zu müssen. Und dann auch, weil ich immer noch Probleme mit meiner Rolle als Anführerin habe und ich, wenn ich vorneweg reite, dauernd daran erinnert werde, dass mir all diese Leute folgen…«

Kaitlin lächelte. »Ja, ich verstehe. Aber dadurch bist du auch von Erwan getrennt, da er an der Spitze reitet…«

»Na und?«, erwiderte Alea.

Kaitlin brach in Gelächter aus. »Wie, *na und*? Ich hab euch letzte Nacht gehört!«

Aleas Gesicht wurde puterrot. Sie war es nicht gewohnt, über solche Dinge zu reden, und hatte auch keine besondere Lust, heute damit zu beginnen…

Sie wusste wirklich nicht, was sie antworten sollte, und das Schweigen wurde immer peinlicher. Amüsiert beschloss Kaitlin, die Leiden ihrer Freundin zu beenden und das Schweigen zu brechen.

»Also wirklich, ihr Gaelier bringt mich zum Lachen mit eurer Scham! Es gibt doch nichts Schöneres als die Liebe, und ihr weigert euch, darüber zu reden, als wäre es etwas ganz Furchtbares.«

Alea biss sich auf die Lippe. Sie zögerte einen Augenblick und entschloss sich dann doch zu reden.

»Weißt du, ich bin vorher noch nie verliebt gewesen… Und außerdem erinnere ich mich, dass selbst Faith verlegen wurde, wenn man von Galiad sprach…«

»Genau das meine ich, ihr seid lächerlich empfindlich.«

»Und ihr Wanderschauspieler sprecht ganz frei über die Liebe?«, fragte Alea erstaunt.

»Natürlich!«, erwiderte Kaitlin. »Weißt du, das Leben auf den Straßen lässt nicht viel Raum für Geheimnisse und Intimität, es bleibt nichts verborgen, und daher öffnet man sich ziemlich schnell …«

»Na gut. Wenn es so ist, dann erzähl mir von Finghin!«, forderte Alea sie heraus.

»Das Problem ist, dass die Druiden in dieser Hinsicht von allen Gaeliern die schlimmsten sind!«, erwiderte Kaitlin lachend. »Finghin traut sich kaum, mir die Hand zu geben, weißt du … Ich hab also nicht viel zu erzählen, leider.«

»Na, das ist ja gar kein so schlechter Anfang!«

»Oh, ich hab es nicht eilig. Wir haben alle Zeit der Welt, und ich glaube, dass Finghin im Augenblick andere Sorgen hat. Du dagegen verlierst keine Zeit!«, fügte die Schauspielerin spöttisch hinzu.

Diesmal musste auch Alea lachen. »Ich vertraue meinem Instinkt. Das ist doch, was ihr Wanderschauspieler dem Weg der Moira folgen nennt, oder?«

»Eine gute Entschuldigung!«, spottete Kaitlin.

»Erwan und ich haben so viele unglaubliche Dinge erlebt, dass ich das Gefühl habe, ihn schon seit zehn Jahren zu kennen.«

»Ich verstehe.«

»Und sein Vater schien nichts dagegen zu haben …«

»Das gilt für uns alle, Alea, ihr seid füreinander geschaffen, das ist offensichtlich! Komm, ich hab dich nur geneckt, du machst es schon ganz richtig.«

»Ich weiß nicht, das ist ganz neu für mich. Aber im Grunde ist, seit ich mein Dorf verlassen habe, *alles* neu für mich!«

»*Das* sind die Freuden der Straße, Alea. Jeden Tag neue Dinge entdecken. Deswegen verlassen wir Wanderschauspieler sie ja auch nie.«

Alea nickte. Sie mochte diese Momente, in denen die Schauspielerin zu ihr kam. Das erinnerte sie an ihre Freundschaft mit Amina…

»Dennoch fehlt mir Saratea manchmal«, gestand sie. »Seine Ruhe, die Gewohnheiten, die ich dort angenommen hatte, die Orientierungspunkte, die ich nicht mehr habe.«

»Kommen wir auf dem Weg nach Tarnea nicht ganz nah an deinem Dorf vorbei?«

»Das könnte gut sein.«

»Dann brauchst du dort doch nur eine Pause einzulegen«, schlug Kaitlin vor.

»Warum nicht. Ich habe sowieso Fragen, die ich bestimmten Dorfbewohnern stellen will. Ich möchte unbedingt herausfinden, wie ich dorthin gekommen bin. Und wie Phelim mich gefunden hat.«

»Natürlich. Und ich bin neugierig auf das Dorf, in dem du aufgewachsen bist.«

»Ich weiß nicht, ob wir Zeit haben werden, sofort dorthin zu gehen. Wir werden sehen.«

Die beiden Mädchen lächelten sich zu; sie schwiegen und überließen sich dem Vergnügen, nebeneinander zu reiten. Der Weg würde noch lang sein, und sie würden sich noch viel zu erzählen haben.

Die Zeremonie fand hinter dem Palast von Providenz statt, am Fuße des Lorilien-Turms, dort, wohin die Königin die hundertjährige Eiche von Sai-Mina hatte verpflanzen lassen.

Seit mehreren Tagen lebten die vier Großdruiden,

aber auch zweiunddreißig Druiden, ihre Magistel und zahlreiche Diener jetzt in dem hohen Turm, der den dreieckigen Park des Palastes im Süden schloss. Die Gärtner hatten in aller Eile einen runden Hof geschaffen, in dessen Mitte der legendäre Baum emporragte, und acht königliche Bildhauer hatten ihn mit den dreizehn symbolischen Thronen umgeben.

Im Innern des Turms waren zwölf große Gemächer, mehrere Schlafzimmer, Schlafsäle und ganz oben ein großer Raum, in dem der Rat zuammentreten konnte, eingerichtet worden. Die Ausstattung war natürlich noch nicht so luxuriös wie in Sai-Mina, aber das Wichtigste war vorhanden, und später würde es nicht an Arbeitskräften mangeln, um aus dem Turm ein so glanzvolles Gebäude zu machen, wie es seinem Status entsprach.

Man hatte die bedeutendsten Persönlichkeiten der Stadt, die vornehmen Familien und die Generäle eingeladen; der Großteil des Hofs der Königin war anwesend, aber auch die Botschafter von Sarrland und Bisania, einige Barden – obwohl die meisten noch immer Sai-Mina treu waren und der Einladung nicht gefolgt waren – und einfache Bürger des Königreichs waren gekommen.

Die Dekoration, die normalerweise den Lugnasad-Festen vorbehalten war, war vollständig verwendet worden, um diesen Teil des Palastes zu schmücken, und es war ein außergewöhnlicher Aufwand getrieben worden, mit Zelten, Tribünen, Tischen, Logen, Parkettböden …

Niemals war eine Druidenzeremonie vor so vielen Leuten und mit so viel Öffentlichkeit gefeiert worden, aber genau das war die Richtung, die die Königin dem neuen Rat zu geben wünschte: ein beispielloses öffent liches Ansehen.

Übrigens gab es nicht genug Platz auf den Tribünen und in den Sesselreihen, sodass die Einwohner von Providenz es sich auf dem Gras bequem gemacht hatten, um das Schauspiel zu genießen.

Und die Sonne war pünktlich zur Stelle. Kurz vor Mittag erschien die Prozession endlich in einem für die Jahreszeit ungewöhnlichen Licht.

Die vier Großdruiden bildeten in ihren weißen Mänteln, mit rasiertem Schädel und ihrem Stock in der rechten Hand, einen Kreis um die Königin, die das lange Kleid der Vates trug. Ihr langes, blondes Haar war im Nacken zusammengebunden, und sie war strahlend schön und ernst zugleich. Jeden Schritt versuchte sie vornehm, jede Geste anmutig wirken zu lassen.

Die zweiunddreißig Druiden spannten mit den Spitzen ihrer Stöcke ein großes, weißes Leinentuch wie ein weiches, leichtes Dach über sie. Die Prozession bewegte sich unter dem fassungslosen Blick der Zuschauer langsam durch den Hof und blieb vor der großen Eiche stehen.

Die Zeremonie begann. Auf den Tribünen konnte man die Worte der Druiden, die lediglich ein rituelles Murmeln waren, kaum verstehen. Aber man konnte jede Geste, jede Bewegung dieser merkwürdigen Oper sehen.

Zunächst wurde die Königin in ein kleines, abseits gelegenes Zelt begleitet, in dem sie allein verschwand. Dann wurden am Fuß der Eiche acht Druiden zu Großdruiden ernannt, um die Zahl der Mitglieder des neuen Rats auf zwölf zu erhöhen. Um von ihren älteren Brüdern feierlich eingesetzt zu werden, knieten sie nieder und lauschten den Geheimnissen, die ihnen ins Ohr geflüstert wurden. Denn auf diese Weise wurde die Tradition weitergegeben.

Dann richteten sich die Blicke aller auf das kleine Zelt, in dem die Königin wartete. Was nun geschehen würde, kam einer Revolution gleich: Zum ersten Mal würde eine Frau in den Rang eines Druiden erhoben werden und, was noch unglaublicher war, sofort den höchsten Platz im Rat einnehmen, den des Erzdruiden.

Weiß gekleidet, das Gesicht unter der rituellen Kapuze verborgen, näherte sich Henon dem Eingang des kleinen Zelts und hob den Schleier, der es verschloss.

Die rituellen Worte wurden gleichsam vom Wind weitergetragen. Das tiefe Schweigen auf den Tribünen machte den Augenblick unsterblich.

»Wer bist du?«

»Eine Vates«, erwiderte die Königin, die vor Henon kniete.

Dieser legte eine Hand auf Aminas Schulter. Seine Bewegungen waren langsam. Fast zögernd. Man konnte nicht sagen, ob es eine feierliche Langsamkeit war oder ob der Großdruide sich dagegen sträubte, die Königin zu initiieren.

»Was willst du?«

»Das Licht!«, erwiderte Amina selbstsicher.

»Hast du deine Seele in der Einsamkeit dieses Ortes gestärkt?«

»Ja.«

»Dann darfst du mir folgen, Vates.«

Amina zog ihre Sandalen aus und ging, wie die Tradition es verlangte, barfuß an der Seite des Großdruiden, der sie, eine Hand auf ihrer Schulter, zu dem Kreis der dreizehn Throne führte. Einige Barden hatten im Westen die Rolle der Harfner übernommen und begleiteten das Ritual mit ihren traurigen Instrumenten. Henon und Amina befanden sich jetzt hinter den beiden Druiden, die sie erwarteten und in ihren Händen jeweils eine Hälfte eines zerbrochenen Schwerts hielten.

Die kleine Prozession setzte sich in Bewegung, ging an der Menge der Gäste vorbei und blieb vor dem polierten Stein stehen, auf dem Brot und Salz lagen. Henon nahm seine Hand von der Schulter der Königin, bückte sich, streute das Salz auf das Brot und reichte es der jungen Frau.

»Vates, dieses Brot und dieses Salz sind die Erde, durch die du stirbst und wiedergeboren werden kannst.«

Die Königin nahm das Brot und aß die Hälfte, wie es der Brauch verlangte; dann legte sie den Rest auf den Stein zurück, bevor sie weiterging. Die Prozession schritt weiter den Kreis der Throne ab und blieb dann im Norden vor einem zweiten polierten Stein stehen. Henon nahm den Pokal mit Wasser, den man dort vorbereitet hatte, und reichte ihn der Königin.

»Vates, das ist das Wasser, das dich reinigt.«

Amina nahm den Pokal und begann zu trinken, aber sie trank den Pokal nicht aus, sondern stellte ihn zur Hälfte geleert auf den Stein zurück in dem Glauben, damit die Dankesgeste für das Brot und das Salz zu wiederholen.

Ein leises Murmeln ging durch die Reihen der Druiden, das die Königin nicht zu hören schien. Aber Henon setzte sich wieder in Bewegung, als wäre nichts geschehen. Natürlich wusste er, dass die Königin den Pokal hätte austrinken müssen. Dass das Ritual damit anzeigte, dass die Reinigung desjenigen, der neu in den Rang des Druiden erhoben wird, vollständig ist. Kein junger Druide hätte diesen Fehler gemacht. Aber Amina hatte nicht sieben Jahre damit verbracht, die Symbolik des Ordens zu verstehen. In den wenigen Tagen hatte sie ihren Rückstand nicht aufholen können. Gewiss hatte sie alles getan, um das Ritual ihrer Initiation zu lernen und sogar zu verstehen, aber aus Mangel an Zeit machte sie jetzt ihren ersten Fehler. Henon hielt es jedoch nicht für angebracht, sie zu korrigieren. Sei es, weil er Angst hatte, die Königin zu verärgern, sei es, weil er der Meinung war, dass dieser Fehler nur gerecht war, und weil das Symbol einer nur halb vollzogenen Reinigung ihn amüsierte. Der Königin war es gelungen, die Druiden zu zwingen, sie in ihren Orden aufzunehmen, und Henon hatte sich eine Art Groll auf sie bewahrt, der hier eine erste Rache fand, die ihn durchaus befriedigte. Er setzte das Ritual fort, ohne etwas zu sagen, und die anderen Druiden verstanden gewiss die Botschaft, die Henon ihnen damit gab. Die Königin wurde gegen seinen Willen initiiert, und er konnte nichts mehr tun, um dieses Sakrileg zu verhindern, aber er würde auch nichts tun, um ihr zu helfen.

Geradeaus blickend, begleitete er die Königin zum letzten Stein im Süden des Thronkreises. Er nahm die Fackel, die über dieser Steinplatte angebracht war, und reichte sie Amina.

»Vates, das ist das Feuer, das dir leuchtet.«

Die Königin nahm die Fackel in beide Hände und folgte Henon in die Mitte des großen Kreises, wobei sie über das große, weiße Leinentuch ging, das man auf dem Boden ausgebreitet hatte und das mit Misteln bedeckt war.

Da der Rat seinen Erzdruiden noch nicht ernannt hatte, saß Tiernan unter der großen Eiche.

»Großdruide«, erklärte Henon und verneigte sich feierlich, »ich stelle dir Amina vor, Vates, die wir für würdig erachtet haben, Druidin zu werden.«

Tiernan nickte, erhob sich und fragte: »Herrscht Friede?«

Druiden und Großdruiden antworteten im Chor: »Es herrscht Friede!«

»Da also Friede herrscht«, sagte Tiernan, »können wir beginnen.«

Henon trat zurück und ließ die Königin allein auf dem Leinentuch, gegenüber Tiernan. Alle Blicke waren auf sie gerichtet, sowohl in der kleinen Versammlung der Druiden als auch in der Ferne auf den Tribünen und den Rasen.

»Im Namen der Moira, Vates Amina Salia, fragen wir dich jetzt, ob du, in das heilige Amt des Druiden erhoben, dessen Befugnisse ausschließlich für das ausüben wirst, was dir das wahre Gute zu sein scheint?«

Die Königin konnte sich ein Lächeln nicht verkneifen. »Ich werde mich von ganzem Herzen darum bemühen«, erwiderte sie selbstbewusst.

Tiernan fuhr fort: »Versprichst du, dich mit Hilfe der Moira daran zu erinnern, dass du in dem Amt, in das du berufen wirst, die Pflicht hast und dich immer bemühen musst, all denen, die dir anvertraut sein werden, das Beispiel eines tadellosen Lebenswandels zu geben?«

»Ich verspreche es.«

»Versprichst du, die Macht, die dir anvertraut sein wird, wie ein heiliges Gut sorgsam zu hüten?«

»Ich verspreche es«, wiederholte die Königin, und in ihren Augen schimmerte ein neuer Glanz.

»Versprichst du, dich ständig bereitzuhalten, allen Menschen zu dienen, soweit es in deinen Kräften steht?«

»Ich verspreche es.«

»Unsere Vorfahren mögen dich behüten, geliebte Schwester, und deine Würde festigen und stärken.«

Die Königin stand einen Augenblick reglos da. Dann drehte sie langsam den Kopf, um zu ihrer Linken die Gestalt Henons zu suchen. Er starrte sie an. Aber sie hatte gewonnen. Sie hatte endlich bekommen, was der Orden ihr stets verweigert hatte. Und Stolz erhellte ihr Gesicht.

Und dann kniete sie, worauf die Zuschauer schon die ganze Zeit gewartet hatten, endlich nieder.

»Du wirst jetzt in voller Verantwortlichkeit lehren können, was du für wert hältst, dass es denen beigebracht wird, die du nach bestem Gewissen für würdig erachtest, diese Unterweisung zu empfangen. Die Verantwortung für jede Verbreitung liegt bei dir; du bist von jeder Geheimhaltung entbunden.«

Tiernan ging zu ihr und hob seine Hände über den gebeugten Kopf der Königin.

»Ich, Haldir Mornac, Sohn von Naidsu, genannt Stan der Barde, genannt Tiernan der Druide, Großdruide im heiligen Kreis von Lorilien, ich erhebe vor den Gaeliern Ihre Durchlaucht Amina in die Würde einer Druidin. In diesem Rang und weil ihre Lehrer von ihr sagen, dass sie eine gerechte Frau sei, soll sie von ihren Brüdern und allen Menschen Aislinn die Druidin genannt werden. Möge die Moira dich beschützen, Aislinn!«

Alle, Druiden und Nichteingeweihte, applaudierten sofort und jubelten der Königin in ihrem neuen Rang zu. Daraufhin legte Tiernan seine Hand auf Aminas Stirn, und der Saiman drang langsam in ihren Geist ein.

Und die Menge sah, wie Amina nach hinten fiel, als hätte sie einen unsichtbaren Schlag erhalten und das Bewusstsein verloren. Mit Tiernans Hilfe erhob sie sich langsam und taumelnd, und der Großdruide reichte ihr einen weißen Mantel und einen Stock aus Eichenholz.

»Du bist eine Druidin, Aislinn. Hier, das ist für dich.«

Amina, die langsam wieder zu sich kam, nahm die Gabe entgegen. Ihre Hände zitterten, aber ihre Augen blieben starr. Sie hatte gewonnen. Und das war erst der Anfang.

Gleich würden die Druiden, diejenigen, die sie so lange abgelehnt hatten, ihr den Rang des Erzdruiden anbieten. Ihr. Amina Salia. Dem kleinen Mädchen aus Saratea.

Nichts war mehr unmöglich.

Imala, Taibron und Tamaran näherten sich langsam dem jungen, unvorsichtigen Wolf. Der Wind übertönte das Geräusch ihrer Schritte. Die weiße Wölfin bog nach Westen ab und entfernte sich von den beiden Rüden, um dem Feind den Weg abzuschneiden, falls er versuchen sollte, in Richtung Hügel zu fliehen, zu dem sein Rudel sich vorhin auf den Weg gemacht hatte.

Der junge Wolf spürte die Gefahr sehr schnell, konnte seine Feinde aber nicht sehen. Anstatt zu seinem Rudel zu fliehen, richtete er sich auf seinen Vorderbeinen auf und suchte den Horizont ab, um herauszufinden, woher die Bedrohung kam. Er hatte Geräusche gehört und nahm den Geruch der drei anderen Wölfe wahr, konnte für den Augenblick aber nichts sehen. Er begann, nervös zu jaulen und zurückzuweichen. Aber er stand mit dem Rücken zum Abhang, und seine Lage war nicht die beste. Er war allein, auf feindlichem Gebiet, und die Seinen waren vermutlich schon zu weit entfernt, um ihm zu Hilfe kommen zu können.

Plötzlich tauchte Taibron hinter einem Busch auf und stürzte auf den jungen Wolf zu. Tamaran folgte ihm. Erschrocken machte der Wolf einen Satz zur Seite, wodurch er dem Angriff knapp entging, und begann dann, ohne sich umzudrehen, zurückzuweichen, um sich von den beiden Angreifern zu entfernen. Im selben Augenblick kam auch Imala auf ihn zu, und diesmal konnte der junge Wolf nicht rechtzeitig reagieren. Als er den weißen Körper bemerkte, der sich auf ihn stürzte, war es bereits zu spät. Imala packte ihn an der Kehle, und da sie viel schwerer als er war, drückte sie ihn zu Boden. Aber es gelang dem jungen Wolf, indem er sich zur Seite rollte, sich aus den Zähnen der weißen Wölfin zu befreien.

Taibron und Tamaran nutzten die Gelegenheit, um erneut anzugreifen, und mit wildem Knurren stürzten sie sich auf den jungen Wolf. Erneut zu Boden geworfen, konnte er seine Angreifer diesmal nicht abschütteln. Gemeinsam mit Imala, die sich ebenfalls wieder auf ihn stürzte, zeigten sie keinerlei Mitleid und töteten den jungen Wolf mit wenigen Bissen. Er heulte ein letztes Mal auf und starb mit zerfetzter Kehle.

Vom Lärm dieses wilden Kampfes alarmiert, kam das Rudel des jungen Wolfs zurück. Aber als sie den Kadaver ihres Gefährten erreichten, hatte Taibrons Rudel sich bereits wieder formiert, und diesmal zeigten Imala und die Ihren sich sehr viel weniger friedfertig. Bestärkt durch ihren Sieg und vom Blut erregt, waren sie bereit zu kämpfen, und das andere Rudel spürte das wohl, denn diesmal wagte es nicht, die Grenze des Reviers zu überschreiten.

Nachdem sie sich gegenseitig gebührend angeknurrt hatten, machten die Eindringlinge kehrt und ließen den Kadaver ihres ehemaligen Bruders zurück.

Taibron heulte selbstsicher, und das übrige Rudel stimmte in sein Heulen ein; dann kehrten sie mit erhobenem Schwanz in ihr Tal zurück.

Das junge Rudel hatte seine erste Bewährungsprobe mit Erfolg bestanden. Von nun an würden die anderen Wölfe sich nicht mehr so leicht in ihr Revier wagen.

Aber die Zukunft hielt für Imalas Brüder ganz andere Überraschungen auf dem Gebiet der Insel bereit.

Zum ersten Mal seit ihrem Aufbruch fanden sich alle Gefährten Aleas nach dem Abendessen zusammen. Das Mädchen hatte darauf bestanden, dass sich jeder so schnell wie möglich von seinen Aufgaben frei machte, damit dieses Treffen stattfinden konnte.

Während sie um den großen Tisch saßen, genossen, mit Ausnahme von Tagor, den noch niemand aus Zeitmangel wirklich hatte kennenlernen können, alle die tiefe Freundschaft, die sie verband. Eine unerklärliche Wärme, eine starke Energie, die unaufhörlich zwischen ihnen zirkulierte. Im Humor, in den Spötteleien oder in der Zärtlichkeit, überall fanden sie eine innige Vertrautheit. Die Bedrohungen der immerhin zahlreichen Feinde waren noch fern, viel weniger präsent als in der Vergangenheit. Die gute Laune schien die Beziehungen dieser jungen Gefährten zu bestimmen.

Aber am Ende der Mahlzeit ergriff Alea das Wort, und jetzt hörte der Spaß auf.

»Wir müssen eine Möglichkeit finden, so schnell wie möglich nach Tarnea zu kommen. Wenn wir das Gebirge im Osten umgehen, wie unsere gegenwärtige Richtung anzudeuten scheint, werden wir sehr nah an Providenz vorbeikommen, was ich um jeden Preis vermeiden will.«

»Du willst doch nicht etwa all die Männer über das Gebirge marschieren lassen?«, warf Erwan ein.

»Ich hoffe, dass wir eine andere Möglichkeit finden

werden, aber sollte es nötig sein, denke ich, dass ich das dem Weg über Providenz vorziehen würde.«

»Warum?«, fragte Mjolln überrascht.

»Weil ich in die Grafschaft Sarrland will, bevor ich Amina sehe. Bevor ich wen auch immer sehe.«

»Ich glaube, dass die Christen von Harcort ebenso wie du denken«, meinte Finghin. »Ich halte es für sehr wahrscheinlich, dass die Harcortianer bereits ebenfalls auf dem Weg nach Sarrland sind.«

»Aus diesem Grund müssen wir Tarnea so schnell wie möglich erreichen«, erwiderte Alea.

»Da haben wir es!«, rief Mjolln. »Es geht wieder los! Wir werden erneut wie die Hasen laufen!«

»Wenn wir nicht den östlichen Weg nehmen und auch nicht über das Gebirge gehen können, dann wüsste ich nicht, was wir sonst tun könnten«, bemerkte Erwan. »Wir werden doch nicht etwa umkehren und die Bergkette im Südwesten umgehen?«

»Das wäre in der Tat eine sinnlose Zeitverschwendung«, gab Alea zu.

»Ähm. Ich bin nicht sicher, o nein, dass wir sehr viel schneller sein werden, wenn wir über das Gebirge klettern«, gab Mjolln zu bedenken. »Ich bin dort oben gewesen, und ich weiß, o ja, wie lange man braucht, um dort hinaufzuklettern, wie kalt es da oben ist und wie sehr man hungert, ähm. Keine schöne Erinnerung.«

Alea legte ihre Hand auf den Arm ihres Gefährten. Sie erinnerte sich an diese Geschichte, die er ihr einst erzählt hatte. Der Beweis, wenn es denn einen brauchte, dass der Zwerg viel mutiger war, als seine Worte häufig vermuten ließen.

»Die Tuathann könnten mühelos die Bergkette überqueren«, behauptete Tagor.

»Daran zweifle ich nicht, mein Bruder, aber wir sind zu viele, und nicht alle haben die Ausdauer deines Volks.«

Kaitlin hob die Hand, um die Aufmerksamkeit der anderen auf sich zu ziehen.

»Wir Kinder der Moira erzählen oft, dass unsere Vorfahren unter Gor-Draka hindurchgegangen sind. Durch die Drachenhöhlen.«

Alle blickten die junge Schauspielerin an.

»He, schaut mich nicht so an!«, fuhr sie fort. »Ich mache euch darauf aufmerksam, dass die Drachen seit langem tot sind ...«

»So lange noch nicht«, warf Finghin ein. »Weißt du nicht, dass Erwans Vater den letzten von ihnen getötet hat?«

»Wirklich?«

»Das ist nicht der Punkt«, sagte Erwan, der an seiner Taille immerhin Banthral trug, das Schwert, das sein Vater aus dem Schwanz des letzten Drachen gezogen hatte. »Kaitlin, glaubst du, dass diese Höhlen wirklich existieren, oder handelt es sich nur um eine Legende?«

Kaitlin zuckte die Achseln.

»Nein«, warf Mjolln brummig ein, »es ist keine Legende, nein, ähm. Ja, ich habe diese Geschichte auch gehört, tada. Aber ich sag es euch gleich, es ist völlig ausgeschlossen, dass ihr mich da hineinbekommt!«

Alea drehte sich zu Finghin um und sah ihn lächelnd an.

»Und was meinst du, Druide?«

»Ich denke wie du«, gestand er. »Wenn diese Höhlen existieren und wenn sie sich wirklich unter dem ganzen Gebirge von einem Ende zum andern hinziehen, dann könnten wir wertvolle Zeit gewinnen.«

Mjolln stieß einen Seufzer der Verzweiflung aus. Aber seine Freunde achteten nicht darauf.

»Aber auch wenn sie existiert haben, wissen wir nicht, ob diese Höhlen heute noch begehbar sind«, dämpfte Kailtin die Erwartungen ...

»Das ist sicher, und vielleicht wimmelt es in ihnen ja auch von widerwärtigen Kreaturen!«, ergänzte Mjolln. »Ähm, das letzte Mal, als ihr mich in einen unterirdischen Gang geschleppt habt, hätte ich beinahe mein kleines Leben verloren ... Nein, nein, ich bin doch nicht verrückt, keinen Fuß setz ich unter das Gebirge, ich werde umkehren und eine Gerberei in meinen Hügeln eröffnen, wenn das so weitergeht!«

»Erwan?«, fragte Alea, als hätte sie das Gejammer des Zwergs nicht gehört.

»Wenn man es abwägt, scheinen mir die Risiken erheblich höher als die Chancen, wirklich Zeit zu gewinnen ...«

»Ich könnte Kundschafter meines Volks losschicken«, schlug Tagor vor. »Wir sind es gewohnt, unter der Erde zu leben, wir würden viel schneller vorwärtskommen.«

»Schneller ja«, räumte Alea ein, »aber immer noch nicht schnell genug, denn um sicher zu sein, dass es sich lohnt, das Risiko einzugehen, müssten wir sicher wissen, dass die Höhlen wirklich von einem Ende des Gebirges zum andern reichen, und das würde deine Kundschafter zwingen, den Weg einmal ganz hin und zurück zu machen.«

»Es gibt vielleicht eine andere Möglichkeit«, warf Finghin ein.

Es wurde beschlossen, dass Aeditus an dem Tag, an dem Meriander Mor der Schöne, Graf von Braunland, konvertieren würde, auch den ersten Stein der Kathedrale weihen würde, die man im Zentrum von Mericort errichten wollte. Der erste Stein wurde aus Ria mitgenommen, vom Vorplatz der ersten Kirche dort, um dadurch die Verbindung zwischen diesen beiden heiligen Orten deutlich zu machen.

Braunland hatte nach dem Abzug der Tuathann wieder Hoffnung geschöpft, und Graf Mor kehrte, wie Al'Roeg vorausgesehen hatte, als Held in sein Land zurück. In jedem Dorf jubelte man ihm zu, und niemand störte sich daran, dass er vom Bischof von Harcort, seinen christlichen Symbolen und zahlreichen Priestern begleitet wurde. Dieser einzige Gott hatte sich dem Volk von Braunland gegenüber als sehr viel gnädiger erwiesen als die Moira, und er wurde bereits Teil der Sitten und Bräuche der Einwohner der Grafschaft, ohne dass Meriander irgendetwas aufzuzwingen brauchte.

Am Tag der großen Taufe fanden sich daher die meisten Einwohner von Mericort an dem Ort ein, der vom Grafen für den Bau der ersten Kathedrale ausersehen worden war.

Kurz vor Einbruch der Dunkelheit begann die Zeremonie unter freiem Himmel. In der Mitte der Baustelle standen mehrere Priester aus Harcort, die in den nächsten Monaten in Braunland Gottesdienste abhalten würden, die nächste Umgebung des Grafen, ein paar Kämpfer, die sich in den hinter ihnen liegenden Gefechten ausgezeichnet hatten, und der Baumeister der Kathedrale.

Man hatte ein Wasserbecken an genau der Stelle ausheben lassen, an der später der Altar stehen würde, die Düfte waren versprüht worden, und zahlreiche Kerzen wurden um den Ort herum angezündet.

Aeditus, in ein blasslila Gewand gekleidet und seine Bischofsmütze auf dem Kopf, wandte sich mit lauter und kräftiger Stimme an die Menge.

»Seid willkommen, Brüder und Schwestern. Die Kirche empfängt euch mit Freude, euch und denjenigen, der um die Taufe bittet, damit er dieses Zeichen der Gnade Gottes empfängt und in die Kirche Jesu Christi aufgenommen wird. Bevor wir Ihn suchen, ist Gott bereits bei uns; bevor wir Ihm antworten können, nennt Er uns bereits bei unserem Namen. Die Taufe ist das Zeichen dieses Gottes, der auf uns zugeht.«

Aeditus warf einen Blick auf die riesige Menschenansammlung. Er war sich der Bedeutung dieses Augenblicks bewusst. Ein ganzes Volk würde nach seinem Grafen vielleicht konvertieren. Er suchte nach Zeichen von Zustimmung in den Blicken der Braunländer. Aber fürs Erste fand er nichts als Neugier, und vermutlich Ungeduld, den Grafen vortreten zu sehen.

»Allzu lang ist unser Volk getäuscht worden. Wir erwarteten blind eine Moira, die nicht kommen wollte. War sie da, als der Feind vor unseren Toren stand? Welches Zeichen hat sie uns gegeben, als wir zweifelten? Aber unser Gott kommt immer zu uns, wenn wir in Not sind, zu jedem von uns, und deswegen müssen wir seine Botschaft weitertragen. Hören wir den Text aus der Heiligen Schrift, die uns an die Bedeutung der Taufe erinnert, die wir heute vornehmen werden: *Und Jesus trat zu den Jüngern, redete mit ihnen und sprach: ›Mir ist gegeben alle Gewalt im Himmel und auf Erden. Darum gehet hin und machet zu Jüngern alle Völker: taufet sie im Namen des Vaters und des Sohnes und des Heiligen Geistes und lehret sie halten alles, was ich euch befohlen habe. Und siehe, ich bin bei euch alle*

Tage bis an der Welt Ende.‹ Die Taufe ist also das Zeichen des Eintritts in den Bund, den Gott mit seinem Volk geschlossen hat. Wie Gott zu Jesus sagte: *Du bist mein lieber Sohn, an dir habe ich Wohlgefallen*, so erklärt er heute eurem Grafen: *Du bist mein Sohn, du weißt es noch nicht, aber ich adoptiere dich, ich kenne dich bei deinem Namen, und ich liebe dich mit ewiger Liebe.*«

Aeditus streckte die Hand nach dem Grafen aus. Meriander ging die lange Allee hinauf, die von den Einwohnern Mericorts gesäumt wurde. Über dem Weg hatte man farbige Vorhänge gespannt. Er ging im Schatten auf Bischof Aeditus zu, der ihn am Becken erwartete. Als er vor ihm stand, kniete er nieder.

Daraufhin ergriff Aeditus das Wort.

»Beuge leicht den Kopf, Meriander Mor der Schöne, lege demütig deine Halsketten ab. Liebe, was du verbrannt hast, verbrenne, was du geliebt hast.«

Der Graf legte seinen Schmuck und seine Kleider ab. Daraufhin führte Aeditus ihn, eine Hand auf seiner Schulter, zum Becken. Mit nacktem Oberkörper ging er bis zur Taille in das Wasser hinein. Aeditus, der ihn in das Becken begleitet hatte, nahm Wasser in die Höhlung seiner Hände und ließ es über die Stirn des Grafen rinnen.

»Gott segne und behüte dich. Er begleite dich Tag für Tag auf deinem Weg und erleuchte dich mit Seinem Licht und Seiner Liebe.«

Als sie das Becken verließen, erkannte Aeditus am Gesicht der versammelten Männer und Frauen, dass er gewonnen hatte. Die Liebesbotschaft, die er seinem Gott zugeschrieben hatte, hatte zu den Braunländern gesprochen. Diese, die sich von der Moira im Stich gelassen gefühlt hatten, schöpften neue Hoffnung, indem sie einen Gott fanden, der ihnen die Hand reichte.

Die Menge jubelte dem Grafen zu, und Aeditus machte daraufhin ein großes Kreuzzeichen in ihre Richtung. Es gab keine stärkere Armee als diejenige, die aus den nächsten Konversionen entstehen würde. So wie er das Volk von Harcort in den Kampf geführt hatte, würde er auch im Namen Gottes Braunland mitreißen.

Und eines Tages gewiss ganz Gaelia.

Als der Jäger mitten am Abend in das kleine Gasthaus im Süden Galatias trat, verstummten alle Gäste und starrten ihn mit offenem Mund an. Abgesehen von den Blutspuren auf seinem Gesicht und seiner Kleidung war sein Aussehen äußerst merkwürdig. Er war von Kopf bis Fuß in Leder gekleidet; auf seinem Rücken trug er einen langen Bogen aus Holz und einen Köcher voller Pfeile und über der Schulter eine große, braune Leinentasche, und sein unter einer weiten, grünen Kapuze verborgenes Gesicht war kaum zu erkennen. Das Erstaunlichste aber waren weder seine Kleidung noch sein Gesicht. Nein, was die Gäste des kleinen Gasthofs wirklich überraschte, war etwas ganz anderes. Über seinen Schultern trug der Unbekannte den schweren Kadaver eines großen, grauen Wolfs.

Das klebrige, blutverschmierte Fell klebte an seiner Lederjacke. Die dicken Beine hingen über seine Brust, und der Kopf baumelte am Ende des verdrehten Halses des Tiers.

Nachdem er sich von der Überraschung erholt hatte, ging der Wirt mit gerunzelter Stirn auf den Fremden zu.

»Also, das da lasst gefälligst draußen, Ihr macht mir ja überall Flecke.«

Als er sich dem Jäger näherte, stellte er fest, dass dieser größer war, als er gedacht hatte. Er blieb ein paar Schritte vor dem Riesen stehen und fragte sich, ob es richtig gewesen war, in diesem Ton mit ihm zu reden.

Der Unbekannte schnaufte geräuschvoll, ließ seinen Blick über die Gäste des Gasthofs wandern und trat dann zwei Schritte zurück. Mit einem Stoß der Hüfte öffnete er die Tür des Gasthofs hinter sich wieder, trat mit einem Bein hinaus, beugte sich leicht und ließ das Tier neben den Eingang fallen.

Der blutverschmierte Körper schlug geräuschvoll auf den Boden, wie ein großer Sack Erde. Dann trat der Jäger erneut in die Gaststube und setzte sich allein an einen Tisch.

Der Wirt schluckte seine Spucke hinunter und näherte sich dem seltsamen Gast.

»Kann ich Euch etwas zu trinken bringen?«

Er vermochte das Gesicht des Fremden noch immer nicht zu erkennen. Seine weite Kapuze tauchte seinen ganzen Kopf in undurchdringliche Dunkelheit.

»Bring mir von deinem besten Wein«, sagte der Jäger schließlich und legte beide Hände auf den Tisch.

Nach und nach fingen die anderen Gäste des Gasthofs wieder an, sich zu unterhalten; vermutlich hatten sie sich an den seltsamen Mann gewöhnt. Aber einem jungen Bauern aus Galatia ließ die Neugier so wenig Ruhe, dass er sich nicht entschließen konnte, sich ebenfalls um seine eigenen Angelegenheiten zu kümmern. Er stand auf und ging unter dem Blick der anderen Dorfbewohner zu dem Fremden.

»Darf ich mich zu Euch setzen?«, fragte er und deutete auf den Stuhl vor sich.

Der Jäger hob langsam den Kopf. Endlich wurden seine

Augen in einem Lichtstrahl sichtbar. Sie waren kastanienbraun wie das Leder seiner Kleidung.

»Bitte.«

Seine Stimme war tief und heiser, aber er sprach klar und gediegen. Sein Akzent war rein, wie der der Druiden oder der Adligen von Galatia.

Der junge Bauer setzte sich ihm gegenüber und stellte den Becher mit Wein, den er in der Hand behalten hatte, auf den Tisch. Er trank einen Schluck und schnalzte dann mit der Zunge. Er versuchte, entspannt zu wirken, auch wenn der Jäger ihn gewiss stark beeindruckte.

»Ist das ein Wolf?«, fragte der junge Mann schließlich und deutete mit dem Kinn auf die Tür des Gasthofs.

»Hm«, bestätigte der Fremde.

»Ihr jagt Wölfe?«

»Ja.«

»Warum? Esst Ihr sie?«

Der andere schüttelte den Kopf.

»Wegen der Prämie«, erklärte er.

»Was für eine Prämie?«.

Der Jäger seufzte. »Die Prämie«, wiederholte er. »Habt Ihr noch nie etwas von der Wolfsjägerarmee gehört?«

»Nein«, gestand der junge Bauer.

Der Fremde rieb sich das Gesicht. Er hatte Blut und Sand an seinen Händen, stank und atmete geräuschvoll. Und doch hatte seine Haltung etwas Vornehmes. Er nahm den Becher, den der Wirt, der aus der Küche kam, ihm mit misstrauischem Gesichtsausdruck reichte, trank einen Schluck und stellte den Becher dann auf den Tisch.

»Einige Lehnsherren von Galatia und sogar von Braunland haben Wolfsjägerarmeen aufgestellt, wie es sie in diesen Gebieten zur Zeit der Brittianer gegeben hat.«

»Und wie funktionieren sie?«

»Die Anführer dieser Armeen organisieren Jagden und bieten ein Goldstück für einen jungen Wolf, zwei Goldstücke für eine Wölfin und vier für einen erwachsenen Rüden. Es heißt, dass sie diesen Winter fünf Goldstücke für eine trächtige Wölfin bieten.«

»Aber warum bezahlen diese Lehnsherren dafür, dass man ihnen Wölfe bringt?«

»Warum? Der Wolf ist ein fleischfressendes, wildes Tier. Er ist der größte Feind des Menschen und der Tiere.«

»Ach, man muss die Herden nur von Hunden bewachen lassen«, protestierte der junge Bauer, »so wie wir es hier machen, und die Wölfe greifen nie unsere Herden an.«

»Weil sie in Eurer Gegend noch nicht zu zahlreich sind. Aber wenn sie an Zahl zunehmen und in der freien Natur nicht mehr genug Wild finden, dann werden sie in Eure Städte kommen. Anscheinend können die Wölfinnen bis zu dreizehn Junge austragen. Bald werden sie sich vervielfachen, und dann sind sie so wild, dass sie das Land verwüsten werden.«

»So wild?«

»Ja. Man erzählt, dass sie die Menschen und vor allem die Kinder angreifen, weil sie zartes Fleisch lieben. Und da sie sich von Kröten ernähren, ist ihr Biss giftig.«

»Wirklich? Und deswegen jagt Ihr sie?«

»Nein«, sagte der Fremde lächelnd. »Das ist mir völlig egal. Alles, was mich interessiert, sind die Goldstücke.«

Der junge Bauer nickte. Jetzt kam ihm das nicht mehr so sonderbar vor. Die Zeiten waren schwer, und ein oder zwei Goldstücke würde auch er nicht verschmähen.

»Wie jagt Ihr sie?«, fragte er immer interessierter.

»Hast du nie den Barden Gacus von der Rebe gehört?«

»Nein.«

»Dabei kommt er oft in Eure Gegend. Und in seinen Gedichten erzählt er von der Jagd. Du müsstest ihn einmal hören. Niemand erzählt besser von der Wolfsjagd. Von der organisierten kollektiven Treibjagd, aber auch von der individuellen Jagd, wie ich sie praktiziere.«

»Und wie geht Ihr vor?«

»Ganz allein, ich bin gezwungen, Fallen zu benutzen, und manchmal liege ich tagelang auf der Lauer. Hast du nie gejagt?«

»Nein.«

»Ich kenne nichts Faszinierenderes«, flüsterte der Unbekannte und zwinkerte dem jungen Mann zu.

Der Bauer kratzte sich am Kopf. Er blickte zu seinen Freunden, die am Tisch hinter ihm saßen, und wandte sich dann wieder an den Fremden, wobei er jetzt ebenfalls leise sprach.

»Könntet Ihr es mir zeigen?«

Diesmal sah er den Jäger im Schatten seiner Kapuze lächeln.

»Ich jage allein.«

»Ich könnte Euch nützlich sein«, beharrte der junge Bauer. »Ich kenne die Gegend gut.«

Der Unbekannte legte beide Hände auf den Tisch und saß lange reglos da. Seine Augen waren nicht zu sehen, aber es war offensichtlich, dass er seinen Gesprächspartner anstarrte. Schließlich erklärte er: »Einverstanden. Aber nur morgen. Danach musst du allein zurechtkommen. Und rechne nicht damit, dass ich die Prämie mit dir teile, wenn wir einen Wolf finden.«

»Ja, natürlich! Wie heißt Ihr?«, fragte der junge Mann.

»Man nennt mich den Landvermesser.«

»Sehr erfreut. Ich heiße Ageric.«

Sie schüttelten sich die Hand über den Tisch hinweg. Ein Zeichen der Freundschaft, das den übrigen Gästen des Gasthofs sichtlich missfiel. Aber Ageric beschloss, nicht weiter darauf zu achten. Auch er wollte Goldstücke …

Am nächsten Morgen machten sie sich gemeinsam auf den Weg in die Heide.

»Finghin, ich habe den Druiden Kiaran in der Welt von Djar wiedergetroffen, und er hatte schlechte Nachrichten über Sai-Mina.«

Der junge Druide, der mit Alea das Lager verlassen hatte, runzelte die Stirn.

»Der Rat hat sich gespalten«, fuhr Alea fort. »Vier deiner Brüder haben Sai-Mina verlassen und sich Amina in Providenz angeschlossen.«

Finghin seufzte tief. »Ernan hat trotzdem recht lange durchgehalten«, murmelte er. »Ich bin sicher, dass er es wusste. Er hat mich ermuntert wegzugehen, weil er genau wie Ailin vor ihm wusste, dass der Rat zerbrechen würde und er dich nicht wirklich würde unterstützen können.«

»Es tut mir leid.«

»Mach dir keine Sorgen, Alea. So dramatisch das auch scheinen mag, vielleicht ist es letztlich eine Chance für Ernan. Wenn er die widerspenstigsten Brüder los ist, wird er den Rat gewiss endlich überzeugen können, dass wir dich unterstützen müssen.«

»Ich würde mich geehrt fühlen«, erwiderte Alea, und sie meinte es aufrichtig.

»Was mich aber viel mehr beunruhigt, ist, was Amina mit den Druiden machen wird, die sich ihr anschließen.«

»Das würde ich auch gern wissen. Ich fürchte den Augenblick, wenn ich Amina wiedersehe. Ich habe eine so schöne Erinnerung an sie. Und jetzt deutet alles darauf hin, dass sie sich geändert hat. Und gewiss nicht so, dass es mir gefallen wird. Na, wir werden ja sehen ...«

»Ja, wir müssen uns erst einmal mit dem befassen, was uns unmittelbar bevorsteht. Das Gebirge. Erinnerst du dich, wie wir den Saiman benutzt haben, um den unterirdischen Gang in Ria zu erforschen?«, fragte Finghin.

»Natürlich. Ich hatte gesehen, wie Phelim es gemacht hat«, erwiderte das junge Mädchen lächelnd.

»Glaubst du, dass wir beide genügend Saiman zusammenbekommen, um die Höhlen von Gor-Draka zu erforschen, ohne hineingehen zu müssen?«

»Ich habe vorhin schon geahnt, dass du darüber nachgedacht hast, und seitdem denke ich selbst unaufhörlich daran. Aber ganz ehrlich, es ist schwierig, das zu wissen. Zunächst einmal wissen wir ja nicht einmal, ob diese Höhlen wirklich existieren, und dann wissen wir nicht, wie lang sie sind, in welcher Richtung sie verlaufen ...«

Finghin verzog das Gesicht. »Ja, ja, ich weiß. Aber wir werden es nicht wissen können, solange wir es nicht versucht haben.«

»Natürlich«, gab Alea zu. »Und wir würden wirklich wertvolle Zeit gewinnen, wenn wir sie durchqueren könnten. Das Problem, Finghin, ist, dass wir auch nicht wissen, wo der Eingang zu diesen Höhlen liegt, wenn es sie wirklich gibt.«

»Irgendetwas sagt mir, dass Mjolln da so eine Idee hat, es uns aber nicht sagen will, weil er zu sehr fürchtet, dass wir ihn da hineinschleppen.«

Alea nickte. »Wir haben nicht das Recht, ihn zu zwingen. Aber er könnte später nachkommen.«

»Ganz allein da hindurchgehen? Damit wird er niemals einverstanden sein«, entgegnete der Druide.

»Das hoffe ich.«

Finghin brach in Gelächter aus. »Ich verstehe. Also, reden wir mit ihm«, schlug er vor.

Sie kehrten ins Lager zurück und brauchten einige Zeit, um den Zwerg zu finden, der sich, vermutlich weil er ahnte, dass man versuchen würde, ihn zu überzeugen, in einem der Zelte der Soldaten der Erde versteckt hatte und so tat, als würde er schlafen.

»Herr Abbac«, flüsterte Finghin und beugte sich über ihn, »wir würden gern mit Euch sprechen.«

Der Zwerg drehte sich brummend auf den Bauch.

»Nein!«, entgegnete Mjolln. »Ähm. Herr Abbac spricht nicht mehr mit den Druiden, mit den Samildanach und ähnlichen Scharlatanen. Und jetzt lasst den Zwerg schlafen!«

Finghin drehte sich achselzuckend zu Alea um.

»Wozu hast du damals dieses Gebirge erklommen, wenn du heute nicht mehr Mut als ein vierzehnjähriges Mädchen hast?«, fragte sie provokativ.

»Ein vierzehnjähriges Mädchen, das sich für die Retterin der Welt hält?«, erwiderte er.

»Mjolln, alles, was wir wissen wollen, ist, wo sich der Eingang zu den Höhlen befindet. Und wenn du sie nicht betreten willst, kannst du ja um das Gebirge herumgehen und dann in Tarnea zu uns stoßen. Ich jedenfalls muss so schnell wie möglich dorthin kommen.«

»Ja, ja!«, brummte der Zwerg. »Ich wusste es! Erpressung! Ähm, du bist wirklich eine falsche Schlange, o ja, die falscheste von allen Frauenzimmern der Insel! Keine einzige Zwergin könnte mich so auf die Palme bringen wie du!«

»Keine einzige Zwergin könnte dir so viele Abenteuer bieten... Ich dachte, du liebst das Abenteuer.«

»Nicht in unterirdischen Gängen! Die *hasse* ich, tada, das weißt du!«

»Dann folge uns so schnell wie möglich nach Tarnea, aber sag uns wenigstens, wo der Eingang liegt«, beharrte Alea und schüttelte ihren Freund, der sich unter der Decke versteckte.

Plötzlich drehte der Zwerg sich um und sprang auf. Seine gewaltigen Augenbrauen waren so gerunzelt, dass sie sich beinahe berührten. Seine gerümpfte Nase und seine glänzenden Augen verliehen ihm ein wütendes Aussehen. Er versetzte seiner Decke einen Fußtritt, um sie loszuwerden, rempelte Alea an und verließ schimpfend das Zelt.

Finghin warf dem jungen Mädchen einen verblüfften Blick zu.

»Also!«, rief der Zwerg von draußen, als er sah, dass Alea ihm nicht folgte. »Du wolltest doch diesen Eingang sehen, oder nicht?«

Alea schüttelte den Kopf und ging nach draußen zu dem Zwerg. Obwohl er immer noch vor sich hin schimpfte, setzte er sich dennoch in Bewegung und sauste wie ein Pfeil durch das Lager, ohne anzuhalten und ohne die wenigen Soldaten anzusehen, die noch wach waren. Niemals hatte Alea ihn so schnell trippeln sehen. Sie machte Erwan, der von dem Lärm alarmiert aus seinem Zelt gekommen war, um nachzusehen, ob alles in Ordnung sei, ein Zeichen, um ihn zu beruhigen. Der Magistel sah ihr nach, wie sie sich entfernte, begriff, dass der Zwerg vermutlich nur eine Szene machte, und kehrte beruhigt in sein Zelt zurück.

Finghin zögerte einen Augenblick, dann lief er Alea nach. Wortlos ging er dicht hinter ihr. Aber die schlechte Laune des Zwergs war so grotesk, dass er am liebsten laut losgelacht hätte. Doch er wollte ihn nicht verärgern und sagte sich, dass es besser wäre, nichts zu sagen. Alea, die sich bereits daran gewöhnt hatte, war zu dem gleichen Schluss gekommen und folgte dem Zwerg, ohne sich Fragen zu stellen.

Trotz der dunklen Nacht fand Mjolln seinen Weg mit außergewöhnlicher Leichtigkeit. Mit Fußtritten räumte er Sträucher und Geäst aus dem Weg, bahnte sich wütend seinen Weg und drehte sich nicht ein einziges Mal um.

Sie waren bereits eine ganze Weile unterwegs, als Alea es nicht mehr aushielt und sich entschloss zu sprechen.

»Mjolln, es wäre wirklich einfacher, wenn wir gemeinsam gingen … Du willst doch nicht etwa den ganzen Weg schmollen?«

Aber der Zwerg antwortete nicht. Er ließ ein leises, wütendes Pfeifen hören und lief noch grimmiger durch die Büsche.

Alea begann zu frieren, als sie plötzlich sah, wie der Zwerg vor ihr stehen blieb. Sie blieb ebenfalls stehen, und Finghin schloss zu ihnen auf.

»Da, kleine Nervensäge. Das hast du deine Höhle!«, rief Mjolln und wies auf ein riesiges Loch unter einem erhöhten Felsen.

»Danke, Dudelsackpfeifer.«

»Dudelsackpfeifer, Dudelsackpfeifer!«, wiederholte Mjolln verzweifelt. »Wenn ich dir nicht wie ein Hündchen überallhin folgen würde, wäre ich schon lange Barde!«

»Mjolln, wisst Ihr, wer die Barden ernennt?«, warf Finghin ein und näherte sich dem Zwerg.

Dieser hob den Kopf, zögerte einen Augenblick und antwortete dann: »Diese verflixten Druiden!«

»Ganz genau«, erwiderte Finghin. »Und Ihr wisst auch, dass ich einer dieser verflixten Druiden bin?«

»Und?«

»Ich könnte Euch vielleicht zu einem Barden machen, oder?«

Mjolln runzelte die Stirn.

»Und als Gegenleistung werdet Ihr verlangen, dass ich mit Euch da hineingehe, stimmt's?«

»Ich fürchte, dass es mir schwerfallen wird, Euch die Geheimnisse der Barden zu lehren, wenn Ihr mir nicht folgt.«

Mjolln seufzte.

»Und Ihr dürft auch nicht vergessen«, fuhr Finghin fort, der spürte, dass er im Begriff war, die Partie zu gewinnen, »dass der Wert eines Barden sich nach der Zahl von Geschichten bemisst, die er zu erzählen weiß. Und Barden, die erzählen können, dass sie in den Drachenhöhlen gewesen sind, kenne ich persönlich nicht!«

Endlich zeigte sich ein Lächeln auf dem Gesicht des Zwergs.

»Das ist wahr, das gäbe eine schöne Geschichte«, gab er zu und verschränkte die Arme.

»Wie auch immer«, warf Alea ein, »noch wissen wir

nicht einmal, ob wir da überhaupt hineingehen können.«

»Dann wollen wir das sofort überprüfen«, schlug Finghin vor.

4

Im Bauch des Drachen

»Gibt es Nachrichten vom Bischof?«, fragte Feren Al'Roeg, als er von einem Ausritt zurückkam.

Zwei Schildknappen waren ihm entgegengekommen und hielten den Hengst, damit der Graf absteigen konnte. Hinter ihnen empfing Vogt Alembert ihn mit einem breiten Lächeln.

»Anscheinend ist die Taufe von Meriander dem Schönen ein voller Erfolg gewesen!«, sagte er und reichte dem Grafen einen Stock.

Die Leibesfülle des Grafen machte ihm, im Verein mit seinem Alter, mehr und mehr zu schaffen, und das Gehen fiel ihm immer schwerer. Dennoch war er ein imposanter und charismatischer Mann. Seine Kahlköpfigkeit und seine schwarzen Augen verliehen ihm ein wildes Aussehen, und seine laute und strenge Stimme erlaubte ihm stets, das letzte Wort zu haben. Al'Roeg war einer der intelligentesten Herrscher, die die Insel jemals gesehen hatte, aber er war auch einer der unangenehmsten.

»Ausgezeichnet«, erklärte er und nahm den Stock. »Ich bin sicher, dass es Aeditus gelingen wird, die meisten Braunländer zu christianisieren. Vogt, wir werden uns in aller Ruhe um Sarrland kümmern können.«

»Glaubt Ihr, dass wir die Sarrländer ebenso einfach christianisieren können?«, fragte Alembert.

Der Graf machte sich auf den Weg durch den kleinen Park, der ihn vom Nordflügel des Palastes von Ria trennte, in dem seine Gemächer lagen.

»Das ist nicht meine erste Sorge. Ich beabsichtige, die Soldaten der Flamme dorthin zu schicken, mein guter Vogt. Im Augenblick interessiert mich nicht die Konversion der Sarrländer, sondern ihr Land und die politische Macht, die mir die Kontrolle über drei der fünf Grafschaften der Insel verleihen wird. Die Einwohner von Braunland zu christianisieren war ein geschickter Schachzug, aber im Gegensatz zu den Braunländern, die tapfer und oft rebellisch sind, werden die Sarrländer keinen Widerstand leisten, und ich werde ihr Land mit einer Handvoll Soldaten annektieren können. Ihnen werde ich die Religion einfach aufzwingen. Wir werden nicht die Vorsichtsmaßnahmen treffen müssen, die in Braunland nötig waren.«

»Wenn die Königin uns nicht dazwischenfunkt«, gab Alembert zu bedenken.

»Im Augenblick ist sie zu sehr damit beschäftigt, sich für eine Druidin zu halten!«, spottete der Graf.

»Und Alea? Weiß man, was aus ihr geworden ist?«

»Seit sie aus dem Gefängnis entkommen ist, für dessen Verwaltung ich Euch bezahle?«

»Ihr müsst zugeben, Durchlaucht, dass sie keine gewöhnliche Gefangene war. Nicht jedes dreizehnjährige Mädchen ist imstande, allein mit der Kraft ihres Geistes Löcher von der Größe eines Bären in Steinmauern zu machen …«

»Aus ebendiesem Grund hättet Ihr sie in eine besser bewachte Zelle stecken müssen. Aber gut, es ist müßig, darüber zu reden. Auch ich hatte diese kleine Hexe unterschätzt!«

»Sie ist möglicherweise sogar eine größere Bedrohung als die Königin. Niemand weiß, wo sie ist. Sie war nicht bei der kleinen Armee, die in ihrem Namen auf dem Hügel des Sandes gekämpft hat.«

»Nein. Aber wir haben ihre Armee vernichtet, wie auch die der Tuathann und der Druiden. Sie wird also, wo immer sie jetzt auch sein mag, nicht mehr die Kraft haben, uns zu widerstehen. Aber ich werde sie schon rechtzeitig finden, das macht mir im Augenblick keine Sorgen. Habt Ihr Dancray gesagt, dass er in meinem Arbeitszimmer auf mich warten soll?«

»Natürlich, Graf, er ist bereits oben.«

Feren Al'Roeg nickte und ging schneller. Als er den Eingang des Gebäudes erreicht hatte, zog er seine Jacke aus, reichte sie einem der Diener und ging mühsam die breite Holztreppe hinauf, die in den ersten Stock führte. Oben öffnete ihm ein anderer Diener die Tür.

»Guten Tag, General«, sagte Al'Roeg, als er eintrat, zu Dancray, der es sich bereits bequem gemacht hatte.

»Guten Tag, Herr Graf.«

General Dancray war seit der Schlacht auf dem Hügel des Sandes der engste Verbündete des Grafen. Sein glänzender Sieg war ein entscheidender Moment in der Geschichte von Harcort, und der Graf schätzte ihn seitdem über alle Maßen.

»Wie geht es Euren Truppen, mein Lieber?«

»Recht gut, die Aushebungsoffiziere haben alle Hände voll zu tun. Hunderte melden sich freiwillig. Die jungen Männer des Landes können es gar nicht erwarten, gegen Galatia zu kämpfen.«

»Wir werden aber zunächst gar nicht Galatia angreifen«, entgegnete Al'Roeg und ließ sich schwer in einen breiten Armsessel fallen.

»Natürlich nicht, aber es ist vielleicht gar nicht so schlecht, wenn das die erste Motivation unserer Soldaten ist. Es ist ein Ziel, das sie erregt. Der Mittelpunkt des Königreichs an Stelle der arroganten Galatier zu werden …«

»Wir werden uns zunächst auf Sarrland konzentrieren, General.«

»Ja, Ihr habt mich bereits in Eure Pläne eingeweiht«, erwiderte Dancray.

»Und sie gefallen Euch nicht?«, fragte der Graf überrascht, da er eine gewisse Skepsis aus der Stimme des Generals herauszuhören glaubte.

»Das ist es nicht, Graf, ich glaube, Euer Plan ist gut, aber es gibt zwei Dinge, die mir Sorge machen, Durchlaucht. Und dabei handelt es sich weder um Galatia noch um Sarrland.«

»Bisania?«

»Nein, auch wenn man die verborgene Stärke seiner Armee nicht vernachlässigen darf, weiß ich wie Ihr, dass sie versuchen werden, so lange wie möglich neutral zu bleiben.«

»Was dann? Das Mädchen?«

Der General nickte langsam.

»Ja. Sie und Maolmòrdha, Durchlaucht.«

»Ihr glaubt tatsächlich, dass diese Alea nach der Schlacht auf dem Hügel des Sandes noch immer imstande ist, uns Probleme zu machen?«, fragte der Graf.

»An dem Tag war sie nicht einmal dabei, aber ihre Gefährten hatten für sie eine Armee von mehreren tausend Mann in weniger Zeit aufgestellt, als man braucht, um es zu sagen. Und ich glaube, dass ich noch nie eine solche Ergebenheit in den Schwerthieben gesehen habe wie bei ihnen, nicht einmal in den Augen unserer loyalen Soldaten der Flamme.«

Der Graf verzog das Gesicht. »Das hat uns nicht daran gehindert, sie zu vernichten.«

»Morgen, übermorgen wird sie, wenn sie will, eine Armee aufgestellt haben, die zehnmal größer und ebenso ergeben ist. Auf dem Land und in den Städten höre ich die Legenden, die man sich über sie erzählt. Selbst in Harcort spricht man mehr von diesem Mädchen als von irgendeiner anderen Persönlichkeit der Insel. Und Ihr kennt ja die Macht der Legenden, Graf. Ihr wisst, wie sehr ein Volk hinter einer Persönlichkeit wie ihr außer Rand und Band geraten kann …«

»Also was? Sollen wir unsere Anstrengungen auf dieses Mädchen konzentrieren?«, polterte der Graf.

»Im Augenblick weiß keiner, wo sie sich befindet, aber wir sollten vielleicht vermeiden, uns zu sehr zu verzetteln, um auf alles vorbereitet zu sein.«

Al'Roeg seufzte tief. »Ich verstehe. Und Maolmòrdha? Glaubt Ihr, dass er eine ebenso große Bedrohung ist?«

»Leider wissen wir nichts oder fast nichts über ihn, außer dass er selbst den Druiden Angst macht und über Spione und Diener verfügt, die sich im ganzen Land verbergen.«

»Auch bei uns?«

General Dancray zuckte die Achseln. »Mit Sicherheit. Ich denke, er wartet im Augenblick erst einmal ab, dass unsere Bürgerkriege uns alle schwächen, bevor er aus dem Schatten tritt.«

»Ihr sprecht von Gefahren, Dancray, aber Ihr sagt nichts über mögliche Lösungen! Ich bin bereit, Euch anzuhören, aber sagt mir wenigstens, was wir Eurer Meinung nach tun sollten!«

»Wir müssen um jeden Preis den Kampf gegen Galatia vermeiden«, erwiderte der General sofort. »Der Königin ist es gelungen, das Kräfteverhältnis zwischen Providenz und den Druiden umzukehren, indem sie Sai-Mina in den Palast verlegt hat …«

»Nicht alle Großdruiden sind ihr gefolgt«, wandte Al'Roeg ein.

»Nein, aber an ihrer Stelle sind andere Großdruiden ernannt worden, sodass der Rat erneut dreizehn Mitglieder zählt, also mehr als der vorige Rat. Und vor allem hat der Rat zum ersten Mal seit langem einen starken Führer, der ihm Zusammenhalt gibt und folglich eine neue Wirksamkeit. Die Strategie der Königin ist sehr gefährlich.«

»Ihr glaubt also, dass wir sie nicht schlagen können?«, fragte Al'Roeg beunruhigt.

»Ich weiß es nicht«, räumte der General ein, »aber wir würden uns dabei aufreiben, und dann hätten Maolmòrdha oder Alea freie Bahn.«

»Ihr habt vermutlich recht. Aber bedeutet das, dass ich auf die Grafschaft Sarrland verzichten soll, um unsere Kräfte zu sparen?«

»Nein. In der Hoffnung, dass wir dort die ersten sind, wäre es vielleicht tatsächlich ein Trumpf, wenn wir es in unsere Gewalt bekämen. Allerdings dürfen wir, wenn Ihr erlaubt, nicht mehr Männer, als unbedingt nötig, dorthin schicken. Nicht einen Mann mehr. Wir müssen unsere Streitkräfte hier behalten, um uns verteidigen zu können.«

»Ich verstehe. Aber dann will ich, dass Ihr die Soldaten der Flamme nach Tarnea führt, Dancray. Denn wenn wir nur wenige Männer entsenden, dann sollen sie an ihrer Spitze wenigstens einen klugen Strategen haben.«

»Das ist zu viel der Ehre. Stets zu Euren Diensten, Herr Graf.«

»Mein Lieber, Ihr werdet erneut Gelegenheit haben, Euer strategisches Genie zu beweisen. Ich bin sicher, dass Ihr diesen Hampelmann Ruad mühelos stürzen werdet. Der Feigling versteckt sich schon viel zu lange in seinem Schloss in Tarnea. Er verdient es nicht, Sarrland zu regieren.«

»Ich werde gleich morgen aufbrechen, Durchlaucht. Und nächste Woche wird Sarrland Euch gehören, oder ich will nicht mehr leben.«

Die Soldaten der Erde, denen sich jetzt die letzten Tuathann angeschlossen hatten, bildeten längs des Gebirges eine lange bewaffnete Kolonne von mehr als fünfhundert Mann, die sich zwischen den Felsblöcken hindurchschlängelte. Die schüchterne Sonne schaffte es kaum, durch den Nebel zu dringen, der sich wie eine graue Halskette unten um das Gor-Draka-Gebirge legte. Die Gruppe hatte sich entschlossen, die wenigen Pferde zurückzulassen, denn die Tiere hätten die Durchquerung mit Sicherheit nicht geschafft, und da es sowieso nicht genug für alle gab, bedeuteten sie nicht wirklich eine Zeitersparnis. Allerdings mussten die Ausrüstung und der Proviant, die sie getragen hatten, auf mehrere ergebene Träger verteilt werden.

An diesem Morgen war Alea mit Finghin, Erwan, Tagor, Kaitlin und Mjolln vorausgegangen. Die sechs Gefährten hatten einen großen Teil der Nacht damit verbracht, sich zu fragen, ob sie den Weg durch die Höhlen wirklich nehmen sollten oder nicht. Alea und der junge Druide hatten ihnen versichert, dass es tatsächlich einen Durchgang von einer Seite des Gebirges zur anderen gab, ja sogar mehrere. Aber selbst sie hatte die Vorstellung, sich in diese Höhlen, die mit schaurigen Erinnerungen belastet waren, nicht besonders begeistert. Doch erneut hatte die Dringlichkeit der Lage alle Argumente zum Schweigen gebracht. Sie mussten so schnell wie möglich nach Tarnea gelangen, und sogar Mjolln hatte beschlossen, das Abenteuer zu wagen.

»Da ist der Eingang dieser Höhlen«, verkündete Alea und deutete auf die Öffnung im Felsen.

»Ähm, das weckt keine angenehmen Erinnerungen«, knurrte Mjolln.

Alea lächelte ihm zu. Auch sie dachte an den unterirdischen Gang, der sie in den Wald von Borcelia geführt hatte. Und von all ihren Gefährten, die mit ihr in diesen schrecklichen Gang hinabgestiegen waren, war nur Mjolln noch da, um sich mit ihr daran zu erinnern. Phelim, Galiad, Faith … Wie sehr fehlten sie ihr heute!

Sie seufzte tief und setzte sich in Bewegung.

»Gehen wir«, befahl sie. »Erwan und Tagor, vergewissert euch, dass die Männer möglichst zusammenbleiben, wir sind sehr viele, was das Risiko erhöht, dass wir uns verlieren.«

Die beiden jungen Männer nickten. Sie hatten ihren Soldaten am Morgen bereits erklärt, wie sie sich in einer solchen Situation zu verhalten und in welcher Formation sie zu marschieren hatten, aber es war in der Tat nicht überflüssig, sie jetzt, da sie gleich in die Höhlen hineingehen würden, noch einmal daran zu erinnern. Es würde mit Sicherheit nicht leicht sein, an einem so engen Ort mehr als fünfhundert Personen unter Kontrolle zu halten, von denen die meisten zwar Soldaten waren, zu denen aber auch Frauen und Kinder des Tuathann-Volkes gehörten.

Alea und Finghin gingen voraus, um den Weg zu sichern. Kaum waren sie in die Öffnung im Felsen hineingegangen, schickten sie bereits Ströme von Saiman voraus, die sie keine Sekunde abreißen ließen. Alea konnte die rot schimmernde Energie sehen, die von den Händen des Druiden ausging. Ihre eigene, die blau war, strömte erheblich weiter voraus in die Windungen der Höhle. Gemeinsam gelang es ihren Energieströmen beinahe, die Konturen des Durchgangs zu zeichnen.

Etwa jeder fünfte Soldat trug eine Fackel, was schon bald einen gewaltigen Lichthof in der Höhle ergab. Nach und nach entdeckten sie die erstaunliche Umgebung, durch die sie sich bewegten.

Die gewaltigen Wände waren vollkommen glatt und in zahlreiche Facetten geschnitten, wie die Oberfläche eines überdimensionalen Diamanten. Die Höhle war so hoch wie mindestens sechs oder sieben Menschen, was eine Ahnung von der unglaublichen Größe der Kreaturen vermittelte, die dort gelebt hatten. Im Augenblick waren sie von nichts anderem umgeben als diesem zylindrischen Gang, der in den schwarzen Felsen gegraben war, aber seine Größe war derart beeindruckend, dass alle lange stumm dastanden. Die wenigen Frauen und Kinder befanden sich vorn in der Kolonne, unmittelbar nach den ersten Reihen von Soldaten. Die Krieger des Sid, geschickter und kampferprobter und an die Dunkelheit gewöhnt, hatten sich wie eine riesige Eskorte ringsherum verteilt.

Erwan marschierte hinten mit den letzten Tuathann, und Tagor ging vorn unmittelbar hinter Finghin und

Alea. Kaitlin und Mjolln gingen mit den Frauen und Kindern der Tuathann.

Die Schauspielerin schien sich übrigens mehr für sie zu interessieren als für die Höhle. Seit die Leute aus dem Sid zu ihnen gestoßen waren, hatte sie noch nicht wirklich Zeit gehabt, sie kennenzulernen, und jetzt, da sie mit ihnen marschierte, war die Gelegenheit günstig. Wie die Männer mit ihren Haarkämmen und ihrer Kriegsbemalung trugen auch Frauen und Kinder an ihrer Kleidung und in ihren Frisuren zahlreiche Stammeszeichen. Ihre Kleidung bestand aus dünnem Fell, das von keinem Tier Gaelias stammen konnte. Gewiss hatten sie sie aus dem Sid mitgebracht. Das Leder ihrer Kniehosen, ihrer Gürtel und in ihrem Haar hatte auch nicht die Farbe des Leders, das auf der Insel gegerbt wurde. Ihre Kleidung war nicht sehr farbenfroh, denn abgesehen von etwas Rot und Blau in den langen Ohrringen der Frauen gab es nur das Braun und Fahlgelb des Fells und des Leders. Ihr hinten zusammengebundenes Haar war mit mehreren dünnen Zöpfen geschmückt. Vor allem aber war Kaitlin von der Fülle ihrer Armbänder, Halsketten und Anhänger auch bei den Kindern überrascht. Ganz besonders ein kleines Mädchen erregte ihre Aufmerksamkeit; es war sicher nicht älter als drei oder vier und spielte in den Armen ihrer Mutter mit den Lederriemen an ihren Handgelenken. Die Tuathann-Kinder waren zweifellos die bravsten, die Kaitlin in ihrem Leben gesehen hatte. In Wahrheit waren sie ganz das Gegenteil der Kinder der Wanderschauspieler, die ihre Tage damit verbrachten herumzutollen, zu singen, zu schreien, zu lachen und ungehorsam zu sein. Wie dieses kleine stumme Mädchen mit seinem so reifen Blick verhielten sich die Kinder des Sid erstaunlich ruhig. Und unter den ge-

genwärtigen Umständen war das mit Sicherheit ein nicht zu unterschätzender Vorteil.

Plötzlich bemerkte Kaitlin, dass die Kolonne angehalten hatte.

Wie brachte Baron Alvaro Bisani es nur fertig, sich an ein und demselben Tag der Dekadenz einer zügellosen Orgie hinzugeben und zugleich einigen Jünglingen Unterricht in der Kunst der *decenza* zu erteilen? Das war war eines der Geheimniss Bisanias, die kein Fremder zu begreifen vermochte.

Als der Bote den Baron im großen Salon des Schlosses in Farfanaro auf den Hügeln dieser Stadt aus Holz weckte, deutete alles darauf hin, dass er eine Nacht hinter sich hatte, die wenig mit der in den vornehmen Schulen gelehrten *decenza* zu tun hatte.

»Brrr«, knurrte der Baron, »wenn ich mich weiter so dem Saft meiner Winzerfreunde ergebe, werde ich eines Tages ohne Kopf aufwachen, ohne zu wissen, warum.«

»Wenn man Euch eines Tages enthauptet, lieber Baron, werdet Ihr nicht mehr aufwachen müssen…«

Der riesige Alvaro brach in Gelächter aus und ließ sich auf das große Sofa zurückfallen, auf dem er seine Nacht mehr oder weniger beendet hatte.

»Was willst du, kleiner Mann?«, fragte er den Boten und schloss die Augen in einer Geste großer Müdigkeit.

»Euch sagen, dass die Königin sich selbst zum Erzdruiden erklärt hat. Dass sie sich jetzt Aislinn die Druidin nennen lässt und dass der Rat sich im Lorilien-Turm des Palastes von Providenz neu etabliert hat.«

Der Baron hob langsam den Kopf und zog eine Augenbraue hoch.

»Druidin? Haha«, lachte er höhnisch. »Hat sie es also erreicht! Weiß man inzwischen, wer genau die Mitglieder des Rats sind, die es gewagt haben, Sai-Mina zu verlassen?«

»Henon, Kalan, Otelian und Tiernan. Mehrere Druiden und ihre Magistel sind ihnen gefolgt. Etwa dreißig.«

Erneut brach der Baron in Gelächter aus. Der Bote schwieg. Vermutlich erfasste er nicht die Komik der Situation. Alvaro erhob sich mühsam.

»Gut«, murmelte er gähnend. »Dann werde ich also mit dieser Bande von Witzbolden, die mir als Ratgeber dienen, darüber sprechen müssen. Versammelt die ganze Bande in meinem Arbeitszimmer«, befahl er. »Hauptmann Giametta, Vogt Stefano, diese große Närrin Pepo und die Schlimmste von allen: meine Tochter.«

»Sie erwarten Euch bereits, Baron.«

»Ach.«

Er zog völlig ungeniert die Nase hoch, verzog das Gesicht und raffte sich auf. Er durchquerte den langen Gang, der den Salon von seinem Arbeitszimmer trennte, und betrat ohne jede Vorwarnung den Raum. Seine Ratgeber waren tatsächlich vollzählig versammelt, und alle waren zusammengeschreckt. Er ließ ein leises, nervöses Lachen ertönen, kratzte sich die Bartstoppeln auf seinen Wangen und setzte sich in seinen gewohnten Sessel.

Wie alle Zimmer des Schlosses und wie die meisten Häuser von Farfanaro war das Arbeitszimmer prächtig – oder für manche übertrieben – geschmückt... Nicht ein einziges Stückchen Stein war in dem Raum sichtbar, denn alles war holzgetäfelt. Hohe Fresken und Säulengänge entlang den Wänden, an der Decke ein symmetrisches Gewölbe mit Schlussstein, dessen Kreuzrippen jede für sich bereits ein Kunstwerk waren, und das Parkett war mit seinen Intarsien eine Art riesiges Gemälde... Die Möbel schließlich mit ihren Einlegearbeiten aus weißem und schwarzem Marmor waren lauter Meisterwerke der Bildhauer- und Frieskunst.

»Vater, Ihr seid eine Schande für Bisania«, begann die junge Carla, als sie die Miene des Barons entdeckte.

»Danke, meine Tochter«, erwiderte Alvaro lächelnd. »Ich tue mein Bestes.«

Carla blickte kopfschüttelnd zur Decke empor.

»Habt Ihr die Neuigkeit schon gehört?«, fragte Giametta, der Hauptmann der Garde.

»Ich wäre sonst wohl kaum da...«, sagte Baron Bisani spöttisch.

»Werdet Ihr nun endlich Position beziehen oder nicht – bei all dem, was auf unserer Insel geschieht?«, erkundigte sich die junge Frau, und ihre Stimme klang verzweifelt.

»Ich erinnere Euch, dass ich einen Botschafter zu der Zeremonie entsandt habe, bei der diese jungfräuliche Bäuerin die Grenzen ihres grotesken Verhaltens so überaus brillant auf die Spitze getrieben hat«, entgegnete Bisani. »Ich bin nicht so naiv, wie Ihr glaubt.«

In Wahrheit war der Baron von allen vermutlich am wenigsten naiv. Sein Hang zum Luxus und seine übermäßige Freude an der fleischlichen Lust hinderten ihn nicht daran, ein kluger Politiker zu sein. Aber er war müde. Überdrüssig der Dummheit seiner Zeitgenossen, überdrüssig des Hochmuts der Personen seiner engsten Umgebung, überdrüssig der absurden Kämpfe der anderen Herrscher der Insel.

»Im Augenblick kann man nichts machen«, fuhr er fort. »Ich denke, sie werden sich alle auf Sarrland stürzen in der Hoffnung, dass wir neutral bleiben, und wir wären schlecht beraten, wenn wir uns anders verhielten.«

»Wenn Harcort oder Galatia Sarrland wirklich unter seine Kontrolle bekommt, wird unser politischer Einfluss dadurch noch mehr reduziert«, warf der Vogt ein, der der älteste Ratgeber des Königs war.

»Der Konflikt zwischen Harcort und Galatia wird auf jeden Fall vor dem unseren ausgetragen werden, und wenn diese beiden Dummköpfe erst einmal miteinander gekämpft haben, werden sie sich kaum noch auf den Beinen halten können. Vielleicht könnten wir dann ja wieder als Aasgeier auftreten, was ja schon immer unsere Spezialität gewesen ist.«

»Die Bisanier waren einmal die besten Soldaten der Insel und sogar von Brittia!«, rief Hauptmann Giametta.

»Das muss todlangweilig gewesen sein!«, spottete der Baron.

»Letztendlich«, seufzte seine Tochter, »wollt Ihr also nichts unternehmen?«

»O doch!«, verteidigte sich der Baron mit strahlendem Lächeln. »Ich möchte ein gewaltiges Fest organisieren, um die Dummheit unserer Nachbarn zu feiern.«

Gekränkt erhob sich der Hauptmann der Garde und verließ wortlos den Raum.

Carla brach in Gelächter aus. »Vater, dieses Land wird zerstört sein, wenn Ihr endlich aus der endlosen Trunkenheit aufwachen werdet, in der Ihr schon viel zu lange versunken seid.«

Der Baron hörte sofort zu lachen auf. Er erhob sich ebenfalls und beugte sich zu seiner Tochter, und diesmal war sein Blick fürchterlich.

»Mein liebes Mädchen, hör mir gut zu: Seit ich diese Grafschaft regiere, hat kein Mann gewagt, sich mir entgegenzustellen. Und weißt du, warum? Weil die wirkliche militärische Macht die Bedrohung ist und es nichts Bedrohlicheres als ein neutrales Land gibt. Ich habe unserem Volk bereits zahlreiche Kriege erspart, als du noch deine Windeln in den Armen deiner verstorbenen Mutter vollgeschissen hast. Bevor du also dem Mann, der den einzigen Fehler begangen hat, dir das Leben geschenkt zu haben, eine Lektion erteilst, schneide dir die Haare ab, gib dich für einen Mann aus und geh nach Mons-Tumba, um Geschichte zu studieren. Du sprichst von Schande, aber die einzige Schande, die die Familie Bisani zu tragen hat, steht vor mir. Es ist deine erbärmliche Ignoranz.«

Dann drehte er sich zu den beiden anderen um.

»Und was Euch feige Dummköpfe betrifft, schickt der Königin folgende Botschaft: ›Der Baron beglückwünscht Euch zu Eurem Weitblick und begrüßt Eure Entscheidung, *Eure Befugnisse ausschließlich für das ausüben zu wollen, was Euch das wahre Gute zu sein scheint.*‹«

Er blickte seine beiden Zuhörer einen Augenblick scharf an, dann verwandelte sich sein wütendes Grinsen wieder in ein Lächeln. Schließlich drehte er sich um und verließ wortlos den Raum.

Sie marschierten stundenlang durch die Tiefen des Felsens. Der Abstieg schien kein Ende zu nehmen. Je tiefer sie ins Herz des Gebirges eindrangen, desto breiter schien die Höhle zu werden, und auch die Dunkelheit nahm immer mehr zu. Mehrere Fackeln waren erloschen, und diejenigen, die noch brannten, reichten nicht mehr aus, die Wände des gigantischen Durchgangs zu erhellen. Der Mangel an Licht und die unermessliche Größe des Raums begannen, beklemmend zu werden. Alle wurden immer stiller, aber das Echo jeder Bewegung, jedes Flüsterns hatte ein verwirrendes Ausmaß angenommen.

»Ich kann die Wände an den Seiten nicht mehr spüren«, murmelte Finghin und beugte sich zu Alea.

»Ich auch nicht«, gestand sie.

Hinter ihnen wurde es still. Die Männer, die ihr folgten, hatten ihre Worte wahrscheinlich gehört, und das trug bestimmt nicht dazu bei, sie zu beruhigen.

»Ich sollte vielleicht versuchen, die Höhle zu erhellen, damit wir besser sehen können«, schlug Alea vor. »Ich spüre, wie alle von der Angst vor der Dunkelheit gepackt werden.«

Finghin nickte. Daraufhin konzentrierte das Mädchen seine gesamte Energie um sich herum. Sie hätte nicht erklären können, was sie zu tun versuchte, und doch folgte sie ihrem Instinkt. Sie würde den Saiman in Millionen kleiner Lichtpartikel verwandeln, die sie um sich herum verteilen würde. Als sie spürte, dass sie die größtmögliche Konzentration erreicht hatte, gab sie die Energie frei, indem sie die Arme nach oben streckte.

Langsam kam ein Lichtstrahl aus ihren ausgestreckten Armen. Zuerst war er wie ein Strang, der aus ihren Händen kam, und dann verwandelte sich dieser Strang in eine Blase und begann, den Raum ringsumher auszufüllen.

Die hunderte von Männern und Frauen hinter ihr stießen plötzlich Seufzer der Bewunderung und des Staunens aus. Alle blickten zu dem unglaublichen Anblick empor, der sich ihnen bot, je größer der Lichtstrahl wurde.

Vermutlich hatten sie genau die Mitte des Gebirges erreicht. Die Höhle war riesig, die Wände waren durch die Dunkelheit in unerreichbare Ferne gerückt. Aber um sich herum entdeckten sie verblüfft eine gigantische und erstaunliche Struktur, die sie wie ein großes Zelt umschloss. Sehr schnell begriffen sie, dass es sich um Knochen handelte und dass sie sich inmitten eines riesigen Drachenskeletts befanden. Große, weiße Bögen schienen sie zur Fortsetzung des Wegs zu führen.

»Das ist unglaublich!«, rief Finghin voller Begeisterung. »Kannst du dir vorstellen, wie groß das Tier gewesen sein muss?«

»Man kann sich nur schwer vorstellen, wie Galiad allein gegen eines dieser Geschöpfe kämpfen konnte«, erwiderte Alea.

»Wahrscheinlich war es nicht so groß«, vermutete Finghin. »Es war das letzte seiner Art und gewiss nicht so groß wie das hier.«

»Dass kein einziges von ihnen mehr existieren soll!«

»Ja. Es gibt Arten, denen es bestimmt ist auszusterben ...«

Alea drehte ihren Kopf zu ihrem Freund. Sie lächelte. Dieser Satz war überaus bedeutungsschwer. Finghin hatte ihn sicher nicht ohne Grund gesagt. Sie nickte.

»Wo, glaubst du, ist der Schädel? Sind wir schon durch ihn hindurch, oder ist er auf der anderen Seite?«

»Wenn ich mir die Wölbung des Skeletts ansehe, glaube ich eher, dass er sich vor uns befindet.«

»Dann gehen wir«, schlug Alea vor.

Tagor, der hinter ihnen war, befahl den Soldaten, sich wieder in Marsch zu setzen. Die lange Kolonne bewegte sich weiter durch diesen Gang aus Gebeinen, über die großen Rippen hinweg, die den Weg in Quadrate teilten und in der Erde verschwanden.

Mjolln, der lange mit offenem Mund dagestanden hatte, begann zu rennen, um Finghin und Alea an der Spitze der Truppen einzuholen.

Als er seine Freunde ganz außer Atem erreicht hatte, packte er Alea am Arm, um ihre Aufmerksamkeit auf sich zu lenken.

»Sag mal, Steinewerferin, ähm, gibt es nicht eine Legende, die erzählt, dass Drachen Schätze bewachen?«

»Eine Legende, ja«, erwiderte Alea. »Aber die Wahrheit sieht oft ganz anders aus, nicht wahr?«

»Ja, aber trotzdem«, sagte der Zwerg und verzog das Gesicht.

»Wir werden sehen.«

»O ja, wir werden sehen, ja. Sehr gut. Ein Schatz, so was glänzt.«

General Dancray zog an den Zügeln, um sein Pferd in den Trab wechseln zu lassen. Die Soldaten hinter ihm taten es ihm gleich, einer nach dem andern, Gruppe um Gruppe. Sie ritten seit dem Morgen, und die Pferde zeigten allmählich Zeichen von Erschöpfung.

Dancray hatte nur dreitausend Mann mitgenommen, ausschließlich Kavallerie, getreu seinem Motto, dass man die Truppen Harcorts nicht zu sehr verteilen dürfe. Aber je näher sie der Hauptstadt von Sarrland kamen, desto mehr fragte sich der General, ob er nicht doch zu optimistisch gewesen war. Die Sarrländer waren gewiss keine große Bedrohung, aber mit nur dreitausend Mann die Macht zu stürzen, würde nicht leicht sein.

»General, ich glaube, eine Pause würde weder den

Pferden noch den Männern schaden«, gab Hauptmann Danil zu bedenken, der direkt neben Dancray ritt.

»Ja, ja, machen wir dort Halt, abseits der Straße.«

Der Hauptmann nickte und gab den Befehl an die unteren Dienstgrade weiter.

»Wenn wir in diesem Tempo weiterreiten, können wir hoffen, Tarnea in sieben oder acht Tagen zu erreichen. Aber ich bin nicht sicher, ob die Pferde das durchhalten werden.«

»Wir werden in drei Tagen eine längere Pause machen, in einer Stadt, in der man sich um unsere Pferde wird kümmern können. Aber bis dahin will ich, dass wir tüchtig vorankommen. Wir sollten heute Abend auch unbedingt zwei Gruppen von Kundschaftern vorausschicken.«

»Gut, General.«

»Danil«, fuhr der alte Mann ernst fort, »glaubt Ihr, dass ich zu überheblich gewesen bin?«

Der Hauptmann schien überrascht, dass sein Vorgesetzter ihm eine solche Frage stellte. Dancray stand in dem Ruf, der beste Stratege Harcorts zu sein, wie konnte ihn da die Meinung eines kleinen Hauptmanns interessieren?

»Um Tarnea einzunehmen, sind wir, denke ich, zahlreich genug. Aber um die Stadt zu halten …«

Der General nickte. »Dann denkt Ihr also genau wie ich.«

Sie erreichten die Stelle, die Dancray angegeben hatte, und stiegen vom Pferd. Die Reiter trafen nacheinander ein und machten sich daran, ein Biwak zu errichten.

»Aber vielleicht könnten wir ja die Armee von Sarrland mit uns nehmen?«, schlug Hauptmann Danil vor. »Es heißt zwar, dass sie Feiglinge sind und schlecht ausgebildet, aber sie sind dennoch viele. Wenn wir die Armee von Sarrland übernehmen könnten, hätten wir genug Männer an Ort und Stelle, um Tarnea zu halten.«

»Sich mit der Armee des Landes zu verbünden, in das man einfällt, ist sehr gefährlich. Wie viele von ihnen würden nicht die geringste Chance ergreifen, die sich ihnen bietet, um sich an uns zu rächen?«

»Ist das nicht ein Risiko, das einzugehen sich lohnt, General? Alles hängt davon ab, dass wir es schaffen, ihren Respekt zu gewinnen.«

»Obwohl wir kommen, um sie anzugreifen? Das wird nicht gerade leicht sein!«, bemerkte Dancray, während er sein Pferd an einem Baum festband.

»Vielleicht sollten wir eine Angriffsstrategie entwickeln, die ihnen Respekt abnötigt und die Verluste auf beiden Seiten so gering wie möglich hält.«

»Der Graf hat mir nicht genügend politischen Spielraum gegeben, um über was auch immer mit ihnen verhandeln zu können.«

»Das hindert uns doch nicht daran, unsere guten Absichten zu beweisen. Wir könnten ihnen doch einfach schmackhaft machen, wie gut es für sie wäre, auf der Seite der Sieger zu stehen. Auch wenn wir oft gehasst werden, genießen die Soldaten der Flamme doch einen ausgezeichneten militärischen Ruf. Wenn wir ihnen ein bisschen helfen, werden die Sarrländer vielleicht glücklich sein, sich diesem hervorragenden Regiment anschließen zu können.«

»Vielleicht«, erwiderte der General. »Aber ich bin nicht so optimistisch wie Ihr. Mir schwebt da eher eine andere Strategie vor.«

»Und was für eine?«, erkundigte sich Danil, während die Soldaten um sie herum bereits zu essen begannen.

»Die Druiden haben Sai-Mina verlassen, um sich der Königin in Providenz anzuschließen.«

»Nicht alle.«

»Nein, aber genügend, damit die Königin verfügen konnte, dass Providenz der neue Sitz des Rates ist.«

»Gewiss.«

»Wenn also die Druiden Sai-Mina, das nicht weit von Sarrland liegt, verlassen haben und nach Süden gegangen sind, dann könnte das von den Sarrländern als Verrat aufgefasst werden. Der alte Rat war ihrem Gebiet viel näher. Die Sarrländer gingen oft nach Sai-Mina, um die Druiden beispielsweise zu bitten, ihre Streitigkeiten zu schlichten. Jetzt, da sie in Providenz sind und sich der Königin angeschlossen haben, werden die Sarrländer sich vielleicht im Stich gelassen fühlen. Zumal sie der Königin nicht den gleichen Respekt entgegenbringen wie den Druiden.«

»Gewiss, General. Ihr glaubt also, dass wir sie beruhigen könnten? Dass wir ihnen sagen können, dass wir nach dem Fortgang der Druiden und ihrem Verrat ihre neuen Beschützer sind...«

»Etwas in der Art. Jedenfalls ist es der Erwägung wert, meint Ihr nicht, Hauptmann?«

»Absolut. Aber wenn Ihr einverstanden seid, essen wir erst mal etwas...«

Sie gingen zu ihren Männern, die auf Baumstämmen oder auf dem Boden saßen, um mit ihnen zu essen und sich etwas auszuruhen, bevor sie weiterritten.

Erschöpft verringerte Alea die Energie des Saiman ein wenig. Sofort wurde das Licht um sie herum schwächer. Die Höhle tauchte erneut in eine beunruhigende Dunkelheit. Die Fackeln waren mittlerweile fast alle erloschen. Die Menschen verlangsamten ihren Schritt und gingen tastend weiter, um nicht hinzufallen.

Die Wände der Höhle waren näher gerückt. Der Gang wurde enger. Die Kolonne hatte das große Knochengehäuse verlassen und marschierte jetzt neben dem, was der obere Teil der Wirbelsäule des Drachens sein musste. Aber noch immer kein Schädel.

Die Temperatur war gesunken. Die Luft wurde immer feuchter. Ein beißender Geruch lag in der Luft.

Plötzlich zerriss ein gellender Schrei die Dunkelheit der Höhle. Dann hallten Dutzende von Schreien und tiefes, heftiges Schlagen von den Wänden wider. In der ganzen Gruppe machte sich Panik breit.

Alea blickte nach oben. Zusammen mit den anderen entdeckte sie im Halbdunkel die Schar von Kreaturen, die wie ein Schwarm riesiger Vögel von der Höhlendecke zu fallen schien. Übergroße, schwärzliche Fledermäuse mit langen Schnauzen, spitzen Ohren und gekrümmten Krallen.

Eine der Kreaturen stürzte sich plötzlich auf Alea. Das Mädchen stieß einen Schrei des Entsetzens aus, warf sich zu Boden und konnte nur mit knapper Not entkommen. Der Luftzug der schlagenden Flügel hatte ihr Haar hochgewirbelt. Alea kniete sich hin und versuchte, sich wieder zu fassen. Alle schrien, unfähig, sich gegen diesen unerwarteten Angriff zu schützen.

»Kehrt unter das Skelett zurück!«, schrie Alea und stand abrupt auf.

Sie begann zu laufen und trieb die anderen vor sich her, als sie über ihren Köpfen Flügelschlagen hörte, das immer näher kam.

Die Tuathann, die mit Lanzen bewaffnet waren, verteidigten sich mehr schlecht als recht gegen diese beinahe unsichtbaren Feinde, die in der Dunkelheit verschwanden und plötzlich mit ausgefahrenen Krallen wieder auftauchten. Ein paar Fledermäuse stürzten, durchbohrt von den Stößen der gewandten Krieger, zu Boden, aber sie waren so viele, dass man das Gefühl haben musste, dass das nicht viel änderte.

»Kehrt unter das Skelett zurück!«, brüllte Alea noch einmal und schützte ihren Kopf.

Erneut stürzte eine Fledermaus auf sie zu und packte ihre Arme. Alea wehrte sich und versuchte, sich aus den gekrümmten Krallen, die ihr Fleisch zerfetzten, zu befreien. Aber je mehr sie die Arme senkte, desto tiefer gruben die Krallen sich in ihr Fleisch. In einem Ausbruch von Wut schlug sie heftig nach oben, ein bisschen aufs Geratewohl. Dabei traf sie die Fledermaus wohl am Kopf, denn diese ließ schreiend von ihr ab.

Ich muss etwas tun.

Alea ließ sich zu Boden fallen. Ihre Arme waren voller Blut, ihre Haut zerfetzt. Ihr Fleisch brannte vor Schmerz. Mit zusammengepressten Lippen igelte sie sich ein. Sie tauchte die Hände in die Erde. Wie sie es so oft gemacht hatte. Ihre Finger verkrampften sich in der feuchten Oberfläche des Bodens. Sie hatte das Gefühl, nicht mehr ganz bei Sinnen zu sein.

Ich muss etwas tun.

Die Schreie der Menschen und diejenigen der Tiere vermischten sich in ihrem Kopf. Alles schien eins zu werden und sich zu entfernen. Sie holte den Saiman in sich zurück. Konzentrierte die Energie in ihrem Körper. Langsam gruben sich ihre Hände noch tiefer in den Boden.

Ich bin die Tochter der Erde. Wir sind eins. Ich muss die Kraft finden.

Der Saiman hatte seine größte Stärke erreicht und begann, ihre Adern zu verbrennen.

Ich bin die Vergangenheit.

Die Energie stieg im Innern ihres Körpers wieder nach oben und strömte durch ihre Organe wie eine brennende Welle. Mit geschlossenen Augen versuchte Alea, diese Kraft, die bereit war zu explodieren, noch zurückzuhalten.

Ich bin der Drache.

Der Saiman strömte in ihren Hals. Alea sprang auf. Und plötzlich öffnete sie den Mund und streckte ihren Kopf den Fledermäusen entgegen. Der Saiman verwandelte sich in Feuer. Riesige Feuerzungen schlugen aus ihrem Hals. Alea brüllte und spuckte zugleich Flammen. Wie ein Drache ließ sie die ganze Energie aus sich heraus, um die Kreaturen zu verbrennen, die endlich zurückzuweichen begannen. Ihre großen Flügel fingen Feuer, dann breitete sich das Feuer auf ihre Körper aus. Einige flogen schreiend fort, andere stürzten zu Boden. Es war wie ein furchterregendes Feuerwerk. In aufeinanderfolgenden Wellen spuckte Alea weiterhin hohe Flammen. Die Wände der Höhle leuchteten bei jedem neuen Angriff auf. Die Körper der Kreaturen zerfielen in den glühenden Garben.

Als ihre Energie bis auf den letzten Tropfen verbraucht war, stürzte Alea zu Boden und verlor das Bewusstsein.

Aber die Kreaturen waren schon seit langem verschwunden. Fledermauskadaver türmten sich längs des langen Gangs. Und zwischen ihnen waren da und dort die leblosen Körper einiger Tuathann zu erkennen.

Ageric, der junge Bauer, lag schon seit Stunden neben dem Wolfsjäger im hohen Gras und wartete. Von Zeit zu Zeit wechselten sie ganz leise ein paar Worte. Dann schwiegen sie, wenn einer von ihnen auch nur das leiseste Geräusch in der Nähe hörte. Aber meist handelte es sich um einen Hasen oder einen Vogel.

Am Rand eines Waldes, wo der Landvermesser am Abend zuvor ein Rudel entdeckt hatte, hatten sie einem Lamm die Kehle durchgeschnitten und es liegen gelassen in der Hoffnung, der Geruch würde die Wölfe anlocken. Dann hatten sie sich etwas weiter entfernt auf die Lauer gelegt und einen kleinen Erdhügel errichtet, hinter dem sie sich versteckten.

Doch bis jetzt war kein Wolf erschienen. Die beiden Männer konnten nichts weiter tun, als wachsam zu sein, zu warten und zu hoffen. Ageric bewunderte die Geduld des Jägers. Die Zeit kam ihm endlos lang vor, ohne die Arbeiten auf dem Bauernhof. Aber es war auch sehr aufregend. Ageric hatte die Landschaft noch nie so betrachtet. Und er hatte ihr noch nie so zugehört, wie er es jetzt tat. Es war, als würde er sie zum ersten Mal entdecken, er, der immerhin Tag für Tag in ihr lebte.

»Es ist schon komisch, so viele Leute sagen, sie hätten einen Wolf gesehen oder wären sogar von einem angegriffen worden, aber wenn man versucht, einen zu erwischen, dann können Tage, ja Wochen vergehen, ohne dass man einen sieht ...«

»Ich muss Euch gestehen«, erwiderte der junge Bauer flüsternd, »dass ich noch nie einen gesehen habe. Abgesehen von dem, den Ihr gestern in den Gasthof mitgebracht habt.«

»Du hast also noch nie einen lebenden gesehen ...«

»Nein.«

»Du wirst sehen, es ist das am schwersten zu jagende Tier. Die von den Lehnsherren organisierten Wolfsjagden dauern oft tagelang, so misstrauisch ist der Wolf. Und er kann laufen. Deswegen ziehe ich meine Technik vor. Aber man darf ihn nicht verfehlen. Man muss ihn mit dem ersten Schuss treffen.«

»Ein einziger Pfeil genügt?«, fragte der Bauer erstaunt.

»Sieh dir diese Pfeile an«, sagte der Landvermesser und zeigte dem jungen Mann seinen Köcher.

»Sind sie anders?«

»Ja. Für den Wolf verwende ich immer diese Eisenspitze.«

»Warum?«

»Weil sie trotz des dicken Fells in das Fleisch dringt. Für einen Hasen benutze ich dagegen Pfeile, die an der Spitze eine Kugel aus Blei haben, um sie zu betäuben.«

»Ich verstehe. Und diese Pfeile genügen, um den Wolf zu töten?«

»Meistens ja. Und wenn nicht, dann habe ich eine zweite Chance, sieh her«, sagte er und zeigte ihm die Spitze eines seiner Pfeile.

Das Eisen war in eine giftige Flüssigkeit getaucht worden.

»Ist da Gift dran?«, fragte Ageric.

Der Landvermesser nickte lächelnd. Er hatte seinen Bogen vor sich liegen, jederzeit bereit zu schießen. Ein Pfeil war zwischen Bogen und Sehne geklemmt.

Ageric hatte keine Waffe dabei. Für den Augenblick wollte er erst einmal die Technik des Jägers studieren und sehen, ob er selbst dazu fähig wäre.

Plötzlich gab es eine Bewegung im Wald, hinter der ersten Baumlinie. Der Landvermesser legte sich flach auf den Boden. Er bedeutete dem Bauern, kein Geräusch zu machen, nahm dann langsam den Pfeil und spannte den Bogen.

Ein paar Blätter begannen sich zu bewegen. Dann erblickte Ageric endlich den Wolf. Sein braunes Fell war in den Herbstfarben des Unterholzes so wenig zu sehen, dass er ihn nicht sofort bemerkt hatte, aber jetzt bewunderte er die außergewöhnlich schöne Gestalt des Tieres.

Den Schwanz gesenkt, die Ohren aufgestellt, die Schnauze dicht am Boden, näherte der Wolf sich vorsichtig dem Lamm. Mit seinen wunderschönen rotbraunen Augen suchte er ein anderes Raubtier, den Besitzer dieses Kadavers. Aber es schien niemand in der Nähe zu sein. Er ging noch etwas näher heran. Zögernd. Furchtsam.

Er war ein prachtvolles Tier mit langen Beinen und breiten Pfoten. Sein dichtes Fell wirkte weich und seidig. Er hatte die Größe eines erwachsenen Tiers und wirkte stolz und stark, und es sah ganz so aus, als handele es sich um ein dominantes Tier, falls er nicht ein Einzelgänger war, was erklären würde, dass er allein am Waldrand war.

Ageric warf einen Blick auf den Jäger. Er bewegte sich nicht. Er musste eine ungewöhnliche Kraft in seinen Fingern und Armen haben, denn er hielt jetzt schon eine ganze Weile den Bogen gespannt und hatte sich nicht einen Millimeter bewegt. Mit der Spitze des Pfeils folgte er geräuschlos dem Wolf und zielte mit unerschütterlicher Ruhe auf ihn.

Der Wolf fasste Vertrauen und ging weiter auf das Lamm zu. Als er über ihm war, blickte er sich um. Nichts bewegte sich. Er beschnupperte das Tier, schlug die Zähne hinein, trat dann einen Schritt zurück und fletschte die Zähne. Er näherte sich erneut und machte sich an die Arbeit. Leise knurrend verbiss er sich in die Haut, um sie herunterzureißen. Nach und nach zerriss sie, und das Raubtier konnte seine Schnauze ins Innere tauchen, um die Mahlzeit zu beginnen.

Der Wolf war jetzt ganz auf das Lamm konzentriert und achtete nicht mehr auf das, was um ihn herum vorging. Aber der Landvermesser wartete noch. Er hätte seinen Pfeil sofort abschießen können und den Wolf gewiss mühelos getötet, aber er wollte, dass der Wolf sich den Bauch so vollschlüge, dass er keine Lust mehr hätte zu laufen.

Ageric hielt den Atem an. Die Geräusche, die der Wolf machte, während er das Tier verschlang, widerten ihn ein wenig an, und er bewunderte die Ruhe des Landvermessers.

Endlich hob der Wolf den Kopf. Sein Fell war blutverschmiert. Seine Nervosität war vollkommen verflogen. Er blickte nach Westen, leckte sich ausgiebig die Lefzen und setzte sich dann in Bewegung, um sich etwas weiter entfernt auszuruhen. Das Sirren des Pfeils durchschnitt die Luft. Einen kurzen Augenblick nur.

Der Wolf konnte gerade noch aufjaulen, dann rollte er schon auf die Seite, mitgerissen von der Wucht des Pfeils. Er hatte ihn voll in die Seite getroffen.

Ageric hob den Kopf, um den reglosen Körper des Wolfs zu betrachten. Der Pfeil ragte zur Hälfte zwischen seinen Rippen heraus. Plötzlich bewegte der Wolf sich wieder. Er rappelte sich mühsam hoch und machte ein paar ungeschickte, wacklige Schritte, wobei er leise jaulte.

Und doch schien es Ageric, dass der Wolf aufgegeben

hatte. Er versuchte nicht einmal herauszufinden, woher der Tod gekommen war. Und er versuchte auch nicht, den Pfeil herauszureißen. Er heulte auch nicht schauerlich. Er machte lediglich ein paar Schritte. Und diese letzten Schritte hatten eine Würde, die der junge Bauer niemals würde vergessen können.

Dann brach der Wolf im Gras zusammen.

»Alea Cathfad, wach auf!«

Das junge Mädchen öffnete langsam die Augen. Es war noch dunkel, aber sie konnte das Gesicht von Erwan erkennen, der eine der letzten Fackeln hielt. Der Magistel lächelte sie an. Er beugte sich zu ihr hinunter und küsste sie auf den Mund.

»Los!«, rief Mjolln, der hinter ihr stand. »Los, komm! Machen wir, dass wir hier rauskommen, ich halte es nicht mehr aus! Herr Erwan, helft meiner kleinen Steinewerferin aufzustehen, und dann hopp, verlieren wir keinen weiteren Augenblick, nein, nicht einen einzigen!«

Mjolln war mit seinen Nerven am Ende. Natürlich machte er sich um seine Freundin Sorgen, aber er ertrug die Dunkelheit nicht mehr und das Gefühl, keine Luft mehr zu bekommen.

»Geht es, kleine Schwester?«, fragte Tagor, der dazukam.

»Es wird schon gehen«, erwiderte Alea und rieb sich das Gesicht.

Sie hatte furchtbare Kopfschmerzen, aber sie versuchte aufzustehen. Die Dunkelheit machte es ihr nicht gerade leichter. Erwan nahm ihren Arm und half ihr, nicht das Gleichgewicht zu verlieren. Sie atmete tief durch und versuchte, wieder zu sich zu kommen, aber ihre

Beine waren noch schwach, und die Wunden an ihren Armen taten sehr weh.

»Gehen wir«, sagte sie dennoch.

Sie hatte es nicht weniger eilig, aus dieser Höhle herauszukommen, und sie ahnte, dass alle, die ihr folgten, Tuathann, Soldaten der Erde, Erwachsene oder Kinder, ebenso dachten. Sie machten sich also auf den Weg, und Tagor gab den Truppen den Befehl, den Marsch fortzusetzen.

Die Höhle, die immer kleiner wurde, hallte vom Geräusch ihrer Schritte wider.

»Wie viele Männer haben wir verloren?«, fragte Alea Erwan, der neben ihr ging.

»Nur drei.«

»Das ist schon viel zu viel!«, erwiderte Alea. »Ich hätte uns niemals diesen Weg nehmen lassen dürfen!«

»Wir hätten viel mehr verloren, wenn du nicht eingegriffen hättest«, versicherte Erwan ihr. »Du hast dir nichts vorzuwerfen, und alle hier sind dir dankbar. Um ganz offen zu sein, sie sind sogar sehr beeindruckt. Die meisten hatten den Zauber der Druiden noch nie gesehen, und deiner ist noch erstaunlicher!«

»Ich würde sie lieber durch meine Klugheit als durch diese schrecklichen Wundertaten beeindrucken!«, gestand sie, den Kopf zu dem Magistel gebeugt.

»Also mich beeindruckt beides!«, sagte dieser lächelnd.

Alea drückte Erwans Arm. Die Gegenwart des jungen Mannes gab ihr eine Kraft, die sie früher nicht gehabt hatte. Einen Optimismus, der sie zwang, ihre Rolle anzunehmen und besser zu akzeptieren, was sie den anderen zumuten musste. Wenn er da war, hatte sie weniger Angst vor dem, was sie geworden war.

»Du hast mich vorhin Alea Cathfad genannt«, murmelte sie.

»Das ist dein Name«, erwiderte Finghin.

»Ja. Das ist mein Name. Du bist der Erste, der daran denkt.«

Plötzlich stieß Mjolln einen Schrei des Entsetzens aus. Da er es eilig hatte, nach draußen zu gelangen, ging er vorn neben Finghin.

»Was ist los?«, fragte Erwan besorgt und ging schneller.

Finghin und Mjolln waren stehen geblieben. Seite an Seite standen sie da und betrachteten den Boden vor ihnen.

Als Alea und Erwan sie erreicht hatten, entdeckten sie, was den Zwerg hatte aufschreien lassen. Der Schädel des Drachen. Ein riesiger Schädel, lang und flach, halb im Boden versunken. Zahlreiche Höcker zogen sich von der Stirn bis zu den Augenhöhlen.

Mjolln machte ein paar Schritte vorwärts, beugte sich zu dem Schädel hinunter, zögerte und riss dann einen Zahn heraus. Er hielt ihn unter Erwans Fackel, stieß einen bewundernden Pfiff aus und steckte den Zahn dann in eine Tasche.

Er machte eine Kehrtwendung und ging weiter. Die anderen folgten ihm lächelnd.

Die fünfhundert Menschen gingen schweigend an dem Skelett vorbei, einer nach dem anderen. Ein junger Tuathann bemerkte, dass sie letztlich Glück gehabt hätten, dass sie nur mit den riesigen Fledermäusen und nicht mit einer solchen Kreatur hätten kämpfen müssen.

Sie marschierten noch lange und verloren, erschöpft und hungrig, jedes Zeitgefühl. Das Gebirge schien kein Ende zu nehmen.

Bald brannte nur noch eine einzige Fackel an der Spitze der Kolonne. Finghin versuchte, mehr schlecht als recht zu wiederholen, was Alea zuvor gemacht hatte, aber es gelang ihm nicht, ebenso viel Licht zu erzeugen. Man konnte kaum etwas sehen und erkannte gerade mal undeutlich die Gestalten der zwei, drei Personen, die vor einem gingen. Vorne bewegten Finghin und Mjolln sich vorsichtig vorwärts, die Hände an die Wände gepresst und sich mit den Füßen vorwärtstastend.

Doch plötzlich, als alle schon begannen, die Hoffnung zu verlieren, nahmen sie in der Ferne einen Lichtstrahl wahr.

5

Die große Jagd

Ich werde Kiaran rufen. Ich brauche ihn. Um nachzudenken. Ich weiß nicht, was die Druiden morgen machen sollen. Ob ich sie mitnehmen soll. Und wenn ich fertig bin, werden sie dann verschwinden, wie die Legende sagt, dass der Saiman verschwinden wird? Wenn das alles verschwinden soll, werden diese Momente mir fehlen. Diese Begegnungen in der Welt von Djar.

Da ist er. In seinem Kostüm des Wanderschauspielers. Sein Lächeln. Sein träumerischer Gesichtsausdruck. Wer kennt ihn heute so, wie ich ihn kenne? Wer weiß, was er mir schenkt, immer wenn ich ihn hier wiedertreffe? Wie wird man sich an diesen Druiden erinnern, wenn er nicht mehr sein wird? Er wird eines dieser stummen Wesen sein, die die Geschichte geprägt haben, ohne nach Ruhm zu streben. Und die Menschen werden ihn vergessen.

»Habt Ihr meine Wölfin in der Welt von Djar gesehen, Kiaran?«

»Die weiße Wölfin? Nein, ich habe sie schon lange nicht mehr hier gesehen.«

»Kann es sein, dass sie tot ist?«

»Das kann sein. Aber es kann auch sein, dass ihre Träume sie ganz einfach nicht mehr hierherführen. Die

Wesen, die ihre Anwesenheit hier nicht kontrollieren, erscheinen manchmal jahrelang nicht.«

»Sie fehlt mir.«

»Sie ist eine Wölfin, Alea. Fern der Menschen führt sie ein besseres Leben.«

»Das ist richtig. Aber sie fehlt mir trotzdem.«

Kiaran sieht mich an. Er hat etwas von Phelim in seinen Augen. Ich erinnere mich an diesen Blick.

»Wie steht es um den Rat?«

»Ernan hat alle Brüder überzeugt, dass wir uns Euch anschließen müssen, nur einen nicht.«

»Aengus?«

»Ja. Er hat uns ebenfalls verlassen. Ohne zu sagen, wohin er gehen wollte. Vielleicht wird er sich der Königin anschließen.«

»Wahrscheinlich.«

Amina. Wie konnten unsere Leben uns dorthin stellen, wo wir jetzt sind? Ich würde so gern verstehen. Ich möchte dich sehen, Amina. Sehen, was von den Kindern, die wir waren, geblieben ist.

»Alea, wir gehen jetzt nach Tarnea. Ernan will dorthin nachkommen.«

»Gut. Ihr werdet nicht überflüssig sein. Ihr werdet die Stadt zusammen mit den Soldaten der Erde und den Tuathann bewachen.«

»Ihr nicht?«

»Nein. Mein Platz ist auf den Straßen, Druide, das wisst Ihr sehr gut. Und es fällt mir schwer, bei meiner Armee zu sein. Ich weiß, dass sie notwendig ist, ich weiß, dass ich sie brauche, aber ich muss auch allein sein, nur mit ein paar Gefährten.«

»Ich verstehe. Habt Ihr über die Frage nachgedacht, die ich Euch das letzte Mal gestellt habe?«

»Welches Gaelia ich errichten will? Natürlich, ich denke an nichts anderes, Kiaran, aber ich glaube nicht, dass ich allein darauf antworten kann. Ich weiß, von welchem Gaelia ich träume, aber ich weiß auch, dass die Träume niemals die Wirklichkeit sind und dass ich das niemals erreichen kann.«

»Versucht wenigstens, dem nahezukommen.«

»Ich versuche es, Druide. Ich versuche es.«

Sie waren frühmorgens aufgebrochen, nachdem sie lange geschlafen hatten. Die gute Laune war zurückgekehrt, seit sie die Höhlen von Gor-Draka verlassen hatten. Alea und ihre Gefährten marschierten alle an der Spitze der Kolonne, umgeben von einer kleinen Eskorte aus Tuathann und Soldaten der Erde.

Sie waren den ganzen Tag marschiert, als sie endlich in Sichtweite des Dorfs Chlullyn kamen. Die Landschaft nahm die blaue Färbung der Abenddämmerung an. Ein sanfter Herbstwind strich durch das hohe Gras und zeichnete anmutige Wellen auf den goldenen Horizont. Hinter ihnen erstrahlten die Gipfel des Gor-Draka-Gebirges in einem blassrosa Licht. Der Himmel war noch nicht schwarz, aber man konnte bereits ein paar Sterne erahnen.

»Alea, willst du, dass wir hier lagern oder dass wir bis zum Dorf weitermarschieren?«, fragte Erwan.

»Ich glaube nicht, dass das Dorf fünfhundert Menschen aufnehmen könnte«, erwiderte das junge Mädchen lächelnd.

»Nein, aber wir könnten unser Lager in der Nähe aufschlagen«, schlug der Magistel vor.

»Ja, ich denke, das wird das Beste sein«, räumte Alea ein. »Das wird uns gewiss erlauben, ein paar Männer zu rekrutieren und zu erfahren, was es Neues in der Welt gibt. Vielleicht ist ja gerade ein Barde im Dorf.«

»Gut. Dann werde ich den Soldaten sagen, dass sie das Lager in der Nähe des Dorfs errichten sollen, während wir sechs mit den Bewohnern reden. Die Dorfbewohner werden sich sicher geehrt fühlen, wenn sie dich aus der Nähe sehen.«

Alea nickte seufzend. Der junge Al'Daman zwinkerte ihr zu und entfernte sich dann, um den Hauptmännern die entsprechenden Befehle zu geben.

»Du hast gesagt, dass es vielleicht einen Barden in diesem Dorf gibt?«, sagte Mjolln und kam zu Alea. »Ähm, das käme mir ganz gelegen, o ja. Denn trotz seiner schönen Versprechen hat unser Druidenfreund mir noch nicht viel beigebracht! Druidenversprechen! Ich hätte es wissen müssen.«

»Ich bin gesten Abend zu Euch gekommen, kleiner Mann«, verteidigte sich der Druide hinter ihm, »aber Ihr habt wie ein Baby geschlafen.«

»Und was wolltet Ihr von mir?«

»Ich wollte Euch ein paar Triaden der Barden beibringen, Herr Abbac. Denn wenn man Barde werden will, muss man sie kennen. Es reicht nicht, Dudelsack spielen zu können, was Ihr, nebenbei gesagt, bereits ausgezeichnet könnt...«

»Tatsächlich, Ihr wollt mir die Triaden beibringen?«, fragte der Zwerg aufgeregt. »Also, wir haben noch ein Stückchen Weg bis zum Dorf, warum bringt Ihr mir nicht unterwegs welche bei, mein guter Druide? Ähm?«

»Einverstanden«, erwiderte Finghin.

Der Druide nahm Mjolln ein bisschen beiseite, sie marschierten vorneweg, und bis zum Ende des Marsches waren von Zeit zu Zeit undeutlich die langen Litaneien zu vernehmen, die Finghin den Zwerg wiederholen ließ. »*Drei Verpflichtungen hat der Mensch – leiden – sich verändern – wählen. Drei Grunddinge, die gleichzeitig entstanden sind: der Mensch – der freie Wille – das Licht. Drei Garantien der Wissenschaft: aufhören, jede Lebensphase zu durchlaufen – sich des Verlaufs jeder Phase und ihrer Zwischenfälle erinnern – jede Phase nach Belieben durchlaufen können.*« Der Zwerg wiederholte jede Triade ganz genau, und so wie damals, als Faith ihm beibrachte, sein Instrument zu spielen, leuchtete eine wunderbare Freude in seinen Augen.

Als es Abend wurde, erreichten sie die Tore des kleinen Dorfs. Kinder waren dorthin gelaufen, um sie näher kommen zu sehen. Die merkwürdigen Trachten der Tuathann und die rot-weißen Banner der Soldaten der Erde schienen sie zu faszinieren. Aber hinter ihnen blickten ein paar Milizsoldaten besorgt auf sie.

Während Tagor Befehl gab, das Lager oberhalb des Dorfs zu errichten, ging Erwan allein zu den Milizsoldaten. Die Kinder machten ihm Platz, beeindruckt von seiner Schuppenrüstung und seiner imposanten Statur.

»Guten Tag, Galatier, ich bin Erwan Al'Daman, Sohn von Galiad, Magistel von Finghin dem Druiden und General der Soldaten der Erde. Das ist die Armee von Alea Cathfad, die die Druiden Samildanach nennen.«

»Guten Tag«, erwiderte einer der Soldaten nur.

Die Kinder prusteten los, als sie sahen, wie unbehaglich er sich fühlte.

»Wir sind auf dem Weg nach Tarnea«, fuhr Erwan fort, »und wir werden die Nacht in der Nähe des Dorfs verbringen. Wir hoffen, dass wir nicht Eure Ruhe stören.«

»Sei… seid willkommen«, stammelte der junge Soldat und reichte dem Magistel die Hand.

»Wird es in Eurem Gasthof Plätze zum Abendessen für den Samildanach und seine fünf Gefährten geben?«

»Natürlich. Wir werden dafür sorgen, dass ein Tisch für sie vorbereitet wird, General.«

Erwan dankte ihm und kehrte in das Lager zurück, das bereits errichtet wurde.

Eine der aktivsten Wolfsjägerarmeen des Landes befand sich südlich von Fendannen auf dem Gebiet des Lehnsherrn German von Gorbon. Seine Burg war typisch für den Osten Gaelias, einfach, aber wehrhaft, und sie war der Mittelpunkt des Lebens der Region.

Die Ringmauer der Burg aus einem Stein, der so gelb wie die Erde dieses Teils des Königreichs war, wurde gegliedert durch sechs gleich große breite Türme. Im Inneren umgaben mehrere Nebengebäude das Hauptgebäude: die Unterkünfte der Diener, aber auch alles, was für das Halten von Tieren nötig war – Pferdeställe, Hundezwinger, Schafställe und Falknerei. Im Haupttrakt befanden sich die Bäckerei, die Küche und das große Esszimmer, in dem Gorbons Wappen, vier Holzräder auf blauem Grund, breite Pfeiler schmückten. Dann kam der Gerichtssaal, in dem der Lehnsherr Streitigkeiten schlichtete und über diejenigen zu Gericht saß, die Unrecht getan hatten – die stahlen, vergewaltigten, töteten oder einfach nur den Tribut an Weizen, den sie dem Seneschall, oder an Schafen, den sie dem Befehlshaber der Wolfsjägerarmee abzuliefern hatten, nicht entrichtet hatten. Daneben befand sich der große Waffensaal, der unbestritten der schönste Saal in der Burg von Gorbon war. Dort empfing der Lehnsherr seine Besucher und stellte seine schönsten Stücke aus. Im Stockwerk darüber schließlich lagen die zahlreichen Schlafzimmer.

Als Ritter Ultan die Burg erreichte, sah er ringsherum Bauern, die das Wasser des Grabens mit langen Stangen schlugen. Die Burgherrin lag im Wochenbett, und German von Gorbon hatte seinen Bauern befohlen, die Frösche zum Schweigen zu bringen, die mit ihrem Quaken die Dame daran hinderten, sich auszuruhen.

Ein Diener empfing den Besucher und führte ihn über den Hof der Burg. Als sie vor den Ställen waren, nahm Ultan seinen Helm ab und stieg vom Pferd.

Der Diener konnte jetzt das strenge Gesicht des Ritters sehen. Harte Gerichtszüge, ein finsterer Blick, zahlreiche Narben, vor allem aber dieses erstaunliche weiße, nach hinten gekämmte Haar, das auf seinen breiten Nacken fiel.

»Herr von Gorbon erwartet Euch im Waffensaal«, erklärte der Diener.

»Ich kenne den Weg«, erwiderte Ultan und steuerte auf den Haupttrakt der Burg zu.

Er betrat das Gebäude und ging durch den langen Korridor, der zu dem großen Raum führte. Dort öffnete ein junger Diener ihm die Tür.

Der Saal war sehr viel prächtiger ausgestattet als der Rest der Burg. Die Wände waren größtenteils mit Samt und Wandbehängen bedeckt. Da und dort standen auf großen Anrichten aus geschnitztem Holz Geschirr und bunte Nippfiguren. Breite Pfeiler, an denen Waffen und Rüstungen, Banner und Wappenschilde hingen, stützten die kleinen Bögen der Decke. Die Wand gegenüber dem

Eingang war gekalkt und mit Rosetten und stilisierten Blumen geschmückt worden. In der Mitte hing ein Wandteppich, der eine Szene der Schlacht von Harcort darstellte. Davor stand ein hoher Eichenthron, umgeben von zahlreichen stoffbezogenen Armstühlen.

»Willkommen in Gorbon, Herr«, erklärte der Burgherr und ging auf Ultan zu.

»Ihr habt Euch große Mühe bei der Ausstattung dieses Raums gegeben«, erwiderte Ultan, ohne die Hand zu beachten, die der Lehnsherr von Gorbon ihm entgegenstreckte.

»In diesem Raum huldigen mir meine Vasallen, und ich empfange sie gern in einer Umgebung, die den blühenden Zustand meiner Ländereien widerspiegelt.«

»Den blühenden Zustand? Wie viele Wölfe habt Ihr in diesem Monat getötet?«

»Herr, meine Wolfsjägerarmee erzielt das beste Ergebnis der ganzen Insel, und …«

»Wie viele?«, schnitt Ultan ihm das Wort ab und ging auf ihn zu.

German von Gorbon rieb sich voller Angst die Hände.

»An die hundert«, erwiderte er und trat einen Schritt zurück.

Ultan versetzte ihm eine heftige Ohrfeige. Der Burgherr wurde von der Wucht des Schlags zu Boden geschleudert. Das Metall der Handschuhe des Ritters hatte tief in seine Wange geschnitten. Blut lief seinen Hals hinunter. Er erbob sich schwankend.

Ultan ging übertrieben langsam durch den Raum. Nur das Klirren seiner Rüstung war zu vernehmen. Dann setzte er sich auf den Thron seines Gastgebers und sah diesen, der sich am anderen Ende des Raums die Wange hielt, reglos und stumm an.

»Ihr habt mir nicht geantwortet, Gorbon. Wie viele genau?«

»Zweiundneunzig«, sagte der Burgherr leise.

»Kommt her.«

German von Gorbon zögerte einen Augenblick, dann gehorchte er. Er konnte nicht glauben, dass Ultan ihn in seiner eigenen Burg auf diese Weise demütigen konnte. Glücklicherweise hatte keiner der Diener es gesehen. Aber die Verletzung auf seiner Wange würde er kaum verbergen können.

»Ihr wisst, dass Er von Euch verlangt hat, die Anzahl schon im ersten Monat zu verdreifachen, German?«

»Wir töten bereits zweimal mehr Tiere als die anderen Wolfsjägerarmeen.«

»Der Herr erwartet von seinen Wächtern nur eines, dass sie Ihm gehorchen. Ich verlange von Euch nicht, mehr Wölfe als Eure Nachbarn zu töten, ich verlange von Euch, Seine Forderungen zu erfüllen.«

Der Burgherr machte ein paar Schritte auf den Thron zu und sagte mit kläglicher Stimme: »Ultan, ich muss Euch gestehen, auch wenn ich mir damit Euren Zorn zuziehe, dass ich es nicht für möglich halte, dreihundert Wölfe in einem einzigen Monat zu töten!«

Der Ritter erhob sich und ging auf Gorbon zu. Er packte ihn am Kinn, um ihn zu zwingen, den Kopf zu heben. Sein behandschuhter Daumen drückte auf die Wunde, und das Blut begann erneut zu fließen.

»Gorbon, ich habe die Bauern draußen gesehen. Sie versuchten, die Tiere zum Schweigen zu bringen, die sich in deinem Wassergraben tummeln, nicht wahr?«

»Ja«, stammelte der Burgherr.

»Deine Frau wird dir ein Kind schenken?«

Gorbon nickte, die Augen schreckgeweitet.

»Wie reizend«, spottete der Ritter. »Ich werde mal deine Frau besuchen. Und etwas sagt mir, dass du deine Meinung ändern wirst.«

Tränen traten in die Augen des Burgherrn.

»Ja, etwas sagt mir, dass du diese Jagd ernster nehmen wirst«, fuhr Ultan fort und presste Gorbons Kinn immer stärker zusammen. »Dass du mehr Männer losschicken, mehr Treibjagden organisieren, mehr Fallen aufstellen, die Prämien erhöhen wirst ... Nicht wahr?«

Gorbon nickte zitternd.

»Und du wirst sehen, dass du sogar mehr Wölfe töten kannst, als Er von dir verlangt.«

Ultan stieß den Burgherrn heftig nach hinten. Dieser stürzte erneut zu Boden. Der Ritter ging wortlos durch den Saal, und Gorbon hörte in der Ferne, dass er in den ersten Stock hinaufstieg.

Finghin verbrachte den Abend mit Kaitlin. Er war müde, und anstatt sich an den Unterhaltungen zu beteiligen, begnügte er sich damit, den anderen zuzuhören oder die Schauspielerin zärtlich anzublicken.

Er trank ihre Worte, bewunderte ihre Anmut, ihr Lächeln. Sie beteiligte sich an allen Unterhaltungen, und man konnte erkennen, dass ihre Freude sich auf die anderen übertrug.

Was für eine Freiheit! Kaitlin ist die Einzige hier, die keinerlei Verpflichtung irgendjemandem gegenüber hat, und dadurch kann sie ganz offen reden. Ich verstehe die Philosophie der Wanderschauspieler jetzt besser.

Wir sind alle Gefangene unserer Geschichte, sie sind es nicht. Ich bin Gefangener meiner Zugehörigkeit zum Rat, ich muss und will Sai-Mina wiedersehen und mit

Ernan sprechen. Mjolln sagt häufig, dass er eines Tages in seine Hügel zurückkehren möchte, aber erst einmal will er in die Kaste der Barden eintreten. Tagor ist den Tuathann verpflichtet. Alea der ganzen Insel. Aber Kaitlin ist frei. Und das ist keine leichte Entscheidung. Ich bin nicht sicher, ob ich dazu fähig wäre.

Finghin suchte unter dem Tisch Kaitlins Hand und drückte sie fest zwischen seinen Handflächen. Die Schauspielerin lächelte ihm zu. Dann wandte sie sich wieder von ihm ab und setzte die Gespräche mit den anderen fort.

Der Gasthof von Chlullyn war groß, aber ohne Charme. Es wurden einfache Gerichte serviert, eine Pastete aus Kabeljauleber und gehacktem Fisch oder kleine Pasteten, deren Fleisch Rosinen beigemischt waren. Der Wirt machte auch ganz passable Braten, vom Rind bis zum Schwan, Salate aus gekochten Gemüsen, Geflügelleber oder Geflügelhirn. Zum Nachtisch begnügten die Gefährten sich mit gekochten Birnen, bevor sie ans Feuer zurückkehrten, um das die Dorfbewohner sich versammelt hatten.

Finghin stand mühsam auf und setzte sich hinter Kaitlin auf einen großen Stuhl.

Der Gasthof hatte gewiss noch nie so viele Gäste an einem Abend gehabt. Alle Dorfbewohner waren gekommen, um das junge Mädchen zu sehen, von dem so viel gesprochen wurde.

Wie Alea gehofft hatte, hielt sich ein Barde in dem Dorf auf. Avendal hatte mit ihnen gegessen und unterhielt sich jetzt mit ihnen am Feuer. Er war ein schon älterer Mann, hatte aber einen scharfen und spöttischen Geist, und alle fanden ihn äußerst sympathisch.

Weiß er, dass Sai-Mina gespalten ist? Was wird aus

all den Barden und Druiden werden, die in den kleinen Dörfern der Insel bleiben, fern der Intrigen des Rats? Dadurch, dass die Großdruiden den Kontakt mit ihnen verloren haben, haben sie den Untergang Sai-Minas eingeleitet.

»Die Milizsoldaten haben uns vorhin gesagt, dass Ihr nach Sarrland unterwegs seid, ist das richtig?«

Ein echter Barde, dachte Finghin amüsiert. *Zunächst einmal überprüft er seine Informationen. Bald wird er seine Kollegen informieren können, und dann werden die Nachrichten die Runde durch das Königreich machen.*

»Ja, wir reisen nach Tarnea«, erklärte Alea.

»Aber das ist der einzige Ort der Insel, wo nichts los ist!«, sagte der Barde erstaunt. »Es gibt so viel zu tun in Galatia, Braunland oder Harcort!«

Versucht er herauszufinden, ob sich hinter der Wahl unseres Bestimmungsortes etwas verbirgt, oder ist er besorgt wegen der Kriege, die hier noch immer drohen?

»Das stimmt nicht ganz«, erwiderte Alea. »Es ist in der Grafschaft Sarrland sehr viel mehr los, als Ihr zu glauben scheint. Vor allem aber ist sie letztlich die freieste Grafschaft der Insel. Da Sai-Mina gespalten ist, werden die Druiden nicht mehr die gleiche Macht über Sarrland haben wie zuvor. Noch haben die Christen nicht versucht, alle zu christianisieren. Und Amina kümmert sich um Galatia und lässt die Grafschaft, in der sie geboren wurde, in Ruhe. Insgesamt genießen die Sarrländer eine Freiheit, um die viele Gaelier sie beneiden könnten. Und ich will nicht nur nach Tarnea, um diese Freiheit zu bewahren, sondern auch, damit diese Freiheit von Sarrland aus über die ganze Insel ausstrahlt.«

Finghin blickte zu Alea auf.

Es ist unglaublich! Sie ist im Begriff zu verstehen, was sie tun will. Während sie spricht, bringt sie Klarheit in ihre Gedanken. Diese Idee hatte sie bis jetzt noch nicht formuliert. Und doch ist es genau das. So einfach ist es. Die naive Freiheit von Sarrland. Ebendiese Freiheit will Alea wiederfinden und der Insel zurückgeben. Natürlich.

»Ich bin nicht sicher, ob die Sarrländer sich so frei und so glücklich fühlen, wie Ihr zu glauben scheint«, dämpfte sie der Barde.

»Sie könnten es sicher mehr sein, gewiss, aber zumindest wird ihnen im Augenblick nichts auf barbarische Weise aufgezwungen.«

Sie ist ein bisschen streng mit meinen Brüdern. Ich glaube nicht, dass die Druiden jemals irgendetwas auf barbarische Weise aufgezwungen haben. Und doch muss ich die Geschichte vielleicht anders betrachten. Neu lernen, neu interpretieren. Aleas Zweifel sollten mir erlauben, in Frage zu stellen, was ich immer für erwiesen angenommen habe. Das ist nicht leicht. Aber ich glaube, das ist der Sinn von Aleas Auftauchen. Sie ist diejenige, die uns zwingt, uns selbst zu befragen.

»Aber, lieber Barde, jetzt ist es an Euch, uns ein wenig zu erzählen, was sich in der Welt tut«, fuhr Alea fort.

»Es tut sich so vieles!«, erwiderte Avendal.

»In Galatia?«

»Unsere Königin ist gewiss die klügste Strategin, von der die Insel träumen konnte!«, rief der Barde.

Das ist ironisch gemeint. Aber er weiß, zu wem er das sagt. Da sind die Dorfbewohner, die er vermutlich weder schockieren noch beunruhigen will, und da ist Alea, von der er weiß, dass sie versteht, was er nur andeutet.

»Nachdem sie den Druiden, die Sai-Mina verlassen haben, den Lorilien-Turm angeboten hat, ist es ihr gelungen, sie dazu zu bringen, sie nicht nur zu initiieren, sondern sie auch zur Erzdruidin zu ernennen. Ist das nicht fantastisch?«

»Ich kann nicht sagen, ob es das ist«, erwiderte Alea, »aber ich muss zugeben, dass die Ironie amüsant ist, oder nicht?«

Da spricht die Frau. Das kleine Mädchen wollte lesen lernen, sie, die an der Tür des Rates gelauscht hat. Und sie hat recht. Die Ironie ist, wenn schon nicht amüsant, doch zumindest richtig. Warum nur haben wir so lange den Frauen den Zugang zu unseren Institutionen verweigert, wo Alea und Amina doch der Beweis sind, dass weder der Saiman noch die politische Klugheit für sie unerreichbar sind? Die Konsequenzen von Aminas Initiation werden auf politischer Ebene vielleicht katastrophal sein, sich auf kultureller Ebene aber möglicherweise vorteilhaft auswirken. Sicher ist, dass das Gaelia, von dem Alea träumt, ein Land ist, in dem Männer und Frauen sich die Macht gerecht teilen werden. Aber ist das überhaupt möglich?

»Es wird erzählt, dass Henon sie gegen seinen Willen initiiert hat«, präzisierte der Barde. »Ihr wisst ja, die Kaste der Barden hat stets Männern wie Frauen offengestanden. Ich habe immer gedacht, dass eines Tages eine Vates den Weg zum Druidentum finden würde.«

»Dann seid Ihr ziemlich hellsichtig gewesen!«, warf Kaitlin ein. »Und was sagt Eure Hellsicht Euch heute? Wird Amina eine gute Königin sein?«

Kaitlin stellt ihm eine Falle. Er kann nicht offen schlecht über Amina reden, auch wenn klar ist, dass er sie, wie die meisten Galatier, denke ich, nicht in sein

Herz geschlossen hat. Dadurch, dass sie ihm diese Frage stellt, zwingt Kaitlin ihn, Position zu beziehen. Die Wanderschauspieler lieben das. Uns mit unserer Wahrheit zu konfrontrieren. Aber der Barde wird sich mit Sicherheit aus der Affäre ziehen.

»Ich glaube, für den Augenblick ist es ihr erst einmal wichtig, eine gute Druidin zu sein!«, erwiderte Avendal nicht ohne Lächeln.

Kaitlin wird ihn nicht so einfach davonkommen lassen.

»Wollt Ihr sagen, dass sie ihre Rolle als Königin vernachlässigt?«, fragte die Schauspielerin in der Tat.

Der Barde verzog das Gesicht. Er blickte sich um. Die Milizsoldaten waren im Gasthof, ebenso wie das ganze übrige Dorf.

»Nicht, wenn ihr Handeln im Rat dem Königreich nützt.«

»Und nützt es ihm?«, bohrte Kaitlin nach.

Sie wird nicht so schnell aufgeben. Der arme Barde ist an jemanden geraten, der stärker ist als er.

»Sie hat als Königin bereits viel getan. Es hat, bevor sie an die Macht kam, im Königreich noch nie so viele Veränderungen gegeben. Und ob ihre Position im Rat dem Königreich wird nützen können – ist es nicht noch etwas zu früh, um darüber zu urteilen?«

»Wenn man unsere Herrscher nur nach ihren Fehlern beurteilen dürfte, dann gäbe es so viele, die begangen worden sind, dass man niemals fertig würde!«, amüsierte sich Kaitlin.

»Aber wie soll man sie dann beurteilen? Nach ihrer Vergangenheit? Über die der Königin weiß man nicht sehr viel.«

Immerhin, dass sie mit Alea aufgewachsen ist!

»Vielleicht geht es ja gar nicht darum, sie beurteilen zu müssen, sondern ihnen nur die Macht zu geben, gut zu herrschen«, bemerkte Alea.

»An dem Tag werden die Barden falsch singen«, spöttelte Avendal.

Mjolln fand die Bemerkung amüsant und klatschte in die Hände.

»Und was gibt es sonst Neues im Königreich?«, fragte Alea schließlich, da sie erkannte, dass es keinen Sinn hatte, sich endlos bei Amina aufzuhalten.

»Graf Meriander Mor ist der unmittelbare Vasall von Graf Feren Al'Roeg geworden, und Aeditus hat ihn in Mericort öffentlich christianisiert und getauft.«

»Sind die Braunländer seitdem ebenfalls zum Christentum übergetreten?«, fragte Alea.

Aus keinem anderen Grund wird Aeditus den Grafen von Braunland getauft haben. Dieser Mann hat es bereits ganz allein geschafft, zwei der fünf Grafschaften der Insel zu christianisieren. Seine Religion wird sich über Gaelia ausbreiten, und man wird das nie mehr rückgängig machen können. Jedes weitere Vordringen des Christentums verdrängt den Glauben an die Moira. Und doch weiß ich, dass sie existiert.

»Ja«, erwiderte Avendal. »Zu hunderten, wenn nicht gar zu tausenden.«

Bestürztes Gemurmel erhob sich in der Gaststube.

»Habt Ihr noch weitere Neuigkeiten?«

Der Barde zuckte die Achseln.

»Sicher Dutzende, aber ich weiß nicht, welche Euch interessieren. Allerdings gibt es da ein sehr eigenartiges Phänomen, von dem ich immer öfter höre und das Euch betrifft.«

»Ja?«, drängte Alea ihn.

»Es heißt, Ihr hättet die Fähigkeit, mit den Wölfen zu reden, ist das wahr?«, fragte der Barde verlegen.

»Nein, das ist nicht ganz richtig. Aber warum sprecht Ihr mich darauf an?«

»Drei Lehnsherren aus dem Süden Galatias haben große Feldzüge gegen die Wölfe gestartet«, erklärte Avendal. »Ihre Felle werden immer teurer verkauft, und es scheint, dass die Wolfsjagd gerade groß in Mode kommt.«

Finghin sah, wie Alea ihre Hände zu Fäusten ballte.

Die Wölfe. Ihre Brüder. Durch die Jagd auf sie will man mit Sicherheit sie treffen. Aber wer hat diese Bewegung ausgelöst?

»Welches sind die Namen dieser drei Lehnsherren?«, fragte Alea, die kaum ihre Wut zu verbergen vermochte.

»Ich kenne nur einen von ihnen, German von Gorbon.«

Alea erhob sich augenblicklich, so abrupt, dass Mjolln neben ihr zusammenfuhr.

»Ich danke Euch für Eure Aufnahme«, sagte sie schnell, »aber jetzt müssen wir ins Lager zurückkehren.«

Unter den verblüfften Blicken der anderen Gäste verließ sie eilig den Raum. Finghin begriff, dass die letzten Worte des jungen Mädchens ein Befehl gewesen waren; er stand auf, machte den vier anderen ein Zeichen, und nachdem sie den Dorfbewohnern höflich für ihre Gastfreundschaft gedankt hatten, gingen Aleas Gefährten ebenfalls hinaus.

Meriander Mor hatte eingewilligt, Aeditus auf seiner Reise durch Braunland zu begleiten. Mit seiner Hilfe, hatte der Bischof erklärt, wäre es sehr viel einfacher, die Braunländer in großer Zahl zu taufen. Nur fünfzig Soldaten eskortierten die beiden Männer sowie fünf Priester aus Harcort und zehn Seminaristen, die die Reise nutzten, um ihre Ausbildung zu vervollkommen.

Am Abend des vierten Tages war der Bischof allein mit dem Grafen im Salon eines kleinen Herrenhauses östlich von Aiverhin, einem Dorf, in dem sie sehr gut aufgenommen worden waren. Einen kochend heißen Kräutertee vor sich, den ihr Gastgeber ihnen gemacht hatte, saßen sie vor dem Kamin und waren zum ersten Mal seit langem nur zu zweit.

»Seid Ihr gläubig, Meriander?«, fragte der Bischof.

Der Graf schien überrascht. »Ich weiß nicht, Eminenz. Ich bin nicht sicher, ob ich verstehe, was das bedeutet.«

»Spürt Ihr in Eurem Herzen die Gegenwart Gottes?«, übersetzte Aeditus lächelnd.

»Kann man sie denn so sicher spüren? Muss man gläubig sein, um ein guter Christ zu sein?«

Der Bischof ließ diese Frage unbeantwortet. Er starrte den Grafen an, als wollte er herausfinden, ob dieser etwas vor ihm verbarg.

»Als Ihr mich gebeten habt, dass ich Euch taufen solle, habt Ihr das getan, um Euch dem Grafen von Harcort zu unterwerfen oder weil Ihr von der Existenz Gottes zutiefst überzeugt wart?«

Meriander zögerte. Alles war so schnell geschehen. So hatte er sich die Frage noch nie gestellt. Es hatte sich einfach aufgedrängt.

»Ich hatte Al'Roeg gesagt, wenn es ihm gelänge, uns zum Sieg zu führen, dann würde ich an die Macht seines Gottes glauben. Als wir die Schlacht gewonnen hatten, habe ich mein Wort gehalten und ihm gesagt, dass ich getauft werden wollte …«

»Ja, aber habt Ihr das nur getan, um Euer Wort zu halten, oder hat der Sieg Euch von der Existenz Gottes überzeugt?«, bohrte der Bischof nach.

»Ich weiß, was Ihr von mir hören wollt, Aeditus.«

»Ich will nur, dass Ihr aufrichtig seid. Seid unbesorgt, was im Augenblick zählt, ist, dass Eure Geste ein Vorbild für die Braunländer ist. Ihr könnt frei sprechen.«

»Eines ist sicher, Eminenz, dass ich die Gegenwart der Moira früher nicht mehr spürte, als ich heute diejenige Gottes spüre. In Wirklichkeit habe ich sie einfach nur akzeptiert.«

»Dann seid Ihr also nicht gläubig, Meriander Mor.«

Der Graf presste die Lippen zusammen. »Ihr habt meine Frage nicht beantwortet«, sagte er schließlich.

»Welche?«, fragte der Bischof.

»Muss man gläubig sein, um ein guter Christ zu sein?«

Aeditus runzelte die Stirn. »Erst einmal müsste man sich darüber einigen, was es bedeutet, ein guter Christ zu sein. Und ich glaube, das hängt sehr von den Umständen ab.«

»Und weiter?«

»In Eurem Fall ist es vielleicht Eure Macht zu christianisieren, die einen guten Christen aus Euch macht. Gott erwartet von Euch vielleicht keinen unbedingten Glauben, Eure Fähigkeit, Euer Volk zu christianisieren, reicht sicherlich bereits aus.«

»Glaubt Ihr? Reicht sie Gott, oder reicht sie für Eure Absichten?«

»Ich habe keine andere Absicht, als Gott zu dienen.«

»Seid Ihr gläubig, Eminenz?«

Der Bischof brach in Gelächter aus. »Das ist das erste Mal, dass jemand wagt, mir diese Frage zu stellen!«

»Und doch ist sie berechtigt, da Ihr ja selbst sagt, ein guter Christ sei nicht immer dazu verpflichtet!«

Aeditus nickte lächelnd.

»Also«, fuhr Meriander fort, ohne das Lächeln zu erwidern, »seid Ihr gläubig, Eminenz?«

»Der Glaube ist kein Gegenstand, den man erwirbt und den man in seiner Tasche behält, Meriander. Der Glaube ist jeden Augenblick ein Kampf. Ein täglicher Sieg. Ich habe ihn hunderte Male verloren und wiedergefunden, manchmal habe ich ihn verwechselt, dann wieder hat er mich getäuscht. Aber je lebendiger der Glaube ist, desto mehr ist er der Beweis, dass Gott es auch ist. Im Gegensatz zur Moira, die erstarrt, vergessen und vor allem missverstanden ist, ist Gott ein Weggefährte, den man sucht, mit dem man manchmal ein Stück Weg zurücklegt, den man verlieren kann und von dem man sich abwenden kann, der einem aber stets die Hand reicht.«

»Dann werde ich den Glauben suchen, Eminenz, ich werde ihn suchen. Aber im Augenblick kann ich Euch nur meinen Übertritt anbieten.«

Der Bischof lächelte. »Das ist schon mehr als genug, lieber Graf.«

»Das kommt nicht in Frage!«, rief Finghin und schlug mit seinem Stock auf den Erdboden des Zelts.

»Ich werde noch heute Abend aufbrechen«, wiederholte Alea. »Ihr werdet ohne mich nach Tarnea gehen. Ich muss sofort diese Wolfsjagden stoppen! Das bin ich ihnen schuldig!«

Sie lief im Kreis unter dem gewölbten Dach des großen Zelts und versuchte, sich inmitten ihrer Gefährten zu beruhigen. Alle sahen sie betreten an, mit

Ausnahme des Druiden, der sie zur Vernunft bringen wollte.

»Ohne dich wird unsere Reise nach Tarnea nichts bringen! Nur mit dir können wir etwas erreichen!«

»Ihr braucht mich nicht!«

»Im Gegenteil, ohne dich wissen wir gar nicht, wie wir uns verhalten sollen. Wahrscheinlich werden wir mit Gewalt vorgehen müssen, um uns beim Grafen von Sarrland Gehör zu verschaffen, was genau das Gegenteil von dem ist, was du willst.«

»Die Wölfe brauchen mich mehr. Sie waren da, als ich sie brauchte. Ich darf nicht zulassen, dass sie abgeschlachtet werden.«

»Tarnea ist nur noch drei oder vier Tagesmärsche entfernt. Wir haben unser Leben im Gebirge riskiert, um dorthin zu gelangen, es ist ausgeschlossen, dass wir jetzt aufgeben. Die Wolfsjagd hat nicht erst heute begonnen, sie ist bereits seit einiger Zeit im Gange, das kann also noch etwas warten!«

»Nicht einen Tag länger!«, schrie Alea mit tränenverschleierten Augen. »Nicht einen Tag länger werde ich dulden, dass man diese Tiere tötet, um sich an mir zu rächen! Zu viele Menschen sind bereits durch meine Schuld gestorben, und jetzt auch noch die Wölfe? Nein! Ich gehe nach Süden!«

Sie nahm ihren weißen Umhang und ihren Eichenstock und ging zum Ausgang.

Erwan sprang auf und packte sie am Arm.

»Alea, als die Wölfe die Gorgunen angegriffen haben, waren sie bereit, für dich zu sterben. Sie waren bereit zu sterben, damit du tun kannst, was du tun musst. Aus Respekt für alle Wölfe, die an dem Tag gestorben sind, darfst du jetzt nicht aufgeben.«

»Sie sind nicht freiwillig gestorben, damit ich was auch immer tun kann!«, erwiderte Alea, »Sie haben überhaupt nichts bewusst getan! Die Wölfe verfügen nicht über diese Art von Bewusstsein, Erwan. Sie sind meiner Wölfin blind gefolgt, ohne zu begreifen, was wirklich geschah. Sie haben instinktiv, nicht verstandesmäßig gekämpft!«

»Und genau dieser Instinkt treibt dich, uns zu verlassen, obwohl dein Verstand dir sagt, dass du bei uns bleiben musst. Finghin hat recht, ohne dich können wir in Tarnea nichts ausrichten. Aber wenn du dich wirklich um die Wölfe kümmern willst, dann werden wir mit dir kommen. Zusammen mit dir können wir mehr tun als ohne dich vor den Toren der Hauptstadt von Sarrland.«

»Nein, diesmal werde ich allein gehen.«

Erwan seufzte. Er hatte vergessen, wie dickköpfig Alea sein konnte. Er wusste nicht, zu welchem Argument er noch greifen sollte. Er hielt noch immer den Arm seiner Freundin. Sie starrte ihn an. Zu allem entschlossen. Er blickte zu den anderen, um etwas Unterstützung zu finden. Da sah er, dass Kaitlin ebenfalls aufstand.

Alea drehte sich abrupt um. »Ihr werdet jetzt doch nicht etwa alle versuchen, mich zu überzeugen!«, rief sie.

Kaitlin zuckte die Achseln. »O nein«, erwiderte sie. »Ich will einfach nur aus diesem Zelt raus, denn wenn ich deine Stimme und den Unsinn, den du von dir gibst, noch länger hören muss, dann werde ich mich nicht mehr beherrschen können und dich ohrfeigen, und wir Wanderschauspieler hassen Gewalt gegen Kinder.«

Alea riss die Augen auf. »Was?«, stammelte sie fassungslos.

»Alea, du nervst mich! Ich geh hinaus ...«

Damit ging die Schauspielerin an Erwan und Alea vorbei, hob das Tuch, das das Zelt schloss, und trat wortlos hinaus.

Die anderen schwiegen einen Augenblick und tauschten betretene Blicke, dann verließ auch Alea das Zelt und verschwand in der Dunkelheit, die das Lager umgab.

Meister Johann war der Erste Treiber der Wolfsjägerarmee von Gorbon. Er war ein überaus hässlicher Mann, der die geschrumpfte Hälfte seines Gesichts unter einer Lederkapuze verbarg. Am Hut trug er die weiße Feder der Offiziere der Wolfsjägerarmee, und gekleidet war er in ein Gewand aus grünem Tuch mit karmesinroten Samtbesätzen und Samtkragen. Er war sehr groß und schlank und hatte einen eigenartigen Gang, zugleich lebhaft und ungelenk. Er war ein verbitterter Mann, der gern den Platz des Oberjägers eingenommen hätte, der Männern vornehmerer Herkunft vorbehalten war. Aber Johann musste sich damit begnügen, die Treibjagden anzuführen, und hatte nicht das Privileg zu schießen, ja nicht einmal die Hunde zu führen.

An diesem Morgen stand er vor Sonnenaufgang auf, um den außergewöhnlichen Tag vorzubereiten, der sich ankündigte. Seit Tagen hatte der Lehnsherr von Gorbon Druck ausgeübt und verlangt, dass die Tötungsquote der Wolfsjägerarmee, die bereits sehr hoch war, noch gesteigert werde.

German von Gorbon hatte daher beschlossen, persönlich an der großen Treibjagd teilzunehmen, die die Wolfsjägerarmee an diesem Tag der Moira organisieren sollte. Die landwirtschaftlichen Arbeiten waren für die Dauer der Jagd untersagt worden, und alle Bewohner des Gebiets waren verständigt worden.

Meister Johann war als Erster auf den Beinen. Zunächst brachte er die Stöcke, die er tags zuvor hatte herstellen lassen, in den großen Hof. Dann weckte er den Hundeführer, der sich um die Meute kümmern musste, und den Oberjäger, der die Jagd leiten würde. Schließlich stellte er einen großen Tisch neben den Eingang der Burg, an dem die Leute empfangen werden konnten.

Als die Sonne endlich aufging, sah Johann, wie Adlige und Bauern zahlreich in den Hof der Burg strömten. Mit Hilfe von zwei anderen Offizieren der Wolfsjägerarmee nahm er die Neuankömmlinge in Empfang. Je nachdem, ob sie Bauern oder Lehnsherren waren, mussten sie sie zu den Treibern oder zu den Jägern führen. Letztere bekamen Pfeil und Bogen sowie Lanzen und Dolche, die zwar schwieriger zu handhaben waren, sich aber als wirksamer erweisen konnten, wenn die Wölfe angriffen. Die Bauern bekamen einfach nur Stöcke, die sie brauchen würden, um an der Plackerei des Treibens teilzunehmen.

Als alle da waren und jedem seine Aufgabe zugewiesen worden war, brachte der Hundeführer seine Hunde und präsentierte sie den Treibern, die den ganzen Tag und vielleicht noch länger mit ihnen gehen mussten. Es waren fünfzig Jagdhunde, die dressiert waren, das Wild zu treiben, im Gegensatz zu einem knappen Dutzend Spürhunde, die im Zwinger geblieben waren und, an der Leine geführt, das Tier vor der Jagd aufspürten.

Die Sonne stand jetzt hoch genug, um jenseits der Festungsmauern sichtbar zu sein. Es war Zeit aufzubrechen. Unmittelbar vor dem Aufbruch hielt der Lehnsherr von Gorbon eine kleine Ansprache.

»Ich danke euch allen, dass ihr zu dieser großen Jagd gekommen seid. Nie zuvor haben wir eine so große

Treibjagd organisiert, und ich freue mich, zusammen mit euch an ihr teilzunehmen. Die Treiber, die von Meister Johann angeführt werden, werden zuerst aufbrechen, zusammen mit den Hundeführern. Sie werden den großen Wald südlich der Burg umgehen und die Wölfe nach Norden treiben. In der Zwischenzeit werden wir, meine lieben Lehnsherren, fünf Gruppen von Jägern bilden und von Norden nach Süden gehen, den Tieren entgegen, die von den Hunden auf uns zugetrieben werden. Gestern haben der Oberjäger und die Hundeführer den Wald mit ihren Spürhunden durchstreift. Sie haben südlich der Burg mindestens zwei Rudel entdeckt. Die Jagd wird erst beendet sein, wenn die beiden Rudel getötet sein werden, etwa fünfzehn Tiere, und bis dahin ist die Wiederaufnahme der landwirtschaftlichen Arbeiten ausdrücklich untersagt. Wer dabei ertappt wird, dass er die Jagd verlässt, wird verurteilt und verbannt. Wenn die beiden Rudel getötet sein werden, werden alle Bauern, die an der Jagd teilgenommen haben, im nächsten Monat von der Weizenabgabe und der Pacht befreit und den Jägern wird die Ehrung des Halalis zuteil, und sie können die Felle der Wölfe unter sich aufteilen.«

Aus der Menge erhoben sich Beifallsrufe, und dann gab Meister Johann, der Erste Treiber, den Bauern das Zeichen, die Stöcke zu nehmen und ihm zu folgen. Sie verließen den Burghof und machten sich auf den Weg nach Süden, den Hundeführen und ihren Hunden hinterher.

Johann kannte einige der Bauern, aber er zog es vor, nicht mit ihnen zu sprechen. Er ging allein an der Spitze und versuchte, mit den Hunden vor ihm Schritt zu halten. Er mochte die Menschen nicht, nicht mehr als die Tiere übrigens. Die Natur hatte ihm das Leben nie leicht gemacht, und er hatte nicht die Absicht, sich vom Schicksal von wem auch immer rühren zu lassen. Die Treiber hinter ihm unterhielten sich miteinander, aber er sagte kein Wort.

An dieser Stelle des Gebiets stand das Gras hoch und dicht, was das Marschieren erschwerte. Johann begann bereits, seinen Stock zu benutzen, um das Gras vor ihm so weit wie möglich zu schneiden, aber er wollte seine Arme nicht allzu sehr ermüden. Der Schweiß lief ihm über die Stirn und an seiner braunen Kapuze entlang. Die Hundeführer gewannen immer mehr Vorsprung. Er blieb stehen und betrachtete die Treiber, die hinter ihm trödelten. Er wischte sich mit der Rückseite seines Ärmels den Schweiß ab, spuckte auf den Boden und setzte sich wieder in Bewegung.

Bald kamen sie in die Nähe des großen Waldes. Sie gingen am Waldrand entlang nach Westen, wobei sie Abstand hielten, um die Tiere nicht sofort aufzuschrecken. Sie mussten sie nach Norden treiben und daher warten, bis sie so weit wie möglich südlich des Waldes waren, bevor sie mit der Treibjagd beginnen konnten. Johann war das Jagen in dieser Gegend zwar gewohnt, aber er hatte noch nie so viele Männer dabeigehabt. Fast achtzig folgten ihm, aber wie viele würden tatsächlich bis zum Schluss durchhalten?

Als er, wie er gehofft hatte, auf dem kleinen Hügel ankam, sah Mjolln Alea, die im Gras saß, den Kopf zwischen den Händen. Geräuschlos blieb er ein paar Schritte von ihr entfernt stehen; lange bewegte er sich nicht und betrachtete den Schatten des Mädchens, der sich vor dem bestirnten Horizont des Nachthimmels abzeichnete. Sie wirkte so allein, so hilflos, mehr noch vielleicht als damals, als er sie zum ersten Mal auf den Straßen Galatias gesehen hatte, an dem Tag, an dem sie ihm im Kampf gegen diese Gruppe von Verbannten geholfen hatte.

Er machte sich große Vorwürfe. Dass er sich so häufig egoistisch benommen hatte, während die Kleine eine Last auf ihren Schultern tragen musste, die er niemals ausgehalten hätte.

Sie befanden sich an einem entscheidenden Punkt der Geschichte. Die Entscheidung würde jetzt fallen. Nur ein einziges Mal. Eine zweite Chance würde es nicht geben. Alea hatte das begriffen und akzeptierte es jeden Morgen, vor jeder Prüfung. Gaelia musste sich verändern. Mjolln musste es akzeptieren. Und akzeptieren, an dieser Geschichte teilzunehmen. Und wenn es nur eines gab, was der Zwerg tun musste, dann dies: Alea helfen. Seiner Steinewerferin helfen. Wenn er es heute nicht tat, würde er es sich niemals verzeihen. Sein ganzes Leben würde er wissen, dass er seine Chance nicht ergriffen hatte. Alea brauchte ihn, so wie sie alle anderen brauchte. Und wenn nur einer fehlte, würde sie niemals tun können, was sie unter allen Umständen tun musste.

»Mjolln, lass mich allein. Ich muss nachdenken.«

Alea hatte sich nicht bewegt. Sie hatte den Kopf noch immer zwischen ihren Händen. Sie hatte ihn lediglich gehört.

»Nein, Alea«, erwiderte Mjolln und ging zu ihr. »O nein, du musst nicht nachdenken. Alles, was du jetzt brauchst, ähm, ist ein dicker, dummer Zwerg, der deine Hand hält.«

»Du bist nicht dick, und du bist nicht dumm.«

»Ja, vielleicht, ähm, aber ich bin ein Zwerg, oder etwa nicht?«

Alea zuckte die Achseln und schüttelte den Kopf. Mjolln setzte sich neben sie. Einen Augenblick saß er nur regungslos neben ihr. Dann pflückte er eine kleine Blume vor sich und begann, sie zwischen seinen Handflächen zu drehen.

»Alea«, sagte er schließlich, »ich habe vielleicht eine Lösung. Ich glaube, dass du, ja, in Tarnea unersetzlich bist. Und ich glaube, dass du, was immer du auch sagst, wirklich dorthin gehen musst. Du kannst nicht aufgeben, denn dann werden die Harcortianer, diese verfluchten Harcortianer womöglich Sarrland erobern, wenn wir ihnen die Zeit dazu lassen.«

»Ich weiß …«

»Für die Wölfe dagegen bist du nicht unersetzlich. Jemand anderer als du kann verhindern, dass die Jagden organisiert werden, o ja! Also hör zu, was Mjolln Abbac dir vorschlägt. Ich werde mich um diese bösen Wolfsjäger kümmern, während du nach Tarnea gehst. Ähm?«

Alea hob den Kopf und sah ihren Gefährten an.

»Nein, Mjolln«, sagte sie seufzend. »Das ist eine gute und vor allem edelmütige Idee, aber ich habe gründlich nachgedacht, und ich sehe nicht, was ich tun könnte, wenn ich dorthin gehe. Schließlich kann ich nicht alle Wolfsjäger töten … Und ich kann auch nicht mehr losziehen und alle Wölfe beschützen, ich wüsste gar nicht, wo ich anfangen sollte. Nein. Ihr habt recht. Ich muss eine andere Lösung finden. Wir werden zuerst nach Tarnea gehen.«

Mjolln nahm die Hand des Mädchens, küsste sie und behielt sie in seiner Hand.

»Die richtige Entscheidung, Alea, ja, ich bin glücklich.«

Alea lächelte ihm zu. Er sah, dass sie Tränen in den Augen hatte.

»Weißt du«, sagte sie und lehnte ihren Kopf an die Schulter ihres alten Gefährten, »das Schlimmste ist, dass ich nicht einmal weiß, ob Imala noch am Leben ist. Sie ist vielleicht von den Gorgunen getötet worden oder jetzt von den Jägern.«

»Ich bin sicher, dass sie lebt«, erwiderte der Zwerg. »Sie war, o ja, stark und flink. Sie wird sich nicht so leicht kriegen lassen. Den Jäger, ähm, gibt es nicht, der eine solche Wölfin erwischen würde, dafür lasse ich mir meinen weißen Bart abschneiden!«

»Ich hoffe es.«

Dann schwiegen sie und lauschten gemeinsam dem leisen Gesang der Nacht. Alea ließ ihren Kopf lange an der Schulter des Zwergs. Sie hörte sein Herz schlagen. Sein so gutes Herz.

Plötzlich vernahmen sie ein Knacken hinter sich. Mjolln schreckte zusammen, und Alea drehte sich um.

Es war Tagor. Er hatte sie gesehen und ging zu ihnen. Er war ein Tuathann, und wenn er gewollt hätte, hätte er sich ihnen geräuschlos nähern können, aber wahrscheinlich hatte er auf sich aufmerksam machen wollen, um ihr vertrautes Beisammensein nicht zu stören. Alea empfing ihn mit einem Lächeln.

»Wenn ich die Schönheit dieses Himmels sehe«, sagte er und setzte sich neben seine Schwester, »diese tausende von Sternen, dann frage ich mich, wie unsere Väter akzeptieren konnten, unter der Erde zu leben.«

»O ja«, erwiderte Mjolln, »das muss ihnen gefehlt haben. Weißt du, dass es an diesem Himmel einen Stern gibt, den ich vor langer Zeit Alea genannt habe, als ich deiner Schwester begegnete?«

Der Tuathann lächelte. »Das ist eine gute Idee. Alea. Ein Stern. Ja, eine gute Idee.« Dann wandte er sich an sie. »Also, kleine Schwester, hast du deine Entscheidung getroffen?«

Alea nickte. »Ja. Ich bleibe bei euch. Wir werden nach Tarnea gehen.«

»Die Tuathann werden dir folgen, wohin du auch gehst.«

»Eines Tages werde ich sie verlassen müssen, Tagor. Es gibt Dinge, die ich allein tun muss.«

»Ich weiß«, erwiderte Tagor. »Aber dann solltest du heimlich gehen, weil meine Brüder dich nicht gehen lassen werden.«

»Ich bin euch allen sehr dankbar, Tagor.«

»Wir stehen in deiner Schuld. Unser Volk hat einst deine Mutter vertrieben, und du bist durch unsere Schuld ohne Eltern aufgewachsen. Wir wollen diesen Fehler wiedergutmachen. Wir sind deine Familie, kleine Schwester.«

»Ich weiß. Danke.«

Sie nahm die Hand ihres Bruders zur Rechten, die des Zwergs zur Linken und forderte sie auf, sich zu erheben.

»Kehren wir ins Lager zurück. Wir brauchen alle Schlaf.«

6

Der Tod des Wolfs

Alea wurde von einem Kuss Erwans auf ihre Stirn geweckt.

»Aufstehen, Fräulein Cathfad, wir müssen uns auf den Weg machen, und da sind Leute aus dem Dorf, die Euch sprechen wollen.«

Alea rieb sich die Augen, reckte sich und lächelte dem Magistel zu. Nach ihrer kleinen Unterhaltung mit Mjolln und Tagor am Abend zuvor hatte sie tief und fest geschlafen.

»Ich komme«, versprach sie.

Der Magistel nickte und ging, damit sie sich fertigmachen konnte. Ein paar Augenblicke später erschien sie vor etwa zehn Dorfbewohnern, die am Eingang zum Lager auf sie warteten.

Die Sonne hatte ihren Weg bereits begonnen und warf lange Schatten auf das gelbe Gras. Weiter unten erwachte das Dorf Chlullyn zum Leben, die Menschen kamen aus ihren Häusern, die Fensterläden der Geschäfte wurden geöffnet und die Waren ausgebreitet, die Bauern gingen auf ihre Felder, einige mit Ochsen, die Karren zogen. Ganze Gruppen verließen das Dorf, um die Feldarbeit zu verrichten, während andere loszogen, um die Hügel weiter im Süden urbar zu machen in der Hoffnung, der Gemeinde noch einige Morgen hinzuzugewinnen.

Auch im Lager herrschte reges Treiben. Tuathann und Soldaten der Erde packten ihre Sachen zusammen. Manche bereiteten neue Fackeln vor, andere schärften die Waffen...

Die Dorfbewohner, die auf Alea warteten, wirkten in diesem erstaunlichen Lärm ein wenig verloren.

»Gnädige Frau«, begann einer von ihnen, als er Alea kommen sah, »wir sind gekommen, um Euch um einen Gefallen zu bitten.«

Alea nickte lächelnd. Sie war es nicht gewohnt, dass man sie »gnädige Frau« nannte, und fand das eher amüsant.

»Ich höre...«

»Wir sind nicht sehr viele«, fuhr er fort, »aber wir möchten uns Eurer Armee anschließen.«

Sie betrachtete die Leute aus dem Dorf. Es waren vor allem junge Burschen, die nicht viel älter als sie, durch die Feldarbeit aber bereits kräftig und stark waren. Und es war eine etwa zwanzigjährige Frau unter ihnen.

Überrascht ging Alea zu ihr. Sie war eine schöne junge Frau von mittlerer Statur, trug ihr braunes Haar kurz wie ein Junge und stand gerade und aufrecht da, die Hände hinter dem Rücken verschränkt.

»Und du willst ebenfalls in meine Armee eintreten?«, fragte sie erstaunt.

»Natürlich«, erwiderte die junge Frau gekränkt. »Warum? Ist sie für Frauen verboten?«

Alea musste unwillkürlich lachen. Sie hatte sich in ihrer eigenen Falle gefangen.

»Nein, nein. Nur, du wirst dich ein wenig allein fühlen unter all den Kriegern...«

»Und Ihr?«, erwiderte die Dorfbewohnerin.

Alea nickte. Die junge Frau schien genügend Charakterstärke zu besitzen, um sich in der männlichen Gesellschaft der Soldaten der Erde zu behaupten.

»Wie heißt du?«

»Pansora.«

»Und kannst du kämpfen?«, fragte Alea.

»Besser als diese zehn Dummköpfe hier«, erwiderte sie und wies auf die anderen Dorfbewohner. »Die Wanderschauspieler haben mir, als ich klein war, das Messerwerfen beigebracht, und seitdem habe ich nie aufgehört zu trainieren. Ich kann viel besser mit Waffen umgehen als diese Kerle!«

»Ich verstehe. Aber Messer auf ein schönes Ziel aus Holz zu werfen ist etwas anderes, als zwischen die Augen eines Menschen zu zielen, der dein Bruder sein könnte, weißt du.«

»Gnädige Frau, ich habe gehört, was Ihr gestern gesagt habt. Ich habe die ganze Nacht nachgedacht. Meine Entscheidung ist gefallen: Ich will Euch begleiten.«

»Warum?«

»Zunächst, weil das, was man von Euch erzählt, in mir den Wunsch geweckt hat, an Eurem Kampf teilzunehmen, und dann, weil ... weil mir Eure Reaktion gestern gefallen hat, als Ihr erfahren habt, dass im Süden die Wölfe gejagt werden ...«

»Und das reicht, um in dir den Wunsch zu wecken zu kämpfen?«

»Das reicht, um in mir den Wunsch zu wecken, Euch zu vertrauen. Und wenn Ihr glaubt, dass Gaelia es nötig hat, dass man für es kämpft, dann will ich an Eurer Seite sein.«

Alea reichte ihr die Hand.

»Willkommen«, sagte sie nur.

Dann forderte sie die anderen auf, zu Erwan zu gehen, der sich darum kümmern würde, sie auszurüsten und ihnen ihren Platz in der langen Kolonne zuzuweisen.

Als alle fertig waren, setzte die Armee sich nach Nordosten in Marsch. Der Weg nach Tarnea war noch lang, und Alea hatte die geheime Hoffnung, unterwegs einen kleinen Halt in Saratea, dem Dorf ihrer Kindheit, einlegen zu können.

Meister Johann befahl den Treibern, eine Linie zu bilden. Die Bauern formierten sich, einen Stock in der Hand, und warteten, bis der Wolfsjägeroffizier den Befehl geben würde, die Treibjagd zu beginnen. Der Hundeführer und seine vier Helfer gingen vor der Linie der Treiber am Rand des großen Waldes entlang. Die Hunde begannen unruhig zu werden. Vermutlich hatten sie bereits Witterung aufgenommen.

Als Johann sah, dass alle ihre Plätze eingenommen hatten, nahm er das Horn, das er über der Schulter trug, und blies zum Beginn der Treibjagd. Die Hunde wurden sofort von der Leine gelassen. Wie Pfeile schnellten sie zwischen die Bäume, die Schnauze am Boden, und suchten nach den Wölfen, die sie hetzen sollten.

Hinter ihnen setzten die Treiber sich in Bewegung und drangen in den Wald ein. Die Wölfe mussten daran gehindert werden, durch die Meute hindurch zu entkommen.

Sie bewegten sich in einem Mischwald aus Buchen, Birken und sogar ein paar Ulmen. Der Boden war von einem Blätterteppich bedeckt, der sich bereits zu zersetzen begann, und die Stämme und die Steine, die aus dem Boden ragten, waren bemoost. Die Äste der Bäume saßen sehr weit oben, denn der Wald war so dicht, dass sie sich nach Sonne sehnten und ihre endlos langen Stämme dem Himmel entgegenreckten.

Johann schritt zügig aus und ließ die lange Linie der Treiber hinter sich. Er wollte versuchen, den Hunden zu folgen, aber sie hatten bereits einen ziemlichen Vorsprung. Normalerweise hätte er bei den Bauern bleiben müssen, um die Treibjagd zu überwachen, aber er zog es vor, allein zu gehen und die Arbeit der Hunde zu beobachten. Im Augenblick war das alles, was ihn interessierte. In Wirklichkeit hoffte er, der Lehnsherr von Gorbon würde ihn eines Tages schließlich in den Rang eines Hundeführers erheben. Diese dummen Bauern waren ihm herzlich gleichgültig, sollten sie doch sehen, wie sie allein zurechtkamen.

Als er sicher war, dass die Treiber ihn nicht mehr sehen konnten, begann er zu laufen. Das war nicht immer einfach, denn an manchen Stellen war der Wald sehr dicht. Die Hunde kamen an Stellen, die für ihn nicht immer zugänglich waren, sodass er bisweilen ihre Spur verlor. Dann bemerkte er plötzlich eine Bewegung hinter einem Strauch oder hörte ein Bellen, ein Jaulen, und lief weiter. Es war schwer zu sagen, ob die Hunde ihre Beute aufgespürt hatten. Die Wolfsjagd war gewiss die schwierigste, denn diese Tiere waren ebenso schlau wie geschickt.

Die Wölfe kannten viele Tricks, um die Hunde abzuhängen. Das »In-die-Irre-Führen«, das darin bestand, eine Gegend zu durchqueren, in der andere Tiere lebten, um die Spuren zu verwischen; das »Wassertreten«, das darin bestand, dass die Wölfe in einem Wasserlauf oder sogar durch einen Weiher liefen, wodurch die Hunde die Spur verloren und wertvolle Zeit damit verschwendeten, die Stelle zu finden, an der ihre Beute das Wasser wieder verlassen hatte. Die Wölfe waren sogar so gerissen, dass sie ihre Spuren zu verdoppeln vermochten, indem sie umkehrten und in eine andere Richtung liefen, um eine zweite Spur zu legen und die Hunde in unterschiedlichen Richtungen suchen zu lassen.

Zudem waren die Wölfe ganz einfach in der Lage, sehr schnell zu laufen, nicht immer über große Entfernungen, aber doch lange genug, um die Hunde abzuhängen; im Nu gewannen sie einen so großen Vorsprung, dass ihre Verfolger ihren Geruch verloren. Die Hunde mussten dann nach einer neuen Spur suchen, langsamer und die Schnauze am Boden.

Plötzlich begriff Meister Johann, dass die Hunde endlich eine Spur gefunden hatten. Sie bellten jetzt immer lauter und häufiger. Er lief schneller, um etwas zu sehen. Zu sehen, wie die Hunde sich verhielten. Zu sehen, ob sie wirklich einen Wolf aufgespürt hatten oder ob sie unglücklicherweise ein anderes Tier verfolgten. Er war so ins Schwitzen gekommen, dass er seine Lederkapuze vom Kopf zog – was er in der Öffentlichkeit niemals tat, so sehr schämte er sich für sein entstelltes Gesicht – und sich die Stirn abwischte; dann lief er in Richtung Norden.

Während das Bellen der Hunde immer näher kam, sah Johann mit einem Mal eine plötzliche Bewegung durch die Baumstämme vor sich. Er stürzte nach vorn, um zu sehen, was da los war, und wurde Zeuge einer erstaunlichen Szene. Ein Wolf hatte soeben, verfolgt von drei Hunden, diese Stelle des Waldes durchquert, und er konnte noch sehen, wie das Tier jäh die Richtung wechselte, um seine Verfolger abzuhängen.

Meister Johann lief so schnell er konnte, um alles

mitzubekommen, aber natürlich waren Wolf und Hunde schneller als er und schon bald durch die Bäume hindurch verschwunden. Wie gern hätte er einen Bogen dabeigehabt. Dann hätte er auf das Tier schießen können, und wenn er am Abend mit einem Wolf über den Schultern vor den Lehnsherrn getreten wäre, hätte der Ruhm ihm vielleicht doch zu dem Aufstieg verholfen, von dem er so sehr träumte!

Aber im Augenblick war er eben nur Treiber und musste sich mit einem Stock begnügen.

Nach drei Tagesmärschen kam Aleas Armee in die Nähe des kleinen Dorfs Saratea. Seit dem Morgen hatte das junge Mädchen nicht ein einziges Wort gesprochen. Bewegt entdeckte sie die Heide und den hügeligen Horizont wieder. Sie hatte das Gefühl, jeden Baum, jeden Stein wiederzuerkennen, wie Details eines Gemäldes, das sie in ihrem Kopf bewahrt hatte.

Das Gras war dem Sand der Heide gewichen, und die Soldaten wirbelten Staubwolken auf. Im Nordwesten hatte der Wald von Sarlia die goldenen Farben des Herbstes angenommen.

Alea wurde von einer herzzereißenden Sehnsucht übermannt. Sie wusste, dass die Stelle, wo sie den Ring des Samildanach am Finger von Ilvain Iburan gefunden hatte, nur ein paar Schritte entfernt war.

Sie blickte sich um. Niemand konnte verstehen, was sie empfand. Nicht einmal Mjolln, dem sie immerhin bald danach begegnet war. Der Einzige, der diesen eigenartigen Augenblick mit ihr hätte teilen können, war Phelim, der Mann, den sie nicht mehr »Vater« hatte nennen können.

Alea seufzte tief. Dann versuchte sie, die Vergangenheit zu vergessen und sich an die Gegenwart zu klammern. Sie wandte sich um und entdeckte Finghin zu ihrer Rechten. Der Druide lehrte Mjolln noch immer die Triaden der Barden. Der Zwerg kannte sie jetzt fast alle, er musste sie nur noch verstehen, was nicht immer der einfachste Teil der Lehrzeit war, wie der junge Druide bezeugen konnte.

Alea lächelte. Sie freute sich, das Leben ihrer Freunde teilen zu können. Sie wusste, dass dies kostbare Momente waren. Eine Armee von Erinnerungen, in die sie eines Tages gewiss wieder glücklich eintauchen würde.

Plötzlich gab Erwan den Truppen den Befehl anzuhalten. Dann kam er zu Alea und fragte sie: »Hast du eine Entscheidung getroffen? Willst du, dass wir in deinem Dorf Halt machen?«

»Ich weiß nicht so recht«, gestand das junge Mädchen betrübt. »Diejenigen, die ich gern wiedergesehen hätte, sind nicht mehr da. Und zugleich habe ich so viele Erinnerungen … Aber wie auch immer, wir würden gewiss zu viel Zeit verlieren.«

»Wir können uns durchaus erlauben, den Abend hier zu verbringen, Alea. Du könntest allein ins Dorf gehen, wenn du es wünschst.«

Aber in diesem Augenblick wurden sie von einem jungen Soldaten der Erde unterbrochen.

»General«, sagte der junge Mann atemlos und schüchtern, »von Norden her kommt eine Kolonne!«

Erwan drehte sich mit gerunzelter Stirn um.

»Soldaten?«, fragte er.

»Es sieht nicht so aus. Ich glaube eher, dass es einfache Bauern sind. Aber es sind viele, mit Pferden und Karren …«

»Aber es sind keine Wanderschauspieler?«, fragte Alea.

»Nein, ich denke nicht.«

»Schickt sofort einen Kundschafter los«, befahl Erwan.

Der junge Soldat nickte.

Der Magistel gab den Truppen das Zeichen, sich zu formieren und die Waffen vorzubereiten. Auch wenn diese Neuankömmlinge keine Soldaten waren, war nicht auszuschließen, dass es sich um eine Falle handelte. Erwan hatte von seinem Vater gelernt, in allen Situationen misstrauisch zu sein.

Der Kundschafter war schnell zurück. Alea und ihre Gefährten hörten sich seinen Bericht an.

»Sie sind Bewohner aus Tarnea und Umgebung«, sagte er, noch ganz außer Atem von seinem Lauf. »Sie sagen, dass sie nach einem Angriff der Soldaten der Flamme geflohen seien.«

»Harcort?«, rief Alea. »Schon?«

Sie stieß einen wütenden Schrei aus und machte sich auf den Weg zu der Kolonne von Sarrländern. Erwan gab allen das Zeichen, sich ebenfalls wieder in Bewegung zu setzen, und sie marschierten den Flüchtlingen entgegen.

Alea hatte sie schon bald erreicht, und ohne auf ihre Gefährten zu warten, bestürmte sie die armen Leute mit Fragen.

Sie waren etwa hundert, vielleicht mehr. Frauen, Männer, Kinder, Junge und Alte, Bauern und Geschäftsleute, die unterschiedlichsten Typen, aber in den Augen die gleiche Angst. Ihre Kleidung, ihre Sachen und ihre Taschen, die sie hastig auf die Karren geworfen hatten, waren voller Sand. Sie waren vermutlich in aller Eile geflohen und hatten so schnell wie möglich einen Teil der Heide durchquert, und nach ihrer Erschöpfung zu urteilen, hatten sie sich keine Zeit zum Ausruhen gegönnt.

»Was ist passiert?«, fragte Alea und ging auf eine etwa dreißigjährige Frau zu, die einen mit großen, schweren Säcken beladenen Esel hinter sich herzog.

»Seid Ihr Alea?«, fragte die Sarrländerin, die Augen weit aufgerissen.

»Ja. Was ist passiert?«

Ein Lächeln erschien auf dem Gesicht der Frau und mehrerer anderer Personen um sie herum, als schöpften sie durch die Begegnung mit Alea neue Hoffnung, ein erstes Licht auf ihrer schrecklichen Flucht.

»Sie sind letzte Nacht gekommen. Es heißt, der Graf habe sich geweigert, sie zu empfangen. Er habe sich geweigert, mit ihnen zu verhandeln. Daraufhin haben sie angegriffen.«

»Wie viele waren es?«

»Drei- oder viertausend, vielleicht mehr, und alle zu Pferd. General Dancray hat den Kampf angeführt. Es heißt, er sei von allen Generälen Harcorts der schlimmste …«

»Und die Armee des Grafen hat keinen Widerstand geleistet?«

»Sie sind gar nicht dazu gekommen. Die Soldaten der Flamme sind furchtbar, Fräulein. Sie haben die Bewohner Tarneas blindwütig abgeschlachtet, ganz gleich, ob sie Soldaten waren oder nicht! Wir konnten noch rechtzeitig fliehen. Viele sind verletzt, andere verbrannt. Sie haben unsere Häuser in Brand gesetzt. Ich habe nicht alles sehen können. Ich bin weggelaufen, bevor es zu Ende war. Ich habe meinen Mann verloren. Ich hatte nicht den Mut zu bleiben. Aber ich glaube, inzwischen haben sie das Schloss eingenommen.«

Sie sprach immer schneller, mit glänzenden Augen und fast schluchzender Stimme.

»Ihr müsst etwas unternehmen, wir wollen auf unser Land zurück. Ihr müsst uns rächen!«

Alea ging zu ihr und nahm ihre Hände in ihre. »Beruhigt Euch. Wir werden eine Lösung finden.« Sie drehte sich zu Erwan um: »Wir schlagen ein Lager in der Nähe von Saratea auf. Und wir kümmern uns um diese Menschen. Ich werde heute Abend nach Saratea gehen. Wir werden Männer und Pferde brauchen.«

Der Wolf sprang über den breiten Stamm eines toten Baums, der ihm den Weg versperrte. Trotz seiner Erschöpfung war er noch immer in der Lage, hoch und weit zu springen, getrieben vom Bellen der Hunde, die immer näher kamen.

Er war ein junger Wolf, dessen Fell schwarz, fahlrot und rötlich braun gesprenkelt war. Von den Hunden verfolgt, hatte er sich von seinem Rudel entfernt und sich in diesem Teil des Waldes, den er nicht kannte, verlaufen. Zweimal war es ihm gelungen, seine Verfolger abzuschütteln, aber diese geschickten Jäger hatten seine Spur wiedergefunden und schienen sich abzuwechseln, um ein Tempo durchzuhalten, das er selbst, obwohl er stärker war, jetzt nur noch mit Mühe halten konnte. Die Hunde waren so nah, dass er sie nun riechen konnte, und die wenigen Male, die er sich umgeschaut hatte, hatte er durch die Bäume und Büsche hindurch sogar ihr schwarzes oder braunes Fell gesehen.

Er versuchte, erneut die Richtung zu wechseln und durch ein dichteres Gebiet des Waldes zu laufen. Er hoffte, die Hunde abhängen zu können, aber es wurde immer schwieriger. Mit hängender Zunge verlor er immer mehr an Geschwindigkeit, und jeder neue Sprung, zu dem die zahlreichen Hindernisse am Boden ihn zwangen, fiel ihm schwerer. Und als er versuchte, über einen wirren Haufen von Blättern, Zweigen und Steinen zu springen, verfing sich ein Bein in einem knorrigen Ast, und er verlor das Gleichgewicht.

Der graue Wolf stürzte auf die Seite und rollte mehrmals über den Boden, bevor er wieder auf die Beine kam. Zum Glück hatte er sich kein Bein gebrochen, aber er hatte Zeit verloren, und die Hunde hatten ihn fast erreicht. Mit gesenktem Schwanz begann er wie der Teufel zu rennen. Die Bäume sausten an ihm vorbei. Seine Pfoten schienen den Blätterteppich kaum zu berühren. Die Ohren nach hinten gelegt, den Hals vorgestreckt, schien er wie ein Pfeil durch die Luft zu fliegen. Und doch war das Bellen der Hunde noch näher gekommen. Schon bald hörte er ihren Atem und ihr Knurren direkt hinter sich. Sie waren ganz dicht an ihm dran.

Aber die Jagd hatte zu lange gedauert. Er war den ganzen Tag auf der Flucht gewesen. Die Hunde gaben niemals auf. Sie waren entsprechend dressiert worden. Ihre Beute zu hetzen und zu erschöpfen.

Als er begriff, dass er nicht länger fliehen konnte, drehte der Wolf sich plötzlich um, fletschte die Zähne und knurrte wütend. Mit gesträubtem Fell und rundem Rücken versuchte er, so groß und bedrohlich wie nur möglich zu erscheinen.

Die Hunde blieben sofort stehen und verteilten sich vorsichtig um ihn herum. Alle bellten und machten kleine, drohende Sprünge auf den grauen Wolf zu, der sich, die Zähne gefletscht, verkrampfte und auf den Kampf vorbereitete. Aber die Hunde griffen noch nicht an. Mit ihrem Bellen und ihren Drohgebärden verstärkten sie ihren Druck und setzten dem armen Tier zu, das sein Ende nahen fühlte.

Plötzlich versuchte der Wolf, der wieder zu Atem gekommen war und vielleicht ein wenig Kraft zurückgewonnen hatte, erneut zu fliehen. So schnell er konnte, sprang er zur Seite und stürzte sich in die einzige Bresche, die seine Gegner gelassen hatten. Aber er kam nicht sehr weit, einer der Hunde stürzte sich bereits auf ihn, ohne dass er ihn hatte kommen sehen.

Die meisten Bewohner von Saratea empfingen Alea wie eine Heldin, jubelten ihr zu, als sie ins Dorf kam, und manche nahmen sie sogar in ihre Arme.

Sie erkannte viele wieder, mit denen sie so manches Hühnchen zu rupfen gehabt hätte, aber für kleinliche Rache war jetzt nicht die Zeit, und außerdem hätte sie auch der eine oder andere Dorfbewohner an ihre zahlreichen Diebereien erinnern können …

Erwan und Tagor versuchten mehr schlecht als recht, diese hysterische Menge auf Abstand zu halten, und Alea zwang sich zu lächeln, um zumindest ihre Dankbarkeit auszudrücken. Dennoch konnte sie nicht alle Fragen beantworten, die man ihr stellte.

Als die Dorfbewohner sich endlich etwas beruhigten, fragte sie: »Wo ist Hauptmann Fahrio? Ich möchte mit ihm sprechen!«

Es gab Bewegung in der Menge. Die Leute rückten zur Seite. Alea erkannte den Hauptmann der Wache sofort. Er trug noch immer seine Lederrüstung mit dem Wappen der Grafschaft Sarrland, einer Schwalbe, auf der Hemdbrust.

»Guten Tag, Hauptmann!«, rief sie.

»Man erkennt dich kaum wieder, Alea«, erwiderte Fahrio und blickte ihr ins Gesicht.

»Ich muss in Ruhe mit Euch sprechen«, fuhr sie fort.

Der Hauptmann nickte.

»Gehen wir in die Kaserne«, schlug er vor.

Er bat die Dorfbewohner, Platz zu machen, und ging auf das große Tor von Saratea zu. Erwan und Tagor folgten Alea in die Kaserne, wo sie alle vier endlich wieder Stille und Ruhe fanden.

Fahrio lud sie ein, sich an den großen Tisch in der Mitte des Hauptraums zu setzen. Es gab nur drei ständige Wachen in Saratea, mit ihm wohnten also nur vier Personen in der Kaserne, aber ursprünglich war sie für sehr viel mehr Soldaten gedacht gewesen, und an Platz mangelte es nicht.

»Als wir dich das letzte Mal hier gesehen haben«, begann Fahrio und setzte sich ebenfalls, »bist du wie eine Diebin davongelaufen… Und offen gesagt, *warst* du ja auch eine Diebin…«

Alea lächelte. »Das ist nicht ganz richtig«, verbesserte sie ihn. »Als man mich das letzte Mal hier gesehen hat, arbeitete ich im Gasthof von Tara und Kerry…«

»Das stimmt. Du hattest dich ein wenig gebessert. Aber wie auch immer, ich wäre im Traum nicht darauf gekommen, dass du eines Tages zurückkommen würdest und die Dorfbewohner dir zujubeln würden, als wärst du die Königin von Galatia…«

»Dabei kommt die Königin von Galatia ebenfalls aus diesem Dorf!«, erwiderte Alea.

Fahrio brach in Gelächer aus. »Ja! Das stimmt! Was beweist, dass aus Saratea bedeutende Persönlichkeiten hervorgehen, nicht wahr?«

»Fahrio, es wäre schön, wenn ich mehr Zeit mit Euch

verbringen könnte, um Euch alles zu erzählen, es wäre schön, wenn ich mir ein wenig Zeit nehmen könnte, um durchzuatmen, jetzt, da ich zurückgekommen bin, aber leider bin ich nicht deswegen hier. Ich verdanke Euch viel, Fahrio. Als ich damals den Ring gefunden und mich mit Almar gestritten habe, habt Ihr mit Eurem Rat, zu Tara und Kerry zu gehen, mein Leben verändert. Ihr habt mich damals wie eine Erwachsene behandelt und versucht, mir zu vertrauen, was mir damals nicht bewusst war, aber das hat vieles für mich verändert. Ich danke Euch.«

»Schon gut, Alea, ich habe nur meine Arbeit gemacht …«

»Wie auch immer, ich bin heute Abend hier, um Euch um Eure Hilfe zu bitten. Habt Ihr gehört, was in Tarnea geschehen ist?«

»Nein«, sagte der Hauptmann und runzelte die Stirn.

»Harcort hat unsere Hauptstadt eingenommen, Fahrio.«

Der Hauptmann der Wache riss die Augen auf. »Wann?«, fragte er nach.

»Gestern. Die Soldaten der Flamme haben Albath Ruads Schloss angegriffen.«

»Bei der Moira!«, sagte Fahrio leise.

»Ich war gerade auf dem Weg nach Tarnea. Ich werde von meiner Armee begleitet, aber sie zählt jetzt nur noch fünfhundert Mann, während die Soldaten der Flamme mindestens dreitausend sein sollen.«

»Dreitausend nur? Sie haben nur dreitausend Mann losgeschickt, um unsere Hauptstadt zu erobern?«

»Ja. Das sagt genug darüber, was für eine Meinung sie von der Armee von Sarrland haben. Und wie es scheint, haben sie recht gehabt, leider.«

Der Hauptmann seufzte tief. Er konnte es nicht glauben und wirkte sehr niedergeschlagen.

»Fahrio«, fuhr Alea fort, »ich stelle Euch Tagor vor. Er ist der Anführer der letzten Tuathann, und er ist mein Bruder.«

»Dein Bruder?«

»Mein Halbbruder jedenfalls. Wir haben dieselbe Mutter.«

»Du kennst deine Mutter?«, fragte der Hauptmann überrascht.

»Mehr oder weniger. Ich werde es Euch eines Tages erklären, Fahrio. Im Augenblick ist das nicht wichtig. Das ist Erwan Al'Daman...«

»Ihr seid der Sohn von Galiad?«

»Ja«, erwiderte der Magistel lächelnd.

»Dann stimmen also all die Gerüchte, die man über dich hört, Alea! Das ist kaum zu glauben! Ich hatte gehört, dass die Tuathann sich mit dir verbündet hätten und dass du mit einem Haufen erstaunlicher Personen unterwegs seist, unter ihnen dem Sohn von Al'Darman... Man erzählt auch, dass einer der Großdruiden des Rats von Sai-Mina bei dir ist, stimmt das?«

»Ja. Finghin. Ihr werdet ihn nachher kennenlernen, Fahrio, denn ich bin gekommen, weil ich Eure Hilfe brauche, um weitere Männer zu rekrutieren, damit wir Tarnea befreien können. Mit fünfhundert Soldaten, auch wenn einige von ihnen tapfere Tuathann-Krieger sind, habe ich keine Chance.«

Der Hauptmann nickte langsam. »Männer rekrutieren... Es gibt nicht viele Soldaten in dieser Gegend. In Saratea sind wir vier. Und in den Nachbardörfern ist die Situation nicht anders, das weißt du ja...«

»Es gibt ungefähr fünf Dörfer in der Umgebung, das

sind bereits zwanzig Berufssoldaten, das ist besser als nichts, und ich bin sicher, dass darüber hinaus viele Männer bereit sind zu kämpfen.«

»Du wirst nicht von heute auf morgen Soldaten aus ihnen machen!«

»In der Not müssen alle bereit sein, zu den Waffen zu greifen, um unsere Grafschaft zu retten. Die Leute hier sind, was immer böse Zungen auch behaupten, tapfer, und mit Hilfe der Soldaten der Erde werden sie das Wichtigste schnell lernen. Die meisten Soldaten, die mir folgen, sind einfache Bauern, die sich freiwillig meiner Armee angeschlossen haben.«

»Ich verstehe… Ich bin nicht sicher, ob das sehr effizient ist, aber ich will dir gerne helfen, die Sarrländer der Gegend zu rekrutieren, und es dürfte mir nicht schwerfallen, die Soldaten der anderen Dörfer zu überzeugen.«

»Ich wusste, dass ich auf Euch zählen kann, Hauptmann.«

Fahrio seufzte.

»Ich hätte dich gern unter anderen Umständen wiedergesehen. Aber ich freue mich trotzdem. Und ich bin stolz auf dich. Die Leute hier sprechen jeden Tag von dir. Sie sagen, dass du ihr Leben ändern wirst. Dass du unser aller Leben ändern wirst.«

»Erinnert mich nicht dauernd daran, ich fühle mich nicht sehr wohl bei diesem Gedanken«, gestand Alea lächelnd.

Erwan zwinkerte ihr zu.

»Wartet«, sagte Fahrio plötzlich, während er sich anschickte aufzustehen. »Alea, wann willst du Tarnea angreifen?«

»Ich will Tarnea nicht angreifen, Fahrio, ich will es befreien!«

»Ja, natürlich ... Aber wann?«

»So schnell wie möglich. Morgen, übermorgen ...«

»Wenn du bereit wärst, etwas länger zu warten ... In Sarban gibt es eine Garnison mit vierhundert sarrländischen Soldaten.«

Alea verzog das Gesicht. »Vierhundert Soldaten?«, wiederholte sie. »Das ist eine ganze Menge. Aber unsere Zeit ist bemessen ... Man könnte vielleicht einen Boten zu ihnen schicken und sie bitten, so schnell wie möglich in Tarnea zu uns zu stoßen ...«

»Wenn es sarrländische Soldaten sind«, warf Erwan ein, »dann kann es gut sein, dass Graf Albath Ruad nach dem Angriff auf ihn selbst Boten geschickt hat, um sie zu Hilfe zu rufen. In diesem Fall sind sie vielleicht schon unterwegs ...«

»Wir werden sehen«, beendete Alea die Diskussion.

»Hauptmann«, fuhr Erwan fort, »in Tarnea befand sich bestimmt nicht die ganze Armee von Sarrland. Wenn es eine Garnison in Sarban gibt, dann gibt es sicher noch weitere.«

»Nicht im Westen der Grafschaft. So unglaublich es auch klingen mag, auf dieser Seite der Insel hat es nie viele Soldaten gegeben. Dazu muss man wissen, dass es hier niemals eine Invasion gegeben hat. Die meisten sarrländischen Soldaten sind im Zentrum und im Osten stationiert.«

»Schade. Hoffen wir nur, dass sie ebenfalls alarmiert worden sind und auf die Hauptstadt marschieren ...«

»Es wäre auch nicht gut, wenn die Soldaten überall abgezogen würden«, erwiderte der Hauptmann. »Es ist nicht gesagt, dass Harcort nicht eine zweite Angriffswelle startet, um auch die Dörfer unter seine Kontrolle zu bringen.

»Man muss in der Tat auf der Hut sein, aber ich denke, sie haben nur dreitausend Mann geschickt, weil sie das Gros ihrer Armee für einen sehr viel gefährlicheren Feind aufsparen wollen: Galatia.«

Es war also das erste Mal, dass German von Gorbon an einer Jagd teilnahm. Im Gegensatz zu den meisten Lehnsherren Gaelias hatte er sich nie sehr für die Jagd interessiert, ja nicht einmal für den Krieg oder die großen Ritterturniere, die weiter im Norden abgehalten wurden. Nur die Macht motivierte ihn wirklich, und daher hielt er die Jagd für reine Zeitverschwendung.

Aber diese Jagd hatte eine ganz andere Bedeutung. Wenn Ritter Ultan zu ihm gekommen war, so konnte das nur bedeuten, dass der Herr aus der Ferne seine Aktivitäten im Auge behielt. Und wenn es eine Person gab, die Gorbon nicht enttäuschen wollte, dann war es Maolmòrdha.

Der Weg dieses kleinen Lehnsherrn aus Galatia war ungewöhnlich und sogar äußerst geheimnisvoll. Denn German stammte nicht aus einer adligen Familie. Und bis heute kannte niemand die Vorfahren des Lehnsherrn von Gorbon, aus dem einfachen Grund, weil er ihre Identität stets sorgsam geheim gehalten hatte.

Er war eines Morgens in diese arme Region im Süden Galatias gekommen, und niemand wusste, woher er gekommen war. Den Kopf voll ehrgeiziger Pläne, war es ihm durch List gelungen, sich in den kleinen Marktflecken, in denen damals ein paar friedliche Bauern lebten, als Adliger auszugeben. Indem er nicht mit guten Ratschlägen geizte und da und dort die Streitigkeiten der Bauern schlichtete, hatte er schließlich ihr Vertrauen gewonnen. Aber um seine Ziele zu erreichen und eine

Burg zu errichten, die ihm einen wirklichen Status verleihen würde, hatten seine Schlauheit und sein guter Ruf nicht ausgereicht. Und da hatte er sich einem Verbündeten zugewandt, dem einzigen auf der Insel, der ihm um den Preis ewiger Unterwürfigkeit wirklich helfen konnte. Maolmòrdha, der Träger der Flamme der Finsternis. Ein Pakt hatte genügt, damit dieser Gorbon die Mittel für seinen Erfolg gewährte. German konnte seine Domäne errichten, neue Bauern anlocken und nach ein paar Jahren sogar einige junge Lehnsherren einladen, denen er Teile seiner Ländereien anvertraute.

All das für einen einfachen Schwur: dem Herrn auf ewig zu dienen.

Als die Wolfsjägerarmeen geschaffen wurden, hatte Gorbon endlich die Gelegenheit, Wort zu halten. Und auch wenn Ultans Gewalttätigkeit ihn zu Tode erschreckt hatte, hoffte er weiterhin, dass der Herr den Eifer zu schätzen wissen würde, der ihn veranlasste, persönlich an dieser großen Treibjagd teilzunehmen.

Er hatte beschlossen, der Gruppe von Schützen zu folgen, die von Meister Saury, dem Oberjäger, geleitet wurde. Er hatte Mühe, ihnen zu Pferd zu folgen, da er kaum gewohnt war, durch die Wälder zu reiten. Er musste sich nach vorn beugen, um den Ästen auszuweichen, sich nach hinten lehnen, wenn die Pferde in kleine Gräben hinunterstiegen, und sich gut festklammern, wenn sie in den Galopp wechselten.

Sie verbrachten den ganzen Vormittag und den frühen Nachmittag damit, den Wald auf der Suche nach den Wölfen zu durchqueren, die die Treiber ihnen entgegentreiben würden. Aber kein Tier war zu sehen, und die Zeit wurde dem Lehnsherrn allmählich lang. Der

Rücken tat ihm weh, und der harte Sattel war nicht gerade sehr bequem.

Plötzlich hörten sie in der Ferne das Bellen der Hunde.

»Sie kommen!«, rief Saury und nahm seinen Bogen vom Rücken. »Herr! Wollt Ihr vorausreiten?«

»Nein, nein«, erwiderte von Gorbon, ohne zu zögern. »Nein, ich ziehe es vor, Euch zu folgen, ich habe keine große Jagderfahrung, das wisst Ihr ja.«

Der Oberjäger nickte lächelnd. Er hatte nur aus Höflichkeit gefragt …

»Vorwärts!«, befahl er und gab seinem Pferd heftig die Sporen, um es in Galopp zu setzen.

Jetzt begann die Jagd wirklich. Die Pferde waren daran gewöhnt und stürmten von allein der Stelle entgegen, von der das Bellen der Hunde kam. Der Lehnsherr von Gorbon wäre ein paarmal fast vom Pferd gefallen. Er hatte nicht einmal riskiert, nach seinem Bogen zu greifen, fest überzeugt, dass er sowieso nicht treffen würde, und heilfroh, seine beiden Hände benutzen zu können, um sich an der Mähne seines Pferdes festzuklammern.

Die Augen halb geschlossen, die Kiefer so fest zusammengepresst, dass es wehtat, hatte er nur eine Hoffnung: dass diese teuflische Jagd endlich vorbei sein möge.

In diesem Augenblick schrie der Oberjäger, dass er den Wolf sähe. Die Pferde konnten also die Hunde ablösen und das bereits sehr erschöpfte Tier verfolgen.

Der Wolf wechselte die Richtung und lief durch das Gesträuch nach Westen. An seiner Geschwindigkeit konnte man erkennen, dass er schon lange lief, und wenn die Hunde ihn noch nicht erwischt hatten, so lag das sicher daran, dass sie ebenfalls erschöpft waren.

Aber die Pferde waren noch ausgeruht, und der Anblick der Wölfe schien sie zu erregen.

Am Morgen des zweiten Tags wurde beschlossen, das Lager abzubrechen und endlich nach Tarnea weiterzumarschieren. Erwan, Tagor und Fahrio – die an die hundert Sarrländer und die fünfzig Soldaten der Region rekrutiert hatten, was die Stärke von Aleas Armee auf etwa sechshundertfünfzig Mann erhöhte – hätten sich natürlich gewünscht, mehr Zeit zu haben, um Truppen und Waffen richtig vorzubereiten und diejenigen, die noch nie in einem Krieg gekämpft hatten, besser auszubilden, aber Alea bestand darauf, unverzüglich aufzubrechen.

In der Nacht war ein Bote zurückgekommen und hatte gemeldet, dass die Männer der Garnison von Sarban, die Fahrio erwähnt hatte, in der Tat bereits unterwegs waren und dass es möglich sei, auf halbem Weg zu ihnen zu stoßen. Alles in allem waren sie nur vierhundert Soldaten und anscheinend heilfroh, unterwegs neue Verbündete zu finden.

Mitten am Vormittag machte sich die Armee der Erde – wie man sie jetzt unter Einbeziehung der Tuathann zu nennen pflegte – auf den Weg zur Hauptstadt der Grafschaft Sarrland. Die Bewohner von Saratea jubelten ihnen zu, als sie vorbeimarschierten, aber in ihren Augen war deutlich Sorge zu erkennen. Noch nie war die Zukunft der Grafschaft so ungewiss gewesen.

Die Leute der Gegend hatten der Armee ein paar Pferde geliefert, aber der Großteil der Soldaten musste noch immer zu Fuß gehen, und man kam nicht so schnell voran, wie Alea es sich gewünscht hatte.

Die Truppen marschierten ohne Mittagspause bis zum

späten Nachmittag. Alea erlaubte nur, dass die Soldaten im Vorbeigehen ein paar Beeren einsammelten, und erklärte, dass erst am Abend gegessen würde.

Während Erwan, Tagor und Fahrio so gut sie konnten die verschiedenen Formationen der Kolonne anführten, ritt Alea zusammen mit Kaitlin, Mjolln und Finghin an der Spitze. Sie hatten den ganzen Tag kein einziges Wort gesprochen, aber der Zwerg hatte mehrmals fröhliche Melodien auf seinem Dudelsack gespielt in der Hoffnung, auf diese Weise die Rolle des Barden zu spielen, der die Krieger vor der Schlacht anfeuert.

Als die Sonne am Horizont zu sinken begann, kam Erwan im Galopp zu Alea.

»Unsere Kundschafter haben die Soldaten von Sarban etwas weiter nördlich entdeckt.«

»Ausgezeichnet. Schick ihnen einen Boten, um ihnen mitzuteilen, dass sie so schnell wie möglich auf dem Hügel dort zu uns stoßen sollen«, sagte Alea und deutete mit dem Finger nach Osten. »Ich denke, wir können ihn innerhalb einer Stunde erreichen. Dort werden wir unser Lager aufschlagen. Und zwar früh, denn wir müssen schon mitten in der Nacht weiter.«

»Du willst vor Sonnenaufgang angreifen?«, fragte Erwan.

Alea nickte.

»Ich denke, sie wissen bereits, dass wir da sind. Sie haben mit Sicherheit zahlreiche Späher um die Hauptstadt herum, und ich glaube nicht, dass wir auf den Überraschungseffekt setzen können.«

»Es geht nicht darum, sie zu überraschen, Erwan, sondern darum, die Dunkelheit auszunutzen.«

Der Magistel nickte. Er drehte sich um und schickte einen Boten zu den Soldaten von Sarban.

Eine gute Stunde später war die Armee der Erde tatsächlich auf dem Hügel angekommen, den Alea gewählt hatte. Das Lager wurde auf dem Westhang des Hügels errichtet, damit sie für die Späher der Hauptstadt nicht zu deutlich sichtbar waren. Dancray würde mit Sicherheit Spione aussenden, aber es war nicht nötig, ihnen ihre Aufgabe zu leicht zu machen.

Als die Soldaten aus Sarban eintrafen, bat Alea Fahrio, sie zunächst in Empfang zu nehmen, um ihr Vertrauen zu gewinnen; dann erst erschien sie vor ihnen.

»Ihr habt gewiss schon von mir gehört«, sagte sie, während sie die verhundert Soldaten betrachtete. »Die Hälfte von dem, was man euch gesagt hat, ist vermutlich falsch. Die andere Hälfte ist vielleicht wahr. Aber was ihr heute über mich wissen müsst, lässt sich in einem Satz zusammenfassen: Ich will Tarnea befreien.«

»Dann«, erwiderte der Hauptmann von Sarban und trat etwas vor, »wollen wir das Gleiche. Aber danach?«

»Was meint Ihr?«

»Habt Ihr die Absicht, die Macht zu übernehmen? Denn wenn es so ist, müssen wir es wissen. Wir müssen wissen, ob wir Euch einfach nur helfen, Tarnea zu befreien, oder ob Ihr uns in Wirklichkeit bittet, Euch zu helfen, die Macht in unserer Grafschaft zu übernehmen …«

»Offen gesagt, der Friede interessiert mich sehr viel mehr als die Macht … Macht habe ich jetzt schon viel mehr, als ich möchte, und wenn ich einen Teil davon verlieren könnte, wäre ich, so unglaublich das für Euch klingen mag, sehr froh darüber …«

»Wartet«, unterbrach der Hauptmann von Sarban sie. »Ihr müsst mich falsch verstanden haben. Wir machen uns keine Sorgen, dass Ihr die Macht übernehmt. Wir *hoffen* es.«

»Wie das?«, fragte Alea überrascht.

»Der Weg von der Küste hierher hat uns erlaubt, nachzudenken und zu diskutieren. Und wir sind alle zu demselben Schluss gelangt. Die einzige Chance für Sarrland, aus der Sache heil herauszukommen, ist, dass Ihr die Regierung übernehmt. Wir wollen kämpfen, damit Ihr den Platz des Grafen einnehmt!«

Alea musste unwillkürlich lächeln. »Und ich hatte Angst, Ihr würdet Euch weigern, Euch mit uns zu verbünden!«, gestand sie. »Hört zu, ich will offen zu Euch sein. Nein, ich habe nicht die Absicht, die Macht zu *übernehmen*. Das ist nicht mein Ziel, und ich hoffe, dass jemand anderer es an meiner Stelle tun wird. Aber ich will Sarrland verteidigen und werde meine Armee in den Dienst der Grafschaft stellen. Wir werden Gelegenheit haben, ausführlicher über all das zu reden. Im Augenblick brauche ich Eure Hilfe, und wenn Ihr einverstanden seid, würde ich mich freuen, wenn Ihr Euch der Armee der Erde anschließen würdet.«

»Das wäre eine Ehre!«, versicherte der Hauptmann.

Der Wolf war noch eine Weile, die dem Lehnsherrn von Gorbon wie eine Ewigkeit vorkam, in der Lage weiterzulaufen. Aber die Pferde blieben ihm auf den Fersen, und schließlich konnte der Wolf vor Entkräftung nicht mehr weiter. Mit zitternden Beinen, hängender Zunge und sabbernd, war er zu Tode erschöpft und bereit zu sterben. In einem letzten Aufflackern von Mut wandte er sich seinen Verfolgern zu und begann ohne große Überzeugung zu knurren.

Meister Saury brachte sein Pferd sofort zum Stehen.

Die anderen Jäger taten es ihm gleich, und der Burgherr ebenfalls, überglücklich, dass der Galopp endlich ein Ende hatte. Die Pferde waren noch immer aufgeregt und schienen auf den Wolf zugehen zu wollen.

Der Oberjäger nahm einen Pfeil aus seinem Köcher. Er legte ihn auf seinen Bogen und spannte die Sehne. Der Wolf ahnte die Gefahr und wich ein paar Schritte zurück. Aber es war zu spät.

Der Pfeil durchschnitt die Luft im Bruchteil einer Sekunde. Der Wolf machte einen Satz und konnte ihm zur großen Überraschung von Meister Saury knapp entgehen. In seiner Todesangst machte das Tier kehrt und begann, erneut zu laufen. Aber er kam nicht weit; ein zweiter Pfeil schnellte los und bohrte sich in die Seite des Tiers.

Der Wolf brach zusammen, und das Blut begann sein graues Fell zu durchtränken.

»Bravo!«, rief Saury und grüßte den Jäger, der nach ihm geschossen hatte; dann stieg er vom Pferd.

Er nahm sein Horn vom Gürtel und blies unverzüglich das Halali. Die anderen Jäger stiegen ebenfalls vom Pferd.

German von Gorbon stieß, ein wenig verwirrt, zu denen, die sich vor dem verletzten Tier versammelt hatten.

Der Wolf atmete noch. Seine Seite hob und senkte sich mühsam, und man konnte erkennen, dass seine Lider zitterten. Der Lehnsherr von Gorbon verzog das Gesicht, als er das klebrige Blut sah, das auf das Laub floss.

Meister Saury näherte sich dem Burgherrn und reichte ihm einen Stock.

»Was soll das?«, fragte Gorbon beunruhigt, ohne sich

zu trauen, den Gegenstand zu nehmen, der ihm hingehalten wurde.

»Herr«, erklärte der Oberjäger, »der Wolf lebt noch, Ihr müsst ihm den Gnadenstoß geben. Diese Ehre gebührt Euch.«

»Ihm den Gnadenstoß geben?«, rief Gorbon. »Damit? Warum schneidet Ihr ihm nicht einfach die Kehle durch?«

»Er könnte zubeißen.«

»Ihr könntet ihn mit einem weiteren Pfeil töten«, erwiderte Gorbon.

»Das ist nicht üblich, Durchlaucht.«

Der Burgherr stand stumm und reglos da. Er blickte Saury direkt in die Augen. Und er war sich sicher, dass er verstand, was seine Augen sagten. *Ihr seid der Herr der Domäne, Ihr habt diese Treibjagd befohlen. Ihr müsst dazu stehen. Eure Untertanen werden Euch nicht mehr respektieren, wenn Ihr nicht den Mut habt, diesem Tier eigenhändig den Gnadenstoß zu geben.*

Und das war die reine Wahrheit. So widerwärtig sie ihm auch vorkam.

Langsam nahm er den Stock. Er schluckte seine Spucke hinunter und näherte sich dem Tier. Alle Jäger lächelten ihm zu. Man konnte glauben, sie beneideten ihn. Und doch war ihm nichts widerlicher.

In seinem ganzen Leben hatte Gorbon noch nie getötet. Nicht einmal das kleinste Tier. Aber jetzt hatte er keine andere Wahl. Alle Augen waren auf ihn gerichtet. Wenn er Schwäche zeigte, wenn er es nicht schaffte, würde er sich lächerlich machen und vermutlich seine ganze Glaubwürdigkeit verlieren. Er konnte in den Augen des Oberjägers deutlich erkennen, dass die Situation ihn amüsierte, und das machte ihn noch wütender.

Aber er hatte keine andere Wahl.

Langsam hob er mit zitternden Händen den Stock über den Wolf, der vor ihm lag. Er atmete tief ein. Er wusste genau, welche Bewegung er zu machen hatte, eine Bewegung von kindlicher Einfachheit, und doch hielt eine unsichtbare Kraft seinen Arm fest. Er nahm in seinem Kopf das Geräusch des Schlags vorweg. Den Schrei des Tiers. Vielleicht auch das Krachen des Schädels oder das Spritzen des Bluts. Und die Vorstellung lähmte ihn.

Der Augenblick dehnte sich unendlich. Er stellte sich die Blicke der Jäger vor. Die Verachtung, die in ihren Augen aufscheinen würde, wenn es ihm nicht gelänge, den Stock niedersausen zu lassen.

Was ihm am meisten Angst machte, war, dass er nicht den Mut haben könnte, hart genug zuzuschlagen. Um sicher sein zu können, dass er das Tier mit dem ersten Schlag töten würde, musste er so hart wie möglich zuschlagen. Nichts war schlimmer, als ein zweites Mal zuschlagen zu müssen. Und er wusste bereits, dass er sich nicht trauen würde, seine ganze Kraft in den Schlag zu legen. Der Abscheu vor der Tat würde ihn in dem Moment bremsen, in dem er für einen ganz kurzen Augenblick den nötigen Mut finden würde.

Die Beine des Wolfs zuckten nervös. Der Lehnsherr schreckte zusammen. Er sah die Augen des Tiers. Dort musste er treffen. Direkt hinter den Augen. Oben auf dem Schädel. Aber diese Augen waren so traurig und so lebendig! Wo sollte er den Mut hernehmen?

»Na los, Durchlaucht!«, drängte ein Jäger zu seiner Linken.

Gorbon schnaufte. Langsam senkte er den Stock über dem Schädel des Wolfs, um die richtige Bahn zu finden, dann hob er ihn wieder. Zuschlagen. Einfach zuschlagen. Eine ganz einfache Bewegung. Er schloss die Augen, und dann ließ er endlich den großen Stock niedersausen.

Der Schlag war kurz und brutal. Der Stock vibrierte unter seinen Fingern. Blutstropfen spritzten ihm ins Gesicht.

Aber der Schlag war nicht kräftig genug gewesen. German hatte im Augenblick des Aufpralls kurz ein Auge geöffnet und gesehen, dass das Tier zusammengezuckt war. Seine Beine zitterten jetzt noch stärker. Der Schädel war leicht eingedrückt, aber der Wolf lebte noch. Er jaulte sogar.

Gorbon verzog das Gesicht vor Ekel. Das Wimmern des Wolfs war unerträglich. Aber er konnte nicht zögern. Er durfte es nicht. Er musste ein zweites Mal zuschlagen. Er hob den Stock erneut. Seine Finger zitterten. Sein Magen krampfte sich zusammen. Er warf einen hasserfüllten Blick auf den Oberjäger, atmete tief durch und schlug erneut auf das Tier ein, die Augen diesmal weit offen. Dann ein drittes Mal. Der Wolf bewegte sich noch immer. Ein viertes Mal. Ein fünftes. Er schlug mit aller Kraft zu. Mit der ganzen Kraft, die sein Ekel und sein Hass ihm verliehen. Dann warf er, als er sah, dass der Wolf tot war, den Stock auf den Boden und trat ein paar Schritte zurück.

Er hätte sich am liebsten übergeben. Unter dem Blut wurde hinter dem eingeschlagenen Schädel des Tiers das Gehirn sichtbar. Der Burgherr schloss für einen Augenblick die Augen, um die Tränen zu unterdrücken, die beharrlich in seine Augen drängten.

»Bravo, Herr!«, rief der Oberjäger und kniete sich hinter den Kadaver des Wolfs.

Saury holte sein großes Jagdmesser aus seiner Tasche und begann, das Tier zu zerlegen. Man konnte deutlich sehen, dass er eine große Erfahrung darin hatte. Die Stücke minderer Qualität sammelte er auf der ausgebreiteten Haut des Tiers, damit die Hunde sich daran gütlich tun konnten, dann trennte er jeweils die rechte Vorder- und Hinterpfote ab. Die Klinge durchsägte mühsam die Knochen des Wolfs, um die dicken Pfoten abzutrennen.

Als er fertig war, nahm er die beiden Pfoten und ging zu dem Lehnsherrn von Gorbon.

»Hier, Durchlaucht, diese Ehre steht Euch zu.«

Aber der Burgherr schob die blutigen Trophäen von sich weg.

»Nein, danke«, erwiderte er, »für heute habe ich genug gesehen!«

7

Vor den Toren der steinernen Stadt

Bely, Aminas Berater, trat in das große Arbeitszimmer der Königin von Galatia. Der Diener, der neben der Tür wartete, meldete ihn, aber Amina, die in einem Sessel saß, rührte sich nicht und blieb stumm. Der Diener warf Bely einen verlegenen Blick zu, doch dieser machte ihm ein Zeichen, sie allein zu lassen. Der Diener ging diskret hinaus.

Bely seufzte tief. In den letzten Tagen war das Verhalten der Königin immer befremdlicher geworden. Es kam vor, dass sie stundenlang kein Wort sagte, und manchmal hörte man sie murmeln, als unterhalte sie sich mit einem unsichtbaren Gesprächspartner.

Bely ging durch das Arbeitszimmer und setzte sich ihr gegenüber.

»Ihr habt mich gerufen?«, fragte er und legte die Hände auf die goldenen Armlehnen.

Aber Amina blickte ihn nicht an. Sie starrte auf den Boden und schien ihn nicht zu sehen. Bely wartete wortlos. Seit sie von den Druiden initiiert worden war, schien die Laune der Königin täglich schlechter zu werden. Bely hatte sich Sorgen gemacht, dass die Druiden seinen Platz bei der Königin einnehmen könnten und er nur noch eine repräsentative Rolle am Hof spielen würde, aber jetzt machte er sich über etwas ganz anderes Sorgen: War die Königin im Begriff, verrückt zu werden?

»Ist die Tür geschlossen?«, fragte Amina, ohne aufzublicken.

Obwohl Bely sich dessen sicher war, sah er nach, um es zu überprüfen.

»Ja, Majestät, sie ist geschlossen.«

»Habt Ihr sie geschlossen?«, bohrte sie nach.

»Nein, der Diener, als er hinausging.«

»Dann möchte ich, dass Ihr prüft, ob sie richtig geschlossen ist. Das macht Euch doch nichts aus?«

Bely stand auf, ging zur Tür, öffnete sie und schloss sie wieder, wobei er sich bemühte, sie so laut zu schließen, dass die Königin es hören konnte.

»So, Majestät, jetzt ist sie richtig geschlossen.«

»Umso besser.«

Dann verstummte sie wieder. Sie hatte sich nicht bewegt. Ihr noch immer starrer Blick konnte sogar zu der Vermutung Anlass geben, dass sie niemals blinzelte. Aber es war nicht das erste Mal, dass Bely sie in diesem Zustand erlebte. Also versuchte er, sich keine Sorgen zu machen, und redete sich ein, dass alles normal war.

»Habt Ihr von Alea gehört, Bely?«

Der Berater richtete sich in seinem Sessel auf. Er schluckte seine Spucke hinunter.

»Ja. Natürlich.«

»Wieso natürlich?«, fragte die Königin überrascht und blickte ihren Gesprächspartner endlich an.

»Weil im Königreich viel von ihr gesprochen wird, Majestät…«

Amina nickte. »Glaubt Ihr, dass die Leute sie besser als mich kennen?«

»Ihr seid die Königin von Galatia!«, erwiderte er.

»Das ist keine Antwort, Bely...«

Der Berater räusperte sich. »Die Leute kennen Euch, sie wissen, dass Ihr die Königin und die oberste Druidin seid, Majestät, während Alea niemand wirklich kennt, sie ist eher eine Legende...«

»Ich kenne sie«, erwiderte Amina und senkte erneut den Blick.

Bely sagte nichts. Er hatte in der Tat entsprechende Gerüchte gehört, denen zufolge Alea und Amina im selben Dorf aufgewachsen wären, aber er hatte nicht weiter darauf geachtet.

»Ich war ihre beste Freundin. Wir waren unzertrennlich, Bely. Uns noch näher als zwei Zwillingsschwestern. Aber das könnt Ihr nicht verstehen.«

Sie seufzte tief.

Die Ellbogen auf seine Knie gestützt, verschränkte Bely seine Hände vor seinem Mund. Er sah die Königin an. Er versuchte, sie mit etwas Mitgefühl zu betrachten. Er hätte sie gerne verstanden. Sie war so jung. So jung und doch schon so sehr vom Leben gezeichnet.

Nicht nur ihr Geisteszustand, auch ihr Aussehen hatte sich in den letzten Tagen zum Schlechteren verändert. Sie band ihr langes, blondes Haar nicht mehr zusammen. Manchmal wechselte sie tagelang ihre Kleidung nicht. Sie trug schrecklich zerknitterte Kleider. Sie, die so zart war. So anmutig. Sie, die, als sie in den Palast von Providenz gekommen war, so gern auf dem Balkon ihres Schlafzimmers auf und ab spaziert war, um dem Hof zu zeigen, wie schön die Frau des Königs war. Er würde so gern verstehen.

»Amina«, sagte er schüchtern. »Amina, was ist mit Euch los?«

Die Königin richtete sich auf. Gerade an die Rückenlehne ihres Sessels gelehnt, starrte sie Bely lange an.

»Der Saiman«, flüsterte sie schließlich.

»Ja?«

»Die Druiden hatten recht …« Sie schloss die Augen und atmete tief ein. »Ich kann den Saiman nicht berühren.«

Als alle gegessen hatten und die Soldaten der Garnison von Sarban sich in die übrigen Truppen integriert hatten und die meisten sich bereits schlafen legten, um früh aufstehen zu können, nahm Alea Finghin, Tagor, Fahrio und Erwan beiseite.

»Ich will heute Nacht heimlich nach Tarnea gehen, um zu sehen, wie die Lage ist«, teilte sie ihnen feierlich mit. »Ich habe lange überlegt, allein zu gehen, ohne euch Bescheid zu sagen, aber dann habe ich mir gesagt, wenn ihr meine Abwesenheit entdeckt, würdet ihr in Panik geraten. Ich teile es euch also mit, und vielleicht will mich ja einer von euch begleiten.«

»Du willst Dancray ausspionieren?«, fragte Finghin erstaunt. »Könnte man nicht ein oder zwei Soldaten statt deiner losschicken?«

»Nein, Finghin. Ich glaube, dass ich für diese Art von Mission am besten geeignet bin.«

»Ich verstehe«, erwiderte der Druide und verzog das Gesicht.

»Ich werde dich begleiten, kleine Schwester«, bot Tagor sich an.

»Ich möchte mitkommen«, schloss Erwan sich sofort an.

»Ich kenne Tarnea bereits«, warf Hauptmann Fahrio ein. »Ich könnte dich in der Stadt führen.«

Alea musste lachen. »Ich wusste es! Sie wollen alle mitkommen! Danke, meine Freunde, aber ehrlich gesagt glaube ich, dass zwei vollkommen ausreichen …«

»In dem Fall«, sagte Finghin, »ist es vielleicht tatsächlich besser, wenn Fahrio dich begleitet. Wenn er die Stadt kennt, gewinnt ihr Zeit.«

Alea nickte. »Macht Euch fertig, Hauptmann.«

Fahrio nickte und ging, um seine Sachen zu holen. Finghin und Tagor kehrten ins Lager zurück, und Erwan blieb bei Alea. Er nahm das junge Mädchen in seine Arme.

»Ich nehme an, es ist sinnlos, dich zu bitten, vorsichtig zu sein?«, flüsterte er ihr ins Ohr.

»Es ist nicht sinnlos. Es ist immer angenehm zu spüren, dass man geschätzt wird …«

»An Menschen, die dich schätzen, besteht kein Mangel, Alea!«

Sie lächelte und drückte einen zärtlichen Kuss auf den Mund des Magistel. Dann drehte sie sich um und machte sich auf den Weg zu Fahrio.

Sie verließen das Lager so unauffällig wie möglich, nicht um sich vor den Soldaten der Erde zu verstecken, sondern in der Hoffnung, dass die Späher, die sie vermutlich in ebendiesem Augenblick auspionierten, sie nicht fortgehen sähen.

Beide hatten sich von Kopf bis Fuß dunkel gekleidet und ihre Gesichter mit Kohle geschwärzt. Sie führten ihre Pferde am Zügel und machten einen weiten Umweg nach Süden, um die Gegend zu umgehen, in denen die Späher vermutlich postiert waren. Als sie weit genug entfernt zu sein glaubten, stiegen sie auf ihre großen Rappen und galoppierten nach Osten, um sich der Hauptstadt von Süden zu nähern.

Ihre Pferde waren vermutlich die beiden schnellsten, die die Sarrländer der Armee der Erde überlassen hatten, und das Gefühl der Geschwindigkeit, das der Galopp durch diese dunkle Herbstnacht ihnen verschaffte, war berauschend. Alea bemerkte, dass ein Lächeln ihre Lippen umspielte. Der Wind trieb ihr die Tränen in die Augen, aber ihr Herz war leicht. Sie blickte sich um, während sie zugleich versuchte, nicht das Gleichgewicht zu verlieren. Zu ihrer Rechten war nur Fahrio. Sonst niemand. Diese Einsamkeit tat ihr sehr gut. Ein kleiner Moment angenehmer Freiheit.

Für die Dauer eines Galopps konnte sie die tausend Männer vergessen, die sie in den Kampf führte. Die tausend Blicke. Und die schlimmsten Erinnerungen. Die verlorenen Freunde.

Es gab nur sie und den Wind. Das einfache Geräusch der Hufe, die über die Erde hämmerten. Das Knarzen des Leders. Die dumpfen Schläge ihres Herzens.

Ihr Geist schwebte wie in einem Traum, als Fahrio plötzlich an den Zügeln seines Pferdes zu ziehen begann, um es zum Stehen zu bringen. Alea fing sich sofort und tat es ihm gleich. Zunächst wechselten ihre Pferde in den Schritt, und dann blieben sie laut schnaubend nebeneinander stehen.

»Tarnea liegt direkt auf der anderen Seite dieses Hügels«, erklärte der Hauptmann. »Lassen wir die Pferde hier und gehen wir zu Fuß weiter.«

Er stieg ab, nahm eine Schnur vom hinteren Teil seines Sattels und band die beiden Hengste an einem Baum abseits der Straße fest.

Vorsichtig schlichen sie den Hügel hinauf. Sie waren noch ein gutes Stück von Tarnea entfernt, aber es gab mit Sicherheit Wachposten um die ganze Stadt, und es war besser, nicht entdeckt zu werden. So geräuschlos wie möglich suchten sie den unauffälligsten Weg, hinter den hochstämmigen Bäumen und den wenigen Felsen, die sich auf dem Hügel von Puy erhoben.

Im Gegensatz zu den anderen Hauptstädten war Tarnea nicht erhöht, sondern in einem Tal errichtet worden, umgeben von kleinen Hügeln, von denen aus man die Stadt bewundern konnte.

Die Nacht war stockfinster, und man konnte kaum etwas sehen. Aber das war eher von Vorteil, denn Alea und Fahrio hofften, dass man sie so nicht sehen würde. Bald waren sie oben auf dem Hügel angelangt und begannen den Abstieg zur Stadt.

Als sie ein dichtes Wäldchen hinter sich gelassen hatten, erblickten sie plötzlich weiter unten die Hauptstadt. Trotz der Dunkelheit war ein Meer alter, mit Hohlziegeln gedeckter Dächer zu erkennen. Und in der Mitte ragte aus den roten Ziegeln der elegante Turm des Schlosses von Tarnea auf. Um dieses alte Gebäude herum war die Stadt erbaut worden, die sich nördlich des Cele erstreckte, der in seinem Felsbett dahinfloss. Später war eine große befestigte Mauer errichtet worden, die die Altstadt umschloss und Kai genannt wurde. Als die Einwohnerzahl gestiegen war, hatten sich drei neue Vorstädte an die Ringmauer geschmiegt, Auju im Westen, Pinum im Osten, und im Süden, auf der anderen Seite der Brücke, gelangte man über die Grifful-Brücke in die Vorstadt Martinus.

»Was meint Ihr, Fahrio, durch welches Tor ist die Stadt am verwundbarsten?«

Der Hauptmann überlegte einen Augenblick.

»Dancray hat bestimmt das Schloss besetzt. Dort müssen wir ihn bekämpfen. Und das Schloss liegt im Süden der Stadt, fast am Ufer des Cele. Wir könnten also von Süden angreifen, wenn da nicht dieser Fluss wäre, der mit Sicherheit ein zu großes Hindernis ist. Unsere Männer wären gezwungen, die Grifful-Brücke zu passieren, und wären viel zu ungeschützt. Nein. Ich glaube, das Beste wäre, von Osten anzugreifen, über die Vorstadt Pinum. Das Tor dort liegt dem Schloss am nächsten.«

Alea nickte. Sie war nie in der Hauptstadt gewesen, obwohl sie nicht weit von ihrem kleinen Dorf entfernt lag, und daher gezwungen, dem Hauptmann zu vertrauen.

»Das einzige Problem«, fuhr Fahrio fort, »ist der Kanal, der die Vorstadt vom Weiher im Osten des Schlosses her durch das Tor von Pinum durchquert.«

»Warum ist er ein Problem?«

»Er würde uns den Weg versperren, falls wir fliehen müssen.«

Alea verzog das Gesicht. »Er könnte sich aber auch als Trumpf erweisen. Zeigt mir diesen Kanal«, bat Alea.

Almar Cahin reiste allein durch Gaelia wie ein Wesen ohne Leben. Maolmòrdha hatte ihn verwandelt, und Almar war sich dessen vielleicht nicht vollkommen bewusst. Er ließ sich von seiner neuen Rolle mitreißen und marschierte stur geradeaus, ohne zu denken.

Am ersten Abend verspürte er keine Müdigkeit. Da er keinen Schlaf finden konnte, beschloss er weiterzugehen und marschierte die ganze Nacht. Und den ganzen folgenden Tag. Am Abend des zweiten Tags wurde ihm bewusst, dass er nichts gegessen hatte. Aber er hatte keinen Hunger. Wieder konnte er keinen Schlaf finden, seine Augen weigerten sich, sich zu schließen, und er setzte seinen Weg fort.

Er hielt niemals an, sprach mit niemandem, blickte starr vor sich hin und spürte weder die Hitze der Sonne noch den kalten Hauch des Windes. Er wollte nur vorankommen.

Nach ein paar Tagen jedoch brach er eines sonnigen Nachmittags zusammen. Er versuchte, sich hochzurappeln, aber seine Gliedmaßen gehorchten ihm nicht. Er wartete einen Augenblick, das Gesicht im Staub der Heide, dann gelang es ihm hochzukommen. Auf dem Boden sitzend, wischte er sich instinktiv das Gesicht ab. Als er seine Hand betrachtete, sah er eine Blutspur. Er berührte seine Stirn und fühlte die klebrige Flüssigkeit unter seinen Fingern. Er hatte sich beim Fallen den Kopf angeschlagen. Aber er hatte nichts gespürt. Und er hatte noch immer keine Schmerzen. Es war, als seien ihm seine Sinne abhanden gekommen, als hätten sie sich aus seinem Körper entfernt. Unbegreiflich.

Seine Muskeln waren tatsächlich erschöpft. Kraftlos. Aber er spürte es nicht. Sein ganzer Organismus hatte einen erholsamen Schlaf nötig. Aber er spürte es nicht. Sein gereizter Hals verlangte nach angenehm kühlem Wasser. Aber auch das war ihm nicht bewusst.

Maolmòrdha hatte ein empfindungsloses Wesen aus ihm gemacht. Als er endlich begriff, was mit ihm geschehen war, brach Almar in Gelächter aus. Sein Lachen verwandelte sich in Husten, und er begann, Blut zu spucken.

Allein in der Heide, glaubte er verrückt zu werden. Weder Schmerz noch Freude. Nur weitergehen. Lange blieb er im grauen Sand sitzen. Das Blut war über eines seiner Augen gelaufen, und er vermochte es nicht mehr zu öffnen. Die Welt schien sich um ihn herum zu drehen.

Plötzlich glaubte er, im Süden zwei Reiter zu sehen, die auf ihn zugaloppierten. Er spuckte auf den Boden und verlor das Bewusstsein.

Als er wieder wach wurde, lag er auf einem kleinen Holzbett in einer Art Schäferhütte. Neben ihm war ein Mann damit beschäftigt, auf der Feuerstelle eines offenen Kamins etwas zu essen zu machen, und ein anderer Mann, der auf einer Bank saß, schien vor sich hin zu dösen.

Almar richtete sich auf. Er sah, dass seine Hände sauber waren. Er berührte seine Stirn und spürte einen Verband. Die beiden Männer hatten ihn verarztet.

»Bleibt liegen!«, riet ihm der Mann vor dem Kamin. »Ihr seid noch sehr blass! Ich mache Euch eine Suppe, die Euch wieder auf die Beine bringen wird.«

Almar betrachtete das Gefäß, in dem der Unbekannte kochte. Dicker Dampf stieg aus ihm auf. Die Suppe duftete sicher köstlich, aber er konnte es nicht riechen.

Der Metzger stand auf, ging hinkend zu dem Unbekannten und nahm das Gefäß, das über dem Feuer hing.

»Ihr seid verrückt!«, rief der arme Mann. »Ihr werdet Euch verbrennen!«

Almar würdigte ihn keines Blicks und trank die kochend heiße Suppe in einem Zug aus.

Der zweite Unbekannte war von den erschreckten Schreien seines Gefährten aufgewacht.

»Was ist los?«, stammelte er noch halb schlafend.

Almar schleuderte das Gefäß zu Boden und verließ die Hütte, ohne ein Wort zu sagen und ohne sich umzudrehen.

Dann ging er weiter nach Norden, die Augen starr auf den Horizont gerichtet, und hörte kaum die Beschimpfungen, die die beiden Männer ihm hinterherriefen.

Er wusste jetzt Bescheid. Er musste essen und sich ausruhen, auch wenn er kein Bedürfnis danach verspürte. Aber das änderte nichts.

Der Metzger setzte seinen Weg nach Providenz fort.

Hauptmann Fahrio und Alea gingen querfeldein, um im Südosten der Stadt zu der Brücke von Pinum zu gelangen und den Cele zu überqueren.

Ein großer Bauernhof und ein Krankenhaus erhoben sich direkt vor der Brücke, und Fahrio schlug vor, sie östlich zu umgehen.

»Auf dem Bauernhof gibt es sicher Hunde, und ich will vermeiden, dass sie zu bellen anfangen«, erklärte der Hauptmann und bedeutete Alea, ihm zu folgen.

Gebückt, um sich so klein wie möglich zu machen, gingen sie über ein großes Weizenfeld, gelangten auf die andere Seite des Wegs, der am Fluss entlangführte, und näherten sich diesem so weit wie möglich.

»Wir werden am Ufer bis zur Brücke gehen.«

Alea nickte stumm. Sie folgte dem Hauptmann wortlos und achtete auf jeden ihrer Schritte. Sie gingen am Wasser entlang und schlichen zwischen den Sträuchern hindurch.

Als sie am Fuß der Brücke von Pinum waren, bat Fahrio Alea, einen Augenblick auf ihn zu warten. Er kletterte auf die Anhöhe und verschwand hinter dem Mäuerchen, das sich an dem Weg über ihnen entlangzog.

Schon bald war er zurück und reichte Alea die Hand.

»Der Weg ist frei!«

Das Mädchen kletterte ebenfalls hinauf und ging zu ihm auf die Brücke. Der Hauptmann bedeutete ihr, in die Hocke zu gehen. Gebückt machten sie sich hintereinander auf den Weg über die große Steinbrücke. Unter sich konnten sie das Geräusch des Flusses hören, der nach Westen strömte.

Als sie die Hälfte der Brücke hinter sich hatten, blieb der Hauptmann plötzlich stehen und legte eine Hand auf Aleas Schulter, um sie zu veranlassen, sich noch tiefer zu bücken.

»Duck dich! Da ist jemand!«, flüsterte er.

Aber es war zu spät. Der Mann auf der anderen Seite der Brücke hatte sie schon bemerkt. Zögernd kam er auf sie zu.

»Was tun wir?«, fragte Fahrio verärgert. »Töten wir ihn, oder fliehen wir?«

»Es gibt vielleicht noch eine andere Lösung«, meinte Alea.

Sie hob den Kopf, um den Unbekannten über die Schultern des Hauptmanns hinweg zu betrachten.

»Er scheint kein Soldat der Flamme zu sein.«

Und ohne den Hauptmann nach seiner Meinung zu fragen, richtete sie sich auf.

»Wer ist dort?«, rief der Unbekannte und wich einen Schritt zurück.

»Wir sind Sarrländer«, erwiderte Alea, die den Akzent der Gegend in der Stimme ihres Gesprächspartners erkannt hatte.

Er kam auf sie zu. Es war sinnlos, sich weiter zu verstecken, und Fahrio richtete sich seufzend auf.

»Ist das die Schwalbe auf Eurer Hemdbrust?«, fragte der Unbekannte und kniff die Augen zusammen, um in der Dunkelheit besser sehen zu können.

»Ja«, erwiderte Fahrio, »ich bin ein sarrländischer Gardist.«

»Aber was sucht Ihr hier?«, fragte der Tarneaner beunruhigt. »Schnell, folgt mir, Ihr müsst Euch in Sicherheit bringen!«

Er machte kehrt und bedeutete ihnen, ihn zu begleiten. Alea zuckte die Achseln, sah den Hauptmann an und beschloss, dem Unbekannten zu vertrauen.

Sie stürzten hinter ihm her und folgten ihm auf die andere Seite der Brücke zu einem kleinen Gebäude, wo ganz offensichtlich Boote repariert wurden. Bootsrümpfe, Masten, Segel, breite Holzbretter und Werkzeuge standen und lagen herum, eine richtige Werkstatt für den Bau und die Reparatur von Booten.

»Ihr seid völlig verrückt!«, rief der Tarneaner, als sie alle drei in Sicherheit waren. »Ein paar Schritte von hier entfernt steht ein Wachposten, und die Soldaten der Flamme patrouillieren ständig!«

»Dann habt Ihr uns vielleicht das Leben gerettet«, erwiderte Alea lächelnd.

»Aber wer seid Ihr, und was macht Ihr hier?«

Alea zögerte mit der Antwort. Sollte sie diesem Mann wirklich vertrauen? Gewiss, er hatte sie in Sicherheit gebracht, weil er fürchtete, die Soldaten der Flamme könnten sie überraschen. Aber das konnte eine List sein. Dennoch spürte Alea keine bösen Absichten bei dem Mann. Sie beschloss, dass Misstrauen sie nicht weiterbringen würde.

»Ich bin Alea Cathfad, Tochter von Phelim dem Druiden und Anführer der Armee der Erde.«

»Ihr seid Alea? Aber was sucht Ihr mitten in der Nacht hier auf der Brücke?«

»Die Frage könnte ich Euch ebenfalls stellen.«

»Ich kann nicht schlafen. Dass die Stadt, in der ich seit meiner Geburt lebe, in einer einzigen Nacht in die Hände eines Eroberers gefallen ist, macht mich verrückt!«

»Ich verstehe«, erwiderte Alea. »Wie heißt Ihr?«

»Cadrigo.«

»Also, Cadrigo, wir werden versuchen, Euch Eure Stadt zurückzugeben.«

»Ihr beide allein?«, fragte der Tarneaner überrascht.

»Nein«, erwiderte Alea. »Meine Armee steht südwestlich von hier. Wir sind lediglich auf Erkundung.«

Cadrigo lächelte breit und reichte Alea die Hand.

»Also, wenn ich Euch helfen kann…«

Alea drückte ihm die Hand.

»Das ist Hauptmann Fahrio.«

Der Tarneaner grüßte den Soldaten.

»Ja«, fuhr Alea fort, »Ihr könnt uns helfen. Kennt Ihr die Positionen der Soldaten der Flamme?«

»Bei der Moira!«, erwiderte Cadrigo und riss die Augen auf. »Sie sind überall!«

»Haben sie das Schloss besetzt?«

»Ja.«

»Die Kaserne?«

»Natürlich, und alle Wachposten. Die kleine Zitadelle im Norden, die Druidenschule… Die meisten Einwohner sind geflohen, und andere fliehen noch immer.«

»Und der Graf?«, fragte Fahrio besorgt.

Der Tarneaner machte ein verzweifeltes Gesicht.

»Sein Leichnam wird auf dem Platz der Vernunft zur Schau gestellt.«

»Sie haben es gewagt, den Grafen zu töten!«, rief der Hauptmann ungläubig.

»Ja. Er ist von den Soldaten der Flamme gehenkt worden, weil er sich weigerte zu kooperieren. Letzten Endes war er mutiger, als wir geglaubt hatten!«

»Man hat uns gesagt, dass sie drei- oder viertausend sind, scheint Euch das zutreffend?«

»Ja.«

»Und haben die Soldaten von Sarrland sich ergeben?«

»Ihr macht Witze! Diejenigen, die nicht im Kampf umgekommen sind, sind unverzüglich hingerichtet worden. Es wird erzählt, Dancray habe gehofft, die Stadt friedlich erobern zu können, und der unerwartete Widerstand der Sarrländer habe ihn wahnsinnig gemacht.«

»Das ist in der Tat reiner Wahnsinn«, seufzte Alea.

Sie schwiegen lange, weil es keine Worte gab, die hätten ausdrücken können, was sie empfanden. Aber Alea wusste, dass sie keine Zeit zu verlieren hatten.

»Cadrigo, ich möchte den Kanal sehen. Könntet Ihr uns gefahrlos dorthin bringen, unter Umgehung der Wachposten der Soldaten der Flamme?«

»Natürlich«, erwiderte der Tarneaner.

»Dann gehen wir.«

»Die Königin ist im Begriff, sehr viel mehr Macht zu bekommen, als Eoghan hatte. Wenn wir nicht ab sofort unsere Nützlichkeit unter Beweis stellen, wird sie uns, ohne zu zögern, vernichten.«

Jetzt, da die Druiden auf ihrer Seite stehen, frage ich mich, ob es nicht schon zu spät ist.

Carla Bisani hatte insgeheim die beiden Berater ihres Vaters zu sich gerufen, die sich wie sie Sorgen um die Zukunft ihres Herrschaftsgebiets machten: Hauptmann Giametta und Vogt Stefano. Allein in einem kleinen, dunklen Raum im Westflügel des Palasts von Farfanaro, konnten sie gefahrlos ihr Komplott schmieden.

»Wenn wir zulassen, dass mein Vater Bisania auf diese Weise regiert«, fuhr die junge Frau fort, »werden wir schon bald unter dem Banner der Königin verschwinden.«

Und meine Aussichten, die Macht zu übernehmen, werden sich in nichts auflösen.

Hauptmann Giametta nickte, die Hände vor Angst verkrampft.

Giametta ist ein Feigling. Der Gedanke entsetzt ihn, dass mein Vater herausfindet, dass wir hinter seinem Rücken intrigieren. Aber ich brauche ihn trotzdem. Sein Soldatenstolz muss ihn gegen meinen Vater aufbringen, und das kann ich als Druckmittel einsetzen.

»Wir schlittern in die Katastrophe. Denn ich glaube tatsächlich, dass der Baron nicht mehr in der Lage ist zu regieren. Meine liebe Carla, ich muss gestehen, dass es mich bestürzt, mitansehen zu müssen, wie er immer mehr Zeit mit grotesken Orgien verbringt, die er organisiert, anstatt sich um sein Volk zu kümmern…«

»Und um seine Armee«, ergänzte Carla hinterhältig.

Ich muss ihm zeigen, dass auch ich der Armee von Bisania verbunden bin. Ich muss ihn beruhigen. Alles tun, um ihn auf meine Seite zu ziehen.

»Das alles ist absolut richtig, gewiss, aber was können wir tun?«, fragte der Vogt am anderen Ende des Tisches.

Carla sah ihm fest in die Augen. Dann erklärte sie langsam: »Wir müssen meinen Vater töten.«

Sie hatte keine Miene verzogen. Kalt, hart hatte sie das gesagt. Als hätte der Gedanke sich schon vor langer Zeit in aller Ruhe in ihrem Geist eingenistet. Ihren Vater zu töten. Den Baron Bisani zu töten.

Und an seine Stelle zu treten. Ich verdiene es so viel mehr als er. Schließlich ist Gaelia im Begriff, von Frauen übernommen zu werden. Alea. Amina… Warum nicht auch ich?

»Das ist nicht Euer Ernst!«, rief Vogt Stefano empört. »Euer Vater ist vielleicht zu einem erbärmlichen Herrscher verkommen, aber er bleibt ein Freund! Es ist völlig ausgeschlossen, dass ich mich an einem solchen Verbrechen beteilige!«

Er stand abrupt auf und hätte beinahe seinen Stuhl umgeworfen.

Ich weiß, Vogt, ich weiß. Du bist noch nicht reif. Aber wenn ich dir eine Ahnung davon vermittelt habe, was wir ohne meinen Vater, diesem alten Ferkel, tun können, wird der Gedanke dich schon weniger schockieren. Du wirst sehen.

Hauptmann Giametta packte den Vogt am Arm und zwang ihn, sich wieder zu setzen.

»Ganz ruhig, Stefano. Ganz ruhig. Wir haben noch keine Entscheidung getroffen, wir sind hier, um zu diskutieren. Carla übertreibt ein bisschen… Es ist keine Rede davon, den Baron zu töten.«

»Mit mir werdet Ihr nicht über die Ermordung von Alvaro diskutieren!«, entgegnete der Vogt und befreite seinen Arm aus den Händen des Hauptmanns.

»Ist schon gut, Stefano«, erwiderte Giametta, »beruhigen wir uns also und suchen wir gemeinsam nach einer anderen Lösung.«

Carla warf dem Vogt einen amüsierten Blick zu. Niemand hasste den alten Bisani mehr als seine eigene Tochter, so sehr, dass ihr mehr daran gelegen war, ihn zu töten, als wirklich die Macht zu übernehmen. Aber das konnte sie hier nicht zugeben.

»Bevor wir uns einigen, was wir dem Baron gegenüber unternehmen werden«, fuhr der Hauptmann fort, »müssen wir uns zunächst einmal darüber verständigen, welche Politik wir genau verfolgen wollen.«

Jede Politik, die mich an die Macht bringen und mir erlauben wird, mir meinen Vater vom Hals zu schaffen, du Dummkopf!

»Wir müssen uns der Königin annähern und zugleich unseren politischen Einfluss stärken«, schlug Stefano vor, der sich sichtlich beruhigt hatte.

»Indem wir uns gegen ihre Feinde stellen?«, fragte Carla.

»Warum nicht?«, erwiderte der Hauptmann. »Wir könnten den Krieg zwischen Galatia und Harcort erzwingen und unsere legendäre Neutralität aufgeben, um an den Kämpfen gegen die Christen teilzunehmen.«

Jetzt ist es raus. Ich wusste, dass das sein wunder Punkt ist. Die Armee von Bisania. Der Krieg. Er kann es gar nicht erwarten.

»Das würde uns vielleicht der Königin annähern«, warf der Vogt ein, »aber ich kann nicht erkennen, inwiefern das unseren politischen Einfluss stärken sollte.«

Carla Bisani antwortete ihm selbstsicher: »Weil das die Gaelier daran erinnern würde, dass unsere Armee von Söldnern bei weitem die stärkste der Insel ist, auch wenn manche das nicht glauben wollen.«

»Natürlich!«, sagte der Hauptmann, ohne zu begreifen, dass er in die Falle der Tochter des Barons getappt war.

»Seid Ihr wirklich so sicher?«, fragte der Vogt beunruhigt.

»Mein Vater hat in seinem Leben viele Fehler gemacht, aber ich muss zugeben, dass er in einem immer recht gehabt hat. Nämlich was die Macht des Geldes betrifft. Die Stärke der Armee von Harcort beruht auf dem religiösen Glauben der Soldaten. Das ist gewiss eine große Macht. Aber sie ist nichts verglichen mit der Macht, die die Verlockung des Geldes verleiht. Derjenige, der an das Geld glaubt, ist viel mächtiger als derjenige, der an Gott glaubt.«

»Das muss erst noch bewiesen werden«, dämpfte sie der Vogt.

»Wie auch immer«, warf Hauptmann Giametta ein, »unsere Präsenz an der Seite der Königin wird ein entscheidender Trumpf sein. Meine Söldner können ihr den Sieg garantieren, und damit können wir unseren politischen Einfluss wiedergewinnen.«

»Absolut richtig«, fuhr Carla fort. »Wir müssen sie zwingen, den Kampf zu beginnen, und anschließend unsere Teilnahme in die Waagschale werfen, damit die Königin unsere Bedeutung erkennt.«

Und damit ganz Gaelia weiß, dass ich in Bisania die Fäden in der Hand habe.

»Seien wir auf der Hut, das ist eine Entscheidung, die den Tod tausender von Menschen nach sich ziehen könnte«, sagte der Vogt ernst.

»Es ist vor allem eine Entscheidung, die Bisania verlorenen Glanz zurückgeben könnte«, entgegnete Carla.

»Wir werden den Baron niemals überzeugen können, so zu handeln.«

»Wir werden ihm keine andere Wahl lassen«, erwiderte die junge Frau.

»Ich sage es noch einmal, es kommt nicht in Frage, dass ich mich an dem makabren Plan beteilige, den Ihr ausgeheckt habt.«

»Nichts zwingt uns, ihn zu töten«, erwiderte Carla. »Erst einmal können wir uns damit begnügen, ihn von der Macht auszuschließen.«

»Und wie?«

»Darum werde ich mich kümmern«, erklärte die junge Frau und stand auf.

Sie verließ den Raum unter dem besorgten Blick des Vogts. Er hoffte, wenigstens das Schlimmste verhindert zu haben.

Erwan gab den Soldaten der Erde das Zeichen anzuhalten. Sie waren jetzt eine Armee von tausend Mann, und ihre Aussichten, unbemerkt über den Hügel zu kommen, waren gleich null. Damit Aleas Plan funktionieren konnte, musste er ihre Anweisungen genau befolgen.

Das Mädchen war mitten in der Nacht mit Fahrio zurückgekommen, und sie hatten das ganze Lager geweckt, um den Angriff vorzubereiten. Während die Soldaten sich ankleideten und ihre Ausrüstung überprüften, hatte Alea in aller Eile ihre Gefährten zusammengerufen, um ihnen die Strategie zu erklären, die sie entworfen hatte; anschließend hatte sie jedem präzise Anweisungen gegeben.

Danach war sie mit Finghin losgeritten, um einen Vorsprung zu gewinnen und sich an dem Ort zu postieren, wo sie ihren Teil der Kriegslist ausführen konnten. Die Führung der Truppen hatte sie Erwan überlassen.

Der Magistel behielt den Arm so lange oben, bis er kein einziges Geräusch mehr hinter sich hörte. Der Wind schlich sich auf den Kamm des Hügels, durch die Rüstungen der Soldaten, und ließ das rot-weiße Banner des Samildanach an der Spitze der langen Lanzen knattern. Unten im Tal konnte man undeutlich die Umrisse der Hauptstadt im Dunkel der Nacht erkennen.

Jetzt musste er auf das Signal warten. Alea hatte dem Magistel versprochen, dass er sich nicht irren könne. Er war auf das Schlimmste gefasst. Wenn er das Signal sähe, würde er verstehen, hatte sie gesagt. Und dann müsse er angreifen. Die ganze Armee der Erde müsse den Hang des Hügels hinunterstürmen, um die Stadt von Westen her, durch das Tor von Cavalia, anzugreifen. Sie müssten sich immer nur geradeaus halten. Nach dem Tor würde eine lange, schnurgerade Straße sie zum Platz der Vernunft am Fuße des Schlosses von Tarnea bringen. Wenn Aleas Plan aufginge, würden sie trotz ihrer zahlenmäßigen Unterlegenheit gute Aussichten haben zu siegen.

Ein paar Meilen entfernt, auf der genau gegenüberliegenden Seite der Stadt, erreichten Finghin und Alea den Kanal des Weihers. Sie ließen die Brücke von Pinum hinter sich, um noch weiter nach Westen zu gehen, so weit, wie die Armee der Erde von der Stadt entfernt war.

Als Alea der Meinung war, dass sie weit genug kanalaufwärts gegangen waren, postierten sie sich jeder auf einer Seite des Kanals und konzentrierten sich, um den Saiman in ihrem Körper zu sammeln. Gleichzeitig schlossen sie die Augen. Alea hielt sich die Schläfen, und Finghin hatte die Hände vor seinem Mund verschränkt. Um ihr Ziel zu erreichen, würden sie sehr viel Energie sammeln müssen, und Alea war heilfroh, dass der Druide sie unterstützte, denn allein hätte sie es gewiss nicht geschafft.

Sie öffnete als Erste wieder die Augen. Der Saiman kochte in ihrem Körper, bereit zu explodieren. Langsam streckte sie die Hände nach vorn, über das Wasser des Kanals. Der Saiman strömte durch ihre Adern in ihre Fingerspitzen. Die Oberfläche des Wassers begann sich zu kräuseln. Kleine, immer stärker werdende Erschütterungen, als hätte ein Wind gegen die Richtung der Strömung geblasen. Dann verwandelten die Erschütterungen sich in kleine Wellen, und die kleinen Wellen in große. Aleas Arme begannen zu zittern. Sie schloss erneut die Augen, um die Konzentration nicht zu verlieren. Sie musste so viel Kraft aufwenden, dass es schmerzhaft wurde.

In diesem Augenblick hob auch Finghin seine Arme. Mit ausgestreckten Händen und verkrampften Fingern schickte er den Strom des Saiman zur Oberfläche des Wassers. Aleas Kraft war beträchtlich. Noch bevor er eingriff, war es ihr gelungen, die Strömung anzuhalten, und das Wasser begann langsam in die andere Richtung zu fließen. Das Geräusch des Saiman, der über die Wasseroberfläche strich, wurde immer lauter. Bald war es, als tobe ein Sturm über dem Wasserlauf.

Alea spürte Finghins Anwesenheit. Den Saiman des Druiden, der zusammen mit ihrem blies. Das Wasser des Kanals bot immer weniger Widerstand. Die Strömung begann sich tatsächlich umzukehren. Schweißtropfen rannen über die Stirn des Mädchens, glitten bis zu ihren Augen. Aber sie konnte sie nicht abwischen. Sie durfte nicht nachlassen. Allmählich schwanden ihre Kräfte. Doch sie hatte es noch lange nicht geschafft. Sie versuchte, noch tiefer in sich die nötige Kraft zu finden. Und während ihre Beine jetzt zitterten, steigerte sie ihre Kraft noch einmal. Befreite die ganze Energie, die durch ihre Adern strömte. Der Saiman trieb das Wasser wie ein Hurrikan vor sich her. Bald war die Strömung in der Gegenrichtung stärker als zu normalen Zeiten in östlicher Richtung. Das Wasser begann, gegen die Steinwände des Kanals zu klatschen. Die Wellen stürzten nach vorn, bäumten sich auf wie ein tosendes Meer.

Alea öffnete die Augen und sah, dass in der Ferne, in der Stadt, jetzt zahlreiche Fackeln brannten. Ihr Plan hatte funktioniert. Der Weiher würde gewiss gleich über die Ufer treten und das Wasser in die Straßen des Viertels strömen und den großen Platz wie eine Flutwelle überschwemmen. Aber Alea lockerte ihren Einfluss auf den Saiman nicht sofort. Ohne nachzulassen, sagte sie zu Finghin: »Jetzt!«

Finghin, der ebenfalls erschöpft war, entspannte seine Hände einen Augenblick, atmete tief ein und hob dann seine Arme zum Himmel. Mit den Kräften, die ihm noch geblieben waren, sammelte er etwas Energie und sandte dann brüllend einen Feuerball gen Himmel, der über der Stadt explodierte.

Der Druide stürzte zu Boden. Goldenes Licht erhellte die Nacht. Dann begannen tausende kleiner Lichtpartikel langsam auf Tarnea zu fallen. Wie Glühwürmchen, die die Hauptstadt einhüllten.

Das Signal.

Auf der anderen Seite der Stadt brüllte Erwan: »Alragan!«

Und alle Soldaten begannen, mit erhobenen Waffen und geballten Fäusten schreiend den Hügel hinabzurennen, und ihre Herzen schlugen im Rhythmus der Angst und der Erregung.

Amina – die jetzt nicht mehr Königin genannt werden wollte und verlangte, dass man sie mit Aislinn die Druidin anredete – stand allein in dem winzigen Raum ganz oben im Palast von Providenz vor ebendem Fenster, an dem Eoghan, ihr Mann, vor ein paar Wochen gestorben war, nachdem er das Gift getrunken hatte, das sie ihm ins Glas geschüttet hatte.

Während sie am Fenster stand, blickte sie verloren in die Ferne und lachte. Und es wäre ein ganz gewöhnliches Lachen gewesen, wenn es nicht von Tränen begleitet gewesen wäre, dicken Tränen, die ihr aus den Augen liefen.

»Schweig!«, schrie sie plötzlich und hielt sich den Kopf.

Ihr Schrei erstarb zwischen den Wänden des Raums.

Sie begann erneut zu lachen, dann wurde das Lachen allmählich immer leiser und endete schließlich in einem Hustenanfall. Amina neigte den Kopf. Sie spitzte die Ohren. Die Augen weit aufgerissen, schien sie einem fernen Klang zu lauschen. Einem fernen Murmeln.

»Wie bitte?«, flüsterte sie.

Sie kniff die Augen zusammen, als könnte sie so besser hören.

»Sprichst du zu mir, Eoghan?«

Ihr Atem ging schneller. Ihre Brust hob und senkte sich nervös.

Sie hörte eine Stimme in ihrem Kopf. Eine Stimme, die sich in einem unerträglichen Echo verlor. Es war *seine* Stimme. Diejenige Eoghans. Eoghan sprach in ihrem Kopf.

Kleines Luder! Blick auf den Boden! Blick auf den Boden, Amina, sieh hin!

Sie senkte den Blick und stieß einen Schrei aus, als sie auf dem Fußboden einen Blutfleck entdeckte, der immer größer wurde. Sie trat einen Schritt zurück. Aber das Blut breitete sich in der Maserung des Holzes immer weiter über den Boden aus.

Na? Der Anblick des Bluts macht dir jetzt Angst? Dabei hast du es vergossen, Amina. Sieh hin.

Der Fleck wurde unaufhörlich größer. Amina wich erneut einen Schritt zurück. Ihre Lippen und Hände zitterten. Ihre Wangen waren bleich wie die eines Toten. Schweißperlen glitten über ihre hohe Stirn.

»Nein!«, schrie sie, aber das Blut breitete sich weiter aus.

Es füllte jetzt ein Viertel des Raums aus.

Es ist vergiftet, Amina. Wenn du es berührst, stirbst du.

Sie wich weiter zurück, und plötzlich stieß sie gegen einen Hocker hinter sich und fiel nach hinten. Ihr Rücken schlug hart auf den Boden. Einen Augenblick glaubte sie, sie hätte das Bewusstsein verloren. Die Stimme in ihrem Kopf war verstummt. Sie sah nichts mehr. Sie lächelte. Sie stellte sich vor, sie sei tot. Befreit. Dann kehrte das Licht langsam zurück. Die Decke tauchte über ihr auf, aber sie schien sich wie ein Karussell zu drehen.

Du wirst das Blut berühren, Amina.

Sie neigte den Kopf. Der rote Fleck kam auf ihr Gesicht zu. Unerbittlich breitete er sich über die Dielen des Parketts aus und würde sie gleich erreicht haben.

Amina stieß einen Schrei aus und rollte zur Seite. Mühsam stand sie auf und flüchtete sich in einen Sessel. Sie setzte sich im Schneidersitz hin, um den Boden nicht zu berühren.

Du weißt nicht mehr, wo du noch hinsollst, Amina. Du weißt nicht mehr, was du tun sollst. Du hast geglaubt, du könntest ohne mich zurechtkommen, nicht wahr? Aber jetzt, jetzt, da die Druiden dich zu einer der Ihren gemacht haben, jetzt, da meine Ermordung dich zur Königin gemacht hat, was wirst du jetzt tun, Amina? Welchen Traum vertrittst du? Welchen Kampf? Und wer wird dir nachfolgen, Amina, dir, die du keinen Mann mehr hast, der dir ein Kind schenkt?

Du hast geglaubt, du könntest ohne mich zurechtkommen?

Die Arme um ihre Taille geschlungen, die Augen geschlossen, den ganzen Körper in angstvoller Anspannung, versuchte sie, die Stimme aus ihrem Kopf zu vertreiben. Aber die Stimme wurde immer lauter. Nichts würde sie mehr auslöschen können.

Als sie die Augen wieder öffnete, sah sie, dass der Blutfleck den ganzen Raum ausgefüllt hatte und jetzt begann, unten an den Möbeln die Wände hinaufzukriechen. Sie senkte den Blick und sah, wie die rote Welle die Beine ihres Stuhls erreichte.

Das vergiftete Blut kroch zu ihr empor.

Auf der anderen Seite des Korridors, in der großen Wäscherei, hörte eine Dienerin plötzlich einen gellenden Schrei.

8

An den Quellen des Saiman

General Dancray wurde von den Panikschreien geweckt, die vom Hof zu ihm heraufdrangen. Er sprang aus dem Bett und stürzte zum Fenster, um zu sehen, was da los war. Er rechnete nicht mit einem so schnellen Angriff, aber als er die Schreie und das Geräusch eiliger Schritte im Schloss hörte, konnte er sich kaum etwas anderes vorstellen. In Wahrheit war die erste Hypothese, an die er dachte, ein Feuer. Es war durchaus nicht unmöglich, dass ein Einwohner von Tarnea in einem Anfall wahnsinniger Wut seine eigene Stadt in Brand steckte, um dem Feind Widerstand zu leisten.

Aber als er sich aus dem Fenster beugte, begriff Dancray, dass es sich um etwas ganz anderes handelte. Der Schlosshof stand unter Wasser. Gewaltige Fluten strömten durch alle Tore des Hofs herein, stiegen aus den Kellern herauf und drangen bereits in das Gebäude. Soldaten und Diener liefen in alle Richtungen, um zu versuchen, die Katastrophe aufzuhalten, aber sie wussten nicht wirklich, was sie tun sollten.

General Dancray schimpfte vor sich hin. Das hatte gerade noch gefehlt! Er schlüpfte hastig in eine Leinenhose, ein Hemd und eine kurze Lederjacke. Er setzte sich auf sein Bett und versuchte, während er die Stiefel anzog, die Situation zu analysieren. Plötzlich sah er zum Fenster und betrachtete den Nachthimmel. Es regnete nicht. Nicht ein einziger Regentropfen. Wie konnten der Weiher oder der Cele über die Ufer treten, wenn es nicht regnete? Er begriff sofort, dass das eine Falle war. Er stand abrupt auf, ging zum Fenster zurück und brüllte in den Hof hinunter: »Das ist eine Falle! Das ist eine Falle!«

Aber niemand konnte ihn im Lärm der Panik hören. Alle waren dort unten zu sehr damit beschäftigt zu versuchen, die Wassermassen aufzuhalten, um über den möglichen Grund der Überschwemmung nachzudenken.

Dummköpfe!, dachte der General. Alle Tore des Schlosses standen jetzt offen, und manche Diener wurden von der Strömung mitgerissen.

»Schließt die Tore!«, rief Dancray und schlug mit der Faust auf die Fensterbank. »Schließt die verdammten Tore!«

Aber seine Schreie nutzten nichts. Wütend drehte er sich um und stürzte in den Korridor. Als er aus dem Zimmer trat, kam ein Soldat angelaufen, und sie prallten auf der Schwelle aufeinander.

»Entschuldigt, General«, stammelte der junge Mann. »Ich habe Euch gesucht. Es gibt eine Überschwemmung…«

Dancray war fuchsteufelswild.

»Das ist keine Überschwemmung, Dummkopf, das ist eine Falle!«

Er stieß den Soldaten zur Seite und stürzte zur Treppe, die ins Erdgeschoss führte. Dabei rief er dem jungen Mann zu: »Sucht Hauptmann Danil! Sagt ihm, er soll mich unverzüglich am großen Tor treffen!«

Er wartete die Antwort des Soldaten nicht ab und stürmte die Stufen in die Vorhalle hinunter, deren Boden bereits vollständig überschwemmt war. Mühsam lief er durch das Wasser, trat in den Hof hinaus und lief geradewegs auf das große Tor zu. Immer, wenn er einem Mann begegnete, rief er: »Zu den Waffen! Zu den Waffen! Das ist eine Falle!

Die Soldaten rannten in alle Richtungen. Die Reflexe des Mondes auf dem Wasser tanzten im Rhythmus der Wellen und Spritzer. Nach und nach riefen die Soldaten sich den Befehl des Generals zu, und bald hörte man, wie sie ihrerseits ihre Kameraden zu den Waffen riefen.

»Schließt die Tore, schließt die Tore!«, mahnte der General.

Mehrere Soldaten versuchten, seinen Befehl auszuführen, aber das Wasser stand viel zu hoch.

In genau diesem Augenblick hörte der General von den Zinnen den Schrei, den er gefürchtet hatte.

»Armee in Sicht!«, rief eine Wache vom Wehrgang her. »Eine Armee marschiert gerade durch das Tor von Cavalia!«

Dancray stieß einen Wutschrei aus.

»Ich will, dass endlich diese Tore geschlossen werden!«, wiederholte er und drehte sich zur Mitte des Hofs um.

Er lief von einem Soldaten zum nächsten, um ihnen zu befehlen, denen zu helfen, die verzweifelt versuchten, die riesigen Torflügel aus Holz zu schließen.

»Ihr da oben!«, schrie er der Wache zu. »Beeilt Euch. Macht Euch bereit, die Schließvorrichtung zu betätigen!«

Der Soldat hob verzweifelt die Arme. Die Soldaten hatten noch nicht alle Zeit gehabt, sich mit dem Schloss vertraut zu machen, und dieser hatte ganz eindeutig keine Ahnung, wovon Dancray sprach.

»Hinter dem Totschläger dort!« Dancray deutete auf den Abschnitt der Mauer direkt über dem großen Tor. »Betätigt endlich diese verdammte Vorrichtung, Dummkopf!«

Die Wache lief zu dem Totschläger und suchte nach dem Mechanismus.

»General!«

Dancray drehte sich um. Hauptmann Danil war mit etwa fünfzehn Soldaten gekommen.

»General«, wiederholte der Hauptmann, »das ist Aleas Banner.«

»Natürlich!«, entgegnete Dancray. »Wer sollte es sonst sein? Lasst die Bogenschützen auf den Mauern Aufstellung nehmen, stellt kochendes Öl und Pech in der Pechnase bereit, wenn noch Zeit ist, und stellt Spieße entlang der Zwischenfassaden auf, in der Waffenkammer sind mehr als genug.«

»Sofort, General.« Danil drehte sich um und gab die Befehle an seine Männer weiter. Dann wandte er sich erneut an Dancray. »Ich denke, wir sollten die Reiter im Hof sammeln, General. Wenn es dem Feind gelingt einzudringen, müssen wir bereit sein, ihn zu empfangen.«

»Dann tut es, Danil«, stimmte Dancray zu.

»Und was Euch betrifft, so wäre es gewiss nicht unklug, wenn Ihr auf den Bergfried steigen würdet.«

»Nicht gleich. Diese Dummköpfe sind nicht in der Lage, das Schloss ohne uns zu verteidigen, Danil, wir müssen hier bleiben, solange Panik herrscht. Schickt schnell Boten zu den Wachposten, alle sollen sich beim Schloss sammeln. Auf dem Vorplatz können wir gar nicht genug Kämpfer haben, das wird den Feind zwingen, zwei Frontalangriffe zu führen.«

»Natürlich.«

Danil gehorchte und eilte zum Westflügel des Schlosses.

Dancray lief zu den Treppen, die zu den Zwischenfassaden führten. Je höher er kam, desto lauter wurden die Schreie der Angreifer draußen.

Als er oben angelangt war, stellte er entsetzt fest, dass noch nicht alle Schießscharten mit Soldaten besetzt waren.

»Schneller!«, brüllte er, als er die Männer sah, die ihm hinterherliefen.

Er beugte sich hinunter, um in den Hof zu blicken. Während die Soldaten unten es endlich geschafft hatten, die beiden Flügel des großen Tors so weit aufeinander zuzubewegen, dass sie es gleich würden schließen können, tauchten schreiend und mit erhobenen Schwertern die ersten Soldaten der Erde auf, und der Kampf begann.

Für den Augenblick funktionierte Aleas Plan prächtig.

Finghin stürzte zu Alea, um ihr beim Aufstehen zu helfen. Das Mädchen zitterte. Sie stützte sich auf die Schulter des Druiden und dankte ihm.

Der Himmel wurde bereits hell, und die Sterne begannen zu verschwinden. Hinter ihnen strömte das Wasser des Kanals jetzt wieder in die gewohnte Richtung. Aber die Flut war noch immer so stürmisch bewegt, dass sie bespritzt wurden.

»Glaubst du, dass es funktioniert hat?«, fragte Alea aufgeregt.

»Ich hoffe es. Ich werde nachschauen gehen. Du bleibst hier, du musst wieder zu Kräften kommen.«

Alea begann zu protestieren, aber der Druide legte seine Hand auf ihren Mund.

»Kein Wort, Alea! Du bist nicht in der Lage zu kämpfen! Wenn du wirklich so dumm und borniert bist, unbedingt mitkommen zu wollen, dann versprich mir wenigstens, ein paar Minuten zu warten. Du kannst dich ja nicht einmal auf den Beinen halten! Setz dich und warte ein bisschen.«

Alea nickte seufzend. Der Druide warf ihr einen zweifelnden Blick zu und machte sich dann kopfschüttelnd auf den Weg.

Er begann, am Kanal entlangzulaufen, kam durch ein erstes Tor, das in die Vorstadt Pinum führte, überquerte eine Brücke zu seiner Linken, lief an der Reihe von Bauernhöfen und Häusern vorbei und erblickte schließlich mitten auf dem Weg einen Mann, der ihm entgegengelaufen kam.

Misstrausch verlangsamte Finghin seinen Schritt.

»Druide!«, rief der Unbekannte außer Atem. »Druide! Ist Alea bei Euch?«

Finghin runzelte die Stirn. »Wer seid Ihr?«, fragte er.

»Cadrigo«, erwiderte der Mann und reichte dem Druiden die Hand. »Ich habe Alea und Hauptmann Fahrio heute Nacht geführt.«

Finghin nickte. »Sie haben mir von Euch erzählt.«

»Wollt Ihr in die Stadt?«

»Ja.«

»Das dachte ich mir. Aber hier lang dürft Ihr nicht, Druide, direkt vor der Brücke von Pinum steht ein Wachposten. Folgt mir, ich werde Euch zu einer kleinen Passage weiter oben führen, die direkt in die Gartenstraße führt. Ich glaube nicht, dass dort Soldaten der Flamme sind.«

»Dann gehen wir«, erwiderte Finghin, ohne zu zögern.

Der Tarneaner nickte und machte sich auf den Weg in Richtung Stadt. Sie gingen erneut am Kanal entlang, bis sie zu einer Kreuzung kamen. Die Hauptstraße führte geradeaus weiter zum Tor von Pinum, während eine kleine, ansteigende Straße nach Norden führte. Cadrigo wählte diese und bedeutete dem Druiden, ihm zu folgen.

Die Straße war ziemlich steil, und Finghin wurde langsam müde. Der Gebrauch des Saiman hatte ihn erschöpft, und obwohl er viel weniger Energie als Alea aufgewendet hatte, war er nicht mehr unbedingt in Hochform.

Schließlich kamen sie an eine weitere Kreuzung und bogen links in eine Straße ein, die nicht mehr anstieg. Finghin blieb stehen, um wieder zu Atem zu kommen, aber als er sah, dass der Tarneaner nicht auf ihn wartete, blieb ihm nichts anderes übrig, als ihm hinterherzulaufen.

»Da lang!«, rief Cadrigo und deutete auf das Ende der Straße. »Dort gibt es eine kleine Gasse, die in die Stadt hineinführt!«

Nach ein paar Häusern wurde endlich die Ringmauer der Stadt jenseits der Dächer sichtbar. Der Tarneaner blieb am Ende der Straße stehen und bedeutete Finghin, sich zu beeilen. Der Druide war völlig außer Atem. Er verlangsamte sein Tempo und stützte sich bei den letzten Schritten an der Mauer des Hauses zu seiner Rechten ab.

Plötzlich hörte er ein Sirren vor sich. Er hob den Kopf

und entdeckte Cadrigos entsetztes Gesicht. Die Augen weit aufgerissen, fiel der Tarneaner stöhnend auf die Knie. Die Spitze eines Pfeils ragte aus seiner Brust. Dann fiel sein ganzer Körper nach vorn. Sein Kopf schlug hart aufs Pflaster.

Finghin drückte sich an die Mauer. Oben auf den Zinnen befand sich ein Schütze. Keuchend und mit zitternden Beinen stand er da und vermochte den Blick nicht von Cadrigos Körper abzuwenden. Der Pfeil, der das Herz des Tarneaners durchbohrt hatte, hätte ihn getroffen, wenn er allein gekommen wäre. Hätte er ihm ausweichen können? Hätte er den Bogenschützen rechtzeitig gesehen, oder wäre er jetzt tot? Er versuchte, diese Frage zu verdrängen, und hob den Kopf, um zu sehen, ob er den Schützen entdecken könnte.

Er beugte sich etwas vor, und sofort hörte er erneut das Sirren eines Pfeils, der durch die Luft sauste. Er konnte sich gerade noch an die Wand des Hauses hinter ihm drücken, und der Pfeil verfehlte ihn nur knapp und bohrte sich in die Tür des Nachbarhauses.

Finghin wagte nicht, sich zu rühren. Den Rücken gegen den Stein gepresst, hielt er den Atem an. Eine Weile blieb er so, und als er zu den Zinnen hin ein Geräusch hörte, glitt er an der Wand entlang, um das Haus zu umrunden und auf der anderen Seite herauszukommen. Schritt für Schritt bewegte er sich geräuschlos seitlich vorwärts, bog um die Hausecke und stürzte hinter die Mauer gegenüber der Ringmauer. Dort atmete er kurz durch. Er warf einen Blick auf die Hausfassade. Sie war fensterlos. Er würde also nicht hineinkommen können. Er musste außen herum. Er ging auf die andere Seite des Gebäudes und postierte sich direkt hinter der Ecke. Er brauchte nur den Kopf vorzubeugen, um die Ringmauer sehen zu können. Aber der Schütze ahnte vermutlich, dass der Druide auf dieser Seite auftauchen würde.

Finghin drehte sich um. Er sammelte etwas Saiman in seinen Fingerspitzen und schickte eine kleine Energiekugel zur Ecke gegenüber, um an der Stelle, wo er einen Augenblick zuvor gewesen war, Lärm zu machen, wodurch er den Schützen zu verwirren hoffte.

Sofort beugte er sich vor, um auf die andere Seite des Hauses zu blicken. Und da sah er eine Schießscharte. Und einen Schatten dahinter, der einen Pfeil anlegte. Der Druide zögerte keinen Augenblick. Er holte die kochende Energie aus seinem Inneren und streckte den Arm in Richtung Schießscharte aus. Es gab einen großen, blauen Blitz, kurz und glänzend, und dann ein paar Funken auf dem Stein, und Finghin hörte das Geräusch eines Körpers, der zu Boden stürzte. Er hatte den Schützen getroffen. Aber vielleicht gab es noch einen zweiten. Dennoch versuchte der Druide sein Glück. Er stürzte auf die Ringmauer zu.

Er lief so schnell er konnte. Bei jedem Schritt rechnete er damit, von einem Pfeil getroffen, von einem tödlichen Pfeil in seinem Lauf gestoppt zu werden. Aber er gelangte ohne Probleme zur Ringmauer.

Er schöpfte Atem und ging durch die kleine Gasse, die Cadrigo ihm gezeigt hatte, in die Hauptstadt hinein. Er sah, dass der Boden nass war, aber das Wasser war bereits wieder verschwunden. Nach ein paar Schritten kam er an eine Kreuzung. Dort erblickte er im Südwesten die Spitze eines Bergfrieds. Das Schloss war also nur ein paar Straßen entfernt.

Er begann zu laufen und versuchte, sich dicht an den Hauswänden zu halten, um den Schatten auszszunutzen. Er überquerte eine breite Straße und lief in eine weitere Gasse hinein. Er sah ein paar Tarneaner und sogar Soldaten, die durch die Straße liefen, aber sie schienen ihn nicht zu bemerken, vermutlich wegen der Dunkelheit und der Panik, die in der Stadt zu herrschen schien. Er hörte bereits Kampflärm und hoffte, dass Aleas Plan funktioniert hatte.

Bald war er am Kanal, folgte ihm bis zum Weiher und erblickte den großen Platz, an dem das Schloss errichtet worden war.

Was er jetzt sah, entsetzte ihn. Die Armee der Erde war im Begriff, niedergemetztelt zu werden.

Die Tore des Schlosses waren geschlossen. Auf den Wehrgängen postierte Bogenschützen ließen tausende von Pfeilen auf ihre Angreifer regnen. Ein paar Soldaten der Erde, die versuchten, die Wand hinaufzuklettern, wurden verbrüht. Ihre Körper stürzten von den Mauern und schlugen schwer auf das Pflaster. Hunderte von Körpern türmten sich auf dem großen Platz, in deren Mitte der Körper des Grafen von Sarrland noch immer an einem Galgen über diesem Totenfeld baumelte.

Finghin fiel entsetzt auf die Knie. Es gab so viele Opfer. So viele Unschuldige. War auch Erwan ums Leben gekommen? Kaitlin? Tränen traten in seine Augen. Er nahm den Kopf zwischen seine Hände. Er hatte das Gefühl, jeden Augenblick ohnmächtig zu werden. Aber das durfte er nicht. Nein. Alea verließ sich auf ihn. Er war ein Großdruide. Er durfte sich nicht töten lassen. Er atmete tief ein und versuchte, sich zu fangen.

Und als hätte die Moira ihn gehört, entdeckte er, als er aufblickte, Erwan auf der anderen Seite des Platzes. Seinen Magistel. Seinen besten Freund. Finghin sprang auf. Erwan stand aufrecht da und schrie seinen Männern zu, sich zurückzuziehen.

Finghin zögerte keinen Augenblick. In einem Anfall unvernünftigen Mutes stürzte er auf den großen Platz. Geduckt lief er quer über ihn, sprang über die Leichen und vergaß die Pfeile, die um ihn herumsirrten.

Erwan bemerkte ihn. »Finghin! Finghin!«, brüllte er. »Beeil dich!«

Der Druide war nur noch ein paar Schritte von ihm entfernt. Er lief noch schneller und suchte im Saiman etwas zusätzliche Kraft. Seine Füße schienen über den Boden zu fliegen.

Alles geschah innerhalb eines Augenblicks. Er war fast angekommen. Nur noch drei, vier Schritte. Die Dinge geschahen so schnell, dass er nicht wusste, ob er zuerst Erwans Stimme oder das Sirren des Pfeils hörte.

»Auf den Boden!«

Die Stimme des Magistel hallte in seinem Kopf wie in einem Traum. Der Druide hechtete nach vorn. Ihm blieb kaum Zeit, die Spitze des Pfeils zu sehen, die auf seinen Schädel zusauste.

Er landete in ganzer Länge auf dem nassen Pflaster des Platzes. Sein Körper rollte zur Seite. Dann Dunkelheit. Vollkommene Dunkelheit. Aber nur einen Augenblick. Oder eine Ewigkeit.

Er öffnete die Augen. Das Gesicht des Magistels war über ihm. Erwan packte ihn unter den Schultern und zog ihn nach hinten, um ihn in Sicherheit zu bringen.

»Geht es?«

Finghin richtete sich mühsam auf. Er fuhr sich mit der Hand über den kahlen Schädel. Er spürte die klebrige Flüssigkeit unter seinen Fingern.

»Es ist nicht schlimm«, beruhigte ihn Erwan, »der Pfeil hat dich nur gestreift. Aber was ist nur in dich gefahren, einfach so über den Platz zu rennen? Du bist vollkommen verrückt!«

Der Druide schluckte seine Spucke hinunter. Dann atmete er tief durch.

»Ich hatte wirklich gedacht, das wäre mein Ende.«

Der Magistel schüttelte den Kopf.

»Kaitlin?«, fragte der Druide.

»Sie ist da irgendwo mit Mjolln.«

Finghin warf einen Blick hinter sich. Die meisten Soldaten hatten den Platz verlassen und sich wie sie in die angrenzenden Straßen geflüchtet. Die anderen lagen tot vor dem Schloss.

»Was ist passiert?«, fragte Finghin und verzog das Gesicht. »Hat es nicht funktioniert?«

Erwan ballte die Fäuste. Er starrte unverwandt auf den großen Platz und die vielen Toten.

»Doch, es hat funktioniert, aber nicht lange. Die Überraschung hat nicht lange angehalten. Unsere ersten Truppen sind noch hineingekommen, ich weiß nicht, wie viele, aber sie sind hineingekommen. Dann ist es den Soldaten der Flamme gelungen, die Tore zu schließen. Die anderen dort drin werden jetzt wohl alle tot sein... Und wir hier konnten nichts mehr tun. Sie haben alles geschlossen. Und wir haben keine Maschine, um angreifen zu können. Keine Wurfmaschine, keinen Rammbock, keinen Turm, nichts. Wir sind verloren, Finghin.«

Wie jedes Jahr Mitte Herbst, hatte Alvaro Bisani eine Truppe Wanderschauspieler in das große Theater von Farfanaro kommen lassen. Das war eine Tradition, die den Einwohnern von Bisania lieb und teuer war und wo die Adligen des Herrschaftsgebiets ihrem Lieblingsspiel frönen konnten, der *decenza*. Die Frauen führten ihre schönsten Kleider aus, die Männer ihre schönsten Frauen, und die Leute aus dem Volk, die auf den erhöhten Balkons standen, bewunderten das Schauspiel, das sich ihnen sowohl auf der Bühne als auch im Saal bot.

Zur Eröffnung gab die Schauspieltruppe am ersten Abend eines der berühmtesten Stücke Gaelias, *Die Prüfung*, das Meisterwerk des Barden O'Hanlon. Das Verbot der Schrift, das die Druiden in grauer Vorzeit ausgesprochen hatten, beschränkte die Zahl der Stücke im Repertoire der Schauspieler der Insel, denn die Texte wurden nur mündlich überliefert, was ihre Verbreitung stark einschränkte. Die Stücke wurden vor allem nach der Interpretation beurteilt, und die Zuschauer liebten es, sich in endlosen Vergleichen zu ergehen.

Wie die meisten Menschen seines Rangs kannte der Baron das Stück natürlich auswendig, aber er war es sich schuldig, der Premiere beizuwohnen, um die Bisanier ins Theater zu locken. Die Erhaltung des Gebäudes kam die Stadt teuer, die Werbung, die die Anwesenheit des Barons darstellte, war daher kein Luxus. Für den Adel war dies der Abend, an dem man sich zeigen musste, und für das Volk war es der Abend, an dem man die meisten Adligen sehen konnte!

Alvaro Bisani hatte also in einem seiner extravagantesten Anzüge in der prachtvollen Loge Platz genommen, die die Bühne überragte, begleitet von Vogt Stefano und einem seiner Diener. Im Dunkel der Proszeniumsloge auf seinen Stock gestützt, verfolgte er das Stück mit Interesse. Gewiss bedauerte er es ein wenig, dass die Schauspieler kein weniger bekanntes Stück gewählt hatten – denn von demselben Barden gab es noch weitere bemerkenswerte Texte, die fast nie gespielt wurden –, aber er war trotzdem angenehm überrascht von der Interpretation der Wanderschauspieler, und am Ende des ersten Aktes erhob er sich, um zu applaudieren. Mit ihm jubelte der ganze Saal den Schauspielern zu.

»Ganz wunderbar!«, sagte er zu dem Vogt, der sich mit einem Lächeln als Antwort begnügte.

Jetzt war Pause, und sie war für die meisten Adligen der Höhepunkt des Abends. Die Gelegenheit, ein Glas mit dem Baron zu trinken oder den anderen Zuschauern ihre ersten Eindrücke mitzuteilen.

Bisani machte einen kleinen Rundgang im Erdgeschoss des Theaters, um ein paar Hände zu schütteln und dem Direktor des Theaters zu gratulieren.

»Es ist ganz wunderbar!«, wiederholte er und umarmte den alten Mann. »Ganz wunderbar!«

Der Direktor verbeugte sich getreu den Regeln der *decenza*, und die Schaulustigen, die sich im Gang drängten, applaudierten herzlich.

Ein paar Augenblicke später ertönte die Glocke, die die Fortsetzung der Aufführung ankündigte. Alvaro Bisani ging zusammen mit dem Vogt mühsam die Marmorstufen der breiten Treppe hinauf, um in seine Loge zurückzukehren.

Als alle wieder ihre Plätze eingenommen hatten, wurden die Fackeln im Publikum gelöscht. Der große, rote Vorhang öffnete sich. Die Schauspieler erschienen in einem neuen Bühnenbild. Aber während sie die erste Szene begannen, hörte der Baron ein Geräusch hinten in seiner Loge. Mit gerunzelter Stirn drehte er sich um in der Meinung, das Geräusch käme von seinem Diener, aber vor ihm stand die dunkle Gestalt eines Mannes, der einen Dolch in seiner Hand hielt. Der Baron fuhr zusammen.

Zu seiner Rechten saß Vogt Stefano mit durchschnittener Kehle.

Als Bisani sich wieder gefangen hatte, wollte er schreien, aber der Eindringling hinderte ihn sofort daran, indem er von hinten seine Hand auf den Mund des Barons presste. Zu Tode erschreckt, wehrte sich Bisani, aber er konnte nicht kämpfen.

Unten ging die Aufführung weiter. Noch schien niemand das Drama bemerkt zu haben, das sich in der Loge des Barons abspielte.

Plötzlich spürte Alvaro das kalte Metall der Klinge an seinem Hals. Langsam drang sie in sein Fleisch ein. Es war wie ein eiskalter Biss. Dann glitt die Klinge durch seinen Hals. Eine schnelle Bewegung. Ganz einfach. Eine ganz kleine Bewegung.

Der Graf verblutete und starb stumm. Die rote Flüssigkeit ergoss sich in Strömen aus seinem Hals und verbreitete sich über seinen Körper und den breiten Sessel.

Währenddessen setzten die Wanderschauspieler etwas weiter unten vor einem begeisterten Publikum ihr Stück fort.

»Was ist das denn?«

Erwan wollte in seiner Verzweiflung seinen Truppen gerade befehlen, die Stadt zu verlassen und sich auf den Hügel zurückzuziehen, als er Finghins überraschten Ausruf hinter sich hörte.

Der Magistel drehte sich um und war ebenfalls verblüfft, als er sah, was auf dem großen Platz geschah.

Mitten auf der Esplanade wuchs dicht über dem Boden ein Feuerball heran, der sich um die eigene Achse drehte; er blähte sich immer mehr und sandte in alle Richtungen Hitzewellen aus, die noch am Rand des Platzes spürbar waren. Fassunglos trat Erwan einen Schritt zurück, als wollte er sich schützen. Und da erblickte er die Gruppe, die sich auf der anderen Seite der Esplanade versammelt hatte.

»Sieh nur«, stammelte er und packte Finghin am Arm, »da ist Alea mit Sai-Mina!«

Finghin nickte. Er hatte sie ebenfalls entdeckt. Ernan, Kiaran, Shehan… Fünf Großdruiden und mindestens fünfzig Druiden hatten sich mit Alea vor dem großen Weiher versammelt. Sie vereinten ihre Kräfte, um diesen unglaublichen Feuerball anwachsen zu lassen, der sich jetzt langsam auf das riesige Tor des Schlosses von Tarnea zubewegte.

Erwan schrie vor Freude und drückte Finghins Arm. Nach und nach kamen die Soldaten der Erde, die sich hinter ihm gesammelt hatten, näher. Verblüfft beobachteten sie, was da vor sich ging.

Und plötzlich wurde der Feuerball zu einem Blitz und knallte gegen die beiden Holzflügel des Schlosstors. Die Explosion war ohrenbetäubend. Das Tor zerbarst in tausend Stücke, und die Mauern stürzten stellenweise ein. Eine Wolke aus Rauch und Staub erhob sich über der Einschlagstelle und hüllte das ganze Schloss in einen riesigen, undurchdringlichen Schleier.

Erwan warf Finghin einen fassungslosen Blick zu.

»Hast… hast du das gesehen?«, stammelte er ungläubig.

Aber Finghin antwortete nicht. Er begnügte sich mit einem Lächeln.

Langsam begann der Rauch sich aufzulösen. Die Flammen hatten sich über einen Gutteil der Schlossfassade ausgebreitet. Balken und Steine stürzten funkensprühend zu Boden. Vor allem aber entdeckte Erwan zu seiner großen Überraschung, dass der riesige Feuerball im Hof erneut Gestalt annahm. Er warf einen Blick auf die andere Seite des Platzes und sah, dass Alea und die Druiden sich noch immer konzentrierten und vermutlich einen zweiten Angriff vorbereiteten, auf den Bergfried diesmal.

Ohne zu zögern, drehte der Magistel sich um und befahl den Truppen, sich bereitzumachen.

»Sobald ihr eine zweite Explosion hört«, rief er, »greift ihr erneut das Schloss an! Soldaten, der Sieg ist unser!«

Er hoffte nur, dass er damit nicht die Pläne der Druiden durchkreuzte. Aber er musste den Vorteil nutzen. Die Soldaten der Erde hatten wieder Vertrauen gefasst. In ihren Augen leuchtete erneut die Hoffnung auf den Sieg. Nach dem Scheitern ihres ersten Angriffs hatten sie jetzt eine zweite Chance. Eine Chance, sich zu rächen.

Die Explosion am Bergfried war noch eindrucksvoller als die erste. Große Steine brachen aus den hohen Mauern, wurden durch die Luft geschleudert und fielen auf dem großen Platz mit ohrenbetäubendem Lärm zu Boden.

»Alragan!«, schrie Erwan und stürzte, Banthral, das Schwert seines Vaters, erhoben, auf die Esplanade.

Die Soldaten der Erde stürmten mit Tagor an der Spitze hinter ihm her und stießen ebenfalls ihren berühmten Kriegsschrei aus. Sie liefen über den Platz, ohne dass auch nur ein Pfeil vom Schloss her auf sie abgeschossen wurde. Die beiden Explosionen hatten gewiss zahlreiche Soldaten im Innern getötet, und die Überlebenden waren mit Sicherheit noch zu benommen, um sofort wieder einsatzbereit zu sein.

Finghin ließ die ersten Soldaten an sich vorbei und suchte auf Zehenspitzen nach Kaitlin. Die Soldaten der Erde drängten auf den großen Platz, und er hatte Mühe, jemanden zu erkennen. Aber dann entdeckte er plötzlich die Schauspielerin.

»Kaitlin!«, schrie er und streckte den Arm über die Menge hinweg aus.

Die Wanderschauspielerin blickte auf und sah ihn. Sie kämpfte sich durch die Flut der Soldaten, ein strahlendes Lächeln auf den Lippen, und warf sich in die Arme des Druiden. Finghin ließ sich umarmen, konnte aber nicht verhindern, dass er errötete,

»Los, komm«, sagte Kaitlin schließlich und wies mit dem Finger auf das Schloss, »wir kehren dorthin zurück!«

Und sie lief hinter den Soldaten der Erde her. Mjolln kam ebenfalls an, Khadel, das Schwert, das Phelim ihm einst geschenkt hatte, in Händen. Finghin sah ihnen nach, dann lief er zu Alea und den Druiden auf der anderen Seite des Platzes.

Die Soldaten der Erde waren im Nu beim Schloss, stiegen über die Trümmer und die Leichen, die sich unter den Resten des steinernen Gewölbes türmten, und stürzten sich im Hof auf die verblüfften Harcortianer.

Das Schloss in ihren Besitz zu bringen war nicht schwierig. Die Soldaten der Flamme fielen einer nach dem andern, hilflos, überrumpelt, vermutlich unfähig, wirklich zu begreifen, was da mit ihnen geschah.

Innerhalb weniger Augenblicke fiel das Schloss in die Hände von Aleas Armee. Laufgang um Laufgang, Turm um Turm eroberten die Soldaten die Gebäude und hatten bald den Turm des Bergfrieds erreicht.

Erwan gehörte zu den ersten, die in den hohen Turm

hinaufstiegen; er kämpfte mutig und war den anderen ein Vorbild durch den meisterhaften Umgang mit seinem Schwert und sein Ungestüm.

Während er die Türen all der Zimmer, auf die er stieß, eintrat, suchte er im Grunde nur eines. Oder, besser, eine einzige Person. Dancray.

Als Erwan das letzte Stockwerk des Bergfrieds erreichte, öffnete er langsam die große Holztür am Ende der Treppe. Sie führte in einen runden, prächtig eingerichteten Raum. Aber niemand war darin. Vorsichtig machte der Magistel ein paar Schritte vorwärts und bewegte sich dann, immer auf der Hut, zur Seite, um zu sehen, ob sich jemand hinter der Tür versteckte. Doch es war niemand da. Aber er entdeckte auf der anderen Seite der Tür eine schmale steinerne Treppe, die gewiss auf das Dach des Bergfrieds führte.

Erwan näherte sich langsam den Stufen. Im selben Augenblick erschienen zwei seiner Soldaten in der Tür hinter ihm. Er hob die Hand, um ihnen zu bedeuten, sich nicht zu bewegen. Kein Geräusch zu machen.

Die Tür am Ende der Treppe stand offen.

Geräuschlos ging der Magistel Stufe um Stufe hinauf. Sein Schwert vor dem Körper erhoben, beugte er sich vor, um zu sehen, was sich jenseits der Tür befand.

Als er auf der Schwelle war, atmete er tief ein, umklammerte den Griff seines Schwerts noch fester und stürzte auf das Dach hinaus.

Ihm blieb gerade noch die Zeit, sich umzudrehen, um den Stoß des Soldaten abzuwehren, der ihn angriff. Mit seinem Schwert Banthral parierte er die Klinge seines Gegners, dann stieß er ihn mit aller Kraft zurück. Der Soldat fiel nach hinten und rollte ein Stück weit über die alten, glatten Steine.

Erwan nutzte die Atempause, um die Lage einzuschätzen. Sie waren zu dritt auf dem Dach des Bergfrieds. Er, der Soldat, der ihn angegriffen hatte, und, ihnen gegenüber, ein Mann, der ihnen den Rücken zuwandte und die Leere vor sich zu betrachten schien, Dancray.

Der Soldat, der kein anderer als Hauptmann Danil war, hatte sich aufgerappelt und wollte wieder angreifen. Aber Erwan ließ ihm keine Zeit dazu. Mit der Gewandheit des Magistel machte er eine rasche Wendung, drehte sich zur Seite und traf mit einem heftigen Stoß die Hüfte seines Gegners, noch bevor dieser seine Waffe heben konnte. Die Wucht des Stoßes war so stark, dass das Schwert das Panzerhemd durchstieß, das gefütterte Wams zerfetzte und bis zur Hälfte der Klinge ins Fleisch des Hauptmanns drang. Der junge Mann schrie auf vor Schmerz.

Erwan warf einen Blick zu Dancray. Der hatte sich nicht gerührt. Aber Danil war schon wieder da und trotz des Bluts, das aus seiner Hüfte quoll, bereit zu kämpfen. Er machte ein paar Ausfälle, um mit dem Magistel Kontakt aufzunehmen, dann kreuzten sie die Klingen. Der Hauptmann täuschte einen geraden Stoß, traf aber sein Ziel nicht. Seine Stöße waren zu offensichtlich und zu langsam, und der Magistel parierte mühelos seine Angriffe. Jede seiner Finten begleitete Danil durch ein Stampfen mit dem Fuß, und seine Absicht war leicht zu erraten.

Jetzt, da Erwan seinen Gegner eingeschätzt hatte, beschloss er, zum Endangriff überzugehen. Mit verblüffender Geschwindigkeit führte er ein bemerkenswertes Manöver aus, das er tausendmal geübt hatte: eine halbe Wendung zur Seite, einen heftigen Schlag auf die Hand des Gegners und dann eine Finte. Erwan packte die verletzte Hand seines Gegners und ließ ihn sich um sich selbst drehen, während er ihn zugleich entwaffnete.

Als der Hauptmann dem Magistel erneut gegenüberstand, traf ihn ein mit äußerster Wucht geführter Stoß zwischen die Augen, der ihn auf der Stelle tötete.

Erwan ließ Danils Körper schwer auf den Boden des Bergfrieds sacken und ging dann an dem blutigen Leichnam vorbei zu Dancray, die Waffe zum Boden gerichtet.

Der General hatte sich umgedreht und den Tod seines letzten Leibwächters mit angesehen.

»Ihr kämpft genauso gut wie Euer Vater, Al'Daman«, gratulierte Dancray und applaudierte mit übertriebener Langsamkeit.

»Und Ihr, Dancray«, entgegnete Erwan, »seid Ihr fürs Fechten ebenso begabt wie fürs Hängen?«

Der General brach in Gelächter aus. »Für das Fechten? Seht her, ich trage nicht einmal ein Schwert! Ich bin ein Stratege, Al'Daman, kein einfacher Kämpfer wie Ihr …«

»Wünscht Ihr Euch so sehr, dass ich Euch töte, dass Ihr mich so provoziert?«, fragte Erwan überrascht. »Sucht Ihr eine Befreiung durch den Tod?«

Der General lächelte noch immer,

»Aber seid beruhigt«, fuhr Erwan fort, der sich dem General bis auf eine Schwertlänge genähert hatte. »Ihr braucht mich nicht zu überreden. Keine Angst, ich bin gekommen, um Euch zu töten, Dancray.«

»Dann tut es!«, erwiderte der General und breitete seine Arme aus.

Erwan hob Banthal über seinen Kopf. Er sah noch immer die Augen der Tarneaner, die aus der Stadt flohen. Den Körper des Grafen, der am Galgen baumelte. Er empfand nicht das geringste Mitleid mit diesem herablassenden Henker. Gleich würde er ihn in zwei Hälften spalten.

»Warte!«, brüllte Alea hinter ihm.

Erwan seufzte und senkte langsam sein Schwert. Im selben Augenblick sprang der General auf die Brustwehr des Bergfrieds, um sich hinunterzustürzen. Der Magistel hechtete ihm hinterher. Er konnte Dancray gerade noch bei den Beinen packen und auf das Dach des Bergfrieds ziehen.

Der General wehrte sich wütend. Erwan zögerte nicht einen Augenblick und betäubte den Offizier mit einem einzigen Faustschlag.

»Ich hätte die Insel von diesem Ungeheuer befreien können«, schimpfte Erwan, während er aufstand.

Alea kam lächelnd zu ihm.

»Ich weiß, Erwan, das war eine große Versuchung für dich. Aber wir müssen mit gutem Beispiel vorangehen. Man kann nicht alles mit Mord und Totschlag lösen. Und vor allem… ich habe ihm einige Fragen zu stellen!«

Sie drückte einen zärtlichen Kuss auf die Lippen des Magistel.

»Komm, gehen wir hinunter. Wir haben viel zu tun.«

Als Almar Cahin nach Providenz kam, warfen die Passanten ihm beunruhigte Blicke zu. Mit seinem geschwollenen Gesicht, seiner vom Schmutz schwärzlichen Haut und seiner zerrissenen Kleidung sah er aus wie ein vagabundierender Verbrecher, und die Leute gingen ihm aus dem Weg. Humpelnd ging er durch die Straßen und steuerte geradewegs auf den Palast zu, ohne sich um die Blicke der Stadtbewohner zu kümmern. Er rempelte ein paar Spaziergänger an, aber er wirkte so sehr wie ein gefährlicher Irrer, dass niemand sich traute, ihn anzufahren.

Nur eines zählte. In den Palast von Providenz zu gelangen. Die Königin zu treffen. Er hatte es versprochen. Er lebte nur dafür. Er hatte das ganze Land durchquert, nichts konnte ihn mehr aufhalten.

Als er vor dem prächtigen Palast der Königin stand und gerade hineingehen wollte, legte sich eine Hand auf seine Schulter und bremste ihn in seinem Schwung.

»In diesem Zustand gehst du mir da nicht hinein!«

Almar drehte sich um. Er kannte die Person nicht, die ihn angesprochen hatte. Es war ein großer, schlanker, eleganter Mann mit rotem Haar und grünen Augen.

»Wer seid Ihr?«, fragte Almar mit heiserer Stimme.

Er hatte seit Tagen nicht gesprochen, und seine Kehle war trocken und gereizt. Die Worte, die aus seinem Mund kamen, taten ihm weh.

Der Unbekannte blickte sich um, um sicherzugehen, dass niemand sie hörte.

»Ich bin wie du, Almar. Der Herr hat uns über deinen Auftrag informiert. Aber so kannst du da nicht hinein. Sie werden dich nicht reinlassen. Folge mir.«

Almar knurrte. Niemand erteilte ihm Befehle. Nur der Herr durfte ihm befehlen. Er würde in den Palast gehen. Er hatte nicht die Absicht, einem Unbekannten zu folgen. Nein.

»Ich gehe in den Palast«, stammelte er mit leerem Blick, als habe er nicht verstanden, was der andere gesagt hatte.

»Almar«, seufzte der Unbekannte. »Der Herr hat mich gebeten, dich in den Palast zu schleusen. Er hat mir befohlen, mich davon zu überzeugen, dass du von der Königin empfangen wirst. Aber um dich hineinzubringen, muss ich mich um dein Äußeres kümmern. Du bist schmutzig, du stinkst wie ein Verbannter, und deine Kleider hängen in Fetzen.«

Der Metzger blickte an sich herunter und betrachtete seine Kleidung. Er brach in Gelächter aus.

»Die Königin wird eine solche Jammergestalt nicht empfangen wollen, hm?«, sagte er und breitete die Arme aus.

»Absolut richtig!«, erwiderte der Wächter von Providenz beruhigt.

»Wie heißt du?«, fragte Almar und kam näher.

»Darragh.«

»Guten Tag, Darragh, ich bin Almar Cahin, der Metzger.«

»Ich weiß!«, erwiderte der Wächter kopfschüttelnd.

Er hatte nicht damit gerechnet, dass der Mann so verrückt war. Aber das gehörte vermutlich zu Maolmòrdhas Plan. Darragh hoffte nur, dass er ihn in den Palast würde schleusen können.

Der Wächter setzte sich in Bewegung und bedeutete Almar, ihm zu folgen. Dieser fügte sich schließlich. Er wollte nicht riskieren, Maolmòrdha wütend zu machen. Lieber gehorchen. Wenn dieser Wächter den Auftrag hatte, ihn in den Palast zu schleusen, dann konnte er ihm vertrauen.

Nur eines zählte. Sein Auftrag. Die Königin treffen.

Nach ein paar Stunden waren die Brände gelöscht, und die letzten Soldaten der Flamme, die noch in den verschiedenen Wachstuben der Stadt geblieben waren, ergaben sich friedlich. Die Armee der Erde zog nach und nach an Stelle der Männer von Harcort in das Schloss. Innerhalb weniger Stunden war die Festung von Tarnea zweimal in andere Hände übergegangen, aber diesmal hatten die neuen Besatzer gewiss eine größere Legitimität. Schließlich waren viele Soldaten der Erde Sarrländer, und auch Alea stammte aus der Grafschaft. Die Diener des Schlosses, die nicht von den Soldaten der Flamme getötet worden waren, zeigten den neuen Schlossherren jedenfalls ganz aufrichtig ihre Dankbarkeit, und eine fröhliche Stimmung breitete sich sehr schnell in der Stadt aus.

Ohne das Eingreifen der Druiden hätte die Armee der Erde Tarnea gewiss niemals befreien können, und Aleas Soldaten jubelten den Männern in den weißen Mänteln zu. Auch sie bezogen das Schloss der Hauptstadt, behandelten ihre Verletzten und beteiligten sich an den Reparaturarbeiten, um zu verhindern, dass manche Teile des Gebäudes einstürzten.

Alea ließ noch am selben Abend ein großes Fest feiern. Für den Augenblick war die Gefahr gebannt, und die Stadt hatte ein tiefes Bedürfnis, wieder zu sich zu kommen, ausgelassen zu feiern und sich gemeinsam zu freuen, um das erlittene Leid zu vergessen.

Was dann geschah, übertraf alle Hoffnungen des Mädchens. Im Laufe des Tages füllte sich der Platz der Vernunft immer mehr mit Menschen. Die Einwohner der Stadt kamen herbeigeströmt, jubelten Alea, den Druiden und der Armee der Erde zu und feierten die wiedererlangte Freiheit. Am Nachmittag schlossen sich auch die Sarrländer der Nachbardörfer dieser fröhlichen Menge an, um den Sieg des Samildanach zu feiern.

Das Fest am Abend blieb in der Erinnerung der Sarrländer das schönste, das die Stadt jemals erlebt hatte. Zahlreiche Barden aus der Region und diejenigen von Sai-Mina gaben auf dem großen Platz ein Konzert mit

Musik und Erzählungen, es wurde getanzt und gesungen und über alle Maßen gezecht.

Im Schloss aß Alea zusammen mit ihren Gefährten und den Großdruiden von Sai-Mina. Einer der besten Köche der Stadt, der am Platz des Glases ein renommiertes Gasthaus führte, war bereits am frühen Nachmittag in die Küche des Schlosses gekommen, um für die Gäste ein wahres Festmahl zuzubereiten.

Als Vorspeise servierte er kleine Blätterteigpasteten, gefüllt mit einer Schweinefarce, die er in Butter angebraten hatte, bevor er zerdrücktes Eigelb, Schwarzkümmelkörner und etwas Crème fraîche für die Bindung hinzugegeben hatte. Von den Blätterteigpasteten, die eine perfekt goldbraune Farbe hatten, konnte Mjolln gar nicht genug bekommen, er hatte sich gleich drei auf einmal genommen und hätte bestimmt noch mehr gegessen, wenn die Diener nicht endlich den Hauptgang gebracht hätten, gefülltes Spanferkel.

Dies war zweifellos eine der Spezialitäten des Küchenchefs, die er mit großer Meisterschaft zubereitete. In Salzwasser hatte er den Hals und die Innereien des Spanferkels fast eine Stunde gekocht, wobei er allerdings darauf geachtet hatte, die Leber schon viel früher herauszunehmen, damit sie nicht zu durch war. In der Zwischenzeit hatte er eine große Menge Kastanien in Wasser gekocht, und Eier, bis sie hart waren. Nachdem er das Spanferkel gesäubert und von den Borsten und vom Blut befreit hatte, hatte er es sorgfältig auf der Innenseite gesalzen und es dann ruhen lassen, um die Farce fertigzumachen. Dazu hatte er Hals und Innereien gehackt sowie Schinken, Käse und, nachdem er sie zerdrückt hatte, die Kastanien und das hartgekochte Eigelb hinzugegeben. Um die Füllung geschmeidiger zu machen, hatte er noch ein paar rohe Eigelb hinzugefügt. Anschließend hatte er die Farce kräftig gesalzen, sie mit Ingwer und Safranfäden bestreut und dann in den Bauch des Spanferkels gefüllt. Mit Bratenschnur hatte er das Tier zugenäht und dann viele Stunden gebraten, in denen er regelmäßig überprüft hatte, dass die Kruste auch schön goldbraun wurde.

Der Küchenchef hatte seinen Braten mit Kamille serviert und mit kleinen weißen Zwiebeln als Beilage, die er in Butter und Zucker goldbraun gebraten, mit etwas Bratensaft übergossen und mit Zimt bestäubt hatte.

Der Braten war eine echte Köstlichkeit, der besten Gasthäuser Bisanias würdig, und die Druiden beglückwünschten höchstpersönlich den Koch, als er nachschauen kam, ob alles zur Zufriedenheit der Gäste sei.

Als das Dessert serviert wurde, eine Mandelcreme mit Trockenobst, waren die meisten Gäste bereits satt.

»Ernan«, erklärte Alea am Ende des Festmahls, »wir sind Euch unendlich dankbar.«

»Dankt uns nicht«, erwiderte der Erzdruide. »Sai-Mina hätte Euch schon viel früher zu Hilfe kommen müssen, Alea. Ich hoffe, es ist noch nicht zu spät.«

»Was meint Ihr damit?«, fragte Mjolln, den diese Art von Pessimismus kaum beruhigte.

»Ich meine, dass ich nicht sicher bin, ob es uns gelingen wird, dieser Insel den Frieden zurückzubringen. Die Konflikte sind so zahlreich und kompliziert.«

»Es geht nicht einfach nur darum, den Frieden zurückzubringen, Ernan. Ich will nicht etwas Vergangenes zurückholen, ich will eine neue Zukunft für die Insel. Es geht darum, das politische System der Insel radikal zu verändern.«

Der Erzdruide nickte langsam. »Es wäre auch sehr schwierig, an die Vergangenheit anzuknüpfen«, gab er zu. »Zu viele Dinge haben sich geändert.«

Er legte die Hände auf den Tisch. »Sogar welche, von denen ich wirklich nichts wusste«, fügte er hinzu und blickte zu Finghin und Kaitlin.

Mjolln prustete vor Lachen.

»Aber weißt du wenigstens, was du willst, Alea?«, fuhr der Erzdruide fort. »Wenn du wirklich die Mittel hättest, die Dinge zu ändern, was würdest du an die Stelle des Systems setzen, das wir bis jetzt kannten?«

»Die eine oder andere Vorstellung habe ich bereits, Druide. Aber ich will nicht allein darüber nachdenken. Alle müssen sich Gedanken darüber machen. Doch ich will Euch, die Ihr Euch uns angeschlossen habt, schon jetzt davon in Kenntnis setzen, dass einige Veränderungen, die mir wichtig sind, Euch kaum gefallen werden.«

»Die jüngsten Ereignisse haben uns gelehrt, die Veränderung zu akzeptieren«, erwiderte Shehan, der rechts vom Erzdruiden saß.

»Alle sollen zum Beispiel lesen und schreiben lernen können.«

Kiaran, der bis jetzt geschwiegen hatte, klatschte in die Hände.

»So sei es!«, pflichtete er lächelnd bei. »Ich war immer der Meinung, dass diese Regel eine Idiotie unserer Vorfahren ist!«

Ernan räusperte sich und ergriff erneut das Wort: »Ich würde das so nicht sagen, aber wenn Ihr uns zeigt, was für Vorteile das für die Menschen der Insel hat und Ihr uns überzeugt, dann werden wir Euch standhaft unterstützen.«

»Das ist genau das, was sich ändern muss, Ernan. Es ist nicht mehr Eure Sache zu beurteilen, was für die Insel gut oder schlecht ist. Ich habe nicht gesagt, dass ich alle zum Lesen zwingen will. Ich habe gesagt, dass alle die Möglichkeit haben sollten zu lernen. Die Freiheit haben sollten zu lernen.

Ernan verzog das Gesicht. »Es wird jemanden geben müssen, der das Land regiert, Alea ...«

»Wir werden sehen.«

Das Fest dauerte bis tief in die Nacht. Allein in einem Zimmer, das die Diener des Schlosses für sie vorbereitet hatten, hörte Alea das Geschrei und das Lachen der Stadtbewohner draußen. Auf eine solche Freude war sie nicht gefasst gewesen, und als sie vorhin auf den Platz hinuntergekommen war, hatte der Jubel der Tarneaner ihr fast Angst gemacht.

Aber sie musste dazu stehen. Seit sie ihre Rolle angenommen hatte, blieb ihr nichts anderes übrig, als sich sowohl mit dem Groll ihrer Feinde als auch mit der Begeisterung ihrer überschwänglichen Bewunderer abzufinden. Für viele Menschen auf der Insel verkörperte sie die Hoffnung auf Veränderung, auf Erneuerung. Und sie durfte sie nicht enttäuschen.

Aber jetzt weigerte Alea sich, in Panik zu geraten. Sie weigerte sich, den Arm zu senken oder den Blick abzuwenden. Sie wollte mit offenen Sinnen alles mitbekommen, was sie erwartete. Und der Sieg von Tarnea war nur ein Vorspiel zu dem, was sie auf der Insel erreichen wollte. Sie war sich jetzt sicher. Was Gaelia brauchte, war ein neues System. Aber nicht irgendeines, und nicht irgendwie. Diejenigen, die für die allzu vielen Krisen, die die Insel erschütterten, verantwortlich waren, hatten Fehler gemacht, die von nun an um jeden Preis vermieden werden mussten.

Das Mädchen streckte sich auf ihrem Bett aus, legte den Kopf auf ihre Hände und seufzte tief. Sarrland war jetzt frei. Und diese Freiheit musste bewahrt und die Grafschaft gegen die zahlreichen möglichen Angriffe geschützt werden. Harcort würde sich möglicherweise rächen wollen, und selbst Galatia, das Amina mit erstaunlich starker Hand zu regieren schien, würde mit Sicherheit versuchen, seinen Einfluss erneut bis hierher auszudehnen. Man musste den Gang der Dinge umkehren. Anstatt Sarrland der brutalen Monarchie Galatias oder dem militanten Christentum Harcorts preiszugeben, musste man diesen Wind der Freiheit weitertragen. Mit gutem Beispiel vorangehen.

Alea streckte die Hand nach ihrer großen Tasche aus, die neben ihr auf dem Bett stand, und holte den dicken Band der Enzyklopädie von Anali heraus.

Immer wenn sie konnte, vertiefte sie sich in diesen unglaublichen Text, dessen Tiefe sie immer wieder überraschte. Hatte der Samildanach, der diese Seiten in der Vergangenheit geschrieben hatte, über ein absolutes Wissen verfügt? Eine vollständige Kenntnis der Menschen und der Geschichte? Wie hatte er so viele Dinge vorausahnen und so gut formulieren können?

Sie begann ein Kapitel über den Saiman, Gegenstand der zweiten Prophezeiung, und was sie las, überraschte sie noch mehr als alles, was sie bis dahin auf den Seiten der Enzyklopädie entdeckt hatte.

In erster Linie erklärte Anali, wie die Druiden den Saiman beherrschten. Insbesondere verzeichnete er die verschiedenen Konzentrationsübungen, die in Sai-Mina gelehrt wurden, aber abgesehen von ein paar speziellen

Techniken fand Alea nichts wirklich Spannendes. Nachdem er dieses Thema erschöpfend behandelt hatte, nahm Analis Text jedoch eine ganz andere Wendung, und Alea las die letzten Abschnitte zweimal, um sicher zu sein, dass sie auch wirklich verstanden hatte, um was es in dem Text ging.

Anali zufolge war der Saiman keine magische Kraft, die den Druiden vorbehalten war, sondern vielmehr eine Gesamtheit von Gesetzen und Kräften, die die Welt regelten. Der ehemalige Samildanach erzählte, wie Sai-Mina das Schriftverbot als Vorwand benutzt hatte, um die Verbreitung dieses Wissens zu verhindern und die Beherrschung dieser eigentlich ganz normalen Kräfte auf die Druiden zu beschränken. Dieser *Naturkräfte*. Das war das Wort, das Anali benutzte. *Naturkräfte*. Und der Autor beschloss sein Kapitel, indem er die zweite Prophezeiung wie folgt verdeutlichte: Der letzte Samildanach würde die Bedeutung dieser Kräfte – drei ihm zufolge – wiederfinden, womit ihre ausschließliche Beherrschung durch die Kaste der Druiden ein Ende haben würde; ihre Beherrschung würde sich stattdessen auf ganz andere Weise in der gesamten Bevölkerung verbreiten.

Alea ließ die Enzyklopädie verblüfft auf ihre Knie sinken. Sie verstand jetzt besser, warum die Druiden des Rates Analis Text so misstrauisch gegenüberstanden. Er stellte die gesamte Lehre von Sai-Mina in Frage und beschuldigte die Druiden sogar einer gewissen Böswilligkeit...

Aber schrieb Anali die Wahrheit? Und wie konnte man das Wesen des Saiman verstehen? Denn wenn die Prophezeiungen richtig waren, dann war Alea der letzte Samildanach, und wenn das zutraf, dann würde sie die ursprüngliche Bedeutung der Kräfte des Saiman wiederfinden müssen… Würde sie dazu in der Lage sein?

All das kam ihr so abstrakt, so verschwommen vor, dass sie nicht wusste, wo sie beginnen sollte.

Sie steckte die Enzyklopädie wieder in ihre Tasche, stellte diese auf den Boden und schlüpfte unter die große Decke, die über ihr Bett gelegt worden war.

Sie schloss die Augen und suchte den Schlaf in der Hoffnung, die Nacht würde ihr irgendeine Antwort bringen.

»Wir haben soeben durch eine Brieftaube eine unglaubliche Nachricht erhalten«, erklärte Carla Bisani, während sie sich an den großen Tisch setzte, an dem Hauptmann Giametta und drei andere Offiziere der Armee von Bisania auf sie warteten.

Nachdem der Tod ihres Vaters bekanntgegeben worden war, war Carla Bisani vom Hof von Farfanaro zur Baronin von Bisania ausgerufen worden. Im ganzen Herrschaftsgebiet kursierten Gerüchte über eine mögliche Schuld der jungen Frau an der finsteren Ermordung des alten Bisani, aber niemand schien sich wirklich darüber zu empören. Die Leute fanden die Tat sogar recht romantisch, und es sah nicht so aus, als sei der Vatermord unvereinbar mit der *decenza*. Auf den Thron zu gelangen dadurch, dass man seinen Vater tötete, dazu gehörte Mut, und es zeugte jedenfalls von einem starken Verlangen, die Macht zu übernehmen, was offensichtlich ein gutes Omen war. Vermutlich war es eine glückliche Fügung, dass der Einzige am Hof, der Carla wirklich Schwierigkeiten hätte machen können, der Vogt Stefano, am selben Abend gestorben war…

»Wir hören«, sagte Giametta und grüßte die Baronin.

»Alea Cathfad, der Samildanach, soll mit Hilfe der letzten Druiden von Sai-Mina in Tarnea General Dancray besiegt haben!«, rief die junge Baronin lächelnd. »Anscheinend hat die Grafschaft Sarrland in ihr ihre großen Retterin gefunden und Harcort zugleich seinen größten Feind.«

»Ist das eine gute Nachricht?«, fragte Giametta skeptisch.

»Natürlich!«, erwiderte die Baronin. »Denn das wird Harcort schwächen! Graf Al'Roeg hatte gehofft, etwas Einfluss zu gewinnen, indem er Sarrland annektiert, aber das Mädchen hat ihn in seine Schranken verwiesen! Mehr denn je müssen wir Galatia darin unterstützen, Harcort anzugreifen.«

»Erlaubt mir, zum ersten Mal diesbezüglich Zweifel anzumelden«, gestand Hauptmann Giametta zaghaft.

»Ach? Und warum auf einmal?«, fragte Carla empört.

»Wir sollten unser Ziel nicht aus den Augen verlieren: unsere Macht zu stärken, nicht wahr? Und um das zu erreichen, wollten wir uns zum unverzichtbaren Verbündeten Galatias in seinem Kampf gegen Harcort machen. So weit, so gut. Bis jetzt war das eine gute Idee, die ich mit Euch teilte, meine Liebe. Aber können wir jetzt noch sicher sein, dass Galatia noch immer die treibende Kraft in unserem Land ist?«

»Was wollt Ihr damit sagen?«

»Sollten wir uns nicht eher um ein Bündnis mit Alea bemühen? Schließlich scheint sie im Augenblick alle Macht zu besitzen!«

»Ihr scherzt!«, rief die Baronin. »Alea ist nur eine flüchtige Erscheinung! Gewiss, heute ist sie berühmt, heute ist sie siegreich, aber sie ist nur eine kleine Episode in der Geschichte der Insel! Sie ist nichts verglichen mit dem Symbolwert von Galatia! In zehn Jahren wird sich keiner mehr an Alea erinnern. Sie wird Vergangenheit sein. Aber in hundert Jahren wird Galatia noch immer der Mittelpunkt des Königreichs sein. Nein, wir müssen mit der Königin gemeinsame Sache machen.«

»Was über diese Alea erzählt wird, scheint mir von größerer Bedeutung zu sein, als Ihr zu glauben scheint«, widersprach der Hauptmann. »Ich denke nicht, dass sie so schnell vergessen sein wird.«

»Ihr messt dem Gerede des Volks viel zu viel Bedeutung zu, mein armer Giametta!«

»Es heißt, sie beherrsche den Saiman besser als alle Druiden zusammen. Und es fällt mir nicht schwer, das zu glauben, wenn ich mir ihren Weg ansehe. Sie hat zuerst die Herilim besiegt, dann ist sie den Druiden entkommen – die sich heute teilweise mit ihr verbündet haben. Sie hat Al'Roeg in seinem Palast in Ria herausgefordert, und soeben hat sie Sarrland aus den Händen des besten Strategen der Insel zurückerobert. Nein, wirklich, dieses Mädchen ist keine flüchige Episode, Baronin!«

»Sie hat Tarnea erobert, weil der Graf von Harcort es nicht für sinnvoll erachtet hatte, mehr als dreitausend Mann zu entsenden. Aber wenn sie sich morgen einer wirklichen Armee stellen muss wie der von Galatia, dann hätte sie keine Chance ... Ich versichere Euch, unser bester Verbündeter ist heute die Königin.«

»Hoffen wir, dass Alea genauso denkt, damit wir uns im gleichen Lager wiederfinden können.«

»Das ist sehr wahrscheinlich«, bestätigte Carla. »Alea und Galatia haben schließlich einen gemeinsamen Feind: Harcort. Genau deswegen müssen wir alles tun, damit es zum Krieg gegen Al'Roeg kommt. Unsere Aussichten zu siegen werden umso größer sein.«

Giametta nickte, blickte die anderen Offiziere an, und da anscheinend niemand das Wort ergreifen wollte, fragte er: »Sollen wir uns also darauf vorbereiten, Truppen nach Galatia zu schicken, um Harcort anzugreifen?«

»Unverzüglich«, pflichtete die Baronin ihm bei. »Ich will, dass die ersten Söldner schon morgen aufbrechen.«

»Schon morgen? Das meint Ihr nicht ernst!

»Ich verlasse mich auf Euch, Giametta. Wenn Ihr nicht in der Lage seid, diesen Auftrag zu erfüllen, werde ich jemand anderen an Eurer Stelle ernennen müssen. Mein Vater ist tot, Hauptmann. Ihr werdet Euch wieder daran gewöhnen müssen, wirklich zu arbeiten …«

»Ein gewisser Almar Cahin verlangt Euch zu sprechen. Er sagt, Ihr würdet ihn kennen.«

Die Königin, die seit zwei Tagen in ihrem großen Bett lag, runzelte die Stirn.

Das ist eine Falle.

»Sollen wir ihn eintreten lassen?«

Ich weiß nicht einmal, wer er ist. Almar. Ich bin sicher, dass ich ihn kenne, aber woher?

Zum ersten Mal, seit sie sich ins Bett gelegt hatte, sprach die Königin endlich.

»Ja, er soll hereinkommen.«

Der Diener wirkte überrascht. Seit zwei Tagen verweigerte sie jeden Besuch. Sie hatte weder die Druiden noch Bely sehen wollen. Man hatte sie ohnmächtig im obersten Zimmer des Palasts gefunden, und seitdem verbrachte sie die Tage damit, in ihrem Bett vor sich hin zu murmeln, Opfer, wie es schien, eines zunehmenden Wahnsinns.

Der Diener führte Almar in das Zimmer der Königin und zog sich stumm zurück.

»Amina?«, fragte Almar und näherte sich dem Bett.

Der Metzger. Er ist der Metzger von Saratea. Ich erkenne seine Stimme. Hätte ich das gewusst, hätte ich ihn nicht hereingelassen. Was will dieser Idiot von mir?

Den Blick starr auf die Decke gerichtet, die Arme neben dem Körper, wirkte sie doppelt so alt, als sie war. Ihre Haut war so blass, dass man sie für tot halten konnte.

»Seid Ihr krank?«

»Was wollt Ihr?«, erwiderte die Königin.

Almar nahm einen Stuhl und setzte sich neben das breite Bett.

»Ich bin gekommen, um Euch zu warnen, Amina.«

Ich wusste, dass es eine Falle ist. Eoghan schickt ihn. Ich darf nicht auf ihn hereinfallen, Ich darf ihn nicht anhören, Er ist ein Verräter. Vielleicht ist er sogar Eoghan in Verkleidung. Er ist aus dem Reich der Toten zurückgekehrt, um sich zu rächen.

»Um Euch vor Alea zu warnen«, fuhr der Metzger fort und näherte sich noch etwas mehr.

»Alea?«

Amina wandte sich langsam dem Metzger zu. Jetzt erkannte sie ihn. Er war immer schon so dick, so hässlich gewesen, aber irgendetwas hatte sich verändert. In seinem Blick.

Das sind Eoghans Augen.

»Ihr hättet sie niemals im Stich lassen dürfen, Amina.«

Das ist eine Falle. Er lügt. Ich habe sie nicht im Stich gelassen.

»Ihr habt Saratea verlassen, Ihr habt sie allein gelassen. Sie hat es Euch niemals verziehen.«

Ich hatte keine andere Wahl.

»Sie wollte Euch für sich allein. Für Euch hat sie gelebt. Sie hatte Euren Vater getötet, weil sie Euch nicht mit jemandem teilen wollte, Amina.«

Das ist eine Falle. Eine Falle, eine Falle, eine Falle! Alea hat meinen Vater nicht getötet. Nein. Alea war meine beste Freundin.

»Ja, meine Königin, Alea hat Euren Vater getötet. Alea. Weil sie Euch für sich allein haben wollte. Und dann seid Ihr fortgegangen. Und Alea hat Euch das nicht verziehen …«

Er lügt. Ich hatte keine andere Wahl.

»Und die Dinge haben sich Jahr für Jahr verschlimmert. Sie ist wahnsinnig geworden. Sie hatte nur noch einen Gedanken. Sich an Euch zu rächen.«

Schweig, Eoghan! Schweig! Ich weiß, dass du es bist, der spricht!

»Und jetzt hat sie die Mittel dazu. Jetzt kann sie Euch töten lassen!«

Du willst mich töten, Eoghan! Verräter! Alea war meine beste Freundin! Du lügst!

»Und deswegen müsst Ihr mich anhören, Amina, ich bin gekommen, um Euch zu warnen, weil ich Bescheid weiß… Nur ich kann Euch vor Alea retten …«

Schweig! Lass mich in Ruhe!

»Sic will Euch töten, Amina …

Schweig!«

»Euch ermorden!«

Plötzlich richtete die Königin sich schreiend auf. Die Augen blutunterlaufen, am ganzen Körper zitternd, stürzte sie sich auf den Metzger.

»Schweig!«, schrie sie und packte ihn an der Kehle.

Almar fiel rückwärts vom Stuhl. Er versuchte, sich an dem kleinen Tisch neben dem Bett festzuhalten, aber er riss ihn in seinem Fall mit sich. Mit lautem Krach schlug er auf den Marmorboden. Aber Amina ließ nicht von ihm ab. Die Finger um seinen Hals geschlossen, versuchte sie, ihn zu erwürgen, Wahnsinn und Hass im Blick.

Der Metzger bekam keine Luft mehr und begann, sich zu wehren. Er spürte keinen Schmerz, aber er wusste, wenn es ihm nicht gelänge, etwas Luft zu bekommen, würde er sterben. Und wenn er sterben würde, würde er den Auftrag seines Herrn nicht erfüllen können. Er musste sich aus dem Griff der Königin befreien. Aber ihre Wut war so groß, dass sie unmenschliche Kräfte entwickelte und Almar sich nicht befreien konnte. Als er sich am Boden abstützte, um zu versuchen, sich aufzurichten, spürte er unter seiner flachen Hand einen scharfen Gegenstand. Wahrscheinlich ein Stück der Vase, die er zerbrochen hatte, als er mit dem Tisch umgefallen war.

Ohne zu zögern, nahm er die Scherbe in die Hand und stieß sie der Königin mit aller Kraft in die Kehle. Das Porzellanstück drang tief in Aminas Hals ein, und sie fiel zur Seite. Almar erhob sich auf die Knie, drehte sich zur Königin und schlug erneut zu. Die scharfe Spitze bohrte sich ins Auge seines Opfers und drang bis ins Gehirn. Die Königin war auf der Stelle tot, das Gesicht blutüberströmt. Aber Almar schlug in besinnungsloser Wut weiter auf sie ein. Immer wieder zog er die Scherbe heraus, hob sie über seinen Kopf und ließ sie erneut auf das Gesicht der Toten niedersausen. Ganz mechanisch. Ohne langsamer zu werden und ohne sich zu fragen, wie lange er das fortsetzen sollte. Je länger er zustach, desto mehr erregte ihn das spritzende Blut. Bald war das Gesicht der Konigin nur noch ein Brei aus Knochen und Blut. Und als die Wachen hereinkamen, um den Mörder zu verhaften, stach er noch immer zu.

9

Unter den Augen des Henkers

Die weißen Schwaden von Djar tragen meinen Körper zu einem Ort, den ich nicht kenne. Ich bin nicht Herrin meiner Reise. Ich könnte die Strömung anhalten, mich festhalten oder Djar sogar verlassen, aber ich will sehen, wer mich zu sich ziehen will. Vielleicht ist es meine Wölfin. Imala. Sie ist jetzt so weit weg. Oder Kiaran. Der mir vorhin vielleicht nicht alles sagen konnte, was er mir sagen wollte.

Ich gleite. Ich lasse mich führen. Kein Tag, keine Nacht, ich bin in der Ewigkeit von Djar. Einen Augenblick oder ewig, ich weiß nicht, wie lange diese Reise dauert. Tagor, mein Bruder, wie hast du das gelebt, als du im Sid warst? Und wie lebst du das heute? Die Tuathann haben gelernt, in einer neuen Welt zu leben. Und wir? Werden wir fähig sein, in einer alten Welt zusammenzuleben?

Ich werde langsamer. Ich meine, diesen Ort jetzt wiederzuerkennen. Natürlich. Das Tor der Welten. Hier…

Phelim. Er ist da. Vor mir. Der Druide. Caron Cathfad. Derjenige, der mir das Leben geschenkt hat. Und der zweimal gestorben ist.

»Guten Tag, Alea.«

Ich weiß, was es ihn kostet, hierherzukommen. Durch das Tor zu gehen. Schnell zu sprechen.

»Guten Tag, Caron.«

Ich gebe ihm seinen alten Namen. Den Namen, den er trug, als er meiner Mutter begegnete.

»Ich habe wenig Zeit, Alea. Aber was ich dir zu sagen habe, ist sehr wichtig. Leider.«

»Ich höre Euch zu, Druide.«

»Du kannst deinen Vater duzen, Alea.«

Meinen Vater. Ich muss meine Tränen zurückhalten. Er soll mich nicht weinen sehen.

»Ich höre dir zu.«

»Maolmòrdha. Du musst zu Maolmòrdha gehen.«

»Ich habe ihn nicht vergessen, Caron. Wie könnte ich ihn vergessen?«

»Hör zu, Alea. Du musst sehr schnell zu ihm gehen.«

»Warum schnell?«

Er zögert. Er weiß nicht, was er mir antworten soll.

»Du hast keine Zeit, um zu zögern, Caron. Antworte mir! Warum schnell?«

»Weil er getötet werden muss, bevor der Saiman verschwindet.«

»Der Saiman wird also tatsächlich verschwinden?«

»Du bist der letzte Samildanach, Alea. Zweifelst du noch immer daran?«

Nein. Ich bin der Samildanach. Oder was ihr so nennt.

»Wo werde ich Maolmòrdha finden?«

»Er ist im Palast von Shankha.«

»Wo ist das?«

»Jenseits der Meere, auf einer kleinen Insel östlich von Galaban.«

Sein Bild verschwimmt. Er ist im Begriff, in die Welt der Toten zurückzukehren. Ich muss mich beeilen.

»Muss er unbedingt getötet werden?«

»Maolmòrdha verfügt über den Ahriman. Der Ahriman muss vernichtet werden. bevor der Saiman verschwindet, Alea… Denn wenn der Ahriman weiterbesteht… Wenn er weiterbesteht… Alea, ich habe keine Zeit. Um den Ahriman zu vernichten, musst du Maolmòrdha töten. Nur du bist dazu fähig.«

»Und es gibt keine andere Möglichkeit?«

Er ist schon nicht mehr da. Er ist in die Welt der Toten zurückgekehrt.

Maolmòrdha töten. Den Ahriman töten. Und doch… Hatte Finghin nicht recht? Muss ich nicht auch für ihn eine andere Möglichkeit finden?

Phelim. Mein Vater. Warum muss es so sein?

Jetzt kann ich weinen. Hier.

Vogt Alembert wurde zu seinem Leidwesen beauftragt, dem Grafen von Harcort die drei Nachrichten mitzuteilen, die soeben den Palast von Ria erreicht hatten.

Feren Al'Roeg saß in dem großen Salon des Nordflügels, wo er wie jeden Morgen eines der zahlreichen Bücher las, die Bischof Aeditus ihm geschenkt hatte.

»Herr Graf?«, flüsterte der Vogt, während er sich dem großen Sessel näherte.

Al'Roeg legte seufzend das Buch auf seine Knie.

»Alembert! Ihr wisst doch, dass ich es nicht mag, wenn man mich beim Lesen stört!«

»Ich bedaure, Herr Graf, aber ich glaube, die drei Nachrichten, die ich Euch bringe, können nicht warten.«

Al'Roeg runzelte die Stirn. »Ich höre…«

Der Vogt schluckte. »Die Armee des Samildanach hat Tarnea von General Dancray zurückerobert.«

Der Graf ließ sein Buch auf den Boden fallen.

»Unmöglich!«, flüsterte er.

»Die Druiden von Sai-Mina waren bei ihnen, sie haben die Stadt zurückerobert und haben jetzt dort ihren Sitz. Das Volk von Sarrland scheint sie zu unterstützen...«

»Wie konnte Dancray so jämmerlich versagen? Das ist eine Katastrophe, Vogt, eine Katastrophe!«

Der Graf erhob sich kopfschüttelnd. Dancray war sein bester Stratege. Niemals hätte er gedacht, dass er in Tarnea scheitern könnte. Und es würde ihm schwerfallen, in Zukunft auf seine wertvollen Ratschläge verzichten zu müssen... Und der Verlust von Sarrland könnte seine Pläne in Gefahr bringen. Was für ein Narr war er doch gewesen, dass er diese Niederlage nicht in seine Überlegungen einbezogen hatte!

»Und die beiden anderen Nachrichten?«, fuhr er schroff fort. »Ihr sagtet, Ihr hättet drei?«

Alembert nickte.

»Königin Amina von Galatia ist ermordet worden.«

»Was? Und von wem?«

»Von einem Verrückten. Einem Mann, den niemand kennt.«

»Bei Christus!«

»Und das ist noch nicht alles«, fuhr der Vogt fort, der sich seiner Aufgabe so schnell wie möglich entledigen wollte. »Auch Baron Bisani ist ermordet worden.«

Der Graf ließ sich in seinen Sessel fallen. Er konnte es nicht glauben. Er starrte den Vogt an und fragte sich, ob er log oder ob er sich geirrt hatte, aber das war eigentlich unmöglich. Alembert sagte mit Sicherheit die Wahrheit.

»Die Königin, der Baron... Das ändert alles! Vogt, ruft

sofort meine Generäle und Ratgeber zusammen. Wir müssen so schnell wie möglich handeln!«

Alea hatte gebeten, dass man sie allein lassen möge. Ein paar Stunden wenigstens. Die Nachricht von Aminas Tod hatte ihr beinahe das Herz gebrochen, und sie hatte sich sehr zusammennehmen müssen, um nicht vor ihren Gefährten zu weinen; aber jetzt war sie allein in ihrem Zimmer oben im Schloss von Tarnea, und als das Kind, das sie immer noch war, weinte sie bitterlich.

Sie wollte nicht denken, wollte nicht verstehen, sie wollte sich einfach nur ihrem Kummer überlassen. Das Schicksal verlangte zu viel von einem Mädchen ihres Alters. Das Schicksal. Die Moira. Ach! Wenn die Moira existierte, wie konnte sie so grausam sein?

Seit mindestens einer Stunde lag sie auf ihrem Bett, den Kopf im Kissen vergraben, als es an ihrer Tür klopfte.

»Alea! Ich bin's, Kaitlin. Lass mich hinein!«

Das Mädchen rührte sich nicht. Sie wollte allein bleiben. Sie hatte doch gesagt, dass sie nicht gestört werden wollte. Sie wollte nicht, dass man sie tröstete.

»Mach auf, verdammt!«

Alea wusste, dass Kaitlin sich nicht wegschicken lassen würde. Sie war eine Wanderschauspielerin. Wenn sie sich etwas in den Kopf gesetzt hatte, dann konnte man sie nicht davon abbringen. Wenn sie nicht öffnete, würde sie so lange rufen, bis Alea verrückt würde.

Alea seufzte, rollte sich auf den Rücken, wischte sich die Tränen von den Wangen, stand auf und öffnete die Tür.

Die Schauspielerin lächelte ihr zu und kam auf Zehenspitzen ins Zimmer. Alea schloss die Tür wieder, drehte sich um und legte sich wieder aufs Bett, mit dem Rücken zu Kaitlin.

»Alea«, begann die Wanderschauspielerin, »wusstest du, dass Kiaran mein Onkel ist?«

Das Mädchen antwortete nicht.

»Ich habe meinen Onkel wiedergefunden!«, rief Kaitlin fröhlich. »Ich habe ihn ewig nicht gesehen! Schön, ich weiß, das interessiert dich nicht sonderlich… Aber ich habe eine gute Nachricht für dich.«

Alea zuckte mit den Schultern. Die Wanderschauspielerin sprach mit ihr wie mit einem Kind. Aber es war nicht wirklich ein kindlicher Kummer, unter dem sie litt. Sondern ein tiefer Schmerz, den solche Worte nicht auslöschen konnten.

»Ernan, der Erzdruide, hat beschlossen, Mjolln als Barden zu initiieren.«

Alea antwortete nicht. Sie hätte die Nachricht gern unter anderen Umständen erfahren. Ja, sie hätte sich so gern darüber gefreut. Für ihren ältesten Freund wurde sein Traum wahr! Barde zu werden. Aber der Kloß in ihrem Hals hinderte sie am Sprechen. Es ging ihr schlecht. Sehr schlecht.

»Alea, du bist ungerecht.«

Kaitlin stand auf und setzte sich auf das Bett neben ihre Freundin. Zärtlich fuhr sie mit der Hand durch ihr braunes Haar.

»Du willst nicht, dass man zu dir kommt und mit dir spricht, dabei bist du, als ich meinen Bruder verloren habe, den Menschen, der mir am meisten bedeutete, zu mir gekommen und hast mit mir gesprochen.«

Alea erinnerte sich. Aber diese Erinnerung tröstete sie nicht, sondern machte sie nur noch trauriger.

»Und erinnerst du dich, was du mir gesagt hast?«

Alea unterdrückte das Schluchzen, das in ihre Kehle stieg, und nickte, den Kopf unter dem Kissen.

»Du hast Worte gesagt, die ich niemals vergessen werde. Du hast zu mir gesagt: ›*Ich weiß, dass dir das deinen Bruder nicht zurückgeben wird, aber auch wenn ich ihn nur sehr kurz gesehen habe, wird sein Gesicht für immer in meinem Gedächtnis bleiben. Und du wirst für immer meine Freundin bleiben.*‹ Oder so ähnlich.«

Alea, die ihre Hände unter ihrer Brust eingeklemmt hatte, zog ihren rechten Arm heraus und streckte ihn nach der Schauspielerin aus, um ihr die Hand zu geben.

»Und danach hast du zu mir gesagt: ›*Danke, große Schwester.*‹ Weißt du, warum du mir das gesagt hast? Du hast es gesagt, um mir zu verstehen zu geben, dass ich zwar einen großen Bruder verloren, aber eine kleine Schwester gefunden hätte. Und du hast mir angeboten, meine kleine Schwester zu sein. Und das hat mir wahnsinnig gut getan, Alea. Ich habe es dir damals nicht sagen können, aber es hat mir wahnsinnig gut getan. Und du bist heute in der gleichen Situation. Du hast eine Freundin verloren, diejenige, die einmal deine beste Freundin war, aber du hast auch die Freundschaft all derer gewonnen, die um dich sind. Finghin, Mjolln, ich… Du hast einen Bruder gefunden, Tagor, und einen Geliebten, Erwan… Was dich mit Amina verband, waren Erinnerungen. Deine schönsten Kindheitserinnerungen. Und die Erinnerungen, Alea, sind unsterblich. Niemand kann sie dir nehmen. Der Tod kann nichts wegnehmen. Sie gehören dir für immer. Etwas sagt mir, dass, wenn du Amina jetzt wiedergesehen hättest, das, was aus ihr geworden ist, deine Erinnerungen kaputt gemacht hätte. Es ist besser so. Bewahre dir deine schönsten Erinnerungen, kleine Schwester.«

Kaitlin stand auf. Sie beugte sich über Alea, küsste sie auf den Kopf und verließ ohne ein weiteres Wort das Zimmer.

Alea hatte noch immer diesen Kloß im Hals, aber sie lächelte jetzt, ein trauriges Lächeln zwar, aber immerhin ein Lächeln.

Denn Kaitlin hatte recht.

»Wir müssen Providenz angreifen, bevor die Galatier sich neu organisieren können«, erklärte Feren Al'Roeg ernst. »Der König und die Königin sind gestorben, ohne ein Kind zu hinterlassen, Galatia hat also keinen Thronerben. Eine günstigere Gelegenheit können wir uns gar nicht erträumen.«

Der Graf saß am Ende des Tisches. Er trug seine Militäruniform, als wollte er deutlich machen, dass man sich wirklich im Krieg befand.

»Aber da ist diese Alea Cathfad!«, wandte General Ruther besorgt ein. »Wir dürfen ihre Rolle nicht mehr unterschätzen!«

»Wir wollen doch nicht übertreiben!«, erwiderte General Asley. »Ich weiß, dass sie ein erstaunliches Mädchen ist, aber sie wird trotzdem nicht genügend Zeit haben, eine Armee aufzustellen, die uns gefährlich werden könnte, wenn wir schnell handeln.«

»Nein«, sagte der Graf, »Ruther hat recht. Wir müssen wirklich sehr auf der Hut sein. Dancray und ich haben den Fehler gemacht, sie zu unterschätzen, und das Ergebnis haben wir gesehen. Ich werde noch heute Spione nach Tarnea schicken. Aber dennoch werden unsere Armee und die von Braunland nicht ausreichen, selbst wenn Alea sich mit Galatia verbündet?«

»Wie viel Mann können wir an die Front schicken?«,

fragte Vogt Alembert, den der Graf gebeten hatte zu protokollieren, was bei dieser Besprechung gesagt wurde.

»Also«, erwiderte General Ruther, »wenn wir genügend Männer hier behalten wollen, um uns verteidigen zu können, sollte die Armee des Samildanach uns von Norden her angreifen, dann denke ich, dass wir nicht mehr als zwölftausend Mann in Marsch setzen können. Braunland müsste siebentausend schicken können, kurz, wir könnten etwas weniger als zwanzigtausend sein.«

»Ich würde sagen, etwas mehr«, warf Asley ein und hob die Hände, »aber sagen wir zwanzigtausend, das ist eine runde Zahl.«

»Über wie viel Mann verfügt die Armee von Galatia gegenwärtig?«, fragte der Vogt.

»Zu Eoghans Zeiten«, erwiderte Asley, »ging das Gerücht, sie sei fünfundzwanzigtausend Mann stark.«

»Wenn Alea sich an dem Kampf beteiligt«, sagte Ruther, »dann könnte es wirklich sehr hart werden! Ganz abgesehen davon, dass die Druiden auf ihrer Seite stehen und Bisania sich durchaus einmischen könnte! Alles in allem haben wir also das frühere Kräfteverhältnis ...«

»Nur dass Galatia sich in der Krise befindet«, bemerkte der Graf.

»Ja«, räumte Ruther ein, »aber andererseits ist eine Einmischung Bisanias noch nie so wahrscheinlich gewesen! Jetzt, da Carla Bisani sich ihren Vater vom Hals geschafft hat, könnte sie die sonst übliche Neutralität aufgeben. Graf, diese Schlacht ist keineswegs gewonnen!«

»Das gilt für jede Schlacht, General, aber wenn wir nicht sofort handeln, wird es hinterher noch schlimmer sein. Wir dürfen Galatia nicht die Zeit lassen, sich neu zu organisieren. Mit etwas Glück wird der Tod der Königin zu einer politischen Krise führen, die die Armee des Königreichs teilweise lähmen müsste.«

»Mit etwas Glück«, wiederholte Ruther sehr skeptisch.

»Oder mit der Gnade Gottes«, fügte Asley hinzu.

»Gott hat Dancray in Tarnea nicht gerade sehr geholfen«, bemerkte Ruther.

Der Graf warf ihm einen wütenden Blick zu. »Gott war mit uns in der Schlacht am Hügel des Sandes, und er wird mit uns sein, wenn wir Galatia angreifen! Ich will an diesen Sieg glauben. Wir verdienen ihn, und er wäre für ganz Gaelia von Vorteil, denn die Insel wäre endlich von der Selbstherrlichkeit der Druiden und der Unfähigkeit der Herrscher Galatias befreit.«

Die Generäle schwiegen. Keiner zweifelte daran, dass der Kampf unausweichlich geworden war.

»Man soll Boten nach Braunland schicken, damit Meriander und Aeditus sich uns anschließen«, befahl der Graf und erhob sich. »Ich will, dass sie auf dem Weg nach Providenz zu uns stoßen.«

»Wenn wir den Braunländern genügend Zeit lassen wollen, damit sie zu uns stoßen können, sollten wir den Weg südlich des Gor-Draka-Gebirges nehmen«, schlug Asley vor. »Dadurch wäre außerdem unsere südliche Flanke vor einem möglichen Angriff Aleas geschützt.«

»Einverstanden«, pflichtete Al'Roeg bei. »So sei es. Die Armeen werden sich in Atarmaja treffen.«

Bely war gezwungen anzuordnen, dass die Hinrichtung von Almar Cahin öffentlich stattfinden sollte.

Der Hauptplatz von Providenz war schwarz von Menschen. Die Einwohner der Stadt waren sogar zahlreicher gekommen als zur Hochzeit des Königs. Die Stadt stand noch immer unter Schock. Die Galatier hatten bestimmt nicht wirklich an dieser merkwürdigen und verhaltensgestörten Königin gehangen, aber sie waren besorgt, weil es keinen Nachfolger gab. Zum ersten Mal seit langem war Galatia ohne Herrscher, und Panik machte sich bereits im ganzen Königreich breit. Die Galatier hatten zu viele tiefgreifende Veränderungen in zu kurzer Zeit erlebt, die Hochzeit des Königs, dann seinen Tod, die Herrschaft Aminas, den Einzug der Druiden in den Palast, die Initiation der Königin und ihre Ermordung... Zwischen all diesen so komplexen wie tragischen Ereignissen hatten sie die Orientierung verloren. Im Augenblick vermochten Bely und die Druiden einen Anschein von Macht aufrechtzuerhalten, aber morgen?

Gemeinsam der Hinrichtung dessen beizuwohnen, der sie noch etwas tiefer in den Albtraum gestoßen hatte, war gewiss ein Mittel, um sich verbunden zu fühlen. Zeichen wiederzufinden. In dieselbe Richtung zu gehen. Die Geschichte miteinander zu teilen. Sich im Schmerz und in der Revolte zu vereinen. Sie waren sehr viel zahlreicher, als die Vertrauten von Berater Bely geschätzt hatten, und man konnte eine zunehmende Spannung in der Menge spüren.

Der Berater der Königin saß mit den Druiden und den Offizieren auf der königlichen Tribüne direkt über dem Pfahl, an dem die Vierteilung stattfinden sollte. Der Konvoi würde vermutlich jeden Augenblick eintreffen.

»Werdet Ihr einen neuen Erzdruiden ernennen?«, fragte Bely Henon.

Der Druide nickte.

»Ja, wenn wir wollen, dass der Rat weiterbesteht,

sind wir gezwungen, einen Erzdruiden zu ernennen. Ich werde mich für dieses Amt zur Verfügung stellen.«

»Natürlich.«

Henon hat seine Revanche bekommen. Er wollte Erzdruide werden, und die Königin hat ihn daran gehindert, indem sie seinen Platz widerrechtlich für sich beanspruchte. Im Grunde muss ihm Aminas Tod sehr gelegen kommen. Wie er sicherlich vielen Personen gelegen kommt. Auch ich sollte mich darüber freuen, ich, der ich ihr niemals verziehen habe, dass sie Eoghan getötet hat, und der ich vielleicht die Gelegenheit haben werde, gestärkt aus dieser Prüfung hervorzugehen, und doch… Und doch bin ich traurig. Die Königin hatte etwas Rührendes. Sie war so jung. So allein!

»Aber offen gesagt«, fuhr der Großdruide fort, »ist das im Augenblick nicht die Hauptsorge, nicht wahr? Es muss ein König gefunden werden.«

Ja, es muss ein König gefunden werden. So wie Sarrland einen neuen Grafen und Bisania einen Baron braucht. Es sei denn, die Tochter Bisanis bleibt Baronin! Alles verändert sich so rasch!

»Eoghan und Amina haben keine Familie hinterlassen. Nicht einmal einen Neffen oder eine Nichte«, erklärte Bely. »Wir forschen noch nach, ob es irgendwo einen Cousin gibt, aber ich denke, er hätte sich bereits gemeldet…«

»Warum nicht einen Druiden ernennen?«, wagte sich Henon vor, den Blick starr nach vorn gerichtet.

Was für eine Dreistigkeit! Ich kann es nicht glauben. Ich mag diesen Henon nicht. Zuerst hat er seine Brüder verraten, als er Sai-Mina verließ, und jetzt ist er bereit, über die Leiche der Königin zu gehen, um den Thron zu besteigen!

»Ihr macht Scherze!«

»Warum?«, verteidigte sich der Großduide. »Wir waren immerhin bereit, Eure Königin zur Erzdruidin zu ernennen. Sind das Königreich und der Rat jetzt nicht vereint? Nach Aminas Tod wäre es vollkommen legitim, dass der neue Erzdruide ihren Platz einnimmt…«

»Das könnte Euch so passen!«, rief Bely und wusste nicht, ob er lachen oder sich Sorgen machen sollte.

»Der Rat hat viel zu lange die Staatsgeschäfte Gaelias aus der Entfernung geführt. Wir haben eingewilligt, Sai-Mina zu verlassen und hierherzukommen, weil wir der Meinung waren, dass unsere Pflicht der Insel gegenüber eine noch größere Einbindung erfordere. Ich glaube, dass wir am besten geeignet sind, Gaelia zu regieren.«

Der Rat hat ganz einfach viel zu lange die Staatsgeschäfte Gaelias geführt! Es wird Zeit, dass das aufhört!

»Ihr werdet mich schließlich noch glauben lassen, dass Ihr diesen Mörder geschickt habt…«

»Ich bitte Euch!«, sagte Henon empört. »Es geht nicht um einen Machtkampf oder um persönliches Interesse, Berater, es geht um reine Politik und Logik. Ihr müsst zugeben, dass es am Hof niemanden gibt, der Anspruch darauf erheben kann, die Insel zu regieren, außer dem Rat, der es lange Zeit im Hintergrund getan hat und der jetzt in Providenz ist.«

Ihr seid ganz im Gegenteil der schlimmste Thronanwärter, mein armer Freund!

Ich muss ihn auf seinen Platz verweisen. Ich muss ihm deutlich machen, dass der Posten nicht ausgeschrieben ist. Dass das System der Monarchie noch immer intakt ist.

»Als das Königreich Euch in Providenz aufnahm, hat

es Euch eine Macht und einen Zusammenhalt zurückgegeben, die Ihr verloren hattet. Nicht der Rat ist uns behilflich gewesen, sondern Providenz hat sich großzügig gezeigt, als es Euch aufnahm. Ihr könnt Euch glücklich schätzen, wenn Ihr diesen Status behaltet, auf mehr solltet Ihr Euch keine Hoffnungen machen.«

So, das dürfte seinen ehrgeizigen Plänen einen Dämpfer versetzen!

»Soll ich das so verstehen, Berater, dass Ihr selbst König werden wollt?«

»Eine ähnliche Situation hat es schon einmal im Königreich gegeben, vor sehr langer Zeit. Der König ist ohne Erben gestorben. Und in diesem Fall verlangt die Tradition, dass die Generäle den neuen Herrscher wählen. Wir werden also sehen, wie sie entscheiden werden.«

Und es besteht wenig Aussicht, dass sie einen alten, verbitterten Druiden wählen!

»Da kommen sie!«, sagte Bely und deutete auf den schaurigen Zug, der auf dem Platz eintraf.

Ein großer Karren erschien unter der großen steinernen Arkade, die den Hauptplatz im Norden öffnete. Vorn auf dem Karren saß der Henker, ganz in Schwarz gekleidet und das Gesicht unter einer dicken, langen Kapuze verborgen, und zog an den Zügeln seiner Pferde, damit sie nicht zu schnell gingen. Die Menge sollte das Gesicht des Verurteilten sehen. Es musste vermieden werden, dass die Pferde, erschreckt durch die Schreie des Publikums, in den Trab fielen.

Almar Cahin ging hinter dem Karren, die Hände gefesselt und mit einer Schnur, die um seinen Hals geschlungen war, an den Karren gebunden. Er blickte ins Leere und ging ruhig, als hörte er die hasserfüllten

Schreie der Menge gar nicht. Seine bloßen Füße wiesen Verletzungen auf – gewiss war er die ganze Nacht gefoltert worden –, aber er schien nichts zu spüren, als hätte der Tod für ihn bereits begonnen.

Im hinteren Teil des Karrens saßen die vier Assistenten des Henkers, deren Gesichter ebenfalls verdeckt waren.

Bely umklammerte die Armlehnen seines Stuhls. Seit Jahren hatte es keine Hinrichtung mehr in Providenz gegeben. Der König hatte es vorgezogen, die Schuldigen in die Verbannung zu schicken, vermutlich, weil auch er das Schauspiel dieser Tötungen nicht mehr ertragen hatte. Aber diesmal hatte Bely sich der Forderung des Hofs nicht verweigern können. Alle verlangten ein starkes Symbol. Generäle, Adlige, Berater, Vögte ... Alle hatten eine öffentliche Hinrichtung gefordert.

Als der Karren des Henkers in der Mitte des Platzes angekommen war, hielt er an. Der Henker stieg langsam herunter und band Almar los, um ihn zu dem Pfahl zu ziehen, der aus zwei großen gekreuzten Stämmen bestand, die waagerecht befestigt worden waren. Mit Hilfe seiner Assistenten legte er den Verurteilten auf den Pfahl und band ihn fest. Die Schnur musste so geführt werden, dass eine Vierteilung möglich war, was einige Erfahrung voraussetzte.

Almar wehrte sich nicht. Er hatte sich gehorsam auf die beiden Holzstämme gelegt und die Arme ausgestreckt, damit sie festgebunden werden konnten; jetzt starrte er, den Mund weit geöffnet, auf die Wolken am Himmel und wartete friedlich auf einen Tod, den er nicht zu fürchten schien.

Oder er hatte ganz einfach nicht verstanden, dass er sterben würde.

Die Spannung in der Menge wurde immer größer. Männer und Frauen schrien, spuckten und warfen Steine nach dem Verurteilten. Die königliche Garde hatte Mühe, das Publikum zurückzuhalten, das immer mehr in die Mitte des Platzes drängte, als wollte es den Mörder zertrampeln. Ihn unter sich begraben.

Der Henker und seine Assistenten hatten die vier Pferde an den Gliedmaßen des Verurteilten festgebunden. Arme und Beine ausgestreckt, war Almar für seine Hinrichtung bereit.

Bely erschauerte. Dort oben, fern des Gedränges, konnte er die Ausgelassenheit der Menge nicht verstehen. Den Ruf des Bluts. Die Lust, das Sterben zu sehen.

Wie können sie sich das nur ansehen? Danach verlangen? Das ist die Menge. An einem Tag schockiert über die Barbarei, und am nächsten selber Barbaren. Wie viele Frauen sind hier? Wie viele Mütter? Und wie viele Schuldige?

Die Schreie wurden immer lauter. Das Wogen der Menge immer heftiger. Fäuste hoben sich. Der Hass war mit Händen zu greifen.

Plötzlich nahm der Henker eine große schmiedeeiserne Zange vom Karren und hielt sie hoch über seinen Kopf, um sie der Menge zu zeigen. Die Galatier jubelten ihm zu.

»Töte ihn! Töte ihn!«, schrien sie und applaudierten dem Henker.

Dieser näherte sich Almar. Er stellte sich rechts neben ihn. Dann riss er mit der Zange das Fleisch von seinem Schenkel und seinem Arm. Die Gliedmaßen zuckten, das Blut spritzte, aber Almar schrie nicht ein einziges Mal. Er blinzelte nicht einmal.

Der Henker stand reglos neben ihm. So etwas hatte er noch nie erlebt. Die Operation, die dazu diente, die Vierteilung vorzubereiten, war normalerweise die Phase, in der der Verurteilte am lautesten schrie. Weil der Schmerz unerträglich war, aber auch, weil er noch die Kraft dazu hatte. Aber Almar spürte nichts.

Der Henker schüttelte den Kopf und ging auf die andere Seite seines Opfers. Der Schenkel, der Arm. Die vier Gliedmaßen waren jetzt vom Fleisch befreit. Die Vierteilung konnte beginnen.

Der Henker trat einen Schritt zurück. Die Menge raste. Man hätte nicht sagen können, ob es sich noch immer ausschließlich um Schreie des Hasses handelte, oder ob sich Schreie des Entsetzens darunter mischten angesichts des Blutes, das noch immer aus dem zerfetzten Fleisch strömte.

Als der Henker endlich die Hand hob, setzten sich seine Assistenten, die auf den vier Pferden saßen, in Bewegung. Die vier Seile spannten sich, und die Muskeln begannen zu zerreißen. Almars Augen waren noch immer weit geöffnet, und es sah sogar so aus, als würde er lächeln.

Die Pferde mussten sich jetzt ziemlich plagen. Die Muskeln hielten stand. An manchen Stellen zerriss das Fleisch, aber an anderen hielten die Sehnen stand. Plötzlich riss ein Arm ab. Er fiel herunter und wurde von dem befreiten Pferd ein Stück weit über den Boden geschleift. Und diesmal stieß die Menge tatsächlich Schreie des Entsetzens aus.

Als der Henker sah, dass die drei anderen Pferde nicht mehr weiterkamen, nahm er schnell eine große Axt vom Wagen, ging zu Cahins verstümmeltem Körper und begann, mit heftigen Schlägen die Muskeln und Sehnen der drei Gliedmaßen nacheinander zu durchtrennen.

Endlich gelang es den Pferden, die Vierteilung zu vollenden. Die Muskeln zerrissen, und die Knochen brachen innerhalb eines Augenblicks. Almar Cahins blutüberströmter Rumpf, der von keinem Seil mehr gehalten wurde, rollte zur Seite und fiel schwer auf den Boden.

Er hatte die Augen noch immer offen.

Als menschlicher Körper kaum noch zu erkennen, verstümmelt, blutüberströmt und zerfetzt, und doch diese Augen, diese beiden Augen so voller Leben!

Und plötzlich beruhigte sich die Menge, als würde sie sich endlich des Grauens des Schauspiels bewusst, dem sie beigewohnt hatte. Die Schreie verstummten. Die Fäuste senkten sich. Manche fingen sogar zu weinen an, so aufgewühlt waren sie.

»Nie wieder möchte ich so etwas mitansehen müssen«, murmelte Bely auf der Tribüne, ohne recht zu wissen, ob er wirklich sprach oder es nur dachte. »Nie wieder.«

Henon legte eine Hand auf seine Schulter.

»Und doch wird der künftige König sich an diese Art von Schauspiel gewöhnen müssen …«

Bely schüttelte den Kopf. Er hatte keine Lust, darüber zu sprechen. Keine Lust, weiter mit dem alten Druiden zu diskutieren.

»Na na, das ist doch nur ein Toter, Bely«, fuhr Henon seufzend fort. »Gewiss, nicht sehr elegant, aber nur ein Toter. Morgen, wenn Harcort vor den Toren von Providenz stehen wird, werden es tausende sein.«

»Glaubt Ihr, dass Harcort angreifen wird?«, fragte Bely und senkte den Blick, um den Anblick, der sich ihm auf dem großen Platz bot, nicht mehr sehen zu müssen.

»Zweifelt Ihr daran? Sie werden unsere ungewisse Lage natürlich ausnutzen. Gerade deswegen müsst Ihr so schnell wie möglich einen König ernennen …«

Henon stand auf, trat hinter Bely, klopfte ihm auf die Schulter und verließ majestätischen Schritts die Tribüne.

Während all ihre Gefährten sich an den Arbeiten und der Neuorganisation der Stadt beteiligten, stieg Alea mitten am Nachmittag in die Verliese des Schlosses hinunter.

Eine schmale Wendeltreppe führte unter dem Ostturm der Wehrmauer hinab, so tief, dass die Steinwände feucht und eiskalt waren. Eine Fackel in der linken Hand, ging Alea vorsichtig Stufe für Stufe hinunter, um nicht auszurutschen.

Der modrige Geruch und die tiefe Dunkelheit erinnerten sie an ihren Aufenthalt im Gefängnis von Ria, in das der Graf von Harcort sie hatte werfen lassen. Und obwohl sie durchaus einen Sinn für die Ironie der Situation hatte, fand sie es sofort ziemlich ungerecht, diesen General von Harcort in die gleiche Lage zu bringen. Jedenfalls passte es nicht zu ihrer Vorstellung eines neuen Gaelia. Sie nahm sich fest vor, Erwan zu bitten, ein Gefängnis oberirdisch zu errichten, an einem Ort, in den wenigstens ein paar Sonnenstrahlen dringen konnten.

Bald kam sie in den langen Gang der Kerker, wo zwei Soldaten sich an einem Tisch unterhielten. Als sie das Mädchen kommen sahen, standen sie auf und nahmen stramme Haltung an, was Alea amüsierte.

»Bleibt sitzen, ich bitte Euch! Wo ist Dancray?«

»Ich bin da!«, spottete der General auf der anderen Seite des Gangs und streckte die Hand durch die Gittertür, die seine Zelle schloss.

Alea zog einen Schemel unter dem Tisch der beiden Wachen hervor. Es war sonst niemand da, Erwan hatte verlangt, dass der General in eine isolierte Zelle gesteckt würde. Die anderen Gefangenen befanden sich in den Kerkern im Westflügel des Schlosses.

»Guten Tag, Dancray«, sagte Alea und stellte den Schemel vor die Gittertür des Generals.

»Ich weiß nicht, ob er wirklich gut ist, der Tag …«

Der General hatte sich verändert. Nach kaum zwei Tagen in dieser Zelle war seine Haut weiß geworden, und er hatte Ringe unter den roten Augen … Er war schlecht rasiert, was ihm vollends ein schreckliches Aussehen verlieh. Er hatte sich seit der Nacht des Angriffs nicht umziehen können und trug noch immer seine zerrissene Leinenhose, sein Hemd, das nicht mehr wirklich weiß war, und seine kurze Lederjacke.

»Dancray, ich bin nicht gekommen, um ein Spiel zu spielen. Ihr seid gefangen, und viele dort oben würden es gern sehen, wenn ich Euch hängen würde …«

»Mit Vergnügen!«, entgegnete der General zynisch.

»Amina von Galatia und der Baron von Bisania sind beide ermordet worden.«

Diesmal wusste der General nicht, was er antworten sollte. Das Lächeln verschwand aus seinem Gesicht.

»Gleichzeitig?«, fragte er schließlich, weil er verstehen wollte.

»Praktisch ja. Amina ist von einem Verrückten getötet worden, der, wie ich vermute, von Maolmòrdha geschickt worden ist, und der Mörder des Barons ist von seiner eigenen Tochter gedungen worden, die natürlich seine Nachfolge angetreten hat.«

»Nun ja, das wird Euch das Leben nicht gerade einfacher machen!«

»Wieso meines?«

»Weil Al'Roeg das ausnutzen wird, um Galatia anzugreifen... Aber ich weiß nicht, warum ich Euch das sage, Ihr werdet es schon ganz allein herausfinden!«

»Ihr seid ein kluger Stratege, Dancray, aber ein schlechter Verlierer!«

»Oh, wisst Ihr, ich bin kein so guter Strategie, wie ich glaubte. Hätte ich zweitausend Mann mehr mitgenommen, hättet Ihr niemals in die Stadt eindringen können.«

»Wirklich nicht? Glaubt Ihr tatsächlich, Dancray, dass Eure zweitausend Mann hätten aufhalten können, womit die Druiden und ich Euch geschlagen haben? Ich habe da meine Zweifel, General!«

Der Offizier verzog das Gesicht. »Ihr Druiden seid nicht unbesiegbar... Wir haben sie am Hügel des Sandes in die Flucht geschlagen, wenn ich Euch erinnern darf.«

»Ich war nicht dabei«, erwiderte Alea.

»Nun denn! Dann seid Ihr noch anmaßender, als man mir gesagt hat.«

Alea lächelte. »Ich muss gestehen, dass ich es schließlich geworden bin. Aber angesichts der Lage könnte ich es noch mehr werden, oder nicht?«

»Was erhofft Ihr Euch von mir?«, unterbrach der General sie.

»Offen gesagt, ich weiß es nicht. Ich bin aus zwei Gründen gekommen. Zunächst aus einem taktischen Grund: Ich möchte Eure Meinung über das hören, was jetzt geschehen könnte. Und dann aus einem persönlichen Grund: Ich will lernen zu vergeben.«

Der General riss die Augen auf. »Zu vergeben? Aber ich habe nichts, was man mir vergeben müsste!«

Alea lächelte erneut.

»Dann sprechen wir also über Taktik«, schlug sie vor.

»Wollt Ihr einen taktischen Rat? Dann hört: Hängt mich auf, und wir sprechen nicht mehr davon!«

»Glaubt Ihr, dass Harcort angreifen wird?«, beharrte Alea.

Der General blieb stumm.

»Na kommt, Dancray. Wenn Ihr in Ria wärt, was würdet Ihr dem Grafen Al'Roeg sagen?«

Aber Dancray antwortete noch immer nicht. Mit verschränkten Armen starrte er Alea herausfordernd an.

»Na schön«, fuhr Alea fort. »Ihr wollt also nicht über Taktik sprechen. Dann wenden wir uns eben wieder dem anderen Thema zu.«

»Welchem anderen Thema?«

»Ich vergebe euch, Dancray.«

»Was?«

»Ich vergebe Euch für all die Toten, für die Ihr verantwortlich seid.«

»Habt Ihr sie noch alle?«, rief der General empört.

»Die Tuathann, niedergemetzelt auf dem Hügel des Sandes, die Sarrländer, die Tarneaner. Ich vergebe Euch für all die Kinder, die fliehen mussten. Ich vergebe Euch für den Grafen, den Ihr habt hängen lassen. Ich vergebe Euch, Dancray.«

»Gut, hört auf, das reicht!«

Dancray stand auf und ging zur Gittertür, mit hochgezogenen Augenbrauen, als wollte er Alea beeindrucken.

»Ich vergebe Euch für alle Soldaten von Harcort, die Ihr habt sterben lassen, indem Ihr sie in den Krieg führtet. Ich vergebe Euch für ihre Frauen und Kinder, die heute ohne Mann und Vater sind. Für all das, Dancray, vergebe ich Euch.«

»Schweigt!«, schrie der General außer sich.

»Habt Ihr mitgezählt, wie viele Tote das sind, Dancray? Ich glaube nicht, dass es mir gelingen würde, diejenigen zu zählen, für die ich verantwortlich bin. Wenn ich mir selbst vergeben will, muss ich zuerst Euch vergeben.«

»Ihr seid vollkommen verrückt!«, flüsterte der General und setzte sich wieder.

»Sagt mir etwas, Dancray. Jetzt, da Ihr Tarnea verloren habt, sagt mir, wozu die Toten in Euren Truppen gut waren …«

Der General blickte zu Boden, er wollte Alea nicht mehr hören, er wollte sie nicht mehr sehen.

»Antwortet, Dancray! Diejenigen, die gestorben sind, um diese Hauptstadt zu erobern, glaubt Ihr jetzt, da sie wieder befreit ist, dass es einen Sinn hatte, dass sie gestorben sind?«

»Das ist das Gesetz des Krieges«, sagte der General schroff.

»Und der Krieg ist Euer Beruf, ja, ich weiß.«

Alea seufzte tief, dann stand sie auf, ging zum Tisch der beiden Soldaten, wo sie die Zellenschlüssel nahm, kehrte zu der Gittertür zurück, die den General einschloss, und öffnete sie. Sie nahm ihren Schemel, trat in die Zelle, schloss die Tür hinter sich und setzte sich Dancray direkt gegenüber.

»Habt Ihr eine Leidenschaft in Eurem Leben, außer dem Krieg?«

Der General zog verwirrt eine Augenbraue hoch. »Wie bitte?«

»Eine Leidenschaft. So wie mein Freund Mjolln beispielsweise den Dudelsack …«

Dancray musste unwillkürlich lächeln. Er schüttelte ungläubig den Kopf. Alea war wirklich ein erstaunliches Mädchen, das musste er zugeben.

»Ich weiß nicht«, stammelte er schließlich. »Ich mag Brettspiele, das Fidchell vor allem.«

Alea prustete vor Lachen. »Nein! Das zählt nicht! Das ist genau wie der Krieg, nur im Kleinen! Ihr habt doch bestimmt eine andere Leidenschaft, Dancray.«

»Nein, ich wüsste nicht …«

»Die Malerei? Der Tanz? Die Musik? Das Reisen?«

»Nein«, wiederholte der General, »ich kenne nur meine Pflicht.«

Alea nickte. »Ich verstehe. Das ist schade, nicht wahr, denn wenn man Euch nicht mehr brauchen wird, werdet Ihr nicht wissen, was Ihr machen sollt …«

»Man wird mich immer brauchen …«

»Wirklich? Jetzt zum Beispiel, wem seid Ihr nützlich?«

Der General seufzte. »Worauf wollt Ihr hinaus? Wollt Ihr, dass ich meine Zeit hier nutze, um mit dem Malen zu beginnen?«

Alea lächelte.

»Daran hatte ich nicht gedacht, aber das wäre in der Tat keine schlechte Idee … In der Zwischenzeit könnt Ihr Euch aber trotzdem nützlich machen …«

Der General brach in Gelächter aus. »Dieser ganze Umstand, nur um mich dazu zu bringen, Euch zu antworten? Also wirklich, Ihr sprecht mit einem General, nicht mit einem Kind!«

Alea nickte. Sie begriff, dass es keinen Sinn hatte zu insistieren. Sie stand auf, nahm ihren Schemel und verließ die Zelle.

»Auf Wiedersehen, General«, sagte sie und schloss die Gittertür. »Ich kehre nach draußen zurück, wo sich die Geschichte ohne Euch entscheiden wird.«

Sie grüßte und drehte sich um. Sie ging durch den Gang, schob den Schemel unter den Tisch der Wachen und gab ihnen die Schlüssel zurück.

»Wartet!«, rief der General am anderen Ende des Gangs.

Alea lächelte. Dancrays Stimme hallte zwischen den alten Steinmauern. Sie konnte die Gefühle des Offiziers heraushören. Angst, Groll, Verzweiflung.

»Natürlich wird Al'Roeg angreifen!«, rief Dancray, als wollte er sie zurückhalten. »Er wird so rasch wie möglich angreifen, bevor Galatia sich organisieren kann. Er ist bestimmt schon unterwegs!«

Der General sprach schnell, Verzweiflung lag in seiner Stimme. Er war also doch nicht so hart, wie er glauben machen wollte. Während er die Gittertür mit beiden Händen umklammerte, schrie er, vermutlich ohne zu wissen, ob Alea ihn hörte. Ob sie noch da war. »Hört, ich wette sogar mit Euch, dass Ruther und Dayle jeder eine Truppe der Kavallerie anführen werden und dass Asley sich um die Infanterie kümmern wird. Meriander Mor, der Graf von Braunland, wird zwangsläufig mit von der Partie sein. Und gegen seinen Willen, der arme Narr. Oh! Al'Roeg hat ihn schön reingelegt!«

Alea zwinkerte den beiden verblüfften Wachen zu und kehrte in den langen Gang zurück. Sie sagte kein Wort. Sie wusste, dass Dancray das Geräusch ihrer Schritte hörte. Auf halbem Weg blieb sie stehen. Er sollte sie nicht sehen. Seine Angst sollte noch ein wenig länger dauern.

»Gut«, sagte sie ruhig. »Harcort und Braunland werden also angreifen. Aber wo?«

»In Providenz natürlich! Alea! Denkt nach! Wo sollten sie sonst angreifen?«

»Wo immer sie wollen, um Galatia zu zwingen, seine Truppen zu teilen.«

»Nein, der Graf muss einen einzigen großen Frontalangriff versuchen. Er weiß, dass das vermutlich seine letzte Chance ist. Er weiß, dass Galatia sich letztlich neu organisieren wird, und er weiß, dass Ihr, Alea, immer mächtiger werdet. Nein, Alea, der Krieg wird in Providenz stattfinden, und er wird schrecklich sein.«

Alea seufzte. Sie wusste, dass der General sich wahrscheinlich nicht irrte.

»Und Bisania?«, fragte sie.

»Bisania? Wenn die Tochter des Barons die Macht übernehmen wollte, dann vermutlich, weil die Untätigkeit ihres Vaters sie rasend gemacht hat.«

»Oder weil sie einfach nur machthungrig ist …«

»Nein. Man muss schon eine gehörige Portion Hass entwickeln, um fähig zu sein, seinen eigenen Vater zu töten …«

Alea schluckte. Dieser Gedanke rief andere auf den Plan, mit denen sie lieber nicht spielen wollte.

»Glaubt Ihr, dass sie sich an diesem Krieg beteiligen wird?«, fragte sie stattdessen.

»Ich weiß es nicht. Vermutlich. Wenn sie glaubt, dass sie ihren politischen und militärischen Einfluss in Galatia verstärken muss. Harcort muss sich die gleiche Frage stellen. Und sie werden sie sich wohl auch in Bezug auf Euch stellen.«

Alea schwieg.

»Werdet Ihr in den Krieg ziehen?«, fragte der General.

Keine Antwort.

»Kommt schon, Alea, ich habe Euch alles gesagt... Antwortet mir! Werdet Ihr in den Krieg ziehen?«

Das Mädchen ging zur Zelle des Generals, blickte ihm direkt in die Augen.

»Wenn ich es tue, Dancray, habe ich auch nur die geringste Chance, diesen Krieg zu verhindern?«

Der General zögerte. Er betrachtete das Mädchen mit seinen Augen, die voller Bitterkeit waren. Aber er war nicht mehr derselbe. Er hatte etwas begriffen. Begriffen, dass es keinen Sinn hatte zu kämpfen. Und auch begriffen, dass er sich vielleicht geirrt hatte. Und wenn er sich geirrt hatte, konnte nur eines noch seine Fehler wiedergutmachen.

Er musste Alea vertrauen.

Sie war die erstaunlichste Person, der er jemals begegnet war. Die verwirrendste. Die aufrichtigste.

Er musste ihr eine Chance geben.

»Nein, Alea. Ihr werdet diesen Krieg niemals verhindern können. Es ist bereits zu spät. Keines der beiden Lager steht hinter Euch. Keines wird Euch anhören. Und wenn eines von beiden es doch täte, würde das andere dies ausnutzen, um es zu vernichten. Dieser Krieg wird stattfinden, Alea.«

»Wozu dann also?«, rief Alea. »Warum sollte ich das Leben meiner Männer riskieren, wenn ich dadurch nicht andere retten kann?« Sie schloss die Augen. »Und zugleich«, fuhr sie fort, »wird das alles entscheiden, nicht wahr?«

Der General nickte.

»Was würdet Ihr an meiner Stelle tun?«, fragte Alea.

Der General riss die Augen auf. »Ihr fragt einen Mann, den Ihr soeben besiegt habt, was er an Eurer Stelle täte?«, fragte er verblüfft und hob die Arme zur Decke. »Ihr erspart mir wirklich nichts!«

»Das ist nicht meine Art. Und ich vertraue Eurem Urteil. Wisst Ihr, General, fast hätte mein Plan gegen Euch nicht funktioniert.«

»Euer Plan?«

»Die Überschwemmung...«

Der General nickte lächelnd.

»Also«, fuhr Alea fort, »was würdet Ihr an meiner Stelle tun?«

Und Dancray antwortete ihr. Offen und ehrlich antwortete er ihr. Und Alea wusste, dass sie recht gehabt hatte, ihm zu vergeben.

Graf Meriander Mor gelang es, achttausend Mann zusammenzubringen, die nach Atarmaja marschieren würden, wo, wie er wusste, Feren Al'Roeg schon in ein paar Tagen auf ihn warten würde.

Die Stimmung der Truppen war gedrückt. Man zog in einen neuen Krieg, und dieser würde vermutlich von allen der schlimmste sein. Vielleicht der letzte. Im Idealfall der letzte. Denn zu viele Braunländer waren gestorben. Zu viele Ehemänner fehlten in den abgelegenen Gegenden Braunlands. Die Kriege mussten einfach eines Tages aufhören. Man musste sich die Zeit für den Wiederaufbau nehmen. Es war sinnlos, um Ruinen zu kämpfen.

Dennoch war Meriander nicht unglücklich darüber, nach Atarmaja zu gehen. Nicht dass er diesem Krieg mehr abgewinnen konnte als seine Soldaten, aber er hoffte, sich auf diese Weise Bischof Aeditus vom Hals schaffen zu können.

In den Tagen, die er an der Seite des Geistlichen verbracht hatte, hatte Meriander jeden Tag etwas mehr Anlass gefunden, ihn zu missbilligen. Vor allem fragte er sich, welche Legitimierung der Bischof eigentlich für sich geltend machen konnte. Er hatte keine Männer in den Kampf geführt. Er hatte niemanden verloren, hatte nicht mitansehen müssen, wie seine Familie starb, um ihr Land zu retten. Übrigens besaß er nicht einmal Land, hatte keine Bindung. Nur das *göttliche Vertrauen*, wie er immer sagte. Aber reichte das aus, um sich für den Rivalen der Könige zu halten? Reichte es aus, um den Menschen zu befehlen? Reichte es aus, um ihnen Moral und Lebensführung vorzuschreiben?

Mor war bereit gewesen, zum Christentum überzutreten, weil der Sieg, zu dem Harcort ihm verholfen hatte, ihm wie… ein Wunder vorgekommen war.

Und er war bereit gewesen, sich taufen zu lassen, weil dieser Gott gnädiger als die Moira zu sein schien. Aber jetzt begann er, sich zu fragen, ob das nicht ein Fehler gewesen war. Ob man ihn nicht getäuscht hatte.

Nach und nach hatte dieser Gott der Liebe, den man ihm präsentiert hatte, sich in einen Gott des Unterschieds, in einen Gott der Verachtung und der Verpflichtung verwandelt. Anstatt den Braunländern zu helfen, sich zu entfalten, engte die Religion sie ein. Sie errichtete bereits tausend Schranken. Zwang, dies und nicht jenes zu denken. Dies und nicht jenes zu glauben. Anstatt die Menschen zu vereinen, spaltete sie sie. Und dieser Bischof war gewiss noch machtbesessener, als die Druiden es vor ihm gewesen waren.

Ohne sich wirklich zu trauen, seine Ungeduld zum Ausdruck zu bringen, freute Meriander sich daher, Al'Roeg diesen lästigen Kirchenfürsten zurückzugeben.

Und was das Schlimmste war, Meriander hatte Gott nicht gefunden. Diesen Gott, dessen helles Licht ihn in der Schlacht auf dem Hügel des Sandes geblendet hatte, fand der Graf abends, wenn er allein war und tief in seinem Innern suchte, nicht wieder. Die versprochene Liebe? Verschwunden. Die Gerechtigkeit? Unerreichbar. Und morgen die Ewigkeit? Was war die Ewigkeit wert, wenn man diese wenigen Stunden nicht zu fröhlichen machen konnte? Warum vom Paradies träumen, wenn man hier auf Erden kein Glück finden konnte?

Nein, je länger er den Bischof begleitete, desto stärker bedauerte er, diese Religion angenommen zu haben. Er fragte sich jetzt, was geschehen könnte. Wie er mit dieser Situation umgehen könnte. Konnte er weiterhin sich und sein Volk belügen? Konnte er dem Grafen von Harcort gestehen, dass er seinen Gott letztlich ablehnte? Wie sollte er das all denen erklären, die seinem Beispiel gefolgt und konvertiert waren?

Aber erst einmal war da der Krieg. Die Antworten würden später kommen. Wenn sie denn kommen würden.

»Woran denkt Ihr, Graf?«, fragte Aeditus, während er sein Pferd neben das des Grafen führte.

Meriander verzog das Gesicht. Er konnte keine ehrliche Antwort geben. Dazu war es noch zu früh.

»An diesen Krieg, Eminenz.«

Der Bischof nickte. »Die Tage vor der Schlacht sind immer die schlimmsten. Angeblich schlimmer als die Schlacht selbst.«

»Habt Ihr jemals gekämpft, Eminenz?«

»Nein«, gestand Aeditus, »aber das muss ich auch nicht, um die Gefühle der anderen zu teilen. Um zu empfinden, was Eure Männer in diesem Augenblick empfinden. Ich werde heute Abend versuchen, zu ihnen zu sprechen. Sie sollen Trost im Wort Gottes finden.«

»Meine Männer denken in diesem Augenblick an das Gleiche wie ich, Eminenz. Sie denken an ihre Frauen und Kinder. Habt Ihr bereits eine Frau gehabt, Eminenz?«

»Also wirklich!«, entrüstete sich Aeditus. »Ihr wisst doch genau, dass die Männer der Kirche nicht heiraten…«

»Dann könnt Ihr sie nicht verstehen…«

»Glaubt Ihr wirklich?«, sagte der Bischof gereizt. »Glaubt Ihr, man muss eine Frau haben, um zu wissen, was Liebe ist? Glaubt Ihr, dass ich nie geliebt habe? Dass ich noch nie eine Frau begehrt habe?«

»Ihr mögt tausend Geliebte gehabt haben, Eminenz, aber Ihr habt keine Ahnung, wie es ist, seinen Kindern und der Frau, mit der man sie gezeugt hat, auf Wiedersehen zu sagen.«

»Ich habe eine Familie gehabt, wisst Ihr. Eltern, Schwestern, Brüder…«

Meriander lächelte. Er wusste, dass es sinnlos war, dieses Gespräch fortzusetzen. Sein Ton dem Bischof gegenüber würde nur immer aggressiver werden. Er sagte sich, dass es besser wäre, so schnell wie möglich das Thema zu wechseln.

»Atarmaja ist noch weit entfernt. Ich werde den Hauptleuten sagen, sie sollen die Truppen schneller marschieren lassen.«

Er grüßte den Bischof und galoppierte zur Spitze der Kolonne.

Es war viel zu spät, um umzukehren.

»Kein Soldat wird uns begleiten«, verkündete Alea während des Abendessens.

»Wie bitte?«, fragte Erwan erstaunt; wie die anderen kannte er den Plan des Mädchens noch nicht.

Alle am Tisch wussten, dass Alea sich stundenlang mit General Dancray unterhalten und nach diesem langen Gespräch eine wichtige Entscheidung hinsichtlich des Fortgangs der Ereignisse getroffen hatte, aber niemand wusste genau, wie diese Entscheidung aussah.

Sie hatte all ihre Gefährten, Erwan, Kaitlin, Mjolln, Fahrio, Tagor, Finghin und die fünf anderen Großdruiden von Sai-Mina zusammengerufen. Jetzt, da die Freude über die Befreiung von Tarnea abgeklungen war, hatte die Angst vor dem Krieg, der im Süden drohte, die Oberhand gewonnen.

»Die Armee der Erde wird hier in Tarnea bleiben, mit Euch, mein lieber Fahrio, und mit dir, Tagor.«

»Ich begleite dich nicht?«, fragte Tagor mit gerunzelter Stirn.

»Nein, Bruder. Du wirst mir fehlen, aber die Tuathann brauchen dich. Die Sarrländer kennen sie nicht, und Fahrio kann sie nicht so rasch verstehen. Du musst bleiben, um den Hauptmann zu unterstützen und deinem Volk zu helfen, sich hier friedlich anzusiedeln.«

Der junge Mann nickte stumm. Er wusste, dass seine Schwester recht hatte. Er hasste den Gedanken, ihr nicht folgen zu können, aber leider hatte sie recht. Wieder einmal …

»Fahrio, wenn alle hier einverstanden sind, möchte ich Euch vorübergehend zum Gouverneur von Sarrland ernennen.«

»Zum Gouverneur?«, wiederholte der Hauptmann überrascht.

»Ja. Solange wir das alles noch nicht geklärt haben,

braucht die Grafschaft einen Herrscher. Ich glaube, dass Ihr am besten dafür geeignet seid, bis auf der Insel wieder klare Verhältnisse herrschen. Ihr seid gerecht, ein guter Stratege, Ihr liebt dieses Land, und die Menschen schätzen Euch. Ihr seid der Mann, den die Grafschaft im Augenblick braucht. Hat jemand Einwände?«

»O nein, das ist eine ausgezeichnete Idee!«, erwiderte Mjolln.

Alea dankte ihm. Sie hatte sich noch nicht daran gewöhnt, ihn in seinem blauen Bardenkostüm zu sehen. Aber es stand ihm hervorragend. Und er wirkte unglaublich glücklich.

»Erzdruide?«, fragte Alea und wandte sich an Ernan am anderen Ende des Tisches.

»Wir vertrauen Eurem Urteil, Alea.«

»Danke. Fahrio, nehmt Ihr das Amt an?«

Der Hauptmann nickte. »Ich fühle mich sehr geehrt, Alea. Ja, ich liebe dieses Land. Und ich hoffe, dass ich ebenso gerecht und vernünftig zu sein vermag, wie du es geworden bist.«

Die anderen gratulierten ihm. Innerhalb kurzer Zeit hatte er sich die Sympathie von Aleas Gefährten zu erwerben vermocht. Nicht wegen seiner Stimmung – er war meist eher ernst –, sondern wegen seiner Ehrlichkeit, seiner Geradlinigkeit und seiner Selbstlosigkeit. Er war eindeutig ein guter Mensch.

»Gut. Eure Aufgabe wird also sein, Sarrland den Frieden zu garantieren, wiederaufzubauen, was in Tarnea zerstört worden ist, und wieder eine Armee aufzustellen, die in der Zukunft keine Invasionen mehr zu fürchten haben muss. Tagor, ich verlasse mich auf dich, dass du ihn bei dieser Aufgabe unterstützt. Die Tuathann sollen in Sarrland den verdienten Frieden finden. Dein

Volk soll endlich ein Land finden, in dem es sich entfalten kann!«

»Wir werden uns hier sehr wohl fühlen«, versicherte Tagor lächelnd. »Ich muss dir sogar gestehen, kleine Schwester, dass mehrere Familien sich bereits in den umliegenden ländlichen Gebieten angesiedelt haben.«

»Sehr schön. Sprechen wir jetzt über Gaelia.«

Alle richteten ihren Blick erneut auf Alea. Jetzt ging es um das eigentliche Problem. Denn in der Grafschaft Sarrland war der Friede im Augenblick nicht mehr gefährdet. Aber die Zukunft der Insel wurde immer ungewisser.

»Ich denke, es steht außer Zweifel«, fuhr Alea fort, »dass Harcort und Galatia in den nächsten Tagen miteinander kämpfen werden. General Dancray glaubt, dass Feren Al'Roeg seine Armee und die von Braunland nach Providenz schicken wird, und zwar schon sehr bald. Ich teile seine Voraussage, und ich denke, ihr alle seid der gleichen Meinung.«

Die meisten nickten.

»Ja«, sagte Kiaran, geheimnisvoll wie immer. »Die Geschichte wiederholt sich.«

»Was meint Ihr damit, Onkel?«, fragte Kaitlin überrascht; selbst sie hatte Mühe, Kiarans rätselhafte Äußerungen zu verstehen.

»Dieser Krieg hat bereits stattgefunden«, erklärte der Großdruide. »Vor mehr als zehn Jahren zwar, aber das ist ja noch nicht so lange her. Der Krieg von Harcort.«

»Mit dem Unterschied, dass damals«, korrigierte Ernan, »Galatia Harcort angegriffen hat, während es diesmal wohl genau umgekehrt sein wird.«

»Aber es handelt sich um dieselben Feinde. Die Geschichte wiederholt sich. Diesmal allerdings bestimmst du, Alea, die Geschichte. Du löst das alles aus…«

»Alea hat diesen Krieg nicht ausgelöst!«, rief Erwan empört.

»Aber natürlich«, verteidigte sich Kiaran, »und sie muss sich das nicht vorwerfen, im Gegenteil! Das ist ihre einzige Rolle. Sie ist diejenige, die die entscheidende Wende in der Geschichte der Insel herbeiführen wird, Magistel. Seht Ihr denn nicht, was da gerade geschieht?«

»Der Krieg?«

»Nicht nur. Der Krieg ist nur eine Folge all dessen!«

»Aber was dann?«, bohrte der Magistel.

»Gaelia *tritt in ein neues Alter*!«, behauptete Kiaran mit ruhiger und bedächtiger Stimme.

Alle schienen perplex, mit Ausnahme von Alea. Als wüsste sie bereits, was der Großdruide sagen würde. Und so war es auch. Denn Kiaran und Alea hatten dieselben Dinge begriffen.

»Gaelia *tritt in ein neues Alter*?«, wiederholte Mjolln und verzog das Gesicht.

»Ja, ich glaube sogar sagen zu können, dass Gaelia ins Erwachsenenalter tritt«, sagte der Großdruide lächelnd. »Diejenigen, die die Jetztzeit gestaltet haben, werden verschwinden oder sind bereits verschwunden. Wir, die Druiden – und das hat bereits begonnen, wir sind nur noch der Schatten dessen, was wir einmal gewesen sind –, die Herrschenden, Eoghan, Amina, Ruad, Bisani, bald vermutlich Al'Roeg und Meriander Mor… Gaelia befreit sich von seinen Vätern. Carla Bisani hat ihren getötet. Alea wird die Moira töten. Gott. Das alles wird verschwinden. Nicht wahr, Alea?«

Das Mädchen biss sich auf die Unterlippe. Kiarans

Vision kam der Wirklichkeit dermaßen nahe. Niemals hätte sie sie so vor ihren Gefährten zu formulieren gewagt, und dennoch, das war genau das, was sich gerade vollzog. Teilweise zumindest. Alea nickte langsam.

»Was ist das denn für ein Kauderwelsch?«, rief Erwan, der Mühe hatte, sich zu beherrschen.

Der Magistel geriet selten außer sich. Aber der Druck und vielleicht die Angst, Alea könnte in einen Krieg verstrickt werden, der noch schlimmer war als alles, womit sie bis jetzt konfrontiert gewesen war, schienen ihn die Beherrschung verlieren zu lassen.

»Wir müssen nach Providenz gehen«, sagte Alea sanft, während alle, schockiert von Kiarans Äußerungen, sie immer noch anstarrten.

»Alea«, sagte Erwan ratlos, »du willst, dass wir, die Druiden und wir, allein nach Providenz gehen, während ein Krieg zwischen mehreren zehntausend Mann im Anzug ist?«

»Erwan. Wir können diesen Krieg nicht aufhalten. Ich würde gern verhindern, dass all diese Soldaten sterben, aber diesmal ist es zu spät.«

»Gehört das auch zu dieser Geschichte mit dem neuen Alter?«, empörte sich Erwan, den der Gedanke, nichts gegen diesen Krieg tun zu können, wütend machte. »Sollen wir unsere Brüder sterben lassen, um *in ein neues Alter zu treten*?«

»Es geht nicht darum, Menschen sterben zu lassen, sondern bereit zu sein, wiedergeboren zu werden«, erwiderte Kiaran.

»Druidengewäsch!«, rief Erwan wutentbrannt.

»Erwan«, sagte Alea stirnrunzelnd, »*wir können diesen Krieg nicht verhindern*. Wenn wir mit deiner Armee...«

»*Deiner* Armee!«, korrigierte sie der Magistel.

»... mit *meiner* Armee in den Krieg ziehen würden, würden wir die Zahl der Toten nur noch erhöhen.«

»Ich glaube, Alea hat leider recht«, warf Fahrio ein. »Wir sind in diesem Krieg nur eine dritte Kraft. Alles, was wir tun könnten, ist, den Kampf auf der einen oder anderen Seite etwas zu modifizieren, aber verhindern können wir ihn nicht.«

»Aber wir können den Ausgang verändern«, sagte Alea und nahm die Hand des Magistel.

»Wie das?«, fragte Erwan, der sich langsam wieder beruhigte. »Wie können wir was auch immer verändern, wenn der Krieg beendet ist?«

»Wir haben bereits damit angefangen, Erwan. Wir brauchen nur die Früchte der Arbeit zu ernten, die wir seit unserem Aufbruch verrichten. Vertraut mir ein letztes Mal. Folgt mir nach Providenz. Ich werde euch brauchen.«

»Und nicht eine kleine Gruppe von Soldaten?«, insistierte Erwan, aber diesmal erkannte Alea, dass er Spaß machte.

Seine schlechte Laune war ebenso schnell verflogen, wie sie gekommen war.

»Nein«, erwiderte Alea lächelnd, »nur wir. Die Gefährten. Wir werden wieder auf Wanderschaft gehen!«

»Wie in den guten alten Zeiten!«, bemerkte Mjolln ironisch. »Ähm. Wie viele sind wir? Ernan, Kiaran, Lorcan, Finghin, Shehan, Odhran, Kaitlin, Erwan, du und ich. Zehn! Das macht zehn!«

»Ihr wollt nicht, dass die Druiden und unsere Magistel uns begleiten?«, fragte der Erzdruide.

»Nein«, wiederholte Alea. »Zehn. Das ist eine gute Zahl.«

»Der Samildanach und seine neun Gefährten!«, rief Mjolln. »Daraus lässt sich ein schönes Lied machen!«

»Wann sollen wir aufbrechen?«, fragte Erwan, der Aleas Antwort fürchtete.

Das Mädchen lächelte.

»Morgen.«

Imalas Rudel ruhte sich gerade am Ufer des Sinain aus, als oben auf dem Hügel plötzlich Schreie von Vertikalen ertönten.

Taibron hörte sie als Erster. Der große, graue Wolf sprang auf, und bald scharten sich auch Imala und das übrige Rudel um ihn. In der Ferne erblickten sie bedrohliche Gestalten, die in ihr Revier im Loma-Tal eindrangen.

Die Wölfe zögerten keinen Augenblick. Sie fürchteten nichts mehr als die Vertikalen. Taibron lief nach Osten, am Fluss entlang, und das übrige Rudel folgte ihm.

Sie folgten dem Sinain, bis er eine weite Schleife nach Süden machte. Daraufhin liefen die Wölfe geradeaus weiter, denn vor ihnen erhob sich ein Kiefernwald, in dem sie vielleicht Schutz finden konnten. Die Schreie der Vertikalen hinter ihnen waren noch immer zu hören. Sich ständig wiederholende Schreie, in die sich das Geräusch der Holzstücke mischte, die gegen den Boden schlugen.

Dennoch gelang es dem Rudel, sie abzuhängen. Taibron lief aber erst langsamer, als sie den Waldrand erreicht hatten. Außer Atem und mit hängender Zunge schlüpften sie zwischen den Kiefern hindurch in der Hoffnung, ihnen entkommen zu sein.

Sie drangen tief in den Wald ein und suchten eine Wasserstelle, wo sie ihren Durst stillen konnten, aber als sie sich wieder in Bewegung gesetzt hatten, hörten sie erneut die Schreie der Vertikalen, im Süden diesmal und sehr viel näher.

Die sieben Wölfe jagten gemeinsam in die entgegengesetzte Richtung, aber der Wald war zu dicht, und diesmal konnten sie nicht alle zusammen hinter Taibron bleiben, weshalb sie sich zwischen den Kiefern verteilten.

10

Auf dem Hügel des Staubs

Die Armee der Soldaten der Flamme war am Vorabend in das kleine, trostlose Dorf im Westen Galatias gekommen. Atarmaja war von der Invasion der Tuathann verwüstet worden, und man hatte es noch nicht wiederaufgebaut, sondern die Ruinen dem Sand und dem Wind überlassen. Nur ein paar Gebäude standen noch, und die Armee von Feren Al'Roeg hatte nur die Wasserstellen und ein paar Unterschlüpfe benutzt. Das Hauptlager war abseits errichtet worden, im Schatten der weißen Gipfel des Gor-Draka-Gebirges. Das Dorf war ein Bild des Jammers, in dem kaum noch Spuren der Vergangenheit sichtbar waren.

Als Meriander Mor der Schöne oberhalb des Tals südlich des Dorfs stand, sah er sofort das Banner Harcorts, eine rote Flamme auf weißem Grund, das an der Spitze der Lanzen und auf den Ruinen von Atarmaja flatterte. Feren Al'Roeg war bereits eingetroffen.

Es waren weit mehr Soldaten der Flamme dort unten, als Meriander gedacht hatte. Fünfzehntausend vielleicht. Die großen weißen Zelte der Armee von Harcort standen dicht an dicht im ganzen Tal. Die Soldaten der Flamme wimmelten um das Dorf wie Ameisen um ihren Ameisenhaufen.

Erst jetzt wurde ihm bewusst, welche Ausmaße der Krieg annehmen würde. Diese Armee war dermaßen groß. Es würde ein Massaker werden!

Plötzlich trat Aeditus neben ihn.

»Ein eindrucksvoller Anblick, nicht wahr?«, sagte der Bischof, und in seiner Stimme schwang Stolz mit.

Meriander nickte. *Ja, eindrucksvoll*, dachte er, *aber nicht im positiven Sinn*. Er drehte sich um und befahl den Boten, ins Tal hinunterzugehen, um dem Grafen von Harcort ihre Ankunft zu melden.

Meriander warf einen letzten Blick auf das Tal, dann gab er den Generälen das Zeichen weiterzumarschieren. Die achttausend Braunländer setzten sich wieder in Bewegung, das Wappen der Grafschaft, die silberne Chimäre, hoch erhoben. Als die Armee von Braunland das letzte Mal an der Seite der Armee von Harcort gekämpft hatte, hatte sie einen denkwürdigen Sieg gegen die Barbaren des Sid errungen. Die meisten Soldaten freuten sich daher, diesen wertvollen Verbündeten wiederzutreffen, auch wenn die Aussicht auf einen Krieg solchen Ausmaßes sie nicht eben beruhigte. Der Sieg war alles andere als sicher.

Als sie endlich das Lager erreichten, wurden die Braunländer von den Soldaten der Flamme mit größter Herzlichkeit empfangen. Einige Offiziere, die gemeinsam Anteil am Sieg auf dem Hügel des Sandes gehabt hatten, begrüßten sich sogar voller Freude. Erinnerungen wurden ausgetauscht, Prognosen über die bevorstehenden Kämpfe gestellt…

Meriander und Aeditus dagegen wurden sofort zum Zelt des Grafen von Harcort geführt.

»Tretet ein, meine Freunde!«, lud dieser sie ein und erhob sich.

Die drei Männer grüßten sich würdevoll und setzten sich dann um einen kleinen Tisch, wo ihnen ein süßer Wein serviert wurde.

»Ich freue mich, Euch wiederzusehen, Eminenz«, sagte Al'Roeg und erhob sein Glas in Richtung des Bischofs. »Ich hoffe, Ihr habt eine gute Reise gehabt… Ich habe nur Gutes darüber gehört.«

»Ja, die Braunländer haben sich sehr gastfreundlich gezeigt«, erwiderte Aeditus. »Nach Merianders Taufe wollten sehr viele konvertieren. Leider haben wir noch nicht genug Zeit gehabt, und im Augenblick gibt es dort unten praktisch kein religiöses Leben. Aber Graf Mor lässt in Mericort eine Kathedrale bauen, und ich denke, die Bewegung wird sich schnell ausbreiten können…«

»Ausgezeichnet. Meinen Glückwunsch!«, rief Al'Roeg und schenkte dem Grafen von Braunland ein Lächeln.

Aber Meriander antwortete nicht. Er war nicht gekommen, um über Religion zu reden, und wollte das Thema vermeiden.

»Was gibt es Neues bezüglich der Angelegenheit, die uns heute beschäftigt?«, fragte er ernst.

»Unsere Spione berichten eher Erfreuliches«, erwiderte Al'Roeg und richtete sich auf seinem Stuhl auf. »Zunächst einmal hat Aleas Armee – die sich, wie man mir berichtet hat, Armee der Erde nennen lässt – Tarnea nicht verlassen. Sie scheint auf Dauer in der Stadt bleiben und Sarrland beschützen zu wollen. Und das ist auch besser so! So wissen wir wenigstens, dass sie unseren Kampf gegen Galatia nicht zu unseren Ungunsten beeinflussen werden.«

»Hoffen wir es«, seufzte Meriander.

»Was Galatia betrifft«, fuhr Al'Roeg fort, »scheint sich ein Konflikt zwischen den Druiden und den Generälen anzubahnen! Genau, was ich vorhergesehen hatte! Und dieser politische Streit könnte sich günstig für uns auswirken, denn Galatia wird keine Zeit haben, seine Verteidigung vorzubereiten.«

»Sie müssen bereits wissen, dass wir unterwegs sind«, bemerkte Meriander.

»Wahrscheinlich«, räumte Al'Roeg ein. »Aber wir werden heute Abend weitermarschieren. Wenn alles gut geht, werden wir in drei Tagen angreifen. Das wird ihnen keine Zeit lassen, sich zu organisieren, da bin ich sicher.«

»Ich hoffe es. Wie viel Mann habt Ihr hier?«, fragte der Graf von Braunland.

»Vierzehntausend«, erwiderte Al'Roeg stolz.

»Dann verfügen wir also über insgesamt zweiundzwanzigtausend Mann«, sagte Meriander verblüfft »Ich denke nicht, dass Gaelia jemals eine so große Schlacht erlebt hat!«

»Möge Gott uns beschützen!«, flüsterte Aeditus.

»Möge Gott uns die Kraft geben zu siegen!«, verbesserte Al'Roeg ihn, bevor er sein Glas in einem Zug leerte.

Möge Gott uns vergeben!, dachte Meriander und trank ebenfalls seinen Wein aus.

Tamaran, der einäugige Wolf, lief so schnell nach Norden, dass er seine Gefährten hinter sich schon bald nicht mehr hörte. Aber er konnte nicht anhalten. Die Vertikalen kamen immer näher. Und sie waren viele.

Die Wölfe waren jetzt nicht mehr in ihrem Revier, und Tamaran kannte den Wald nicht. Er wusste nicht, wohin er fliehen sollte, und beschränkte sich darauf, einfach vor der Bedrohung davonzulaufen. Im Augenblick halfen dem großen, braunen Wolf alle Tricks nichts, er konnte die Spuren nicht verwischen, und er fand auch keinen Wasserlauf. Seine Verfolger waren viel zu nah. Nein, im Augenblick musste er fliehen. Einfach nur fliehen. Sie abhängen.

Also rannte er so schnell er konnte, gepeitscht von den tiefen Zweigen, die ihm den Weg versperrten, umging die Gräben, sprang über die Baumstümpfe und toten Stämme, und mehrmals hätte er fast das Gleichgewicht in den Haufen von Ästen verloren.

Plötzlich begann der Waldboden anzusteigen. Der Wolf versuchte, nicht an Geschwindigkeit zu verlieren. Das Laufen wurde immer anstrengender, und er wurde allmählich müde. Aber er lief weiter, den Hang hinauf, wobei er immer wieder auf dem feuchten und nassen Laub ausrutschte, das den Boden bedeckte.

Als er endlich oben angekommen war, verlangsamte er seinen Lauf und blickte hinter sich. Er hörte noch immer die Schreie der Vertikalen und das Schlagen ihrer Holzstöcke gegen die Baumstämme. Aber sie waren jetzt weit entfernt. Der Lärm war viel leiser geworden, wahrscheinlich waren sie am Fuß des Hangs. Sie waren ihm nicht gefolgt.

Mit hängender Zunge machte Tamaran eine kurze Pause. Außer Atem, die Muskeln erschöpft vom Laufen. Einen Augenblick stand er reglos da und warf regelmäßig Blicke nach unten, um zu sehen, ob die Vertikalen den Hang heraufkamen, und plötzlich hörte er ein merkwürdiges Geräusch direkt über seiner Schnauze.

Er zuckte zusammen und drehte sich mit einem Satz um. Ein langer, spitzer Stock hatte ihn soeben zwischen seinen Ohren berührt, und vor sich entdeckte er, nur ein paar Schritte entfernt, die drohenden Augen eines Vertikalen. Ohne den Blick von ihm abzuwenden, holte dieser einen anderen spitzen Stock hinter seinem Rücken hervor und legte ihn in eine Vorrichtung, die er vor sich hielt und die ihm dazu diente, die Spitze abzuschießen.

Der Wolf zögerte keinen Augenblick. Alles in ihm schrie *Gefahr*. Alles befahl ihm zu fliehen. Er drehte sich nach Westen und war im nächsten Augenblick jaulend zwischen den Bäumen verschwunden.

Er, der so oft gejagt hatte, wurde jetzt selbst zur Beute. Noch nie hatte er eine solche Angst gehabt. Nicht einmal während der zahlreichen Kämpfe mit den Wölfen der anderen Rudel. Nein, diesmal war es die Angst der Jagd. Eine viel tiefer sitzende Angst, die nur der Überlebensinstinkt zum Schweigen bringen konnte, um dem Wolf eine Chance zu geben. Eine ganz kleine Chance.

Während er jetzt so schnell lief, wie er nur konnte, hörte Tamaran hinter sich plötzlich das schrill sirrende Geräusch des Pfeils. Da er nicht wusste, woher er kam, wich er instinktiv oder aus Angst zur Seite aus, und das rettete ihm fürs Erste das Leben. Der Holzstock verfehlte ihn knapp und bohrte sich in einen Baum vor ihm.

Die zehn Gefährten hatten sich lange vor Sonnenaufgang auf den Weg gemacht. Alea wollte vermeiden, dass ihr Aufbruch bemerkt würde, und hatte alle Vorsichtsmaßnahmen getroffen, die nötig waren, damit niemand in der Grafschaft Sarrland erführe, dass sie fortgegangen waren. Sie mussten also die Grifful-Brücke überqueren, bevor die Tarneaner aufgestanden waren, um zu vermeiden, dass die Menge ihnen zujubelte, was die Geheimhaltung ihrer Reise vollends vereitelt hätte.

Als die Sonne am Himmel erschien, hatten Alea und ihre Gefährten die Hauptstadt bereits weit hinter sich gelassen und ritten auf ihren sarrländischen Pferden über die Heide. Sie reisten abseits der Straßen und Dörfer, um niemandem zu begegnen, einfach immer geradeaus durch den südlichen Teil der Grafschaft. Als die Sonne im Zenit stand, machten sie eine Pause, um zu essen.

Alea, Mjolln, Erwan, Kaitlin und Finghin verband sichtlich das gleiche Gefühl. Sie wussten alle, dass sich in den nächsten Tagen die letzte große Schlacht entscheiden würde. Der Moment der Wahrheit. Derjenige, in dem Alea ein neues Gaelia würde durchsetzen oder nicht durchsetzen können. Aber sie verband auch die Freude darüber, wieder gemeinsam auf Wanderschaft zu sein. Ohne tausende von Soldaten. Einfach nur zusammen. Alles miteinander teilen zu können. Jeden Tag in der Gemeinschaft zu leben. Sie wussten, dass gerade diese Momente ihre Gruppe zusammengeschweißt hatten. Und sie wussten, dass die Zukunft ihnen nicht unbedingt weitere Gelegenheiten bieten würde, einander so nah zu sein. Also genossen sie jeden Augenblick. Und trotz der Gefahr, die ihre Zukunft bedrohte, fühlten sie sich wohl.

Während des Essens waren die Gespräche angenehm und freundschaftlich. Mjolln erzählte Alea von seiner Initiation in den Rang des Barden, Kaitlin und Kiaran tauschten weit zurückreichende Erinnerungen an ihr Leben als Wanderschauspieler aus… Alea hörte aufmerksam zu, während sie Erwans Hand hielt, glücklich, ihren liebsten Freunden ein paar Minuten Ruhe schenken zu können.

Die Großdruiden nutzten die Gelegenheit, sich wieder an ein einfacheres Leben zu gewöhnen. Ohne ihre Magistel, ohne ihre Diener und ohne die demutsvolle Furcht in den Blicken der anderen. Hier sprach man gleichberechtigt miteinander. Als die Mahlzeit beendet war, duzten sich alle, ein Zeichen dafür, dass das Gefühl der Gemeinschaft schnell die Oberhand gewonnen hatte.

Es gab keinen Erzdruiden mehr, keinen Samildanach, keinen General und keinen Großdruiden, sondern einfach nur zehn Gefährten, die bereits akzeptiert hatten, ohne es auszusprechen, was Kiaran am Vorabend angekündigt hatte. Dass die Insel einfach in ein neues Alter trat.

Am frühen Nachmittag setzten sie ihren Weg fort und machten erst bei Einbruch der Nacht Halt, jenseits der Grenze von Galatia, nördlich des Purpurflusses.

Am Abend nahmen sie ihre Gespräche wieder auf und hörten mit Vergnügen den Dudelsackstücken zu, die Mjolln jetzt mit bemerkenswerter Kunstfertigkeit und viel Gefühl spielte; dann gingen sie einer nach dem anderen schlafen. Sie würden erst in zwei oder drei Tagen in Providenz sein, aber der Gedanke, unter so angenehmen Umständen gemeinsam unterwegs zu sein, entzückte sie alle.

Am erstaunlichsten aber war die Haltung der Druiden. Sie schienen nicht mehr unter der Krise zu leiden, die sie hierhergebracht hatte. Sie schienen Sai-Mina nicht mehr nachzutrauern. Vielleicht hatten sie verstanden, was Phelim und Finghin draußen gesucht hatten. Ein wenig Wahrheit.

Als Alea bemerkte, dass Kiaran sich anschickte, schlafen zu gehen, fragte sie ihn, ob er Lust hätte, ein wenig mit ihr durch die Nacht zu laufen. Der Druide, der vermutlich schon mit Ungeduld auf diesen Augenblick gewartet hatte, freute sich und bot ihr seinen Arm.

»Ich freue mich, dich endlich wiederzusehen, Kiaran. Und ich danke dir für alles, was du getan hast.«

»Du hast mir sicher anderes zu sagen, als mir zu danken, nicht wahr?«

Alea lächelte. Dann erschauerte sie. Sie war nicht sehr warm angezogen, und die Herbstnächte waren bereits kalt.

»Ich habe Phelim in der Welt von Djar wiedergesehen«, sagte sie schießlich.

Der Großdruide blieb stehen.

»Phelim?«

»Ja.«

»Er hat es geschafft, die Welt der Toten zu verlassen?«

»Ja, zum zweiten Mal«, bestätigte Alea.

»Phelim war wirklich ein außergewöhnlicher Druide!«, rief Kiaran lächelnd. Dann nahm er Alea bei der Schulter. »Und du bist ganz nach ihm geraten, nicht wahr?«

Alea nahm die Hand des Großdruiden und drückte sie herzlich. »Danke. Aber das ist nicht alles ...«

»Ich höre ...«

»Phelim hat mir gesagt, dass ich Maolmòrdha töten müsse, bevor der Saiman verschwindet ...«

Kiaran schwieg einen Augenblick und kratzte sich nachdenklich das Kinn.

»Er fürchtet vermutlich, dass der Ahriman den Saiman überlebt«, sagte er schließlich.

»Ja, das war in etwa, was er mir gesagt hat.«

Kiara klatschte heftig in die Hände, als habe er gerade etwas begriffen. »Bei der Moira!«, rief er. »Aber ja! Natürlich! Er hat recht. Und wir müssen uns beeilen!«

»Warum?«

Kiaran zögerte. »Es hat bereits begonnen«, murmelte er auf seine geheimnisvolle Art.

Alea runzelte die Stirn. »Wie bitte?«

»Hast du es nicht bemerkt?«, fragte der Großdruide erstaunt.

»Was bemerkt?«

»Der Saiman beginnt zu verschwinden«, erklärte Kiaran und verzog das Gesicht.

Das Mädchen riss verwirrt die Augen auf.

»Seit Tagen gelingt es mir nicht mehr, in die Welt von Djar zurückzukehren, Alea!«

»Aber … das ist unmöglich!«

»Warum?«

»Weil die Prophezeiung sagt, dass er verschwinden wird, sobald ich verstanden habe, was er ist … Aber ich habe es nicht verstanden … Im Gegenteil, ich verstehe überhaupt nichts!«

»Vielleicht hast du begonnen zu verstehen, ohne es zu merken …«

»Das ergibt keinen Sinn, Kiaran!«

Der Großdruide zuckte die Achseln. »Bist du diesbezüglich wirklich nicht weitergekommen?«

»Ich habe ein Kapitel der Enzyklopädie von Anali gelesen, aber ich habe nichts Neues erfahren … Nur … Nur, dass der Saiman laut Anali aus drei Naturkräften besteht und keine Zauberkraft ist, aber …«

»Alea! Siehst du! Du hast bereits das verstanden! Das ist enorm! Kein Druide hätte im Rat jemals so einen Gedanken auch nur zugelassen! Aber du, du suchst … Du bist also weitergekommen. Und deswegen beginnt der Saiman zu verschwinden …«

Das Mädchen war fassungslos. Die Prophezeiungen

waren ihr immer so fern erschienen. So verschwommen, so abstrakt. Und doch waren sie im Begriff, Realität zu werden.

»Wenn du recht hast, Kiaran, dann werde ich mich Maolmòrdha in der Tat so schnell wie möglich stellen müssen! Glaubst du, dass ich aufgeben soll, was ich in Providenz tun wollte?«

»Nein! Es bleibt uns noch etwas Zeit. Du musst beides tun können. Wenn du dich sofort auf die Suche nach Maolmòrdha machst, könnte es hier für die Menschen von Gaelia zu spät sein.«

»Aber die Zeit drängt!«, rief Alea.

»Dann werden wir uns beeilen müssen.«

Das Mädchen nickte. Sie spürte ihr Herz schlagen. Sie schloss die Augen und trat in Kontakt mit dem Saiman tief in ihrem Innern. Die blaue Flamme war noch immer da. Alea hatte den Eindruck, dass sie so hell wie immer leuchtete. Und wenn Kiaran sich irrte? Wenn der Saiman noch nicht begonnen hatte zu verschwinden?

»Kiaran?«, fragte sie. »Kannst du den Saiman jetzt suchen?«

Der Druide nickte.

Langsam schloss er die Augen. Er atmete ein, dann öffnete er die Hände vor seinem Körper. Und da sah Alea das Licht erscheinen. Die rote Farbe, die den Druiden umhüllte. Den Lichthof des Saiman.

Und sie sah, dass Kiaran nicht gelogen hatte.

Der Saiman hatte bereits an Kraft verloren.

Tamaran richtete sich auf und lief diesmal nach Norden. Er hörte, wie die Schreie der Vertikalen sich hinter ihm entfernten, und begriff, dass er endlich außer

Reichweite kam. Aber er blieb dennoch nicht stehen. Er wusste jetzt, dass er überhaupt nicht mehr stehen bleiben durfte. Die Vertikalen waren überall. Über den Wald verteilt. Er musste fliehen. Diese große Falle verlassen, in der das Rudel sich selbst gefangen hatte.

Als er am Ende einer langen Baumreihe die Sonnenstrahlen sah, lief der einäugige Wolf schneller. Endlich würde er eine Chance haben, den Wald zu verlassen. Er wusste nicht, ob er sein Rudel wiederfinden würde, aber das war nicht das Ziel seines Rennens. Im Augenblick ging es einfach nur darum zu überleben.

Er schlüpfte zwischen die Bäume und stürzte unter Aufbietung seiner letzten Kräfte, mit gesenktem Schwanz, hängender Zunge, erschöpft und völlig verängstigt, auf den Waldrand zu.

Und in diesem Augenblick hörte er im Osten das durchdringende Bellen einer Hundemeute. Überrascht, blieb er einen Augenblick stehen und nahm Witterung auf, aber als er durch die Lautstärke ihres Knurrens begriff, dass die Hunde nicht mehr sehr weit entfernt waren, lief er wieder los, so schnell er nur konnte.

Zu normalen Zeiten hätte der Wolf seine fernen Verwandten mühelos abhängen können. Aber er war bereits zu lange gelaufen, diesen langen Hang hinaufgeklettert und knapp zwei Angriffen eines Vertikalen entkommen. Er konnte nicht mehr. Und doch versuchte er zu fliehen. Während er erneut auf den Waldrand zurannte, wäre er mehrmals beinahe hingefallen, so schwach war er.

Als er nur noch ein paar Schritte von der Heide jenseits der Bäume entfernt war, hörte er das Bellen der Hunde näher kommen. Die Meute stürmte direkt auf ihn zu. Der Wolf stürzte mit letzter Kraft vorwärts, um aus dem Wald herauszukommen. Als er endlich draußen war, drehte er sich sofort um, um sich auf den Kampf mit den Hunden vorzubereiten. Langsam wich er Schritt für Schritt zurück, und als er die ersten Hunde der Meute erblickte, nahm er eine aggressive Haltung an, indem er die Zähne fletschte, das Haar aufstellte und einen Buckel machte. Er ließ ein tiefes Knurren hören, um den Hunden zu verstehen zu geben, dass er bereit war zu kämpfen, und um zu versuchen, sie zu beeindrucken.

Aber die Hunde waren zahlreich, und sie kamen in einer Linie auf ihn zu; wahrscheinlich bereiteten sie sich darauf vor, ihn in der Gruppe anzugreifen.

Tamaran spürte wohl, dass er verloren war. Er hob den Kopf zum Herbsthimmel empor und stieß ein klagendes Heulen aus, aber keiner der Seinen konnte ihm antworten.

Die Hunde kamen auf immer bedrohlichere Weise näher. Der Wolf knurrte erneut, aber sie reagierten nicht einmal, sondern kamen mit sicherem und gleichmäßigem Schritt auf ihn zu.

Als der Wolf sich schon darauf gefasst machte, sich gleich verteidigen zu müssen, blieben alle Hunde plötzlich gleichzeitig stehen.

Dem Wolf blieb keine Zeit mehr, begreifen zu können.

Diesmal hörte er den Pfeil nicht.

Er durchbohrte seinen Schädel, und der Wolf brach in der Heide, ein paar Schritte von den Hunden entfernt, zusammen und war auf der Stelle tot.

Die zweiundzwanzigtausend Soldaten von Harcort und Braunland brauchten drei lange Tage, um endlich das

Tal von Providenz im Herzen des Königreichs zu erreichen.

Es war eine lange Kolonne glänzender Rüstungen, Lanzen und Hellebarden, die die Heide Galatias durchquert hatte, und die Banner flatterten in den Strahlen einer untergehenden Sonne. So weit das Auge reichte, erstreckten sich Reihen von Infanteristen, die auf ihren Kettenhemden die Wappen der Generäle trugen, denen sie folgten, Kavallerieregimenter, Pferde gehüllt in wappenbestickte Schabracken, Ritter, die von ihren schweren Rüstungen fast erdrückt wurden und sich mit einer Hand auf die geschnitzten Bögen ihrer breiten Sättel stützten und in der anderen lange Lanzen aus Eschenholz hielten, die sie auf Filzstreifen stützten, die aus ihrer Montur ragten.

»Die Armee von Galatia ist bereits aufmarschiert«, meldete ein Kundschafter am Abend des dritten Tages den Grafen von Harcort und Braunland.

Al'Roeg und Mor begleiteten die Kolonne an der Spitze zusammen mit General Ruther. Am Tag des Kampfes würden sie sich am Gefechtsstand abseits halten, aber während des Marsches zogen sie es vor vorauszureiten…

»Wir sind zu spät dran, um ihnen das Schlachtfeld aufzuzwingen!« schimpfte Al'Roeg. »Sie werden gewiss einen Geländevorteil haben.«

»Wie viele sind sie?«, erkundigte sich General Ruther.

»Ich habe fünfundzwanzigtausend gezählt«, stammelte der Kundschafter, »vielleicht mehr.«

»Dann sind sie auch zahlenmäßig im Vorteil«, knurrte der Graf von Braunland.

»Wo sind sie genau?«, fragte Al'Roeg.

»Südlich von Providenz, im Tal des Staubs. Ein wirkliches Schlachtfeld. Ein großes Grasviereck, auf allen Seiten umgeben von Baumreihen. Ich kann wirklich keinen Vorteil auf ihrer Seite erkennen. Die Steigung ist auf allen vier Seiten die gleiche, es gibt keinen Graben, keine Überraschung, soweit ich dies erkennen konnte …«

»Es muss einen Vorteil für sie geben!«, erwiderte General Ruther. »Sie haben diesen Ort sicher nicht zufällig gewählt …«

»Die entscheidende Frage ist, ob wir die Zeit haben, ihren Vorteil zu entdecken, bevor wir die Folgen zu tragen haben«, fiel ihm der Graf von Braunland ins Wort.

»Schickt neue Kundschafter los und befehlt ihnen, das Schlachtfeld zu umrunden, um zu sehen, ob uns irgendwo eine Falle oder irgendeine Überraschung erwartet«, befahl Al'Roeg.

Der Soldat salutierte und entfernte sich, um die Befehle des Grafen weiterzugeben.

»Es wird bald Nacht werden«, sagte General Ruther. »Es wäre nicht klug, schon heute Abend anzugreifen.«

»Meint Ihr, wir sollten hier lagern und erst morgen zum Schlachtfeld weitermarschieren?«

Der General seufzte. »Ja. Wir haben vielleicht etwas Besseres zu tun.«

»Ich höre«, drängte Al'Roeg.

»Wir könnten den Feind glauben lassen, dass wir tatsächlich hier lagern, und uns dann in der Nacht auf das Schlachtfeld hinunterbegeben und mit den ersten Sonnenstrahlen angreifen.«

»Unsere Männer werden dadurch aber nicht viel Schlaf bekommen!«, wandte der Graf von Harcort ein.

»Nein, aber wir können uns den Überraschungseffekt zunutze machen.«

»Wenn es uns wirklich gelingen sollte, zweiundzwanzigtausend Mann in dieses Tal zu bringen, ohne von ihren Wachen bemerkt zu werden!«, erwiderte Meriander, der ebenfalls skeptisch war.

»Gewiss, das wird nicht leicht sein, aber es lohnt sich vielleicht. Wir müssen so lange wie möglich warten, und es muss wirklich so aussehen, als würden wir uns hier für die Nacht einrichten. Aber wenn es uns gelingt, dann glaube ich, dass wir einen erheblichen Vorteil haben werden. Schließlich ist der zahlenmäßige Unterschied zwischen unseren beiden Armeen nicht so groß, und dieser Vorteil könnte alles entscheiden ...«

Imala und Taibron war es gelungen, gemeinsam den Vertikalen zu entkommen, indem sie Seite an Seite nach Norden flohen. Aber als sie Tamarans Heulen hörten, trieb sie ihr Instinkt als dominantes Paar, zu ihm zu laufen. Es war ein Schrei der Verzweiflung, herzzerreißend, und sie kannten seine Bedeutung nur allzu gut.

Da sie den Wald erst vor kurzem verlassen hatten, waren sie nicht weit vom Waldrand entfernt und hörten bereits das Bellen der Hunde. Sie liefen so schnell sie konnten, dicht über dem Gras, den Schwanz gerade.

Trotz ihrer Erschöpfung und Angst jagten sie mit aller Kraft, um ihren Bruder zu retten, aber als sie ihn erreichten, war es bereits zu spät. Der Vertikale hatte Tamaran soeben getötet.

Als sie den Jäger über ihrem Gefährten sahen, hätten die Wölfe schon längst geflohen sein müssen. Sie hätten sich so schnell wie möglich aus dem Staub machen, nur ans Überleben denken, ihrer Urangst gehorchen müssen.

Aber Imala war keine Wölfin wie die anderen. Und als

sie den Vertikalen da vor sich sah, erinnerte sie sich. Wie Bilder, die in ihrem Gedächnis vorbeizogen, kamen die Erinnerungen eine nach der anderen wieder. Vergraben hinter ihrem Wolfsinstinkt, hinter ihrem neuen Leben mit dem Loma-Rudel. Doch jetzt erinnerte sie sich. Sie erinnerte sich an die Vertikale, der sie begegnet war. An die Vertikalen, die sie begleitet hatten. Sie erinnerte sich, dass sie sie beschützt hatte. Dass sie ihre Artgenossen zusammengerufen hatte, um sie zu verteidigen. Dass sie gegen die grünen Kreaturen gekämpft hatten. Dass sie in großer Zahl gestorben waren, um die Vertikalen zu retten. Dass sie für sie gestorben waren.

Sie hatte jetzt keine Angst mehr. Keine Angst mehr vor den Vertikalen. Aber sie begriff nicht. Warum hatte ein Vertikaler einen der Ihren getötet?

Als Taibron sich anschickte umzukehren, begann Imala zu knurren. Der Vertikale schreckte zusammen. Er drehte sich um und entdeckte die beiden Wölfe ein paar Schritte von sich entfernt.

Taibron sah das weiße Weibchen neben sich überrascht an, dann ließ er ebenfalls ein aggressives Knurren vernehmen. Die beiden dominanten Wölfe machten ein paar Schritte vorwärts, mit bedrohlich gefletschten Zähnen und gesenktem Kopf. Und da sahen sie die Angst in den Augen des Vertikalen.

Er drehte langsam den Kopf, um seine Hunde zu rufen. Aber diese hatten offensichtlich ebenfalls Angst und waren schon längst durch das Unterholz nach Süden geflohen.

Der Vertikale stieß einen spitzen Schrei aus, lief los und ließ seine Tasche, seinen Bogen und den blutigen Kadaver des einäugigen Wolfs zurück.

Aber Imala und Taibron ließen ihn nicht entkommen.

Erregt durch die Flucht des Vertikalen, stürzten sie gemeinsam los und liefen ihm hinterher, angetrieben von einem neuen inneren Feuer. Und er kam nicht weit. Mit ein paar Sätzen hatten die Wölfe ihn eingeholt.

Taibron stürzte sich auf seine Beine und verbiss sich in seinen Schenkel. Der Vertikale stürzte brüllend zu Boden, aber sein Schrei verstummte rasch. Imala nutzte seinen Sturz, sprang ihm an die Kehle und tötete ihn mit dem zweiten Biss.

Bely wurde von einem der Soldaten der königlichen Garde aus dem Schlaf gerissen.

»Herr! Herr! Harcort greift an!«

Der Berater richtete sich verwirrt auf und blickte sich um. Brauchte einen Augenblick, um zu verstehen, um sich zu erinnern, dass er in einem Militärzelt südlich von Providenz war.

»Was?«, stammelte er.

»Die Armeen von Harcort und Braunland sind im Tal aufmarschiert. Ihre Kavallerie hat eben angegriffen, als unsere Männer noch schliefen! Der Erzdruide erwartet Euch!«

»Schon gut, schon gut ... Sagt ihm, dass ich komme!«, erwiderte Bely wütend.

Er stand auf, legte hastig seine Rüstung an, lief den Hügel des Staubs hinauf und stand ein paar Augenblicke später neben Henon.

Was er sah, ließ das Blut in seinen Adern erstarren. Die Sonne war gerade erst aufgegangen. Die Welt war noch in ein eigenartiges Licht getaucht. Ein grauer Nebel hatte sich über das Tal gesenkt. Aber durch die undurchdringlichen Nebelschwaden konnte man undeutlich die Masse der Soldaten erkennen. Die Lanzen tauchten kurz auf, dann verschwanden sie wieder im Nebel. Die Pferde, die vorbeikamen, die Rüstungen, die in den ersten Sonnenstralen glänzten, das Schimmern des Taus auf dem Gras des Hügels, alles vermischte sich zu einem wirren Bild, in dem sich selbst die Geräusche im Tal verloren.

»Mit etwas Glück«, bemerkte der Erzdruide, als er den Berater angelaufen kommen sah, »lässt der Überraschungseffekt sie nur ein paar Meter gewinnen.«

Der lange, weiße Mantel des Druiden war kaum vom Nebel zu unterscheiden, und es sah aus, als schwebe er jenseits des Berges.

»Wie konnten wir uns so überrumpeln lassen!«, rief Bely und rieb sich die Augen.

»Der Nebel. Sie sind in der Nacht aufmarschiert. Aber wir werden das später sehen. Erst einmal müssen wir diese Schlacht erfolgreich hinter uns bringen. Und das wird nicht leicht sein. Seht nur.«

Nach und nach löste der Nebel sich auf, und die Sonne stieg am blauroten Himmel empor und gab den Blick auf das Drama frei, das sich dort unten abspielte, im Chaos des Eisens, dessen Lärm jetzt zu ihnen heraufdrang.

Die beiden Armeen standen einander gegenüber, in einer vollkommenen Symmetrie, die von den Strategen Harcorts gewiss aufs genaueste ausgeklügelt worden war. In der Mitte die Infanterie. Das Gros der Truppe. Fünfzehntausend Mann auf der Seite Galatias, etwas weniger gegenüber. Und auf beiden Seiten dieser riesigen Armeen, auf der linken und rechten Flanke, die Kavallerie. Reihen von eisengepanzerten Pferden, Lanzen und Schilden.

Al'Roeg und die Generäle von Harcort hatten die Formation der Armee von Galatia identisch nachgebildet, wie in einem Spiegel. Sie wollten einen harten Krieg. Eine direkte Konfrontation. Ritter gegen Ritter, Infanterist gegen Infanterist. Vermutlich hofften sie, auf diese Weise zu verhindern, dass die Ritter Galatias gegenüber ihrer Infanterie im Vorteil wären, aber das war eine gewagte Strategie, die die Zahl der Toten zwangsläufig erhöhen würde.

In diesem Augenblick kam auch Carla Bisani, die Baronin, auf den Hügel.

»Hat der Angriff begonnen?«, fragte sie ruhig.

»Ja, Baronin, der Angriff hat begonnen. Überraschend.«

»Ach was«, sagte sie, »macht Euch keine Sorgen. Ich denke nicht, dass Giametta sich hat überraschen lassen.«

»Vielleicht«, erwiderte Bely seufzend, »aber Euer Hauptmann führt nicht die ganze Armee an! Nicht er wird uns aus dieser Klemme befreien.«

Die Baronin schüttelte den Kopf.

»Er kann einem auf die Nerven gehen, aber ich garantiere Euch, er ist ein erstaunlicher Offizier!«

Bely schloss die Augen. Der Albtraum würde beginnen.

Die Ritter General Ruthers, die rechte Flanke der Armee von Harcort, griffen zuerst an. Indem sie den Hang und den Überraschungseffekt nutzten, stürzten sie mit den ersten Sonnenstrahlen wie eine gewaltige Masse auf die feindliche Kavallerie hinab.

Den Soldaten der Vorhut von Galatia blieb kaum Zeit, aus ihren Zelten zu laufen, als sie die eindrucksvollen Ritter der Flamme herabstürmen sahen. Eisenblöcke, die wie Schiffe auf dem Meer aus dem Nebel auftauchten, kamen von überallher, trampelten die Infanteristen nieder, zerfetzten die Zelte und metzelten die ersten Feinde nieder.

Einige Galatier versuchten, sich am Boden zu verteidigen, indem sie mit dem Schwert oder dem Morgenstern nach diesen Metalldrachen schlugen. Aber es war vergeblich. Die Harnische von Ruthers Soldaten waren gewiss die perfektesten von ganz Gaelia. Ganzkörperrüstungen aus Eisen, poliert, bis sie weiß wurden, wunderbar beweglich, saßen sie perfekt über Wams und Kettenhemd und waren trotzdem nicht zu schwer. Die stählernen Kniekacheln, die Diechlinge und die Beinröhren schützten die Beine ausreichend, sodass der Schild unten nicht zu lang sein musste, und die geschlossenen Helme, die Kopf und Augen schützten, machten es überflüssig, den Schild oben zu verlängern. Die Ritter der Flamme vefügten über eine Beweglichkeit, die ihnen einen entscheidenden Vorteil über ihre Gegner verschaffte.

Außerdem waren diese Rüstungen dank ihren zahlreichen ungewöhnlichen Oberflächen, von den Vorderflügen bis zu den Panzerhandschuhen, besser als jede andere im Land vor den Pfeilen geschützt, und diejenigen, die im Lager ihre Bogen in die Hand genommen hatten, gaben schnell wieder auf.

An die fünftausend griffen frontal an, und in der Erinnerung der Soldaten Galatias hat es nie etwas Schrecklicheres gegeben. Die Lanze waagerecht unter dem rechten Arm, die linke Seite hinter dem Schild verborgen, spießten sie ihre Feinde einen nach dem andern auf und machten oft kehrt, um ihre Pferde für einen neuerlichen Angriff auszurichten.

Die ersten Augenblicke des Kampfs waren ein wahres Massaker. Die aus dem Schlaf gerissenen Galatier wurden vor ihren Zelten niedergemäht. Blutfontänen bespritzen die großen, weißen Zeltbahnen bei jedem Lanzenstoß. Im Tanz der Klingen rollten die Köpfe.

Solange die Galatier sich zu organisieren versuchten, stieß die Armee von Al'Roeg auf keinerlei Widerstand, und in den ersten Augenblicken des Kampfs starben mehr Männer als während der ganzen übrigen Schlacht. Die Pferde trampelten über die Leichen hinweg, um weiter in das schlafende Lager vorzudringen. Und bis die Galatier endlich auf ihren Pferden saßen, fiel kein einziger Ritter der Flamme.

Als die Ritter von Galatia sich schließlich auf ihre Pferde geschwungen hatten und begannen, sich gegen die Männer von General Ruther zu verteidigen, war es bereits zu spät. Ihre Front hatte, überrannt von der übermächtigen Kavallerie, nachgegeben.

Von der anderen Seite des Tals aus betrachtete Feren Al'Roeg zufrieden den Beginn der Kampfhandlungen. Im Augenblick lief alles wie geplant. Er konnte nicht die ganze Frontlinie überblicken, aber Boten liefen pausenlos zwischen Schlachtfeld und Gefechtsstand hin und her, um Graf Al'Roeg, seine Berater, Meriander Mor und Bischof Aeditus fortlaufend zu informieren.

Allerdings waren keine Boten nötig, um zu erkennen, dass die Ritter General Ruthers im Begriff waren, den Kampf an der Südflanke souverän für sich zu entscheiden. Die Galatier hatten sich überrumpeln lassen, und sie hatten gegen die erbarmungslose Kavallerie keine Chance. Die Soldaten der Flamme würden auf dieser Seite des Kampfes die feindlichen Linien schon bald vollkommen durchbrochen haben.

Es wurde jetzt Zeit, dass die Infanterie in der Mitte des Schlachtfelds ebenfalls zum Angriff überging. Die Panik an der Südflanke würde sich mit Sicherheit auf die Infanteristen übertragen und sie den Feinden auf jeden Fall entgegentreiben.

Und in der Tat bewegten sich die zwölftausend Infanteristen, die auf ihrer Hemdbrust die rote Flamme von Harcort und die Chimäre von Braunland trugen, unter dem Kommando von General Asley mit immer größerem Lärm auf den Feind zu. Das Angriffsgeschrei wurde schon bald so laut, dass es fast das Geräusch des gegeneinanderschlagenden Metalls und des Gerennes auf der staubigen Erde des Tals übertönte. Mit erhobenen Schwertern und Lanzen stürmte die erste Linie der Infanteristen los, während in der zweiten Linie die Bogenschützen sich vorbereiteten. Mit angelegten Pfeilen hoben die Bogen sich nacheinander gen Himmel und suchten die ideale Kurve, um auf die feindlichen Linien herabzuregnen.

Gegenüber setzten die Galatier – die sich nicht ein zweites Mal überraschen lassen würden – sofort ihre Infanterie in Bewegung. Die Infanteristen, die die Diamantkrone des Wappens von Galatia auf ihrer Rüstung trugen, griffen zu ihren Schwertern, Äxten und Morgensternen und stürmten ihrerseits los.

Die beiden gewaltigen Armeen, perfekte Spiegelbilder voneinander, bewegten sich auf die Mitte des Schlachtfelds zu. Nichts konnte diese beiden Menschenfluten, die sich gleich zerfleischen würden, aufhalten. Der Zusammenprall würde furchtbar sein. Mehr als zwanzigtausend Männer würden im Staub miteinander kämpfen.

Als die beiden Fronten nur noch ein paar Schritte

voneinander entfernt waren, gab General Asley den Bogenschützen von Harcort den Befehl, eine erste Salve abzuschießen.

Die Schilde hoben sich in den Reihen der Galatier und erwiesen sich als sehr wirksam. Die meisten Pfeile prallten mit ohrenbetäubendem Getöse gegen das Eisen der Schilde. Nur ein paar Soldaten wurden von heimtückischen Pfeilen niedergemäht, aber immerhin verlangsamte der Pfeilregen die Truppen.

Braunländer und Harcortianer ließen sich die Chance nicht entgehen, den Feind noch heftiger anzugreifen. Sie beschleunigten ihren Lauf auf den letzten Metern und stürzten sich brüllend wie eine wütende Herde Stiere auf die Infanterie Galatias.

Und der Zusammenprall war in der Tat unglaublich. Wo die Klingen sich kreuzten, sprühten Funken, Soldaten wurden durch die Wucht der Hiebe durch die Luft geschleudert, andere zwischen zwei Fronten zerquetscht. Die Schwerter sausten auf die Helme mit Nasenschutz nieder, um den Feind zu betäuben, dann folgte der Todesstoß. Die Spieße drangen zwischen die Maschen der Panzerhemden, die Lanzen spießten auf, die Morgensterne zertrümmerten, und manchmal kämpfte man mit den bloßen Fäusten, die in nagelbewehrten Panzerhandschuhen steckten.

Sehr rasch erwiesen sich die Wut und die Schnelligkeit der Soldaten der Flamme als der entscheidende Unterschied. Schon bald mussten sie über die Leichen ihrer Feinde steigen, um auf den Gegner zuzugehen, und nach und nach gewannen sie an Boden. Sie bahnten sich ihren Weg durch die Körper, die sich inmitten des Massakers und des Chaos türmten.

Feren Al'Roeg schickte einen Boten zu General Asley,

um ihm zu gratulieren. Überall wichen die Galatier zurück.

Als die Kavallerie von General Ruther die feindlichen Linien durchbrochen hatte, versuchte dieser, seine Soldaten zu sammeln, um einen neuen Angriff auf die linke Flanke der Infanterie Galatias vorzubereiten.

Aber die Ritter der Flamme hatten den Feind mit einer solchen Wut und so großer Schnelligkeit geschlagen, dass sie sich über den ganzen Süden des Schlachtfelds verteilt hatten. Und anscheinend hatte niemand es für notwendig gehalten, den üblichen Vorschriften des Sammelns Folge zu leisten. Die meisten waren bereits nach Norden weitergezogen, entschlossen, wie es schien, die Infanterie der Nachhut anzugreifen.

»Bleibt hier! Sammelt euch!«, brüllte der General und galoppierte dorthin, wo die Ritter sich wieder hätten formieren sollen.

Aber entweder hörten sie ihn nicht oder weigerten sich, mitgerissen von der Siegeseuphorie, auf seine Befehle zu hören, um einen weiteren Sieg über die Nachhut der Armee von Galatia zu suchen. Ruther tobte. Jahrelange Kampferfahrung hatte ihn gelehrt, dass die Kavallerie sich nach einem ersten Angriff vor dem zweiten zu sammeln hatte.

»Ashkin!«, schrie er, als er einen der Ritter erkannte, die an ihm vorbeiritten.

Der Mann drehte sich um. Hinter ihm leistete die Infanterie von Galatia in der Ferne mühsam dem Angriff der Soldaten der Flamme Widerstand.

»Was tun sie da?«, rief der harcortianische General und deutete auf die Ritter, die auf die Nachhut zugaloppierten. »Ich hatte euch befohlen, euch zu sammeln!«

Ashkin führte sein Pferd nah an das von Ruther heran.

»Das ist das allgemeine Durcheinander, General!«

Der junge Offizier nahm seinen Helm ab und ließ die schwere Kapuze seines Panzerhemds über seinen Hals gleiten. Blut lief über seine Stirn, und er wirkte erschöpft.

»Allgemeines Durcheinander? Ihr habt gerade einen prachtvollen Sieg auf der ganzen Südflanke errungen! Da kann man nicht von Durcheinander sprechen!«

»Habt Ihr denn nicht gesehen?«, fragte Ashkin perplex.

»Was gesehen?«, fragte der General gereizt.

Der Soldat streckte den Arm nach dem Hügel aus, der den Korridor überragte, durch den die Ritter eben geritten waren.

»Die Bogenschützen, die hinter diesen Kiefernreihen versteckt sind, haben die ganze Zeit auf uns geschossen! Die Pfeile kommen schräg und sind so zahlreich, dass manche uns treffen. Einige von uns sind gefallen.«

Der General blickte zu den Bäumen und sah in der Tat die Pfeile, die noch immer von der Anhöhe herabflogen. Vom hinteren Teil des Schlachtfelds aus konnte man sie nicht sehen. Das war also die erste Falle, die die Galatier ihnen gestellt hatten.

»Na und?«, sagte er trotzdem. »Das hat euch nicht daran gehindert, die feindlichen Linien zu durchbrechen!«

»Nein, aber ich denke, dass die anderen der Meinung waren, dass es nicht klug wäre, sich unter dem Beschuss der Bogenschützen zu sammeln, und vielleicht sind sie deswegen nach Süden geritten …«

»Ohne meine Befehle abzuwarten? Dort hinten befindet sich die Nachhut!«

»Sie scheinen nicht viele zu sein, wir müssten sie eigentlich problemlos schlagen können.«

»Man muss sich stets vor der Nachhut hüten!«, rief der General. »Holen wir sie zurück!«

Der junge Ritter nickte, setzte seinen Helm wieder auf, und sie galoppierten nach Süden.

Vor zehn Jahren wäre so etwas nicht geschehen, dachte Ruther, während sein Pferd die verstreute Kavallerie einholte. *Niemals hätte man so eigenmächtig gehandelt, ohne den Befehl eines Offiziers abzuwarten...*

Aber bevor General Ruther seine Truppen zurückrufen konnte, standen sie der Nachhut plötzlich Auge in Auge gegenüber. Und diesmal handelte es sich nicht um einfache Soldaten Galatias.

Diesmal würden Ruthers Männer gegen Söldner aus Bisania zu kämpfen haben.

»Wollt Ihr nicht eingreifen?«, fragte Bely, als er die Kolonne der harcortianischen Reiter auf die Nachhut zustürmen sah. »Sie haben gerade unsere ganze Nordflanke niedergemetzelt, und jetzt greifen sie die Nachhut an!«

Henon rieb sich den Schädel. »Ein großer Fehler!«, meinte er. »Sie hätten sich nach ihrem Durchbruch sofort sammeln und an der Flanke unserer Infanterie wieder hinaufgehen sollen!«

»In der Zwischenzeit greifen sie unsere Nachhut an! Ich glaube, der Saiman käme jetzt ganz gelegen, damit die richtige Seite siegt, Erzdruide. Könnte der Rat nicht eingreifen?«

»Nicht im Augenblick«, erwiderte Henon ruhig. »Im

Augenblick kommt Eure Armee ganz gut ohne uns zurecht.«

»Sie kommt gut zurecht? Macht Ihr Witze? Sie werden abgeschlachtet! Wenn Ihr sofort eingreift, könnte man sich ein paar Tote ersparen!«

»Wir greifen erst ein, wenn die Lage verzweifelt ist.«

Bely stieß einen wütenden Schrei aus. »Oh! Ihr Druiden! Ich frage mich wirklich, wozu Ihr taugt, außer Zwietracht zu stiften!«

»Passt auf, was Ihr sagt, Bely. Meine Geduld hat Grenzen …«

Der Berater schüttelte den Kopf und kehrte zum Gefechtsstand zurück, wo die Baronin stumm auf das Schlachtfeld blickte.

Das war nicht der richtige Moment, um mit dem Erzdruiden zu streiten. Mitten im Kampf. Aber trotzdem! Er verstand nicht, warum die Druiden sich weigerten einzugreifen. Waren sie nicht die Hauptverbündeten von Galatia? Hatten sie nicht geschworen, das Königreich zu verteidigen? Eines war sicher, wenn dieser Krieg vorbei sein würde, wenn er zum König ernannt worden wäre, würde Bely den Rat aus Providenz hinauswerfen. Die Druiden waren zu nichts mehr nutze.

Seufzend ließ er seinen Blick über das Schlachtfeld wandern. Hunderte von Leichen pflasterten bereits den staubigen Boden. Und weitere würden folgen. Alles schien darauf hinzudeuten, dass die Armee von Harcort siegen würde.

Aber dann sah Bely zu seiner Überraschung, dass die Dinge sich möglicherweise gerade veränderten.

Als Hauptmann Giametta begriff, dass die Infanterie zu seiner Linken in Schwierigkeiten war, beschloss er anzugreifen. Die Formation, die der Feind angenommen hatte, zwang ihn zu einem Frontalangriff, und leider blieb keinerlei Raum für irgendeine List. Der Stärkere würde siegen. Und gegen die Soldaten der Flamme war nichts im Voraus entschieden!

Giametta ließ seine Ritter eine dicht gedrängte Aufstellung nehmen in der Hoffnung, leichter in die gegnerischen Linien eindringen zu können. Wenn die Bisanier die Kavallerie von Harcort an die Ränder drängten, konnten sie sie lähmen, denn auf der einen Seite war die Infanterie und auf der anderen der Wald, wo die Ritter Mühe hatten zu kämpfen.

Mit Hilfe der Geschützbedienung stellten die Ritter sich auf: Lanze unter den Arm geklemmt, Schild vor dem Körper, Visier gesenkt. Da und dort wurden noch die Harnische der Pferde in Ordnung gebracht.

Als Hauptmann Giametta sah, dass alle Söldner in Position waren, gab er den Befehl zum Angriff. Sofort galoppierten tausende von Pferden los und wirbelten Staubwolken im Tal auf. Gegenüber reagierte die linke Flanke der Kavallerie von Harcort sofort und setzte sich ebenfalls in Bewegung. Die beiden Regimenter stürmten aufeinander zu, alle Lanzen nach vorn gerichtet.

Die Ritter von Bisania, die die goldene Schnecke auf ihrem Banner trugen, waren alle Söldner, und ihr Durchschnittsalter war sehr viel höher als in der Infanterie von Galatia, die an ihrer Seite kämpfte. Sie waren älter, aber auch erfahrener, und der Wunsch, ihr Land zu verteidigen, verband sich mit der Hoffnung, eine schöne Prämie zu bekommen. Bisania verfügte über genügend Gold, und die Söldner wussten, dass sie im Fall eines Sieges mit Taschen voller Geld nach Hause kommen würden.

Giametta hoffte jedenfalls, dass sie das entsprechend motivieren würde.

Er wusste nicht zu sagen, ob es daran oder an der von ihm gewählten Aufstellung lag, aber schon die ersten Kontakte zwischen den beiden Kavallerien machten deutlich, dass Bisania siegen würde. Die Söldner überrannten den Feind und zwangen ihn zurückzuweichen. Die Ritter von Harcort konnten die Horde der Bisanier nicht in Schach halten. Aus dem Gleichgewicht gebracht durch die zahlreichen Lanzen, die ihre Körper trafen, stürzten sie vom Pferd und konnten sich nur selten wieder aufrappeln. Manche starben auf der Stelle, weil der Sturz ihre Schädel zertrümmerte, andere starben unter den Hufen der Kriegspferde, die dressiert waren, den Gegner zu zertrampeln. Als das allgemeine Durcheinander zu groß und der Feind zu nah war, um noch mit den Lanzen kämpfen zu können, zogen die Ritter von Bisania ihre breiten Schwerter und streckten die zahlenmäßig unterlegenen Soldaten der Flamme mit furchtbaren Hieben in alle Richtungen nieder.

Während es Harcort im Süden gelungen war, durch die feindliche Kavallerie durchzubrechen, war im Norden das Gegenteil der Fall. Aber die Ritter von Hauptmann Giametta machten nicht den gleichen Fehler wie diejenigen General Ruthers. Als sie das Ende der feindlichen Kolonne erreicht hatten, sammelten sich die Söldner von Bisania, die in der Kriegskunst erfahren waren, um ihren Anführer und nahmen erneut Aufstellung; dann griffen sie, angeführt vom Hauptmann, die Infanterie von General Asley im Rücken an.

Hauptmann Suzzoni hatte in Bisania zwar nicht die gleiche politische Bekanntheit wie Giametta, aber er war ein ebenso guter Kriegsführer, und als Ruthers Kavallerie vor seinen Männern auftauchte, befahl der Hauptmann ihnen, ihre Position zu halten.

»Wartet mit dem Angriff, bis sie nah herangekommen sind, und wenn sie fliehen, verfolgt sie nicht!«, rief er den Reitern von Harcort zu, die nicht sehr weit entfernt waren.

Aber die Infanteristen von Bisania wussten, was sie zu tun hatten. Als sie sahen, dass die Ritter von Harcort angriffen, rammten sie ihre Lanzen vor sich in den Boden, um ein Schutzgitter zu errichten, gegen das die Pferde prallen würden. Dann griffen sie zu ihren Waffen und machten sich bereit.

Auf der anderen Seite kam Ruther nicht mehr rechtzeitig, um seine Männer aufzuhalten. Verstreut und desorganisiert, griffen sie an, ohne nachzudenken, weil sie dachten, sie könnten die Infanteristen mühelos schlagen. Als sie die Lanzenreihe entdeckten, war es bereits zu spät, und zahlreiche Pferde wurden von dem dunklen Eisenstahl aufgespießt. Andere bäumten sich auf, um den Tod zu vermeiden, und warfen ihre Reiter ab. Und die wenigen, denen es gelang durchzubrechen, wurden von den Söldnern Bisanias angegriffen.

Die Nachhut rührte sich nicht. Wie Suzzoni befohlen hatte, hielten die Infanteristen ihre Position, was die Ritter von Harcort zwang, diesen Block, der sich nicht auflösen wollte, erneut anzugreifen. Einer nach dem andern fielen die Soldaten der Flamme, unfähig, irgendeine Schwachstelle in der Strategie der Bisanier zu finden. Nachdem sie die Ritter Galatias mühelos hatten besiegen können, gelang es ihnen jetzt nicht, die erste Linie der Infanteristen zu durchbrechen. Es war, als würden sie sich gehorsam gegen eine Mauer werfen, die tödlich für sie war. Und je mehr sie scheiterten, desto wahnsinniger wurden sie. Und diese ungläubige Verbissenheit kam sie noch teurer zu stehen. Manche stiegen wutentbrannt von ihren Pferden, um die Lanzenreihen zu durchdringen, und wurden von Dutzenden von Infanteristen überfallen, die sie erbarmungslos zerstückelten. Das Blut der Männer vermischte sich mit dem der Pferde, die Leichen rollten verstümmelt, enthauptet den Hang hinunter und türmten sich am Fuß des Hügels unter den entsetzten Blicken der zuletzt Gekommenen.

Als General Ruther endlich vor der gegnerischen Nachhut eintraf und seinen Männern befahl, sich zurückzuziehen, waren sie zu seiner tiefen Verzweiflung nur noch knapp hundert.

Obwohl es den Harcortianern gelungen war, die südliche Flanke zu durchbrechen, war General Loki nicht unzufrieden mit dem, was seine Männer von ihrer strategischen Position aus vollbracht hatten.

Versteckt hinter einer Reihe von Kiefern auf der Anhöhe, die den Süden des Tals überragte, hatten sie die Kavallerie von General Ruther auf ihrem ganzen Weg mit Pfeilen überschüttet. Und sie hatten nicht nur viele getötet, sondern sie auch daran gehindert, sich am Ende des langen Korridors neu zu formieren.

Loki befahl seinen Männern, sich ihre langen Bogen überzuhängen und auf die Pferde zu steigen. Es wurde Zeit, mit der zweiten Phase ihres Auftrags zu beginnen, die Infanterie im Rücken anzugreifen, um der Infanterie von Galatia in der Mitte etwas Luft zu verschaffen.

Während die Männer sich vorbereiteten, richtete Loki sich im Sattel auf, um das Tal abzusuchen. Die Infanterie von Galatia war gewiss in Schwierigkeiten, und ihre

Hilfe käme nicht ungelegen, aber im Norden schien Hauptmann Giametta erfolgreich gewesen zu sein, und im Osten war die Kavallerie von Harcort von der Nachhut aufgerieben worden. Der Sieg war in greifbare Nähe gerückt. Der Plan von Berater Bely, der zunächst nicht zu funktionieren schein, erwies sich jetzt doch noch als erfolgreich: Die Infanterie von Harcort saß in der Mitte des Schlachtfelds fest und würde schon bald an seinen beiden Flanken im Rücken angegriffen werden.

Er drehte sich zu seinen Männern um, hob sein Schwert zum Himmel empor und schrie: »Galatier! In Erinnerung an den König: Greift an!«

Und die Pferde stürmten wie der breite Lavastrom eines hohen Vulkans den Hang hinunter.

Der Lärm der Schlacht war so groß, dass die Harcortianer sie nicht kommen hörten. Um den Überraschungseffekt nicht zu schnell verpuffen zu lassen, drangen Lokis Ritter nicht zu sehr in die feindlichen Linien ein, sondern konzentrierten sich auf die Ränder, um anschließend zu den Infanteristen vorzudringen, die sie nach und nach, aber stets zu spät, entdeckten.

Von ihren Pferden herab hatten sie keine Mühe, ihre Gegner zu betäuben, die, mit kurzen Waffen ausgestattet, nicht auf einen Kampf mit Reitern vorbereitet waren. Mit dem Griff oder der flachen Seite ihrer Schwerter schlugen Lokis Männer auf die Schädel ein, die unter ihnen vorbeikamen, und teilten da und dort heftige Hiebe aus, wenn sich eine Kehle oder ein Arm anboten.

Langsam stifteten die Ritter Galatias Verwirrung in den Reihen der feindlichen Infanterie, trennten die Truppen und zwangen sie, ihre Position aufzugeben und ihren Angriff an der Front abzubrechen.

»Feren, ich glaube, es wird Zeit, dass wir uns ergeben.«

Meriander Mor der Schöne hatte sich auf einen der Leinenstühle gesetzt, die im Zelt des Gefechtsstands aufgestellt waren.

»Seid Ihr verrückt?«, rief Al'Roeg und drehte sich um.

»Wir sind im Begriff zu verlieren«, beharrte der Graf von Braunland. »Jeder weitere Tote wird nichts mehr ändern. Also sollten wir das Massaker gleich beenden...«

»Das kommt nicht in Frage! Der Sieg ist immer noch möglich!«, rief Al'Roeg und schlug mit seinem Stock auf den Boden.

»Ruthers Männer sind fast alle tot, die linke Flanke der Kavallerie ist gerade besiegt worden, und unsere Infanterie ist jetzt drei gleichzeitigen Angriffen ausgesetzt. Seht selbst! Wir haben keine Chance mehr! Es ist das reinste Massaker!«

»Die Soldaten der Flamme ergeben sich nicht«, warf Aeditus sehr viel ruhiger ein.

»Aber die von Braunland schon!«, erwiderte Meriander.

»Nicht unter meinem Kommando!«, protestierte Al'Roeg.

»Zu viele Braunländer sind gestorben. Ich werde dem sofort ein Ende machen.«

»Sie sterben, um die Zukunft der Insel zu sichern!«, schrie Al'Roeg, immer noch wütend.

»Nein. Sie sterben, damit Ihr allen Menschen von Gaelia Euren Gott aufzwingen könnt, und das ist es nicht wert!«

»*Unseren* Gott?«, fragte Aeditus empört.

»Ja. Euren Gott! Den, der die Ursache für all diese Kriege ist, derjenige, der sein Gesetz aufzwingt! Ich mache nicht mehr mit, Feren. Ich danke Euch dafür, dass

Ihr mir geholfen habt, als die Tuathann mein Land überfallen haben, aber das war ein legitimer Kampf. Ich habe mein Land verteidigt, ich habe die Menschen verteidigt, die dort in Frieden leben wollten. Aber der heutige Kampf hat keinen Sinn. Ich weiß schon nicht einmal mehr, warum wir eigentlich kämpfen! Und das widert mich an! Ich bitte Euch um Entschuldigung, aber ich werde meinen Männern befehlen, sich zu ergeben.«

Meriander erhob sich und verließ mit energischem Schritt das Zelt.

Al'Roeg folgte ihm wütend. Es war ausgeschlossen, sich geschlagen zu geben, Harcort brauchte Braunland noch.

Aber als er draußen war, fiel sein Blick auf das Schlachtfeld. Er ging langsamer. Dann blieb er stehen.

Er spürte, wie sein Herz schlug. Die Sonne schien jetzt hell auf das ganze Tal. Das gesamte Gebiet der Kampfhandlungen war von hier aus gut zu überblicken. Die Hauptschlacht konzentrierte sich jetzt auf die Mitte des Tals. Dort, wo sich die meisten Männer befanden. Die Infanterie. Staubwolken erhoben sich überall dort, wo der Kampf tobte. Ritter gegen Infanteristen, Infanterie gegen Infanterie, Schwerter gegen Lanzen, Äxte gegen Morgensterne, überall schlug Metall gegeneinander, zerfetzte Eisen Körper. Und der Boden war mit tausenden von Leichen übersät. Es lagen mehr Männer am Boden als kämpften. Nie hatte eine Schlacht mehr Opfer gefordert. An den Flanken waren da und dort Gruppen von Männern auf der Flucht. Andere warteten verloren auf Befehle. Hier ein Pferd ohne Reiter, das in panischer Angst zwischen den Leichen herumlief. Dort ein kniender Infanterist, der die Arme zum Himmel erhob und darauf wartete, dass ein göttlicher Blitz ihn niederschmetterte und endlich die schrecklichen Bilder auslöschte, die auf seine Seele einstürmten.

Al'Roeg seufzte tief. Meriander hatte recht. Sie hatten verloren.

11

Im Palast von Shankha

Der große Saal des Palastes von Providenz war in aller Eile in ein Gericht verwandelt worden. Es hatte keine Voranhörung gegeben, keine Untersuchung, denn nur eines zählte: diesen öffentlichen Prozess so schnell wie möglich zu beginnen. Die Barden der ganzen Insel sollten anschließend darüber berichten können, damit überall bekannt werde, dass Galatia endlich Harcort besiegt hatte.

Zum ersten Mal seit Eoghans Tod hatte Bely die achtzehn Mitglieder des Großen Gerichtsrates zusammengerufen, Vögte, Seneschalle und Berater, die man während der umstrittenen Herrschaft von Amina Salia kaum am Hof gesehen hatte.

An der nördlichen Seite des hohen Raums hatte man ein Podium errichtet, auf dem die drei Angeklagten, Feren Al'Roeg, Meriander Mor der Schöne und Bischof Aeditus, auf drei nebeneinander stehenden Sesseln den Richtern gegenübersaßen. Über die ganze Länge des Saals, von den Eingangstüren bis zum Podium, waren Bänke aufgestellt worden, und an den Seitenwänden zwei Holztribünen, die normalerweise für die Ritterturniere verwendet wurden.

Es ging weniger darum, den drei Kriegstreibern den

Prozess zu machen, als vor allem vor dem Volk die neue Verfassung der neuen Landkarte zu besiegeln, die die Insel in Zukunft prägen würde. Der Sieg über Harcort und Braunland würde das Gesicht der Insel verändern, und an diesem Tag sollte sich zwischen den Mauern des Palastes alles entscheiden.

Berater Bely hatte Carla Bisani und den Erzdruiden Henon eingeladen, als Geschworene an der Sitzung teilzunehmen, die allerdings von ihm geleitet wurde, und die Botschaft schien sowohl ihnen als auch der Menge klar zu sein: Bely hatte die feste Absicht – sicherlich mit Unterstützung der Generäle –, Galatia zu regieren.

Im Saal hatten sich an die viertausend Galatier versammelt, und weit mehr draußen. Im Grunde verstand niemand wirklich die Situation. Man wusste, dass man den Krieg gewonnen hatte, aber man hatte noch immer keinen König, und niemand wusste, was aus Braunland und Harcort werden sollte. Wer wirklich die Zügel in der Hand hielt und wie das Königreich sich von den letzten schrecklichen Monaten erholen würde.

Nach der Unruhe zu urteilen, die in der Menge herrschte, waren nicht alle einverstanden; manche erwarteten vielleicht sogar etwas anderes.

Am frühen Nachmittag verlas einer der Seneschalle von Galatia die Anklagepunkte. Man hatte Harcort und Braunland und erst recht den Christen wirklich nichts erspart. Die Liste war lang und der Ausgang des Prozesses unvermeidlich. Aber Bely bestand darauf, dass die Angeklagten trotzdem angehört wurden.

»Der Angriff auf Galatia war gewiss ein schwerer Fehler, für den ich meine Bestrafung akzeptiere«, begann Meriander Mor, direkt an Bely gewandt. »Aber die Kämpfe, die wir auf dem Hügel des Sandes geführt haben, waren berechtigte Notwehr, und wenn Eoghan nicht so niederträchtig gewesen wäre, den Tuathann Teile meines Landes abzutreten, um seine Ruhe vor ihnen zu haben, wären wir heute gewiss nicht hier.«

»Ihr schiebt Galatia die Verantwortung für diesen Krieg zu?«, fragte Bely empört.

»Ich beschuldige die Druiden, dass sie meinen Bruder überredet haben, Braunland den Tuathann zu überlassen, ohne sich um das Schicksal der Braunländer Gedanken gemacht zu haben.«

»Die Tuathann haben Anspruch auf dieses Land erhoben«, warf Henon ein, »ihre Vorfahren haben dort lange vor den Euren gelebt, das Recht war also sehr viel mehr auf ihrer Seite als auf Eurer!«

»Die Männer des Sid haben nicht nur auf Braunland, sondern auf die ganze Insel Anspruch erhoben!«, entgegnete Meriander. »Warum hat man Ihnen dann mein Land abgetreten und nicht erwogen, alle Grafschaften zu gleichen Teilen daran zu beteiligen?«

»Wollt Ihr damit rechtfertigen, dass Ihr die Druiden verbannt habt, zur christlichen Religion übergetreten seid und allen den Krieg erklärt habt?«, fragte Bely etwas ruhiger.

»Damals schien mir das die beste Lösung, und ich war der Meinung, dass ich nur so mein Volk retten könnte.«

»Und jetzt?«

Meriander biss sich auf die Unterlippe.

»Jetzt... bedaure ich, dass die Situation weiter eskaliert ist«, gestand der Graf seufzend. »Braunland hätte wieder zur Ruhe kommen müssen.«

»Bedauert Ihr, dass Ihr Galatia angegriffen habt?«

»Ja«, behauptete Meriander, und er klang aufrichtig.

Bely nickte. »Der Gerichtsrat wird dieses Bedauern sicher zu berücksichtigen wissen, Meriander, aber Ihr könnt Euch vorstellen, dass Euer Bedauern tausende von Toten nicht wieder lebendig macht …«

»Euer Urteil auch nicht«, entgegnete der Graf spöttisch, während er mit dem Kopf nickte.

»Macht Euch keine Illusionen, Meriander, unser Urteil wird sicher zu einer Wiedergutmachung beitragen«, behauptete Bely, bevor er sich Aeditus zuwandte.

Der Bischof hatte seit seiner Verhaftung kein einziges Wort gesprochen. Im Gegensatz zum Grafen von Harcort, der seine Wächter beschimpfte und lautstark eine bessere Behandlung forderte, hüllte Aeditus sich in vollkommenes Schweigen und blickte ernst vor sich hin.

»Aeditus, was habt Ihr zu Eurer Verteidigung vorzubringen?«, fragte Bely.

Der Bischof hob den Kopf, blickte den Berater an und blieb stumm.

»Weigert Ihr Euch noch immer zu sprechen? Dann gibt es in Eurem Leben also nichts, was eine Verteidigung lohnt.«

Aeditus blickte weiterhin ernst, entschloss sich aber endlich, doch zu sprechen, aber nur um zu sagen: »Ich erkenne allein Gott als meinen Richter an.«

Bely nickte. »Wie Ihr wollt«, sagte er spöttisch, »wir werden ja sehen, was Gott sagen wird, wenn Ihr hingerichtet worden seid.«

Doch als Bely sich dem letzten Angeklagten zuwenden wollte, erhob sich hinten im Saal ein merkwürdiges Gemurmel, das schnell immer lauter wurde und sich bis fast in die Mitte des Gerichtssaals fortsetzte. Die Leute drehten sich um, stellten sich auf Zehenspitzen und blickten zur großen Eingangstür, wobei sie sich drängelten, um besser sehen zu können.

»Was ist los?«, fragte Bely gereizt, der vom Podium auf der gegenüberliegenden Seite des Saals aus nichts erkennen konnte.

Aber das Stimmengewirr im hinteren Teil des Saals war jetzt so laut, dass niemand ihn hörte.

Die Leute an der Eingangstür traten beiseite. Die Türflügel öffneten sich weit, und bald konnte der ganze Saal sehen, was da los war.

Der Eingang des Saals war in blendendes Licht getaucht. Und in der Mitte ging Alea Cathfad, die Tochter der Erde, majestätischen Schrittes, umgeben von ihren Gefährten und den Großdruiden von Sai-Mina. Gekleidet in die Gewänder aus Gold und blauer Seide, die die Sylphen für sie genäht hatten, gestützt auf Phelims langen Stock, war das Mädchen eine strahlende Erscheinung, und ihr selbstsicherer Gang verlieh ihr eine unglaubliche Ausstrahlung.

Während der Zug sich dem Podium näherte, verstummte das Gemurmel der Menge allmählich, aber alle Blicke waren auf Alea gerichtet.

»Wer hat Euch erlaubt, hier hereinzukommen?«, rief Bely und erhob sich. »Verlasst sofort diesen Raum, Ihr unterbrecht diesen Prozess! Wachen!«

Die Soldaten, die oben auf den Seitentribünen standen, zögerten einen Augenblick, ratlos, dann setzten sie sich auf beiden Seiten in Bewegung, um dem Berater zu gehorchen. Aber sie kamen nicht sehr weit, denn Alea streckte plötzlich beide Arme aus, und die Soldaten wurden gegen die Wand gedrückt, unfähig, sich zu bewegen. Gelähmt durch die Kraft des Saiman.

Das Mädchen stand reglos da, die Arme waagerecht ausgestreckt, und starrte den Berater vor sich an, der seinen Augen nicht traute; dann ließ sie den Saiman in sich zurückströmen und senkte die Arme, und die meisten Wachen stürzten zu Boden, vollkommen desorientiert.

»Ich brauche keine zusätzliche Eskorte«, sagte Alea mit einer Stimme, die im ganzen Saal zu hören war.

Dann hob sie den Kopf, lächelte und ging weiter auf die Richter und die Angeklagten zu. Erwan und Mjolln zu ihrer Linken, Kaitlin und Finghin zu ihrer Rechten, die fünf Großdruiden hinter ihr, wirkte sie wie eine Königin mit ihrem Gefolge, und genau das dachten vermutlich auch einige in der sprachlosen Menge.

»Soviel ich weiß«, sagte Bely, der ganz blass im Gesicht war, »ist der Haftbefehl gegen Euch, den Eoghan unterzeichnet hat, noch immer gültig, und ...«

»Schweigt, Bely, Ihr macht Euch nur lächerlich«, schnitt Alea ihm das Wort ab und blieb vor dem großen Podium stehen. »Eoghan ist tot.«

»Aber die königliche Macht besteht weiter!«, entgegnete Bely.

»Wirklich?«, sagte Alea spöttisch. »Welche Macht denn? Ich sehe hier keine Macht.«

Sie drehte sich um und ließ ihren Blick über die Versammlung wandern.

»Welche Macht?«, wiederholte sie.

»Meine!«, rief Bely. »Die der königlichen Berater, die des Druidenrats von Providenz ...«

»Die Druiden von Providenz? Es gibt keine Druiden in Providenz!«, erwiderte Alea mit einem strahlenden Lächeln.

»Ganz im Gegenteil! Der Erzdruide ist hier!«, rief

Bely und deutete mit der Hand auf Henon, der hinter ihm saß.

Alea neigte den Kopf und grüßte ihn.

»Guten Tag, Henon. Ich freue mich, Euch wiederzusehen. Ich denke, meine Freunde hinter mir werden sich ebenfalls freuen... Habt Ihr Bely gesagt, lieber Freund, warum Ihr gestern während der Schlacht nicht eingegriffen habt?«

Der Berater runzelte die Stirn und drehte sich zu dem Druiden um. Aber dieser antwortete nicht.

»Na, Henon, habt Ihr die Sprache verloren?«, fragte Alea spöttisch. Dann wandte sie ihren Kopf langsam dem Berater zu.

»Euer Erzdruide, mein lieber Bely, hat keine Macht mehr. Er hat gestern nicht an Eurer Seite gekämpft, weil er den Saiman... verloren hat.«

»Schweigt!«, rief Henon und ging auf Alea zu.

»Ihr habt mich nicht beeindruckt, als der Saiman noch in Euren Adern floss, Henon, und Ihr beeindruckt mich heute noch weniger. Setzt Euch wieder, denn in meinen Adern fließt diese Kraft noch.«

Der Duide war fuchsteufelswild. Er biss die Zähne zusammen, atmete tief ein, aber dann ging er doch auf seinen Platz zurück. Die Demütigung war furchtbar, aber Alea hatte die Wahrheit gesagt.

Den meisten Druiden gelang es inzwischen nicht mehr, den Saiman zu finden. Die Flamme war erloschen, oder sie flackerte und würde jeden Augenblick erlöschen. Mit Ausnahme einiger weniger, wie Finghin oder Ernan, bei denen er immer heller geleuchtet hatte, verschwand der Saiman ganz einfach. Die Druiden waren jetzt Gaelier wie alle anderen.

»Also, Bely«, fuhr Alea fort, »von welcher Macht

habt Ihr gesprochen? Von der Macht der Druiden? Sie haben keine mehr. Von der königlichen Macht? Sie gehört Euch nicht.«

»Ich habe noch immer die militärische Macht!«, erwiderte der Berater. »Meine Armee wird nicht zulassen, dass Ihr widerrechtlich den Thron besteigt!«

»Der Thron interessiert mich nicht, Bely. Aber leider muss ich Euch mitteilen, dass Ihr auch keinerlei militärische Macht mehr habt.«

»Sie hat immerhin ausgereicht, diesen Krieg zu gewinnen! Und ich bin bereit, gegen Euch zu kämpfen, wenn es nötig sein sollte!«

»Wie lange lebt Ihr schon fern der Außenwelt in diesem Palast, Bely? Glaubt Ihr wirklich, dass Eure Soldaten Euch gehorchen würden, wenn Ihr von ihnen verlangt, gegen mich zu kämpfen? Ihr hättet sie vorhin sehen sollen, als ich in Providenz eintraf... Wie glaubt Ihr, bin ich hierhergekommen?«

»Die Generäle ...«

»Die Generäle sind wie Ihr«, schnitt Alea ihm das Wort ab. »Sie haben jeden Bezug zur Realität verloren. Jeden Kontakt zu den Bewohnern der Insel.«

Das Mädchen stieg auf das Podium und näherte sich Bely und den anderen Mitgliedern des Gerichtsrats.

»Ihr benehmt Euch wie ein Aasgeier«, zischte Al'Roeg hinter ihr. »Ihr holt Euch die Reste nach der Schlacht ...«

Alea drehte sich um. »Ich will mir gar nichts holen, Feren. Morgen früh bin ich schon wieder weg. Ich sagte es Euch bereits. Die Macht interessiert mich nicht. Ich bin das genaue Gegenteil von Euch. Aber Ihr habt recht, ich komme nach der Schlacht. Ihr habt mich nicht gebraucht, um Euch gegenseitig abzuschlachten.«

Sie wandte sich an Baronin Carla.

»Sogar der alte Bisani ist von seiner eigenen Tochter ermordet worden. Seht Euch an! Ihr seid alles, was von der Macht auf dieser Insel noch übrig ist. Machthungrige, die sich die Kehle durchschneiden, die kämpfen im Namen der Moira oder eines Gottes, im Namen von Gebieten, die sie nicht einmal besitzen, im Namen von Völkern, die sie hassen. Auf der einen Seite gibt es Euch. Und auf der anderen Gaelia. Es wird höchste Zeit, dass Gaelia die Entscheidungen trifft…«

Dann trat Alea zur Seite.

»Bely«, sagte sie, »Eure Armee hat sich soeben auf dem großen Platz der Armee der Erde angeschlossen. Und was die Eure betrifft, Carla, sagen wir, dass sie den Arbeitgeber gewechselt hat.«

Die achtzehn Mitglieder des Großen Gerichtsrats, die Baronin, Henon und die Angeklagten waren sprachlos. Sie hatten Mühe zu begreifen, was da vor sich ging. Die Welt stürzte ein unter ihren Füßen, auf den Kopf gestellt von einer vierzehnjährigen Göre.

Alea wandte sich jetzt an die Menge.

»Galatia ist mit Eoghan gestorben. Bisania, Braunland, Harcort und Sarrland gibt es nicht mehr. Es gibt nur noch Gaelia. Die Erde. Die Insel, auf der wir alle geboren wurden. Tuathann, Sarrländer, Galatier, Wanderschauspieler, Verbannte… Wir sind zuallererst Gaelier, und die Stunde ist gekommen, dieser Insel wieder das Wort zu geben!«

Aleas Stimme erfüllte den ganzen Raum. Getragen vom Saiman, erhob sie sich über die Menge und schwebte nach draußen. Das ganze Publikum, das in dem großen Saal des Palastes versammelt war, und diejenigen, die sich vor den Türen, auf dem Vorplatz des Palastes, drängten, brachen in Ovationen und Freudenschreie aus.

Wie die tausende von Stimmen, die Alea überall auf ihrer Reise durch das Land zugejubelt hatten, zögerten die Einwohner von Providenz nicht einen Augenblick: Sie wollten genau das Gaelia, von dem Alea sprach. Das Königreich und seine Spaltungen waren Vergangenheit. Es wurde Zeit, in eine veränderte Zukunft zu gehen.

Die Gesichter von Al'Roeg, Meriander Mor, Carla Bisani, Aeditus, Bely und Henon wurden immer blasser. Je lauter die Menge schrie, desto bleicher wurden sie.

»Aber wer wird Gaelia regieren?«, rief Bely plötzlich und erhob sich.

Er hatte Mühe, sich verständlich zu machen, so sehr applaudierte die Menge Alea. Aber das Mädchen, das direkt bei ihm stand, hatte ihn sehr wohl gehört. Sie drehte sich um.

»Ihr wisst sehr gut, dass es jemanden geben muss, der regiert!«, fuhr Bely niedergeschlagen fort. »Ihr wollt Gaelia doch nicht im Chaos versinken lassen! Wer soll die Insel regieren?«

Alea lächelte breit. »Darüber wird schon bald das Volk entscheiden.«

Als bei Einbruch der Dunkelheit die letzten Einwohner von Providenz endlich den großen Saal des Palastes verließen, stieß Erwan einen tiefen Seufzer der Erleichterung aus. Das Fest draußen hatte bereits begonnen, und alle stürzten auf die Straßen, um den Umzügen zu folgen. Alles war gut gelaufen.

Den ganzen Tag über hatte Erwan das Schlimmste befürchtet. Jeden Augenblick hatte er damit gerechnet, dass Providenz im Chaos versinken würde. Aber alles lief genau so, wie Alea es vorhergesehen hatte. Die Armee von Galatia kooperierte mit Aleas Gefährten und freute sich sichtlich, ebenfalls Teil der Armee der Erde zu werden. Als hätte die Ankunft des Mädchens das ganze Land erleichtert. Als hätten sie seit langem auf sie gewartet und als wäre die Zukunft, die sie ihnen in Aussicht stellte, bereits die ihre.

Natürlich hatte Erwan in der Vergangenheit mehrfach Gelegenheit gehabt mitzuerleben, wie populär Alea überall auf der Insel geworden war, aber niemals hätte er gedacht, dass sie die Macht auf diese Weise ganz ohne Einsatz ihrer Armee stürzen könnte. Und doch war dies genau das, was sie immer gewollt hatte. Die Insel von denen zu befreien, die ihr die Freiheit vorenthielten, ohne Gewalt gebrauchen zu müssen. Diejenigen oben zu stürzen, ohne dass diejenigen unten gezwungen waren, mit ihrem Leben dafür zu bezahlen. Die ersten Soldaten der Armee der Erde waren in Tarnea geblieben, Alea hatte Providenz und den Rest der Insel allein durch die Kraft ihrer Popularität und die Drohung mit ihrer Macht, an der niemand mehr zu zweifeln wagte, befreit.

Natürlich war nicht alles so einfach gewesen, und die Situation in Providenz war außergewöhnlich, aber war sie nicht letztlich das Ergebnis eines langen Kampfes? Eines Kampfes, für den Alea jeden einzelnen Tag geopfert hatte. Eines Kampfes, für den viele ihrer Gefährten gestorben waren. Und eines Kampfes schließlich, der noch nicht völlig vorbei war.

Was in Providenz geschah, war außergewöhnlich. In den Blicken aller war eine neue und aufrichtige Hoffnung zu spüren. Eine Gemeinschaft, deren Reiz die Insel seit langem vergessen hatte. Aber noch war nicht alles entschieden.

Jetzt mussten dem Volk die Mittel für ihre Freiheit geschenkt werden. Der Armee die Mittel für den Frieden gegeben werden. Der Bevölkerung der Insel wieder beigebracht werden zusammenzuleben. Natürlich hatte Alea bereits einige Anweisungen gegeben. Übrigens nichts, was den Magistel überrascht hätte.

Sie wollte Schulen im ganzen Land, damit alle, Mädchen wie Jungen, lesen lernen konnten, gesunde Gefängnisse und die Abschaffung der Verbannung, die Einschränkung der Macht der religiösen Institutionen, die Abschaffung der Wolfsjägerarmeen und ein Bündel kleiner dringender Maßnahmen, die Erwan amüsierten, weil sie so ganz zu Aleas Wesen passten. Einfach, rein, frisch. Vor allem aber wollte das Mädchen, dass das Volk von ganz Gaelia den- oder diejenigen wählen konnte, die die Insel regieren würden. Dass der Insel nie mehr ein Königreich aufgezwungen würde. Und Erwan wusste, dass dies nicht so leicht zu erreichen sein würde. Aleas Träume würden viel Arbeitskraft verlangen. Aber die Insel schien bereit zu sein, sich an die Arbeit zu machen. Alle wollten die Veränderung.

Aber zunächst war noch ein letzter Kampf zu bestehen.

Der gefährlichste von allen.

Als Alea kurz vor dem Einschlafen war, hörte sie, wie jemand an ihre Tür klopfte. Sie rieb sich die Augen, verließ ihr Bett, überzeugt, dass es um diese Zeit nur Erwan sein konnte, der zu ihr wollte.

Aber als sie öffnete, erblickte sie zu ihrer Überraschung Kiaran und Ernan. Die beiden Druiden warteten Seite an Seite mit verlegenem Gesichtsausdruck vor ihrer Tür.

»Na, dann kommt rein!«, lud sie sie mit einer Armbewegung ein.

Die beiden Druiden traten ein. Sie fühlten sich sichtlich unbehaglich: Es war bereits spät, und sie konnten sich denken, dass Alea erschöpft war.

Der Tag war gewiss der verrückteste in ihrem ganzen Leben gewesen. Aber auch einer der aufregendsten. Selten hatten so viele verschiedene Augen gleichzeitig vor Freude gestrahlt. Und dies war über ihre Fähigkeiten, über den Samildanach hinaus, Aleas wahre Kraft. Die Hoffnung, die sie den anderen gab.

»Hast du schon geschlafen?«, fragte Kiaran lächelnd.

»Noch nicht«, beruhigte das Mädchen ihn. »Was führt euch zu mir?«

»Mehrere Dinge«, erwiderte Ernan. »Zunächst einmal möchten wir dir gratulieren.«

»Ich habe nicht viel tun müssen ... Es ist, als hätte die Geschichte sich ganz allein in Bewegung gesetzt. Als hätte Gaelia sich ganz allein von denjenigen befreit, die ihr geschadet haben ...«

»Die Geschichte hast du in Gang gebracht«, erwiderte der Erzdruide.

»Ich bin nur eine Tochter Gaelias«, sagte Alea lächelnd.

»Du hast viel getan, und ich bedaure, dass wir dir nicht früher geholfen haben. Wir hätten dir die Dinge erleichtern können. Aber man stellt immer erst zu spät fest, dass man nicht genug getan hat ...«

»Mach dir keine Sorgen«, erwiderte sie Ernan, denn sie duzte ihn jetzt. »Ihr werdet in Zukunft noch genug zu tun haben.«

»Wir haben fast keinen Saiman mehr ...«

»Eben!«, erwiderte Alea lächelnd. »Ihr werdet *endlich* nützlich werden!«

Kiaran lächelte ebenfalls. Wie allen Druiden machte

das allmähliche Verschwinden des Saiman ihm Angst. Aber er schien zu verstehen, was Alea sagen wollte. Der Saiman hatte sie von den wirklichen Angelegenheiten der Insel ferngehalten.

»Was uns dennoch beunruhigt …«

»Ja. Ich weiß«, schnitt Alea ihm das Wort ab, und in ihren Augen sahen die Druiden, dass sie tatsächlich die gleiche Sorge hatte. »Maolmòrdha. Der Saiman ist fast vollständig verschwunden, und Maolmòrdha ist noch immer da …«

»Kiaran hat mir erzählt, was Phelim dir in der Welt von Djar gesagt hat. Ich glaube, er hat recht. Wenn wir den Ahriman nicht rechtzeitig vernichten …«

»Ich werde mich gleich morgen auf den Weg machen«, versicherte Alea.

»Wir begleiten dich …«

»Auf keinen Fall! Ich werde mit Finghin und Erwan gehen. Nur mit ihnen. Nicht einer mehr. Das würde nichts bringen. Und hier werdet ihr viel nützlicher sein. Es wird genug Arbeit geben.«

Ernan nickte. Alea ließ tatsächlich eine gewaltige Baustelle zurück. Die Vereinigung der fünf Grafschaften und die Suche nach einer Person, die die ganze Insel regieren würde. Das würde nicht einfach sein.

»Warum Finghin?«, fragte Kiaran und neigte den Kopf.

»Weil er von euch allen«, erklärte das Mädchen, »derjenige ist, der noch am meisten Saiman hat.«

Der Druide nickte. Ja. Finghin war nicht nur der jüngste Großdruide, er war auch der mächtigste. Ailin, der ehemalige Erzdruide, hatte sich nicht geirrt, er hatte es vor allen anderen gewusst.

»Wenn das Verschwinden des Saiman so fortgeschritten ist«, fuhr Kiaran fort, »dann hast du inzwischen mehr verstanden, nicht wahr?«

Alea lächelte. Die Prophezeiung. Sie erfüllte sich.

»Ja. Mehr oder weniger. Und die gute Nachricht ist, dass er nicht wirklich verschwindet. Es ist vielmehr unsere Fähigkeit, ihn durch den Geist zu kontrollieren, die verschwindet ...«

»Erklär das genauer«, sagte Ernan verwirrt.

Alea setzte sich im Schneidersitz auf ihr Bett. Sie bedeutete den Druiden, auf den Stühlen Platz zu nehmen, die am Fenster standen. »Der Saiman existiert nicht als solcher«, begann sie. »Es gibt viele Naturkräfte, die unsere Welt lenken, wie die Enzyklopädie von Anali mehr oder weniger sagt.«

»Drei Kräfte?«

»So sagt Anali in der Tat, aber ich bin nicht sicher. Jedenfalls denke ich, dass es mehr gibt.«

»Aber welchen Beweis hast du für ihre Existenz?«

»Ich glaube, das wird die große Herausforderung für die Menschen von morgen sein, Kiaran. Diese Kräfte zu verstehen. Sie einzuschätzen. Sie zu begreifen. Aber ich will dir Beispiele geben: Wenn die Haare eines Menschen weiß werden, wirkt da nicht die Kraft der Zeit?«

»Ja, natürlich. Ist die Zeit eine dieser Kräfte?«

»Gewiss die Hauptkraft«, bestätigte Alea. »Übrigens existiert diese Kraft weder im Sid noch in der Welt der Toten ... Aber ist sie nicht eine außergewöhnliche Kraft? Sie lässt die Menschen sterben, sie lässt sie auf die Welt kommen. Sie führt die Veränderung aller Dinge herbei.«

Kiaran nickte. Er hatte die Dinge nie so gesehen. Und doch ...

»Was noch?«, fragte er.

Alea zog den Ring des Samildanach von ihrem Finger.

»Wenn ich diesen Ring fallen lasse, was wird passieren?«

»Er wird zu Boden fallen«, erwiderte Kiaran lächelnd.

»Zieht der Saiman ihn zu Boden?«, fragte Alea.

»Nein, aber das ist natürlich! Die Gegenstände fallen zu Boden, wenn sie in der Leere sind, wenn nichts sie festhält...«

»Genau!«, rief Alea. »Es ist natürlich. Es ist eine *Naturkraft*. Eine andere dieser Kräfte.«

»Ich verstehe.«

»Und der Saiman erlaubt uns, diese Kräfte zu kanalisieren, ohne sie wirklich zu verstehen. Aber sie sind nicht verschwunden. Wie ich sagte, es ist unsere Fähigkeit, sie zu kontrollieren, die bald erlöschen wird.«

»Aber warum?«

Alea zuckte die Achseln.

»Vermutlich, weil wir morgen, wenn wir sie wiederentdecken, erneut lernen werden, sie zu beherrschen, dank dem Wissen, nicht mehr instinktiv. Und dadurch wird ihre Beherrschung nicht mehr der Elite der Druiden vorbehalten sein. Die Kräfte der Natur werden von allen verstanden werden, und alle werden gemeinsam darüber urteilen können, auf welche Weise sie kanalisiert werden sollen. Versteht ihr? Das ist Teil der Veränderung von Gaelia. Ihres Eintritts in das Erwachsenenalter. Anstatt eine kleine Anzahl von Personen blind mit den Kräften der Natur spielen zu lassen, werden wir sie alle zusammen kennenlernen müssen.«

»Du glaubst also, dass es gut ist, dass der Saiman verschwindet?«

Alea nickte lächelnd. »Ja. Das ist ein großer Fortschritt für die Menschen.«

Alea ging noch vor Sonnenaufgang zu Finghin und Erwan. Sie wollte aufbrechen, bevor die anderen aufwachten. Die Sache war zu dringend, und sie durfte nicht riskieren, dass ihre Abreise sich verzögerte. Denn alle würden mitkommen wollen. Alle würden darauf bestehen, sie zu begleiten. Und sie würde Zeit verlieren, um ihnen begreiflich zu machen, dass sie lieber allein ging.

Übrigens hatte sie Finghin und Erwan nichts gesagt. Gewiss, sie hatte gestern Abend erklärt, dass sie heute aufbrechen würde, aber sie hatte nicht genau gesagt wann, und alle rechneten damit, dass ihre Abreise irgendwann im Laufe des Tages stattfinden würde. Es war noch Nacht, und doch bedeutete sie den jungen Männern, ihr schweigend zu den Ställen des Palastes zu folgen.

Entweder begriffen sie die Bedeutung des Augenblicks, oder sie fühlten sich geschmeichelt, dass gerade sie ausgewählt worden waren, jedenfalls kamen Finghin und Erwan, ohne zu zögern, mit und fügten sich dem Schweigegebot. Sie nahmen nur das Notwendigste mit und ritten alle drei in die Kühle der Nacht hinaus. Kein Wort wurde gesprochen, bis sie weit östlich der Hauptstadt waren und die ersten Sonnenstrahlen den goldenen Sand der Heide aufleuchten ließen.

»Mjolln wird vor Wut schäumen!«, begann Erwan, als sie eine kurze Pause machten.

»Und Kaitlin wird vermutlich böse auf mich sein«, ergänzte Finghin und verzog das Gesicht.

Alea nickte. Sie hatte an all das gedacht. Denn natürlich hatte sie lange überlegt. Aber es hatte keinen Sinn, auch noch diese beiden Leben zu gefährden. Wenn es ihnen zu dritt nicht gelang, Maolmòrdha zu vernichten, dann würden Mjolln und Kaitlin auch nichts daran ändern können.

Alea erklärte ihnen also ihre Gründe, dankte ihnen, dass sie bereit waren, sie zu begleiten, obwohl die Prüfung, die sie erwartete, schwierig sein würde, und dann machten sie sich wieder auf den Weg und blieben bis zum Abend im Sattel.

Die Heide wurde immer flacher. Jetzt im Herbst war sie besonders schön, rot gesprenkelt und übersät mit Amarantbüschen, die rollten wie die Reifen eines verirrten Kindes. Der Wind wehte noch sanft, wurde aber immer stärker, je näher sie der Küste kamen.

Drei Tage ritten sie so, und mit jedem Schritt krampfte sich ihr Magen mehr zusammen. Sie wurden immer bedrückter und fürchteten das Schlimmste. Sie versuchten, an etwas anderes zu denken, denjenigen zu vergessen, gegen den sie würden kämpfen müssen, und doch verfolgte sein Gesicht sie wie ein roter Schatten bis in ihre nächtlichen Träume und auch in ihre Wachträume.

Am Abend des dritten Tages genügte ein Wort von Finghin, um ihnen begreiflich zu machen, wie sehr die Zeit drängte.

Am Abend dieses Tages erreichten sie endlich den Strand an einem unruhigen Meer im Norden von Galabran. In den Dünen gab es eine Gruppe verlassener Häuser, die Alea schon aus der Ferne ausgemacht hatte. Sie schlugen dort ihr Lager auf, denn es war zu spät, um in See zu stechen; sie mussten den Morgen abwarten.

Es waren die Ruinen eines ehemaligen Fischerdorfs, die jetzt nur noch ein paar Möwen und Muscheln Unterschlupf boten. Die Böden der Häuser waren unter dem Sand begraben, das Holz verfaulte bereits, und der Wind drang durch die Fenster herein, die schon lange keine Scheiben mehr hatten.

Sie aßen schweigend; der bevorstehende Kampf beschwerte ihr Herz immer mehr. Die Freude, die in Providenz Einzug gehalten hatte, war jetzt fern, eine schwache Erinnerung, deren Echo sich in der Heide, auf der anderen Seite der Dünen, verloren hatte.

»Die Flamme in meinem Kopf ist fast erloschen«, verkündete Finghin, als sie mitten beim Essen waren. »Ich hoffe, wir erreichen unser Ziel, bevor der Saiman vollkommen verschwunden ist.«

»Schneller geht es nicht«, erwiderte Alea. »Aber wenn du nicht in der Lage bist zu kämpfen, mach dir trotzdem keine Sorgen, ich verfüge noch über meine ganze Kraft.«

»Das ist schon merkwürdig«, bemerkte der junge Druide. »Wie kommt es, dass der Saiman bei dir nicht verschwunden ist?«

»Ich weiß es nicht, Finghin. Ich werde vielleicht die Letzte sein.«

»Wie auch immer, die Zeit drängt«, sagte Finghin.

»Gehen wir schlafen«, schlug das Mädchen vor. »Morgen werden wir all unsere Kräfte brauchen.«

Sie machten es sich in einem der Häuser bequem. Aber während sie alle drei versuchten einzuschlafen, richtete Alea sich plötzlich auf und ließ auch die beiden anderen zusammenschrecken.

»Was ist los?«, fragte Erwan besorgt.

»Ich habe ein Geräusch gehört.«

»Gehen wir nachschauen«, meinte der Magistel und stand als Erster auf.

Sie verließen die Hütte. Die Nacht war stockfinster, nur eine schmale Mondsichel rettete den Strand vor der völligen Dunkelheit.

Vorsichtig schlichen sie zwischen den Häusern vorwärts, ohne ein Geräusch zu machen; Erwan ging vor

Alea und hielt Banthral in beiden Händen. Sie froren. Der Wind ließ ein paar Bretter knarzen, die sich aus den Wänden der Häuser gelöst hatten. Erwan blieb stehen. Vor ihnen erhob sich eine Gruppe von drei Häusern. Ihre Schatten kreuzten sich und zeichneten seltsame Formen auf den Sand.

Der Magistel machte einen Schritt vorwärts. Ein Schatten bewegte sich vor einem Fenster.

»Wer ist da?«, rief Erwan, drückte sich an eine Holzwand und schob Alea hinter sich.

Zwei Gestalten erschienen an der Ecke des Hauses.

»Wir sind es ...«

Der Magistel senkte Banthral. Er sah jetzt zwei Gesichter. Kaitlin und Mjolln. Er seufzte tief. Diese beiden Dummköpfe waren ihnen gefolgt. Und jetzt standen sie da, völlig durchgefroren, verloren inmitten der Dünen, die Füße im Sand versunken.

»Kommt schon her!«, rief Erwan und zündete eine Fackel an.

Alea schüttelte den Kopf, aber im Grunde freute sie sich, sie zu sehen.

»Kleine Hexe! Ähm! Du bist, o ja, eine kleine Hexe, Alea!«, rief Mjolln, der vor Kälte zitterte. »Einfach so wegzugehen, wirklich, o ja, das ist nicht sehr höflich!«

»Mein Dudelsackspieler!«, sagte das Mädchen spöttisch und umarmte ihn. »Ich hätte es wissen müssen! Du kannst nicht ohne mich sein, hm?«

»Ich dachte schon, ich würde euch nie einholen!«, gestand Kaitlin.

Finghin, der sich vor Alea schob, streckte die Arme nach der Schauspielerin aus und drücke sie lange an sich.

»Ich frage mich wirklich, warum ich mir solche

Mühe mache, meine Abreise zu planen«, sagte Alea leise. »Ihr schafft es doch immer wieder, mir zu folgen!«

»Du hast doch nicht etwa geglaubt, du schreckliches Mädchen, du könntest dir Maolmòrdha ganz allein vornehmen! Da haben wir, o ja, auch ein Wörtchen mitzureden, dass du es nur weißt!«

Trotz der drohenden Gefahr, an die alle dachten, freuten sie sich über ihr Wiedersehen. Sie kehrten in das kleine Haus zurück, in dem sie es sich bequem gemacht hatten, und unterhielten sich noch bis spät in die Nacht. Aleas Hoffnung, ihren beiden Gefährten den furchtbaren Kampf, der ihr bevorstand, zu ersparen, war zwar zunichte gemacht, aber es war doch schön, wieder zusammen zu sein. Ganz einfach zusammen zu sein. Und trotz allem, trotz der Kälte, trotz der immer stärker werdenden Angst, schliefen sie in dieser Nacht besser als in den vorhergehenden.

Am Morgen nahmen sie ein altes Boot, das sie in einer Werkstatt mitten in dem verlassenen Dorf fanden, und wagten sich in die Fluten, immer geradeaus in den gelben Reflexen der Sonne. Letzte Überfahrt einem letzten Feind entgegen.

Der Palast von Shankha war das Unglaublichste, was Alea in ihrem ganzen Leben gesehen hatte.

Nach einer stürmischen Fahrt über das aufgewühlte Meer hatten sie ihr Boot am Fuß der Steilküste zurückgelassen und waren zu dem Gebäude aus ockerfarbenem Stein hinaufgeklettert.

Die Kette der orangefarbenen Berge zeichnete sich am Horizont vor einem purpurfarbenen Himmel ab. Die gerade Fassade mit ihrer Reihe hoher Säulen schien unmittelbar aus dem Berg herauszuwachsen. Direkt in den Hang gehauen, wurden die Mauern und Pfeiler stellenweise mit den Felsvorsprüngen eins. Etagenweise grub sich das Gebäude in den goldenen Steilhang; oben war es nur noch eine durch die Zeit verwitterte Ruine. Vor ihnen schlängelte sich eine schmale Treppe aus rotem Stein zwischen den wenigen grünen Gruppen hochstämmiger Bäume hindurch und tauchte in die Fassade des Palastes wie eine Zunge in das Maul eines Drachen.

Der Wind, der vom Meer her blies, schien hier zu drehen, er pfiff in den Wipfeln, wirbelte den Staub von den Steinen auf und trieb die Körper vorwärts.

Alea kniete sich hin. Sie legte die flache Hand auf die Erde, als wollte sie ihre letzten Kräfte aus ihr schöpfen. Ihren letzten Mut.

Dann erhob sich das Mädchen und setzte, ohne ein Wort zu sagen, einen Fuß auf die erste Stufe. Mit zugeschnürter Kehle, Angst im Bauch, stiegen die Gefährten schweigend zum Palast von Shankha hinauf.

Mit schnellem Schritt gingen sie die lange Treppe, die im Fels nach oben führte, hinauf und dann zwischen den Säulen ins Innere, nicht gerade begeistert darüber, das rote Licht der Sonnc hinter sich lassen zu müssen.

Sobald sie im Innern waren und die Dunkelheit sie schluckte, spürten sie seine Gegenwart. Wie eine Drohung, ein Verbot. Eine unsichtbare, aber bedrückende Kraft.

Der Raum war so hoch, dass seine Decke durch die undurchdringliche Dunkelheit nicht sichtbar war. Nur ein paar Sonnenstrahlen, die durch das Dach des Palastes drangen, fielen wie goldene Regentropfen vom Himmel und zeichneten auf den Steinen des Bodens gleichmäßige weiße Kreise.

»Gehen wir«, murmelte Finghin, der vermutlich spürte, wie der Saiman erlosch.

Auf der anderen Seite der großen Halle führten zwei symmetrische Treppen nach oben und nach unten. Aber Alea zögerte nicht einen Augenblick. Er war unten.

Sie ging langsam durch den großen Saal und durchsuchte die Schatten mit dem Blick. Sie atmete tief ein und suchte die Flamme des Saiman. Er war da. In ihrem Geist. Alea verdrängte alle Gedanken aus ihrem Kopf und spürte, wie die Energie in ihrem Körper hochstieg, bis in ihre Fingerspitzen. Mit großer Präzision schickte sie Wellen von Saiman in den Raum um sie herum, suchte bis in die hintersten Winkel und ließ sie durch die Luft und über den Boden strömen.

Hintereinander gingen sie angsterfüllt die breite Treppe hinunter, die in die Tiefen der Insel führte, und als sie unten ankamen, war die Luft feucht und eisig.

»Alea?«, fragte Mjolln zitternd. »Weißt du, wohin wir gehen?«

Das Mädchen nickte. Sie waren in einen ovalen Raum gekommen, und gegenüber gab es nur eine einzige Öffnung. Alea ging weiter. Sie legte die Hand auf den Griff ihres Schwerts an ihrer Taille und atmete tief aus, um die Unruhe zu vertreiben, die in ihre Kehle stieg.

Komm näher. Komm näher, Alea.

Der Gang verengte sich.

Wir sind da.

Die Luftfeuchtigkeit nahm zu, und ein widerlicher Geruch erfüllte den dunklen Gang.

Plötzlich blieb Alea stehen. Ihre vier Gefährten hinter ihr ebenfalls. Erwan, der es nicht mehr ertrug, dass das Licht um Alea immer schwächer wurde, zündete eine Fackel an.

Es lag nicht daran, dass dem jungen Mädchen der Saiman ausging. Aber die Angst, die durch ihre Adern lief, schwächte ihre Konzentration, und sie vergaß, die Energie um sich herum aufrechtzuerhalten.

Sie stand jetzt vor einer Tür. Einer mit Weißblech vernieteten Holztür.

Alea schluckte, seufzte, drehte sich ein letztes Mal zu ihren Gefährten um, öffnete die Tür und stürmte hindurch.

Die anderen folgten ihr, ohne zu zögern. Sie kamen in die riesige Arena, die in das Innere des Bergs gegraben war.

Über ihnen eine riesige in den Stein gehauene Kuppel. Rundherum Tribünen. Und vor ihnen eine Gestalt.

Alea machte einen Schritt nach vorn. Sie begriff sofort, dass das nicht Maolmòrdha war. Es war nicht derjenige, dem sie in der Welt von Djar begegnet war. Derjenige, der sie ausspioniert hatte.

Das Mädchen blickte sich um. Sah zu den Tribünen. Zu den Hauptlogen im Norden der Arena. Aber sie entdeckte sonst niemanden. Nur den Ritter mit den breiten Schultern, der ihnen entgegenkam. Sein langes Haar war so weiß, dass es aussah, als wäre es aus Silber.

Erwan stellte sich neben das Mädchen, Banthral nach vorn gestreckt.

»Kümmere dich um ihn«, flüsterte Alea.

Der Magistel nickte. Auch er hatte begriffen, dass das nicht der Abtrünnige war. Dennoch rechnete er nicht mit einem leichten Sieg.

Ultan hatte eine Doppelaxt in der Hand. An jedem Ende dieser schweren Waffe funkelte eine polierte halbkreisförmige Klinge im Licht der wenigen Fackeln, ebenso wie seine glänzende Eisenrüstung.

Er ging auf das Mädchen zu, aber der Magistel schnitt ihm den Weg ab, indem er vor ihm in Positur ging, sein breites Schwert quer vor sich.

Ultan lächelte. Er war ebenfalls Magistel gewesen. Er kannte die Hiebe. Die Stöße, die von Generationen von Ausbildern in Sai-Mina weitergegeben worden waren. Die Paraden, die Angriffe. Er kannte sie alle. Er würde kurzen Prozess mit diesem jungen Krieger machen.

Er stützte sich fest auf beide Füße und hob seine Axt vor seinen Körper, dem Schwert des Magistel entgegen. Die beiden Klingen rieben aneinander, und das Geräusch des Metalls hallte unter der Kuppel der Arena.

Plötzlich ließ der Krieger von Shankha seine Axt kreisen. Die untere Klinge beschrieb einen Halbkreis und bewegte sich mit großer Geschwindigkeit auf Erwans Stichblatt zu.

Der Magistel konnte der Klinge gerade noch ausweichen, indem er den Oberkörper in einem Ausfall nach hinten zurückzog. Er senkte das Stichblatt, um die Axt vorbeizulassen, dann führte er das Schwert wieder vor seinen Körper, um sich erneut zu schützen.

Aber Ultan ließ sofort einen neuen Angriff folgen. Er warf sich nach vorn und führte gegen die beiden Flanken des Magistel je einen Hieb. Den ersten parierte Erwan mit seinem Schwert, aber dem zweiten konnte er nicht ausweichen, und er wurde voll an der Hüfte getroffen. Die Klinge der Axt drang zwar in die Metallplatte ein, die die Taille des Kriegers schützte, durchschlug aber nicht die Rüstung. Dennoch zwang die Wucht des Aufpralls Erwan, mit verzerrtem Gesicht zurückzuweichen.

Aber der Magistel wollte seinem Gegner nicht die geringste Chance lassen und griff seinerseits mit einer schnellen Finte an. Die Klinge von Banthral drang genau in dem Augenblick in Ultans Kettenhemd ein, als der vordere Fuß des Magistel den Boden berührte und seinem Stoß noch mehr Kraft verlieh.

Ultan, der nicht mehr hatte ausweichen können, beugte sich nach vorn, um die Wucht des Aufpralls abzumildern.

Der Magistel zog sein Schwert zurück und setzte zu einer seitlichen Bewegung an, um richtig zuzustoßen, aber diesmal war Ultan schneller. Er begleitete seinen Hieb mit einer heftigen Drehung der Hüfte, schwenkte seine Doppelaxt in einer weiten, kreisförmigen Bewegung vor seinem Körper, und dann traf die Klinge mit voller Wucht den Helm des Magistel.

Benommen taumelte Erwan und versuchte, wieder zu sich zu kommen. Sein Kopf hallte schmerzhaft. Das Schwert in seiner Hand zitterte. Er sah, dass Ultan mit selbstsicherem und entschlossenem Schritt auf ihn zukam. Erwan atmete tief aus und umklammerte Banthral fester.

Ihm blieb gerade noch Zeit, wieder in Verteidigungsstellung zu gehen, bevor die Axt auf ihn niedersauste. Er parierte, beugte die Knie und stieß, während er sich wieder aufrichtete, Ultans Klinge mit aller Kraft von sich weg.

Dann wich er zurück, um seinen nächsten Angriff vorzubereiten. Breitbeinig führte er einen gewaltigen Hieb, der tief in Ultans Arm schnitt. Er drängte seinen Gegner zurück, indem er sein Schwert vor seinem Gesicht durch die Luft wirbeln ließ. Aber die Klingen an beiden Enden der Axt brachten ihn durcheinander. Ultan ließ seine Waffe schnell in seinen Händen kreisen und schnitt in Erwans Handgelenk. Der Magistel biss die Zähne zusammen, aber während er die Verletzung wegsteckte, hatte er seinen Vorteil schon wieder verloren.

Banthral und die Doppelaxt schlugen noch dreimal gegeneinander. Erwan spürte die Schläge bis in seine Brust. Der Schweiß lief ihm über die Stirn und brannte in seinen Augen. Er versuchte einen Hieb; Ultan wehrte ihn mühelos ab. Einen zweiten, und diesmal lächelte Ultan sogar, während er ihn durchkreuzte. Am Ende ihrer Bahn riss die halbkreisförmige Klinge Erwans Schenkel auf. Er löste sich sofort von seinem Gegner, und die beiden Krieger begannen, sich zu umkreisen.

Erwan begriff, dass seine ganze Fechtkunst ihm gegen den ehemaligen Magistel nichts nützte. Ultan sah seine Hiebe voraus, ja erwartete sie. Als mache er sich einen Spaß daraus, einen Erben von Sai-Mina zu besiegen.

Blind vom Schweiß, machte Erwan einen Satz zur Seite und nahm seinen Helm ab. In dem Blick des Kriegers ihm gegenüber war keinerlei Angst zu erkennen. Keinerlei Zweifel. Nur ein Gefühl der Macht, eine unerschütterliche Lust zu töten, wie Erwan sie noch nie in seinem Leben gesehen hatte. In der Heftigkeit des Kampfes war der Magistel sich bewusst, dass er der letzte Wall war, der seine Freunde beschützte. Sein Tod würde den seiner Gefährten zur Folge haben. Keiner von ihnen konnte es mit Ultan aufnehmen.

Aus dem Augenwinkel sah er Kaitlin. Unentschlossen stand sie da und war sich nicht sicher, ob sie sich in den Zweikampf einmischen sollte oder nicht. Sie fürchtete, dass Erwan durch ihre Schuld verletzt worden war.

Ultan griff an. Erwan scherte nach links aus, um der Axt auszuweichen, und führte einen heftigen Hieb, der die Rippen seines Gegners streifte. Dieser ging fast in die Hocke, um den Bauch des Magistel zu treffen. Erwan hätte beinahe das Gleichgewicht verloren, aber er konnte den Hieb gerade noch parieren. Ultan fiel zu Boden und erhob sich etwas weiter entfernt wieder. Er schüttelte den Kopf, um sein weißes Haar wieder in Ordnung zu bringen, und hob seine Axt, bereit für einen neuen Waffengang.

Die Augen auf die Gestalt des Kriegers gerichtet, musste Erwan unwillkürlich an seinen Vater denken. Galiad war im Kampf mit Dermod Cahl, einem anderen Diener Maolmòrdhas, ums Leben gekommen. Erwan wurde schrecklich traurig ums Herz. Sein Vater hatte den gleichen Kampf gekämpft. Und er hatte verloren.

Aber der lebendige Tote hatte über magische Kräfte verfügt. Ultan war nur ein Mensch, dachte Erwan. Ein Mensch wie er. Ein Magistel wie er.

Er durfte sich nicht entmutigen lassen. Er durfte sich weder von der Erschöpfung noch von der Angst, noch von der Trauer übermannen lassen. Er musste siegen, für Alea, für seine Freunde, für all das, was sie gemeinsam vollbracht hatten.

Und um seinen Vater zu rächen.

Erwan packte sein Schwert mit beiden Händen, richtete es vor seinem Körper auf und stürzte los. Er griff auf Hieb und Stoß an und parierte mit fließenden Bewegungen zwei Angriffe. Sein Geist war klar. Seine Hand sicher.

Die Axt streifte sein Gesicht. Er revanchierte sich, indem er Ultans Schulter zertrümmerte. Aber ihm blieb keine Zeit nachzusetzen. Ultan drehte sich um sich selbst und ließ die Klinge auf Erwans Kopf zufliegen. Der Magistel bemerkte es zu spät, um sich umzudrehen. Während die Axt auf seinen Kopf zustürzte, wusste er, dass er sie nicht abwehren konnte. Er versuchte, ihr auszuweichen, indem er sich duckte. Aber Ultans Bewegung war zu schnell. Der Hieb zu heimtückisch. Die flache Seite der Klinge prallte mit voller Wucht gegen die Schläfe des Magistel.

Erwan stürzte schwer zu Boden.

Was Alea abseits des Kampfes gelang, hatte vor ihr noch kein Druide geschafft. Einerseits ging sie bewusst an der Arena entlang, und andererseits war sie in der Welt von Djar und jagte Maolmòrdha wie ein wildes Tier.

Ich weiß, dass er da ist.

Die Tribünen schwankten hinter ihr. Die Welt war verschwommen. Sie hatte Mühe, die Augen offen zu halten.

Zugleich hier und anderswo. Ich kann an zwei Orten sein.

Ihre Füße bewegten sich jetzt ganz automatisch. Sie erriet die fernen Geräusche des Kampfs. Erwan gegen den Ritter von Maolmòrdha. Sie konnte sie sehen.

In welcher Welt verbirgst du dich?

Kaitlin, Finghin und Mjolln. Sie könnten Erwan unterstützen. Der Saiman war jetzt zu schwach, um Finghin zu erlauben, mit Maolmòrdha zu kämpfen.

Ich werde dich rechtzeitig erwischen.

Aber der Druide konnte Erwan noch helfen. Sie musste sich keine Sorgen machen.

Die Tribünen zogen weiter hinter ihr vorbei. Die Schatten tanzten. Aber er war noch immer nicht da.

Ich werde eine Möglichkeit finden, Maolmòrdha.

Erwans Körper lag reglos mitten in der Arena.

Mjolln stürzte als Erster zu ihm. Instinktiv. Khadel hoch erhoben, griff er den Ritter mit dem langen weißen Haar an. Aber der Zwerg hatte keine Chance gegen einen Gegner dieses Formats. Er konnte nicht einmal seine Waffe senken, da wurde er schon von der riesigen Axt des Kriegers von Shankha niedergemäht.

Mjolln wurde in einer Blutfontäne zur Seite geschleudert, rollte über den Sand und stand nicht mehr auf. Ultans Hiebe hatten eine ungewöhnliche Wucht. Er hatte eine ungeheure Kraft, und das Gewicht seiner Axt steigerte sie noch erheblich.

Kaitlin lief zu dem Zwerg, um ihm zu helfen. Aber der Ritter stürmte bereits geradewegs auf sie zu.

Finghin suchte die letzten Tropfen Saiman in sich. Er fiel auf die Knie und suchte tief in seinem Innern. Die Flamme war noch da. Winzig. Ein lächerliches Licht in der Dunkelheit seiner Seele. Aber es reichte. Zumindest für den letzten Schlag.

Mit geschlossenen Augen streckte der Druide die Arme nach vorn und ließ die Energie langsam in seinem Körper emporsteigen. Er durfte sich nicht überanstrengen. Nichts erzwingen. Sich nicht zu sehr bemühen, um die Kette nicht zu zerbrechen. Die Flamme nicht auszublasen. Dann öffnete er plötzlich die Augen, streckte nur eine Hand nach dem Krieger aus und ließ seinen letzten Energieball aus sich heraus.

Alea blieb plötzlich stehen. Er war da.

Du bist da.

Oben an der Treppe.

In der Welt von Djar.

Schweigend sah er dem Kampf in der Arena zu.

Du spionierst mir noch immer hinterher, Maolmòrdha.

Sie schwankte. Sie musste zu viel Kraft aufwenden. Sie stützte sich auf die Holzbarriere, die um die Arena herumlief, und versuchte, sich wieder zu fangen.

Ich könnte ganz in die Welt von Djar eintreten.

Aber sie wollte sein Gesicht sehen. Sein Gesicht von Gaelia.

Eine nach der anderen ging sie die Stufen hinauf, die zu der Loge führten, in der er, der Träger der Flamme der Finsternis, reglos wartete.

Ja, ich habe Angst. Aber ich spüre auch deine Angst. Du bist nicht sicher, ob du mich besiegen wirst, nicht wahr?

Sie näherte sich langsam der hohen Gestalt. Sie hatte das Gefühl, dass die Luft hier glühend heiß war.

Dann erkannte sie seine Augen.

Sieh mich an.

Rot, vergraben in der Dunkelheit seines Helms.

Ich bin die Tocher der Erde.

Und da sah sie.

Der Krieger des Palastes von Shankha wurde von der Energie des Saiman zu Boden geschleudert.

Der Lärm seiner Rüstung, die auf den Boden prallte, riss Erwan aus dem Koma, in das er gefallen war. Sein scharfer Geist begriff die Lage innerhalb eines Augenblicks. Mjolln lag am Boden. Kaitlin, die neben ihm kniete, versuchte, ihn zu verarzten. Finghin war gerade ebenfalls zu Boden gefallen. Er hatte all seine Kräfte in einem letzten Druidenangriff verbraucht.

Und Ultan, der nur ein paar Schritte entfernt war, würde sich gleich wieder erheben.

Erwan drehte den Kopf auf die andere Seite. Da lag Banthral. Er brauchte nur die Hand auszustrecken. Er packte sein Schwert, rollte sich zur Seite und erhob sich mühsam mit Hilfe der langen Klinge. Er war noch immer benommen, und das Blut, das von seinem Schädel rann, hatte eines seiner Lider verklebt.

Der Magistel stand auf. Er hob sein Schwert über seine linke Schulter, sammelte die wenigen Kräfte, die ihm noch blieben, und lief zu Ultan, wobei er den Kriegsruf seines Vaters ausstieß:

»Alragan!«

Ultan, der jetzt kniete, blieb gerade noch die Zeit, den Kopf zu heben. Er sah den weißen Blitz einer Klinge, die schnell wie ein Pfeil auf ihn zustürzte. Die Spitze bohrte sich zwischen seine Augen, und die Klinge durchstieß seinen Kopf und kam am anderen Ende wieder heraus.

Der Krieger war auf der Stelle tot. Erwan zog seine Klinge mit einem Fußtritt gegen die Stirn seines Opfers wieder heraus und lief zu dem Zwerg.

Und da sah sie den Lichthof um Maolmòrdhas Körper. Es war kein roter Lichthof, wie derjenige der Druiden. Er war blau. Wie ihrer. Der Ahriman war blau.

Alea riss die Augen auf. War die Energie, die in ihren Adern floss, der Ahriman? Sie konnte es nicht glauben. Und doch gab es keine andere Erklärung.

»Siehst du, Alea, du bist wie ich. Und wir können uns vereinen, jetzt, da du es weißt.«

Phelim, warum hast du es mir nicht gesagt?

Er nähert sich. Er reicht mir die Hand.

»Nein, ich habe keine Angst, Alea, ich will nur, dass wir uns vereinigen.«

Der Ahriman muss verschwinden. Ich bin der Ahriman.

»Die Druiden haben nie aufgehört, uns zu belügen, Alea. Dich ebenso wie in der Vergangenheit mich.«

Nach mir der Tod.

»Aber dank deiner repräsentieren die Druiden heute nichts mehr. Du hast ihre Macht zerstört.«

Maolmòrdha. Er ist nichts als Lüge. Ich darf nicht auf ihn hören. Es gibt sicher eine Möglichkeit.

»Gaelia wird uns gehören.«

Finghin hatte recht. Es gibt sicher eine Möglichkeit.

»Gib mir die Hand.«

Ich reiche ihm die Hand.

»Wir haben gewonnen, Alea.«

Jetzt.

Jetzt muss ich ganz tief in seine Seele eindringen. Seine Energie verschlingen.

»Nein!«

Es ist zu spät, Maolmòrdha.

Ich nehme seinen Ahriman. Ich sauge ihn in mich. Ich suche in seinem Innern den letzten Tropfen, die letzte Flamme. Komme, was da wolle. Ich kann alles nehmen. Seine ganze Macht.

»Nein!«

Es ist vorbei, Maolmòrdha. Du hast nichts mehr. Keinen Tropfen Energie mehr. Sieh her. Ich bin der Ahriman. Der letzte Ahriman.

Das Licht verschwindet.

Dein Gesicht verschwimmt.

Djar verschwindet.

Epilog

An dem Tag, an dem Alea zu dem großen, schwarzen Felsen am Fuß des Gor-Draka-Gebirges kam, war der Saiman vollständig von der Insel verschwunden. Aber der Verlauf der Geschichte war, wie Alea es geträumt hatte, im Begriff, sich zu ändern.

Ihre Gefährten hatten sie bewusstlos aus dem Palast von Shankha gebracht. Und da die Druiden nicht mehr die Fähigkeit hatten, sie zu behandeln, hatte ihre Genesung lange gedauert. Viele Wochen hatte sie in einem Zimmer im Palast von Providenz, wo ihre Gefährten sie jeden Tag besuchten, im Koma gelegen. Sie war ohne Bewusstsein gewesen, aber sie hatte sie gehört. Sie hatte gehört, was sie von Mjolln erzählten, der sich wie sie von der Reise in den Palast von Shankha erholte, aber auch, was auf Gaelia geschah. Die Schulen, die Institutionen, die Vereinigung der Insel, die Wiedereingliederung der Verbannten und Erwan, den das Volk gewählt hatte.

Zu Beginn des Winters erwachte sie schließlich, und die Besuche wurden immer zahlreicher. Aber als sie eines Abends wusste, dass sie dazu in der Lage sein würde, verließ Alea allein den Palast von Providenz, nachdem sie eine kurze Nachricht zurückgelassen hatte, damit niemand sich Sorgen machte, und ritt zum Wald von Borcelia. Obwohl sie noch immer erschöpft war, unternahm sie diese viertägige Reise und suchte dann weitere vier Tage nach den Sylphen.

Aber sie waren nicht mehr da. Wie der Saiman waren auch sie verschwunden. Bevor sie sie hatte retten können, ein Versprechen, das Oberon ihr abverlangt hatte. Sie hatte daraufhin alle Tränen ihres Körpers geweint. Und gerade, als sie sich wieder auf den Weg machen wollte und sich anschickte, aufs Pferd zu steigen, hatte sie auf dem Boden inmitten der Blätter eine Blume bemerkt, die sie sofort wiedererkannt hatte.

Sie erinnerte sich noch immer an die Geschichte von König Toland, die die Bardin erzählt hatte, als sie sie zum ersten Mal im Gasthof von Saratea gesehen hatte. Die Geschichte von diesem König, dem die Sylphen die Muscaria geschenkt hatten. Diese Blume. Die Blume des Lebensbaums.

Sie hatte sich gebückt und die Blume aufgehoben. Dann war sie wieder losgeritten in Richtung Norden und hatte ihr Lächeln wiedergefunden.

Und jetzt kniete sie vor dem großen, schwarzen Felsen, in den das Zeichen des Samildanach graviert war. Am Tor der Welten.

In ihren Händen hielt sie die weiße Blume und versuchte, sich zu erinnern. Sich an die Sylphen zu erinnern, an ihre holzfarbene Haut. Sich an die Wölfin zu erinnern, die sie nicht mehr wiedergesehen hatte. Sie kramte in der Tiefe ihres Gedächtnisses, erweckte die Erinnerungen an die geliebten Wesen, die sie verloren hatte, wieder zum Leben. Galiad. Faith. Phelim. Tara und Kerry. Tränen traten ihr in die Augen.

Dann brach die Nacht herein, aber sie rührte sich

nicht. Sie kniete vor dem dunklen Menhir und lauschte der Nacht.

Und als hätte das Herz der Erde sie gehört, begann die Oberfläche des Menhirs plötzlich zu verschwimmen. Der schwarze Stein schien sich in Wasser zu verwandeln.

Das Tor der Welten öffnete sich vor ihr, und Alea erhob sich mit klopfendem Herzen.

Du wirst uns das Leben schenken können, hatte Oberon gesagt.

Langsam betrat sie den Sid.

Ich pflanze die Muscaria in die Erde des Sid.

Hier wird der Lebensbaum, dessen bin ich jetzt sicher, wieder Wurzeln schlagen können. Die Sylphen werden wieder leben können. Im Sid.

Ich darf nicht bleiben. Ich kenne den Sid nicht. Ich habe getan, was ich zu tun hatte. Ich muss wieder durch das Tor gehen.

Dabei würde ich diese Welt gerne kennenlernen. Diejenige, in der Tagor gelebt hat. Diejenige, aus der meine Mutter fliehen musste, weil sie ein Kind der oberen Welt trug…

Aber ich muss gehen. Mein Leben ist oben. Bei Erwan.

Ich mache kehrt. Ich gehe zum Tor.

»Kailiana!«

Ich kenne diese Stimme. Oberon. Der König der Sylphen.

Ich drehe mich um. Er ist da. Sein holzfarbener Körper. Seine schmalen Ohren. Sein Lächeln.

»Danke, Kailiana. Du hast dein Versprechen gehalten.«

»Danke, Oberon. Ich verdanke auch Euch sehr viel. Ihr habt mir den Weg gezeigt.«

»Dann hast du also die drei Prophezeiungen gefunden.«

»Ich weiß nicht. Das ist nicht so ganz klar. Die erste betraf meine Geburt. Meine Mutter hatte sie also für mich erfüllt. Die zweite betraf den Saiman, und ich glaube, ich habe sie verstanden ... Aber die dritte sagte, dass ich die Moira verstehen müsse. Und dessen bin ich mir nicht sicher, Oberon.«

»Aber dass wir hier sind, bedeutet, dass du sie verstanden hast!«

»Dann aber nicht bewusst.«

»Das ist nicht wichtig. Was zählt, ist das, woran du glaubst.«

»Ja, aber die Moira? Steht das Schicksal geschrieben? Ist das die Bedeutung der Moira?«

Oberon lächelt.

»Die Moira? Nein! Im Gegenteil!«

»Ich verstehe nicht.«

»Jede deiner Handlungen kann nur eine Konsequenz haben, und nur eine einzige. Immer, wenn du etwas tust, musst du wissen, dass dies etwas anderes nach sich zieht. Es gibt kein Schicksal, aber jede Handlung hat eine Konsequenz. Das ist die Moira, und das hast du verstanden, da wir hier sind.«

Ja. Er hat recht. Ich glaube, ich verstehe. Die Verantwortung. Wir sind für die Geschichte verantwortlich. Ja. Ich verstehe. Die Druiden haben uns hinsichtlich der Bedeutung der Moira vollkommen in die Irre geführt! Aber auch sie haben sich geändert.

»Oberon, ich glaube, dass ganz Gaelia verstanden hat.«

Er lächelt. Ich muss jetzt gehen. Erwan fehlt mir so sehr…

»Auf Wiedersehen.«

»Warte, Alea!«

Er hält meine Hand. Ganz sanft.

»Bevor du gehst, Alea, möchte ich dir eine Geschichte erzählen.«

»Eine Geschichte?«

»Ja.«

»Ich höre dir zu.«

»Eines Tages gab es im Sid eine Frau, die die Bedeutung der Zeit kennenlernen wollte, denn im Sid existiert die Zeit nicht. Diese Frau wollte die Zeit so sehr kennenlernen, dass sie das Tor der Welten fand. Sie ging hindurch.«

»Ich kenne diese Geschichte…«

»Warte. Du kennst das Ende nicht. Sie ging also durch das Tor der Welten und trat in diejenige von Gaelia. Dort begegnete sie einem Mann der oberen Welt, und ihre Körper vereinten sich. Für eine Nacht. Als die Sonne aufging, begriff diese Frau, was die Zeit war. Sie hatte die Nacht gesehen und das Heraufziehen des Tages. Sie kehrte in den Sid zurück. Aber als sie schwanger wurde, entdeckte ihr Mann, dass sie ihn mit einem Mann der oberen Welt betrogen hatte. Die Frau wurde aus dem Sid gejagt. Allein durchquerte sie die Heide, ein kleines Mädchen in ihren Armen. Sie überlebte einige Tage, fand nur mit Mühe etwas zu essen, und wenn sie etwas fand, fütterte sie lieber ihr Baby damit. Sie ging nach Süden, und als sie eines Tages in den Wald von Borcelia gekommen war, starb die Frau des Sid. Die Sylphen fanden sie in der Nacht. Ich erinnere mich noch an ihre Augen. An ihr Haar. Sie war

wunderschön. Die Sylphen nahmen das Kind mit und beerdigten den Körper der Mutter, aber ihre Seele konnten sie retten.«

»Retten?«

»Ja. Denn es war eine reine Seele. Mitten in der Nacht trugen die Sylphen ihre Seele durch den Wald, bis ein Wesen sie erben konnte, damit sie niemals sterben würde.

»Und wer erbte sie?«

»Eine Wölfin. Eine weiße Wölfin, die eines Nachts durch den Wald von Borcelia kam. Am nächsten Tag übergaben die Sylphen das Kind Barden, die es in ein Dorf im Norden der Insel brachten. Alea? Du weinst? O nein, Alea, weine nicht. Es ist eine sehr schöne Geschichte, weißt du. Die Lieblingsgeschichte der Sylphen. Die Nacht der Wölfin. Keiner von uns hat diese Nacht vergessen. Weine nicht, Alea.«

»Ich muss gehen. Danke, Oberon. Danke. Ich weine, aber vor Freude. Jetzt muss ich gehen.«

»Warte. Noch ein Letztes.«

Er legt seine Hand auf meinen Bauch.

Er lächelt.

»Bist du schwanger, Alea?«

»Ja.«

ENDE

Danksagung

So endet also diese Trilogie, und wiederum möchte ich all denen danken, die mich in diesen drei Jahren begleitet haben.

Zunächst den Führern, den Freunden, den Menschen, denen ich begegnet bin: Emmanuel Baldenberger, Greg und Flo, Loïc Lofficial, Barbara Mallison, Philippe Munch, Alain Névant, David Oghia, Laurent Genefort, Emmanuel Reynaud, Bernard Werber und den vier Familien, in denen es sich so gut lebt, den Lœvenbrucks, den Pichons, den Saint Hilaires und den Wharmbys.

Ich danke Anne Ménatory im Parc des loups von Saint-Lucie und Thierry in dem von Chabrières; ich hoffe, sie werden auch weiterhin der Welt zeigen können, dass der Wolf ein herrliches Tier ist, viel weniger gefährlich für den Menschen, als der Mensch selbst es ist.

Ich möchte auch den Kultureinrichtungen der Städte all meine Dankbarkeit aussprechen, die mich so herzlich während der Arbeit an dieser Trilogie aufgenommen haben, in Paris oder anderswo, in Laval, Figeac, Guéret, Epinal… Ich danke den Buchhändlern, ich danke den Leserinnen und Lesern, den treuen Besuchern meiner Website.

Den größten Dank schulde ich gewiss, wie viele andere französische Autoren, die in den Gewässern der Fantasy gesegelt sind, Stéphane Marsan, diesem Gott der Geduld und der Nachsicht. Ich hoffe, dass du noch lange den Mut haben wirst zu tun, was die anderen nicht tun. Und wo immer ich auch hingehen, was immer ich auch schreiben werde, ich werde dir stets am Ende meiner Bücher danken, denn ich schulde dir viel mehr als nur das. Danke, Stef!

Und zum Schluss möchte ich ganz besonders Delphine und Zoë danken.